CONTES DE NOËL**

DANS LA MÊME COLLECTION

DÉJÀ PARUS

Le Colonel Chabert, par Honoré de Balzac
Lettres de mon moulin ; Le Petit Chose, par Alphonse Daudet
Les Mères, par Alphonse Daudet
Robinson Crusoé, par Daniel Defoe
La Reine Margot, par Alexandre Dumas
Les Trois Mousquetaires, par Alexandre Dumas
Contes de Noël, par Anatole France, Pierre-Alexis Ponson du Terrail, Erckmann-Chatrian, Alphonse Daudet, Guy de Maupassant, Jules Verne, Anatole Le Braz, Nikolaï Gogol, Hans Christian Andersen, Charles Dickens
L'Affaire Dreyfus, par Pierre-Robert Leclercq, suivi de *J'accuse… !* par Émile Zola
Frankenstein, par Mary Shelley
L'Île au Trésor, par Robert Louis Stevenson
Germinal, par Émile Zola

Jean Lorrain, Hans Christian Andersen, Anatole Le Braz,
G. Lenôtre, Anatole France, Arthur Conan Doyle,
Charles Dickens

CONTES DE NOËL**

Choisis et présentés par Francis Lacassin

Les grands classiques

ÉDITIONS DU ROCHER
Jean-Paul Bertrand

ISBN 2 268 02121 1

La marjolaine

par

Jean Lorrain (1855-1906)

Lorrain — il était normand et s'appelait Paul Duval — reste célèbre pour ses chroniques polémistes, et pour des contes cruels injustement occultés par le succès de son voisin Maupassant. Une chanson de son enfance le réconcilie avec une certaine tendresse presque toujours bannie de son œuvre.

Ce conte-là, c'est une vieille chanson de mon enfance, dont j'ai tant bien que mal essayé de rétablir le rythme et les rimes ; je crois entendre encore les voix traînardes des servantes qui la chantaient, non plus chez ma grand-mère, mais chez mes parents ; ah, il y a longtemps de cela, dans la petite ville de la côte où j'ai passé mes toutes premières années. On la chantait à la veillée de Noël en attendant la messe de minuit, et c'est dans la cuisine de la maison paternelle qu'elle émerveilla pour la première fois mon imagination de gosse amoureux de légendes, toujours échappé du salon pour venir me blottir entre les jupes des filles de service et les entendre poétiser, dans de vagues refrains populaires, leurs espérances et leurs terreurs.

Or, entre tant de chimériques sornettes, je l'aimais d'une affection toute particulière, l'histoire de cette belle fille emportée, les jupes sens dessus dessous, sous la nue glacée par ce terrible vent du Nord, ce vent de *Noroué** que pendant le récit même nous entendions gémir là-bas sous les falaises.

On dansait sur le pont du Nord
Et la bise y soufflait si fort
Qu'elle enleva la Marjolaine,

* Noroué pour Nord-Ouest.

La Marjolaine et la futaine
De sa jupe et ses bas de laine ;
Et le nuage en son essor

La frôlait, et loin de la ville
La pauvre fille vole et file
Toujours plus dru, toujours plus fort.

Elle tourbillonne et s'écrie :
« Jésus et Madame Marie,
« Puisque je vogue vers la mort,

« Faites qu'aussitôt étourdie
« De ma chute, j'entre brandie
« Dans votre ciel étoilé d'or. »

Et sous la nue âpre et glacée,
Voilà la prière exaucée
Au clocher de Saint-Évremond.

La Marjolaine, âme éperdue,
Reste tout à coup suspendue
Par un accroc de son jupon.

Par la nuit froide et pluvieuse
La gargouille silencieuse
Prend soudain parole et lui dit :

« Peu résistante est la futaine.
« Songe à ton heure, hélas prochaine,
« Entends-tu rire le Maudit ? »

Et sous le vent rageur d'automne,
La belle s'épeure et frissonne
Au-dessus du vide entrouvert.

Elle compte dans la nuit brune
Les toits bleuissants sous la lune
Et les saints du parvis désert ;

Et le Maudit déjà ricane,
Quand un parfum monte et s'émane
De benjoin, d'encens et de nards,

Et portant à la main des palmes,
Dans l'espace et sous le ciel calmes
Ascensionnent de grands vieillards ;

De grands vieillards en robe blanche,
Dont le front chauve oscille et penche
Sur des chapes de lourds brocarts,

Et puis ce sont par théories
Des vierges en robes fleuries
D'étoiles et de lys épars.

Les fronts sont nimbés d'auréoles,
De longs archanges en étoles
Font cortège, et de purs regards

D'azur sombre, où l'on sent des âmes,
Sillonnent de grands traits de flamme
La nuit, la lune et ses brouillards.

Et cela monte avec des psaumes.
Et des noëls, anges, fantômes
De vierges saintes et d'élus,

Et conduit en cérémonie
La Marjolaine à l'agonie
Dans le paradis de Jésus.

Cette Marjolaine, je me la figurais en tous points semblable aux robustes et belles Normandes qui servaient chez ma mère ; c'était le même costume, bas de laine et jupes de futaine, comme dans la chanson, et dans mon imagination précoce, c'était ma bonne Héloïse, celle qui s'occupait de moi, qu'il me semblait voir tourbillonner comme une toupie au-dessus des jetées toutes ruisselantes d'écume, déjà loin, bien loin de ce fameux pont du Nord de la ballade, que je confondais à la fois avec le pont d'Avignon et la passerelle du port jetée juste devant notre maison.

C'est au clocher de Saint-Étienne, notre paroisse, que je la suspendais par l'accroc de son jupon ; mais, chose étrange, c'est sur les tours de Saint-Ouen, toutes hérissées de figures grimaçantes, guivres, tarasques et grenouilles ailées que je plaçais le funeste entretien des gargouilles. Par la nuit froide et pluvieuse

La gargouille silencieuse
Prend soudain parole et lui dit (...)

Oh ! ce colloque lapidaire de la gargouille enchantée sous le bain de vif-argent de la lune, de quelle délicieuse épouvante il me faisait frissonner !

Je voyais la bête de granit darder hors de ses orbites ses aveugles prunelles sculptées ; elle avait un peu redressé son long col écailleux comme un gorgerin ; des plis de pierre immuablement durcie semblaient frémir sous son ventre et des lueurs de lune coulaient, comme une bave, entre ses mâchoires de lézard.

Ce monstre héraldique, je l'avais remarqué, noté dans ma mémoire d'enfant lors de mon ascension sur les tours de Saint-Ouen, à un déjà lointain voyage à Rouen, et, par une bizarre association de souvenirs, ce sont les toits, les clochers, tout le panorama de la vieille ville normande que j'évoquais sous les yeux éperdus de la Marjolaine, demeurée accrochée au clocher de Saint-Évremond.

Et sous le vent rageur d'automne
La belle s'épeure et frissonne
Au-dessus du vide entrouvert ;

Elle compte dans la nuit brune
Les toits bleuissants sous la lune,
Et les saints du parvis désert.

Une cuisse de femme serrée au-dessus du genou d'une jarretière bleue obsédait aussi mon souvenir. Je partageais encore la chambre de ma bonne et il m'était arrivé souvent de la guetter se déshabiller alors que la brave fille se gênait un peu moins, me croyant endormi ; ce coin de chair entrevu me hantait et me faisait rougir, et c'est la robuste nudité d'Héloïse que je prêtais à la Marjolaine suspendue frissonnante au-dessus des toits assiégés par l'hiver.

Des psaumes et des musiques s'élevant dans la nuit autour de la fille mourante, c'était pour moi l'*adeste fideles* que j'allais entendre à la messe prochaine ; les vitraux de l'église m'avaient familiarisé avec les patriarches à longues barbes fleuries et les saintes en longues robes ramagées du cortège libérateur ; les enfants de chœur personnifiaient pour moi la juvénile théorie des anges ; et, au sortir de la messe de minuit, encore tout grisé de cantiques et d'encens, il m'arrivait de m'arrêter à quelques pas du porche et de regarder en l'air si l'ascension des évêques et des vierges de la légende déroulait ses spirales autour du clocher de Saint-Étienne.

Mais la neige et le clair de lune hantaient seuls la vieille tour romane, où ne veillait aucune gargouille ; et j'avais rêvé éveillé, bercé au ronronnement de rouet de ce vieux conte flamand, devenu dans ma cervelle un conte pieux de Noël.

« Le Journal », *28 décembre 1896.*

LE DERNIER RÊVE DU VIEUX CHÊNE

par

Hans Christian Andersen (1805-1875)

Le Danois, auteur de la Sirène, *de la* Petite Marchande d'allumettes *et des* Souliers rouges, *sait aussi émouvoir ses lecteurs avec des tragédies dans lesquelles les personnages ne sont pas des êtres humains.*

Au sommet de la falaise haute et ardue, en avant de la forêt qui arrivait jusqu'aux bords de la mer, s'élevait un chêne antique et séculaire. Il avait justement atteint trois cent soixante-cinq ans ; on ne l'aurait jamais cru en voyant son apparence robuste et fière.

Souvent, par les beaux jours d'été, les éphémères venaient s'ébattre et tourbillonner gaiement autour de sa couronne ; une fois, une de ces petites créatures, après avoir voltigé longuement au milieu d'une joyeuse ronde, vint se reposer sur une des belles feuilles du chêne.

— Pauvre mignonne ! dit l'arbre, ta vie entière ne dure qu'un jour. Que c'est peu ! Comme c'est triste !

— Triste ! répondit le gentil insecte, que signifie donc ce mot que j'entends parfois prononcer ? Le soleil reluit si merveilleusement ! L'air est si bon, si doux ! Je me sens tout transporté de bonheur.

— Oui, mais dans quelques heures, ce sera fini ; tu seras trépassé.

— Trépassé ? s'écria l'éphémère. Qu'est-ce encore que ce mot ? Toi, es-tu aussi trépassé ?

— Non, j'ai déjà vécu bien des milliers de jours ; nos journées, ce sont, à dire vrai, des saisons entières. Mais comment te faire comprendre cela ? C'est une telle longueur de temps que cela doit dépasser tout ce que tu peux imaginer.

— En effet, je ne me figure pas bien, reprit l'insecte, ce que cela peut durer, mille jours. N'est-ce pas ce qu'on appelle l'éternité ? En tout cas, si tu vis si longtemps, mon existence compte déjà mille moments où j'ai été joyeux et heureux. Et, quand tu mourras, est-ce que tout ce bel univers périra en même temps ?

— Non certes, répliqua le chêne, il durera bien plus longtemps que moi ; à mon tour, je ne puis me le figurer.

— Eh bien ! alors nous en sommes au même point, sauf que nous calculons d'une façon différente.

Et l'éphémère reprit sa danse folle et s'élança dans les airs, s'amusant de l'éclat de ses ailes transparentes qui brillaient comme le plus beau satin ; il respirait à pleins poumons l'air embaumé par les senteurs de l'églantier, des chèvrefeuilles, du sureau, de la menthe et par l'odeur du foin coupé ; et l'insecte se sentait comme enivré, à force de respirer ces parfums. La journée continua à être splendide ; l'éphémère se reposa encore plusieurs fois, pour recommencer à tournoyer en ronde avec ses compagnons. Le soleil commença à baisser et l'insecte se sentit un peu fatigué de toute cette gaieté ; ses ailes faiblissaient, et tout lentement il glissa le long du chêne jusque sur le doux gazon. Il vint à choir sur la feuille d'une pâquerette, et souleva encore une fois sa petite tête pour embrasser d'un regard la campagne riante et la mer bleue. Puis ses yeux se fermèrent ; un doux sommeil s'empara de lui : c'était la mort.

Le lendemain, le chêne vit renaître d'autres éphémères ; il s'entretint avec eux aussi et il les vit de même danser, folâtrer joyeusement et s'endormir paisiblement en pleine félicité. Ce spectacle se répéta souvent ; mais l'arbre ne le comprenait pas bien ; il avait cependant le temps de réfléchir : car si, chez nous autres hommes, nos pensées sont interrompues tous les jours par le sommeil, le chêne, lui, ne dort qu'en hiver ; pendant les autres saisons, il veille sans cesse.

Le temps approchait où il allait se reposer ; l'automne était à sa fin. Déjà les taupes commençaient leur sabbat. Les autres arbres étaient déjà dépouillés, et le chêne aussi perdait tous les jours de ses feuilles.

« Dors, dors, chantaient les vents autour de lui. Nous allons te bercer gentiment, puis te secouer si fort que tes branches en craqueront d'aise. Dors bien, dors. C'est ta trois cent soixante-cinquième nuit. En réalité, comparé à nous, tu n'es qu'un enfant au berceau. Dors, dors bien ! Les nuages vont semer de la neige ; ce sera une belle et chaude couverture pour tes racines. Allons, dors ; aie de beaux rêves ! »

Et le chêne perdit toutes ses feuilles, et, en effet, il s'endormit pour tout le long hiver ; et il eut bien des rêves, où, comme cela a lieu chez les hommes, sa vie passée lui revint en souvenir.

Il se rappela comment il était sorti d'un gland ; comment, étant encore un tout mince arbuste, il avait failli être dévoré par une chèvre. Puis il avait grandi à merveille ; plusieurs fois, les gardes de la forêt l'avaient admiré et avaient pensé à le faire abattre pour en tirer des mâts, des poutres, des planches solides. Il était cependant arrivé à son quatrième siècle, et aujourd'hui personne ne songeait plus à le faire couper ; il était devenu l'ornement de la forêt ; sa superbe couronne dépassait tous les autres arbres ; et, de loin, on l'apercevait de la mer et il servait de point de repère aux marins.

Au printemps, dans ses hautes branches, les ramiers bâtissaient leur nid ; le coucou y était à demeure et faisait, de là, résonner au loin son cri monotone. L'automne, quand les feuilles de chêne, toutes jaunies, ressemblaient à des plaques de cuivre, les oiseaux voyageurs s'assemblaient de toutes parts sur ce géant de la forêt et s'y reposaient une dernière fois avant d'entreprendre le grand voyage d'outre-mer.

Maintenant donc, l'hiver était venu ; après avoir longtemps résisté aux aquilons, les feuilles du chêne étaient presque toutes tombées ; les corbeaux, les corneilles venaient se percher sur ses branches et taillaient des bavettes sur la dureté des temps, sur la famine prochaine qui s'annonçait pour eux.

Survint la veille du saint jour de Noël, et ce fut alors que le vieux chêne rêva le plus beau rêve de sa vie.

Il avait le sentiment de la fête qui se préparait partout sur la terre, là où il y a des chrétiens ; il sentait les vibrations des cloches qui sonnaient de toutes parts. Mais il se croyait en été, par une splendide journée. Et voici ce qui lui apparut :

Sa haute et vaste couronne était fraîche et verte ; les rayons de soleil y jouaient à travers les branches et le feuillage, et projetaient des reflets dorés. L'air était embaumé de senteurs vivifiantes ; des papillons aux mille couleurs voltigeaient de toutes parts et jouaient à cache-cache, puis à qui volerait le plus haut. Des myriades d'éphémères donnaient une sarabande et goûtaient les joies enivrantes de leur existence d'un jour.

Voilà qu'un brillant cortège s'avance : c'étaient les personnages que le vieux chêne avait vus tour à tour passer devant lui pendant la longue suite d'années qu'il avait vécues. En tête marchait une cavalcade, des pages, des chevaliers aux armures étincelantes, qui revenaient de la croisade, des châtelains vêtus de brocart sur des palefrois caparaçonnés, et tenant sur la main des faucons encapuchonnés ; le cor de chasse retentit, la meute aboyait, le cerf fuyait. Puis arriva une troupe de reîtres et de lansquenets, aux vêtements bouffants et bariolés, armés de hallebardes et d'arquebuses ; ils dressèrent leur tente sous le vieux chêne, allumèrent le feu et, au milieu d'une orgie, ils entonnèrent des chants de guerre et des refrains bachiques.

Toute cette bande bruyante disparut, et l'on vit s'avancer en silence un jeune couple ; ils avaient des cheveux poudrés et la dame était couverte de rubans aux couleurs tendres ; et le monsieur tailla dans l'écorce du chêne les initiales de leurs deux noms ; et ils écoutèrent avec ravissement les sons doux et étranges de la harpe éolienne qui était suspendue dans les branches de l'arbre. Et les ramiers roucoulaient d'aise en entendant cette musique céleste.

Et, tout à coup, le chêne sentit comme un nouveau et puissant courant de vie partant des extrémités de ses racines qui le traversait de part en part, montant jusqu'à sa cime, jusqu'au bout de ses plus hautes feuilles.

Il lui semblait qu'il poussait, qu'il grandissait comme autrefois, que, du sein de la terre, il puisait une nouvelle vigueur ; et, en effet, son tronc s'élançait, sa couronne s'étendait en dôme, et montait toujours plus haut vers le ciel ; et plus le chêne s'élevait, plus il éprouvait de bonheur, et il ne désirait que monter encore au-delà, jusqu'au soleil, dont les rayons brillants le pénétraient d'une chaleur bienfaisante.

Et sa couronne était déjà parvenue au-dessus des nuages qui, comme une troupe de grands cygnes blancs, flottaient sous le bleu firmament.

C'était en plein jour, et cependant les étoiles devinrent visibles ; elles luisaient de leur plus bel éclat ; elles rappelaient au vieux chêne les yeux brillants des joyeux enfants qui souvent étaient venus s'ébattre autour de lui, le prenant pour but de leurs jeux.

Au spectacle de cette immensité, on était transporté de la félicité la plus pure. Mais le vieux chêne sentait qu'il lui manquait quelque chose ; il éprouvait l'ardent désir de voir les autres arbres de la forêt, les plantes, les fleurs et jusqu'aux moindres broussailles enlevées comme lui et mises en présence de toutes ces splendeurs. Oui, pour qu'il fût entièrement heureux, il les lui fallait voir tous autour de lui, grands et petits, prenant part à sa félicité.

Et ce sentiment agitait, faisait vibrer ses branches, ses moindres feuilles ; sa couronne s'inclina vers la terre, comme s'il avait voulu adresser un signal aux muguets et aux violettes cachés sous la mousse, aussi bien qu'aux autres chênes, ses compagnons.

Il lui sembla apercevoir tout à coup un grand mouvement ; les cimes de la forêt se soulevaient, les arbres se mirent à pousser, à grandir jusqu'à percer les nues. Les ronces, les plantes, pour s'élever plus vite, quittaient terre avec leurs racines et accouraient au vol. Les plus vite arrivés, ce furent les bouleaux ; leurs troncs droits et blancs traversaient les airs comme des flèches, presque comme des éclairs.

Et l'on vit arriver les joncs, les genêts, les fougères, et aussi les oiseaux qui, émerveillés du voyage, chantaient à tue-tête leurs plus beaux airs de fête. Les sauterelles juchées sur les brins d'herbes jouaient leur petite musique, accompagnées par les grillons, le susurrement des abeilles et le faux bourdon des hannetons. Tout ce joyeux concert faisait une délicieuse harmonie.

— Mais, dit le chêne, où est donc restée la petite fleur bleue qui borde le ruisseau, et la clochette, et la pâquerette ?

— Voilà, nous voilà ! s'écrièrent les fleurettes.

— Nous y sommes tous, tous ! disaient en chœur les arbres, les plantes, les habitants de la forêt.

Le vieux chêne jubilait.

— Oui, tous, grands et petits, disait-il, pas un ne manque. Nous nageons dans un océan de délices ! Quel miracle !

Et il se sentit de nouveau grandir ; soudainement ses racines se détachèrent de terre. « C'est ce qu'il y a de mieux, pensa-t-il ; me voilà dégagé de tous liens ; je puis m'élancer vers la lumière éternelle et m'y précipiter avec tous les êtres chéris qui m'entourent, grands et petits, tous ! »

— Tous ! dit l'écho.

Ce fut la fin du rêve du vieux chêne. Une tempête terrible soufflait sur mer et sur terre. Des vagues énormes assaillaient la falaise, enlevant des quartiers de roche ; les vents hurlaient et secouaient le vieux chêne ; sa vigueur éprouvée luttait contre la tourmente, mais un dernier coup de vent l'ébranla et l'enleva de terre avec sa racine ; il tomba, au moment où il rêvait qu'il s'élançait vers l'immensité des cieux. Il gisait là ; il avait péri après ses trois cent soixante-cinq ans, comme l'éphémère après sa journée d'existence.

Le matin, lorsque le soleil vint éclairer le saint jour de Noël, l'ouragan s'était apaisé. De toutes les églises retentissait le son des cloches ; même dans la plus humble cabane régnait l'allégresse. La mer s'était calmée ; à bord d'un grand navire qui, toute la nuit, avait lutté avec les flots et les aquilons et en avait triomphé, tous les mâts étaient décorés, tous les pavillons hissés pour célébrer la grande fête.

— Tiens, dit un matelot, l'arbre de la falaise, le grand chêne qui nous servait de point de repère pour reconnaître la côte, a disparu. Hier encore, je l'ai aperçu de loin ; c'est la tempête qui l'a abattu.

— Que d'années il faudra pour qu'il soit remplacé ! dit un autre matelot. Et encore, il n'y aura peut-être aucun autre arbre assez fort pour grandir, comme lui, sur la pointe de la falaise, toujours exposé aux vents.

Ce fut l'oraison funèbre prononcée sur la fin du vieux chêne, qui était étendu sur la nappe de neige qui lui servait de linceul : elle était toute à son honneur et bien méritée, ce qui est si rare.

À bord du navire, les marins entonnèrent les psaumes et les cantiques de Noël, qui célèbrent la délivrance des hommes par le Fils de Dieu, qui leur a ouvert la voie de la vie éternelle. « La promesse est accomplie, chantaient-ils. Le Sauveur est né. Oh ! joie sans pareille ! Alléluia ! Alléluia ! »

Et ils sentaient leurs cœurs élevés vers le ciel et transportés, tout comme le vieux chêne, dans son dernier rêve, s'était senti entraîné vers la lumière éternelle.

1858.

La princesse sous verre

par

Jean Lorrain (1855-1906)

Dans la tradition de Grimm et d'Andersen, dans les pas de Blanche-Neige et de la Reine des Neiges, l'auteur du Crime des riches *et de* La Ville empoisonnée *nous offre une merveilleuse histoire d'amour, de mystère et d'espoir.*

I

C'était une délicate et belle petite princesse aux membres menus et jolis comme ceux d'une figurine de cire ; sa peau transparente était si tendre qu'on l'eût dit animée par une flamme de cierge, une flamme vacillante, éteinte au moindre vent et, sous ses épais bandeaux du marron luisant des châtaignes, elle dégageait, la petite princesse, une si prenante et si froide impression de blancheur qu'à son nom de Bertrade on avait ajouté le surnom de *la pâle* (on, c'était le bas peuple), tandis que son père, un vieux roi belliqueux toujours occupé à guerroyer contre les païens dans les marches du Nord, l'avait baptisée sa petite rose de Noël ; et des neigeuses fleurs en effet Bertrade avait bien la fragilité morbide, le charme frêle et l'éclat apaisé, comme amorti par l'hiver.

Elle avait eu une enfance un peu assombrie dans ce château de pays de bois et de marais, où son père l'avait fait élever par des gouvernantes à faces de béguines, loin du tumulte de la cour.

Sa mère, une princesse d'Occitanie qui n'avait jamais pu se consoler d'avoir quitté le royaume aux grèves d'or, était morte quelques mois après sa naissance ; et ce deuil précoce avait à jamais enténébré de mélancolie cette royale petite enfance désormais confiée à des mains mercenaires.

Elle était née si chétive et si pâle qu'on avait longtemps craint qu'elle ne survécût pas à sa mère. Épousée presque sans apport pour la grande beauté de sa chair de lait et de ses longs yeux un peu égarés, du bleu verdissant des turquoises, cette fille d'empereur, à peine arrivée en Courlande, y était tombée dans une étrange langueur ; un incurable regret la minait, disait-on, des horizons de mâts, de vergues et de voilures qu'elle avait là-bas sous les yeux, au pied même des terrasses du palais impérial, dans la ville éternellement pavoisée de banderoles et d'étendards de l'exarque son père. On n'a pas été impunément élevée au bord de la mer, et les rumeurs de l'Océan, les cris des matelots en partance, les mille et une clameurs d'un port manquaient à cette belle fleur marine qui, transplantée dans cette morne et plate Courlande, toute de tourbières et de forêts, s'y était rapidement fanée de nostalgie, étiolée de regret.

Son horreur pour les horizons de sapins et d'étangs de son nouveau royaume était devenue telle, que dans les derniers mois de sa vie, elle avait fait murer jusqu'à mi-hauteur les fenêtres à meneaux de sa chambre, cette chambre de brocart et de vieilles tapisseries, dont elle ne devait plus sortir que les bras croisés sur un crucifix et les pieds raidis dans un cercueil ; et les dolentes journées des derniers temps de sa grossesse et les heures saignantes de ses relevailles, elle les avait passées dans le clair-obscur de la chambre assombrie, les yeux fixés sur un grand miroir placé très haut, vis-à-vis des fenêtres à moitié condamnées, et qui ne reflétait que les nuées errantes et les aspects changeants du ciel.

Sa rêverie ainsi volontairement abusée pouvait se croire encore en Occitanie, sous les firmaments balayés de nuages à cassures de nacre des bords de la mer.

Cette obsession d'exilée avait abrégé ses jours, c'était du moins le bruit accrédité dans le peuple ; mais chez les grands on parlait d'un breuvage néfaste et de la haine d'une princesse du sang, jadis honorée des faveurs du roi et qui avait rêvé de s'asseoir sur la pourpre ; la jeune reine aurait payé de sa vie la rancune d'une rivale. Le poison, qu'on lui aurait versé, devait supprimer avec elle l'enfant dont elle était grosse ; mais soit que les doses eussent été mal calculées, soit que le ciel ait eu pitié de ces deux cadavres pour un même cercueil, la reine seule était morte et Bertrade avait survécu.

C'était d'ailleurs une cour assez sinistre et pleine d'histoires étranges que cette cour de Courlande : en même temps que Bertrade y grandissait délicate et frêle aux mains des gouvernantes, dans le calme du château des Bois, le roi y faisait élever un sien neveu, fils d'un frère aîné, le frère même dont il occupait le trône, mort assez singulièrement dans une embuscade de chasse.

Le prince Noir (c'était ainsi qu'on appelait le prince Otto dans le peuple) était un assez taciturne jeune homme, de cinq années plus âgé que Bertrade, et dont l'incohérente et bizarre conduite autorisait plus d'un mauvais propos.

Aussi pâle que sa royale cousine, mais d'une maigreur souple et robuste, il promenait dans les palais de la haute ville, comme dans les bouges du vieux port, un svelte corps d'écuyer toujours sanglé de droguet noir. Il passait des pires débauches, de celles dont on peut à peine parler, aux pratiques de la piété la plus ardente ; on citait de lui des actes de charité presque divine à côté de faits d'une cruauté sauvage, et c'était à la fois le plus effréné libertin du royaume et le plus doux des jeunes moines enlumineurs de manuscrits de toutes les provinces ; car, dans son inexplicable sauvagerie, il lui arrivait parfois de se retirer tout un long mois dans un cloître et d'y mener la vie des postulants.

Ses regards fixes et durs, d'une froideur d'onyx, disaient assez son âme violente. On ne lui avait pas versé de breuvage à lui, mais une rumeur populaire voulait qu'il expiât à sa façon une vengeance de bohémiens. Un zingaro dont, par caprice, il avait pour une nuit confisqué la maîtresse et qu'il avait fait (ce sont là jeux de princes) ensuite rouer de coups, lui avait donné à quelque temps de là une singulière aubade. Insinué on ne sait comment jusqu'aux appartements du prince (il y a toujours de la diablerie dans ces histoires de bohème), ce misérable, au lieu de planter sa dague au cœur de son ennemi, lui avait toute la nuit chanté des airs de son pays en s'accompagnant d'un violon maléficié, un violon ou une guzla dont les cordes étaient faites de cheveux de pendu. L'âme du supplicié, quelque bandit de sa tribu branché aux bois de justice, avait toute la nuit torturé le sommeil du prince et, depuis ce cauchemar, la raison d'Otto avait sombré dans l'inconnu.

Le vieux roi, accablé par tant de désastres, haussait les épaules et laissait dire, mais avait dû renoncer à tout projet d'union entre le prince et sa cousine. Il avait pourtant longtemps caressé ce dessein d'unir au bel Otto sa petite rose de Noël, mais il eût été cruel de livrer cette délicate et délicieuse Bertrade à ce fou maniaque et imprévu.

La princesse avait alors seize ans. Elle n'avait pas seulement de sa mère l'ovale un peu souffrant de la face, les épaules tombantes, où le bleu des veines transparaît sous la peau, et le regard poignant des prunelles lointaines, d'un vert d'eau de fleuve chez la morte, d'un violet d'améthyste chez Bertrade. De la reine elle avait aussi hérité une sorte de mélancolie inquiète qui lui faisait rechercher, de préférence aux entretiens à la fenêtre et aux promenades en plein air, le clair-obscur des chambres et les vagues soliloques devant les miroirs ; ses plaisirs favoris étaient de s'enfermer durant de longues heures dans quelque haute salle tendue de tapisseries, dont les personnages de laine et de soie finissaient par s'animer insensiblement sous ses yeux. Si elle regardait le soleil, c'était à travers le chaton des bagues, dont on chargeait ses doigts effilés, et on l'avait souvent surprise, au clair de lune, s'amusant à faire ruisseler dans la lumière astrale l'eau chatoyante de ses colliers.

Dans toute la nature elle ne paraissait aimer que les reflets. L'eau aussi l'attirait et les seules fleurs dont elle souffrît la présence, étaient l'iris et le nénuphar ; elle aimait au crépuscule à s'attarder aux bords glacés des sources et dans le brouillard fiévreux des étangs, mais à tout au monde elle préférait les interminables et silencieuses haltes devant l'étain figé des glaces ; l'âme de sa mère semblait l'y retenir, remontée des ténèbres à la surface équivoque des miroirs.

C'est alors que doucement et, sans que rien eût pu faire prévoir cette fin précoce, s'éteignit ou plutôt s'endormit entre les mains de ses suivantes la princesse Bertrade ; elle était dans le sixième mois de sa seizième année et, la veille encore, avait passé la journée dans un couvent de clarisses, où les nonnes lui avaient fait grande fête. Au retour, dans l'or brûlant du crépuscule, elle avait fait arrêter sa litière au milieu des blés mûrs pour écouter la voix d'un moissonneur qui chantait ; le lendemain, elle était morte.

En l'absence du roi prévenu par courrier, les gouvernantes en pleurs baignèrent et parfumèrent d'essences ce pur et blanc cadavre, le vêtirent de moire et de brocart d'argent, puis, ayant peigné et natté la soie luisante de ses cheveux, la couronnèrent de roses de perle et de moelle de roseaux, comme on en voit aux statues des madones. Elles joignirent sur un grand lis de filigrane d'or ses petites mains étincelantes de bagues, chaussèrent ses pieds de pantoufles de vair et, prosternées au pied d'un double rang de cierges, attendirent en grande douleur.

Mais, quand le roi accablé de chagrins et d'années pénétra dans la chambre ardente, accompagné de l'évêque Afranus crossé, mitré d'or et la dalmatique violette aux épaules, avec, sur leurs pas, un cortège en deuil d'archidiacres et de médecins, on découvrit que celle qu'on croyait morte n'était qu'endormie, mais de quel étrange et lugubre sommeil ! Rien ne put la rappeler à la vie, ni les prières des prêtres, ni toutes les tentatives des maîtres mires et physiciens. Trois jours durant, elle demeura exposée sur un grand échafaud drapé de velours blanc, au beau milieu de la cathédrale ; durant trois jours, des messes furent célébrées sans interruption par l'évêque et son clergé ; trois jours durant, les chants de Pâques entonnés par tout le peuple tassé dans les bas-côtés de la basilique retentirent avec le tonnerre des orgues, et la princesse ne se réveilla pas.

Des pétales de roses s'amoncelaient, telle une neige montante, au pied de la haute estrade, l'orient des perles de ses colliers miroitait sur le blanc de son cou ; autour d'elle c'était la clarté de mille et mille cierges, autour d'elle des vapeurs d'encens déroulaient leurs spirales bleuâtres, et, lointaine, comme inaccessible et apparue en rêve derrière leurs brumes mouvantes, la princesse gisait immobile : elle dormait toujours au milieu des brocarts, des cires allumées, des psaumes et des fleurs.

Elle ne vivait ni ne mourait.

C'est alors que l'évêque Afranus eut une inspiration du ciel. Qui sait si le soleil, le grand air, la bise et la pluie, la force même des éléments ne feraient pas ce que l'Église et ses chants liturgiques n'avaient pu obtenir ? Il fit donc construire pour ce doux corps tombé en léthargie un étroit et long cercueil de verre aux huit angles ornés de lis d'argent ciselé ; on y coucha la princesse endormie sur un lit de soie capitonné, et le vieux prélat décida que, tous les jours que

Dieu ferait, on promènerait Bertrade à dos de brancardiers à travers les bourgs et les campagnes avec haltes dans toutes les chapelles et tous les couvents du royaume ; un long cortège de pénitents et de fidèles en prière suivrait toujours le corps royal, Dieu prendrait peut-être enfin en pitié leur douleur ; la nuit, la châsse voyageuse reposerait dans le chœur des églises ou dans la crypte des cloîtres.

II

Alors ce fut par le royaume attristé un défilé d'interminables processions. On ne rencontra plus désormais par les routes que diacres en surplis et moines en cagoules psalmodiant des proses de lamentations ; ce n'étaient partout à l'orée des champs, comme à l'entrée des bourgs, que prunelles ardentes et faces extatiques, que mains jointes et pieds nus : femmes du peuple, artisans, rustres et laboureurs accourus en grande ferveur sur le passage de la princesse.

Par les plaines jaunes de moissons, comme par les haies fleuries d'avril, de longues silhouettes encapuchonnées apparaissaient tout à coup aux carrefours ; de grandes bannières de soie molle sombraient, telles de hautes voilures, au-dessus des récoltes ; des odeurs de myrrhe et d'encens se mêlaient aux senteurs de la terre. C'était, au milieu des encensoirs et des cires flambants, la châsse royale qui passait.

Toute blême dans la pâleur de ses brocarts et de ses moires, les paupières closes sous sa couronne de roses de perles, on eût dit une immobile Notre-Dame des Larmes, toute de soie et de filigranes ; et les parois limpides de la bière hexagonale luisaient au soleil d'août comme de l'eau gelée. En novembre, il arrivait que les cierges s'éteignissent brusquement sous la pluie, les hautes croix d'argent chancelaient aux mains engourdies des porteurs, la bise s'engouffrait aux bannières, et devant le blanc cercueil crépitant sous la grêle, femmes nobles et manants s'agenouillaient pêle-mêle dans la boue des ornières et, en toute saison, le glas pleurait sans trêve sur les campagnes hallucinées.

C'était, d'un bout de l'année à l'autre, une suite ininterrompue de lents et somptueux pèlerinages ; toutes les églises, tous les couvents du pays étaient visités. La châsse royale ne réintégrait la capitale du royaume que deux fois par an, la semaine avant Noël et celle d'avant Pâques, grandes fêtes de l'Église où une opinion accréditée dans le peuple voulait que l'évêque Afranus donnât la communion à la princesse enchantée. Il soutenait ainsi, disait-on, par la miraculeuse substance de l'hostie ce léthargique et doux cadavre, cet exsangue et royal corps de vierge qui ne pouvait ni revivre ni mourir ; mais c'étaient là rumeurs populaires. La *Princesse sous Verre,* c'est ainsi qu'on appelait maintenant Bertrade, demeurait bien exposée à la vénération des fidèles, en plein chœur de la cathédrale, du dimanche des Rameaux jusqu'au mardi de Pâques et toute la semaine qui précédait Noël, mais on n'avait jamais vu l'évêque s'approcher de l'auguste châsse. Une fois par an seulement, le dimanche des Rameaux, six ursulines, choisies parmi les plus jeunes de tous les couvents du royaume, étaient admises à toucher le cercueil royal et à changer sur le front de la morte sa couronne de perles et de moelle de roseaux.

Les fêtes terminées, la princesse et son cortège reprenaient le cours de leurs pérégrinations sous le soleil et sous la pluie, et c'était déjà la cinquième année de ces pèlerinages inutiles. En dépit des prévisions de l'évêque, la *Princesse sous Verre* n'avait pas plus remué la soie raidie de ses paupières que le froid ivoire de ses belles mains ; le vieux roi son père, tombé dans une espèce de torpeur stupide, devenu presque indifférent de douleur, avait abandonné son camp des frontières pour se cloîtrer dans le château des Bois, le château bâti au milieu des marais, où s'était éteinte, il y avait plus de vingt ans, la princesse d'Occitanie, mère de Bertrade, et où Bertrade, sa petite rose de Noël, devait si singulièrement s'endormir seize années et six mois plus tard. Le vieux monarque vivait désormais là, dans la nuit des hautes pièces aux fenêtres murées, seul en face du passé surgissant quelquefois de l'eau morte des miroirs, sortant à peine de sa retraite pour assister, deux fois par an, dans la ville, à l'exposition de la *Princesse sous Verre* au beau milieu de la cathédrale.

De là, il rentrait dans son château, dans son oubli ; des ministres régnaient pour lui.

Quant au prince Otto, il avait, lui aussi, presque entièrement disparu. À la suite d'un bizarre accident, de l'incendie d'un de ses châteaux d'été, où les plus belles courtisanes du royaume avaient toutes péri d'une mort horrible, son humeur était encore devenue plus farouche ; et moitié par remords, moitié par terreur de la haine populaire qui l'accusait d'avoir mis le feu lui-même, il s'était retiré dans les forêts de l'Ouest, parmi les solitudes boisées de la frontière, celles-là mêmes qu'avoisinent le nord de la Souabe et les marches de Bohême. L'incendie, qu'une odieuse rumeur l'accusait d'avoir allumé au cours d'une fête offerte au duc héritier de Livonie, et au milieu de laquelle les plus belles femmes de ce temps avaient trouvé la mort, avait achevé d'égarer sa raison. Réfugié au fond de bois impénétrables avec une poignée de mauvais garçons, il y menait, disait-on, la vie de chef de bande, celle en somme des hauts barons du siècle, détroussant le passant, tuant l'oiseau dans l'air, pillant le juif et le marchand, forçant la bête dans sa tanière et le manant en son taudis ; et tous les pauvres gens tremblaient devant le prince Noir devenu le prince Rouge.

Un dernier exploit d'Otto comblait la mesure.

Au cours d'une de ses expéditions à main armée, embuscade ou partie de chasse, on ne savait trop, puisqu'il était suivi de ses chiens, le prince s'était rencontré à la lisière d'un bois avec le lent cortège de cierges et de croix qui accompagnait la princesse. La vue des cires flambantes réveilla-t-elle en lui le souvenir de son crime ou le maléfice du Bohémien ne fut-il pas plutôt exaspéré par les chants liturgiques ? Mais un subit accès de fureur le saisit et, l'écume aux lèvres, vociférant des anathèmes, il fonça tout à coup, lui, sa meute et ses gens, sur la pieuse escorte, culbutant moines et moinillons, piétinant pêle-mêle sous les chevaux cabrés femmes et porteurs de cires, de christs et de bannières. Ce fut une panique atroce, une débandade épouvantable à travers la consternation des campagnes ; les brancardiers terrifiés abandonnèrent précipitamment la châsse de verre qui se brisa, et le corps délicat de Bertrade, à demi sorti de son cercueil, glissa hors de son lit de soie pâle dans la boue grasse du chemin. Il y demeura toute la nuit, exposé à la pluie de novembre ; on le retrouva le lendemain, au petit jour, au milieu des chandeliers d'argent et des longues bannières jetés par les fuyards au travers de la route, immobile et pâle sous ses brocarts flétris et les éclats poudreux de sa couronne de perles. Le prince Otto éperdu d'horreur avait fui devant son sacrilège ; le fragile et doux corps de la *Princesse sous Verre* était donc demeuré douze heures à l'abandon. Quand les gens du roi prévenus en toute hâte accoururent sur les lieux pour relever la châsse et ramener la princesse au palais, ils reculèrent tous épouvantés : deux rigoles de sang trempaient et raidissaient la moire de sa robe, ses bras fuselés, qui se croisaient, la veille encore, sur un lis de filigrane d'or, laissaient pendre maintenant deux informes moignons où du sang se caillait. En animaux féroces qu'étaient les chiens danois et les dogues à nez court du cruel prince Otto, cette meute digne de son maître s'était, dans cette chasse donnée à des prêtres, à des femmes et à des enfants, offert une curée que n'eût point désavouée le chasseur Noir, elle avait dévoré les mains de la princesse.

L'hallali valait la curée.

Et le sang coulait, tiède et rouge, en dépit des yeux clos et de la face blêmie : la princesse vivait toujours.

À cette nouvelle, une indignation souleva tout le royaume, le vieux roi sortit enfin de sa torpeur et décréta dans un édit la mise à prix de la tête du prince, l'évêque Afranus obtint du pape un bref interdisant l'eau, le pain et le sel au sacrilège Otto et à ses compagnons. Des gibets se dressèrent à tous les carrefours : les complices du prince Noir, poursuivis et traqués, y balancèrent leurs cadavres ; seul, le prince Noir échappa, passé à temps à l'étranger, réfugié on ne sait dans quelle retraite, évanoui, à jamais disparu.

La *Princesse sous Verre* réintégra, pour n'en jamais sortir, l'étroit vaisseau de la cathédrale. Hissée très haut au-dessus du maître-autel, au pied même du grand Christ ouvrant ses deux paumes percées sur les stalles du chœur, elle demeura désormais offerte à la vénération des foules dans une châsse scellée à même la muraille, une châsse, cette fois, toute en cristal de roche aux angles enrichis d'anémones d'opales, et qui luisait, incendiée de reflets, avec des prismes d'arc-en-ciel au milieu des pierreries brasillantes de vitrail de deux grandes rosaces.

Les cierges brûlaient leur flamme au-dessous d'elle, au-dessous d'elle se balançait, tel un oiseau énorme, la grande lampe du chœur et, vertigineuse, lointaine, elle apparaissait comme un point de lumière aux yeux éblouis des fidèles, morte vivante retranchée de la vie et déjà de plain-pied avec l'éternité, déjà si près des nervures des voûtes, déjà si loin dans les hauteurs. On avait recouvert d'un drap d'or ses pauvres mains mutilées et, désormais cachée jusqu'au menton sous le somptueux linceul, ont eût dit une vraie morte bien plus qu'une princesse endormie ; et les gens avaient peur quand durant les offices, leurs yeux venaient à rencontrer sa petite tête de cire posée sur les coussins, hors du splendide amas d'étoffes.

Les pieds troués du Christ semblaient pleurer sur elle le sang de leurs blessures ; depuis longtemps déjà le vieux roi était mort.

III

Et des années s'écoulèrent et d'autres rois moururent. Une autre dynastie régnait sur la Courlande, des collatéraux éloignés du feu roi, qui n'avaient jamais connu la princesse Bertrade et le farouche Otto, vagues étrangers pour lesquels la martyre royale, enfermée dans sa châsse aérienne, n'était qu'une étrangère, une vague héroïne de conte. Des gens très âgés se souvenaient bien d'avoir assisté dans leur enfance à des cérémonies étranges, mais les forfaits du prince Otto s'associaient malencontreusement à ces souvenirs, ils obsédaient la mémoire du peuple ; et la famille régnante, alors dans toute la gloire et l'insolent orgueil de la Courlande unie et pacifiée, découvrit un beau jour que cette morte, juchée au milieu des bannières du chœur, avait trop longtemps attristé de son spectre les hosannas de triomphes. Cette

Princesse sous Verre enténébrait la cathédrale : on croyait toujours, sous cette châsse funèbre, assister à l'office des morts, et cette face de cadavre apparue dans le clair-obscur des voûtes changeait en *De Profundis* les plus beaux *Te Deum ;* et puis, du vivant du vieux roi, n'avait-elle pas assez longtemps épouvanté les villes et les campagnes par le sombre apparat de ses dolents cortèges, l'errante *Princesse sous Verre* toujours par voies et par chemins ! La Courlande hallucinée n'était pas, après soixante ans de repos, encore remise de ce cauchemar ; pourquoi éterniser à jamais dans l'esprit des foules l'abominable souvenir d'une cour de fous et de maniaques, de reines ensorcelées et de princes criminels ? La mémoire d'un règne aussi tragique ne pouvait que nuire à la prospérité des autres règnes, ce serait une délivrance pour tous le jour où ce cercueil enchanté ne serait plus là.

Ce que veut l'empereur, le pape le bénit, ce que veut le roi, les prêtres l'encensent.

Une nuit, la châsse de cristal où reposait Bertrade fut descendue des voûtes. Pauvre Bertrade la pâle, l'évêque Afranus n'était plus là pour la défendre.

Il y avait longtemps qu'il dormait, lui aussi, sous les dalles du chœur, en compagnie des autres prélats rangés, la crosse en main, sur de hauts sarcophages dans la crypte de la cathédrale. À la place même où la *Princesse sous Verre* étincelait, planante, au-dessus des fidèles, les armes de la famille régnante s'étalèrent entre les étendards et les trophées de guerre, et le peuple applaudit ce blason héraldique écrasant de l'or de son cimier le divin tabernacle et la prière des cierges.

Une chapelle latérale avait reçu la châsse de Bertrade. Elle y vieillit dans l'ombre, objet des dévotions de quelques pauvres vieilles femmes, des survivantes de l'ancien règne qui peu à peu ne vinrent plus. Sainte sans miracles qui ne guérissait ni les lépreux ni les paralytiques, elle tomba bientôt dans l'abandon ; les petits clercs chargés d'entretenir la lampe devant sa splendeur spectrale se firent, eux aussi, négligents : les parois de cristal devinrent poussiéreuses, les opales des angles se ternirent, des araignées y tendirent leurs toiles, et ce fut comme un second suaire filé autour de la *Princesse sous Verre* par le silence et par l'oubli.

Les moires et les soies qui la touchaient jaunirent, les fleurs de perles s'égrenèrent, et dans la moisissure et le délabrement de la pauvre chapelle une angoisse grandit autour de cette morte fantôme apparue, telle une poupée de cire, sous un linceul d'orfroi et des gazes raidies. Une longue ogive aux vitres dépolies versait en toute saison un morne jour d'hiver sur la nappe de l'autel et, posé à même le retable, le cercueil de verre y luisait tristement, tel un bloc de glace où se serait figé un cadavre. On n'allumait jamais les cierges, jamais diacre n'y célébrait de messe et les dévotes attardées à quelque autel voisin redoutaient, une fois la nuit tombée, de passer devant la chapelle et à cause de cette morte et à cause de cette plaie sous ce suaire, qui peut-être saignait toujours.

Et comme de mauvais prêtres, pour complaire aux princes régnants, parlaient de sorcellerie et citaient des histoires de vampires retrouvés frais et gras dans leur fosse, les yeux clos comme ceux de la princesse et, comme elle, paraissant dormir, le haut clergé s'émut et résolut de dérober cette fille de roi aux soupçons populaires : il fallait rendre aussi et le plus tôt au culte la chapelle suspecte ; un scrupule pourtant arrêtait le chapitre, on ne pouvait sans sacrilège enterrer ce corps léthargique qui peut-être n'avait point cessé de vivre, on s'arrêta à ce projet : déposer la châsse royale sur une barque et confier l'une et l'autre au courant du fleuve, à la merci de Dieu.

La châsse fut transportée par une nuit sans lune sur la berge, au milieu des oseraies qui s'étendent derrière la cathédrale ; la princesse y fut furtivement embarquée à bord d'un bateau plat sous les yeux de l'évêque, assisté de trois diacres. Des feuillages de houx et des branches de pins formaient un lit de verdure autour d'elle, car Noël était proche et le houx et le pin chassent le Mauvais Esprit ; puis l'évêque donna une dernière absoute, on poussa la barque dans le courant du fleuve et la morte exilée se mit doucement à descendre.

Ils la suivirent longtemps des yeux et, quand ils la crurent enfin hors de la ville, ils rentrèrent précipitamment dans l'église et y célébrèrent une messe basse qui mit en repos leur conscience.

Au loin, très loin, vers le château des Bois, sous le vent froid de la nuit, la *Princesse sous Verre* descendait les eaux lentes qui serpentent et se traînent au milieu des marais.

Elle vogua ainsi durant des lieues et des lieues entre les berges désolées par l'hiver : les roseaux séchés tintaient mélancoliquement sous la bise aigre, de gros nuages gris fuyaient éperdus dans le ciel, et, les nuits d'étoiles, de grandes ombres noires s'enlevaient lourdement au-dessus des étangs ; elles tournoyaient un instant avec des cris plaintifs à l'entour de la barque et puis fuyaient au loin comme en grande détresse, et rien n'était plus triste au-dessus des eaux pâles que ces appels d'oiseaux sauvages ; et la *Princesse sous Verre* continuait de glisser sur le fleuve, indolente, entre les rives engourdies par le gel ; et personne n'accourait pour saluer son passage, elle dont les pèlerinages pieux avaient jadis soulevé tout le pays. L'épais brouillard des soirs et le givre des aubes la baignaient tour à tour, et sous la pluie, le vent, le verglas et la neige, la châsse de cristal, reluisante et lavée, avait l'éclat des anciens jours.

L'antique château des Bois de sa première enfance la vit rôder ainsi, toute une longue journée, au milieu des marais qui l'entourent, mais le vieux gardien, qui seul eût pu la reconnaître, était devenu aveugle ; on n'ouvrait plus à cause de ses yeux perdus les épais volets des croisées et la *Princesse sous Verre* passa sans un salut à l'ombre de ses tours.

Et les rives recommencèrent plus mornes, plus plates et plus glacées à mesure qu'elles s'enfonçaient vers le Nord ; c'étaient des étendues de boue durcie où d'innombrables tiges de roseaux ondulaient à perte de vue, et pas un filet de fumée ne montait vers le ciel. Elle parvint ainsi l'avant-veille de Noël dans une solitude éclatante et figée, toute de tourbières et d'étangs et là, parmi les oseraies brunes et de vastes champs de flèches d'eau jaunies, les eaux du fleuve commencèrent à se prendre, et la barque s'arrêta à cause des glaçons.

Une infinie détresse pesait sur ce paysage dont l'air semblait gelé et muet ; on était à la veille de Noël et pas un son de cloche ne vibrait sur les plaines et pourtant les toits et le clocher, qui pointaient à quelques pas de là au-dessus d'un rideau de roseaux secs et blêmes, étaient bien les toits et le clocher d'un couvent.

Étrange moustier, en vérité, ce couvent d'hommes engourdi par l'hiver dans ce morne et dolent paysage, et dont pas une sonnerie, pas un chant liturgique ne réveillait la torpeur à la veille de la plus grande fête de l'Église, à la veille de Noël.

Étrange couvent ! Depuis plus de quarante années déjà on n'y sonnait plus les cloches, on n'y chantait plus de psaumes et, comme tombé en léthargie, il se taisait au milieu du silence assoupi des marais. Telle était la formelle volonté de son prieur, un plus étrange vieillard à la barbe toute blanche et qui bientôt allait mourir.

Une sombre légende voulait qu'en d'autres temps, du vivant du précédent abbé, un proscrit, un inconnu à face de bandit fût venu demander asile dans ce monastère alors tout sonore et d'oraisons et d'angélus ; l'homme accueilli y avait fait grande pénitence, y édifiant frères et novices par l'austérité de ses jeûnes et l'ardeur de ses flagellations. À son lit de mort, le précédent abbé l'avait désigné pour son successeur : le vote des moines avait ratifié ce choix. Mais depuis lors, au chœur comme dans le clocher, toute voix s'était tue, la prose des cantiques se lisait à voix basse, et, depuis quarante ans, toute cloche était muette. Le nouvel abbé avait imposé le silence à la communauté, la règle déjà étroite avait sous lui redoublé de rigueur ; et dans l'observance exacte de la règle, dans le jeûne, dans la veille, la prière et la pauvreté, le prieur actuel, un grand pécheur, disaient les uns, un grand seigneur, disaient les autres, attendait pour mourir que la voix des cloches immobiles éclatât dans l'espace, car, le jour où sonneraient les cloches, luirait pour lui l'heure de miséricorde et son passé lui serait pardonné.

Cette nuit-là, sous la neige qui commençait à voleter par les préaux, les moines quittèrent un à un leurs cellules et se rendirent au chœur pour la messe de minuit ; c'était désormais une messe basse sans hymnes d'allégresse, sans chants de bienvenue. Le prieur y descendit le dernier, si cassé, si vieux, si chargé de chagrins, de remords et d'années qu'il fallait deux moines pour le soutenir ; il y entra, les yeux éteints, la face si hâve et si tirée sous les flots de sa longue barbe qu'on eût dit un cadavre aux mains de deux frères ; mais à peine eurent-ils paru tous les trois sous le porche qu'une claire et joyeuse sonnerie les salua dans les airs : toutes les cloches en branle carillonnaient dans le clocher, et tous les moines sentirent une surprise exquise se fondre dans leur cœur.

Ils sortirent tous en grande hâte hors de l'enceinte du cloître et se répandirent en joie sur la berge pour voir quel ange du Seigneur était descendu dans la tour ; le prieur ébloui les suivait, appuyé sur ses aides, les deux mains en avant, tâtonnantes. Les cloches sonnaient seules à toute volée, mais au milieu du fleuve, arrêtée par les glaces, la *Princesse sous Verre* rayonnait, étincelante d'une surnaturelle clarté ; autour d'elle la neige floconnait douce et lente, et, sous le translucide reliquaire de cristal, son front transparaissait couronné de roses de Noël, non plus factices, mais fraîches écloses.

Son corps bienheureux avait rejeté son linceul, et, le sourire aux lèvres, ses longues paupières closes, elle dormait, tenant entre ses mains redevenues pures et belles, ses pauvres mains jadis dévorées par les chiens, une énorme gerbe de roses rouges, du rouge même du sang de ses plaies.

Et le prieur, étant tombé à genoux, comprit que Bertrade était morte, qu'elle avait pardonné, et que lui aussi allait mourir.

À lui, son cruel bourreau, à lui, le farouche Otto, le sinistre prince Noir devenu le prince Rouge, aujourd'hui moine et repentant, elle venait en signe d'absolution apporter la gerbe éclatante et vermeille, les roses symboliques écloses de ses plaies, les fleurs de son sang.

Il essaya de faire amener la barque au rivage, mais la glace se rompait sous les pas des frères lais, les harpons tombaient à l'eau, et il fut impossible de l'atteindre. Toute la nuit, le prince Otto la passa en prière, à genoux sur la berge, sous la neige tombante ; on avait allumé de grands feux ; les moines rangés autour chantaient tour à tour l'*Hosanna* et le *Miserere ;* sur le couvent en fête les cloches sonnaient toujours.

Aux premières lueurs de l'aube, les glaces se fondirent, la barque merveilleuse descendit les eaux lentes, puis disparut à un tournant du fleuve.

« La Revue Illustrée », *1er décembre 1895.*

NOËL DE CHOUANS

par

Anatole Le Braz (1859-1926)

Aux temps de la Terreur et de l'intolérance qui virent naître la guerre de Vendée, la célébration de Noël était interdite. L'auteur de La Légende de la mort chez les Bretons armoricains *en profite pour se livrer à une interprétation apaisante du voyage des Rois mages.*

I

Depuis trois jours il neigeait sans presque discontinuer. Sous le ciel bas et noir la lumière était comme morte : on n'eût pas vu clair en plein midi, n'eût été l'éclat triste de toute cette blancheur qui couvrait le sol. Çà et là des troncs d'arbres émergeaient, des chênes courts, bossués, trapus, tordus, pareils à des squelettes ramassés sur eux-mêmes et tout recroquevillés par le froid. Il n'y a guère qu'en Bretagne que les pauvres arbres, martyrs du vent, aient ces attitudes douloureuses, ces formes tourmentées. Et c'est, en effet, au pays d'extrême ouest que ceci se passait, dans l'hiver de 1793, la veille de Noël.

Quand je dis : la veille de Noël, c'est une façon de parler. Car, de Noël, cette année-là, bien peu de gens se souciaient. Et, dans l'aspect des choses, ont eût cherché en vain quelque signe annonciateur de la nuit sainte. Depuis de longs mois déjà les églises s'étaient vêtues de solitude et de silence : elles étaient, au milieu des maisons des bourgs, comme des veuves ou comme des mortes. L'herbe poussait entre leurs dalles disjointes ; les autels ne connaissaient plus d'autres guirlandes que les moisissures des mousses, parure dernière des lieux abandonnés. Les cloches — c'est le cas de le dire — s'en étaient allées au diable, ou bien pendaient à leurs jougs, immobiles, sans âme et sans voix.

Et Noël sans les cloches, Noël sans les grêles sonneries qui tintent dans le vent par joyeuses volées, en vérité, est-ce encore Noël ?

L'étoile de la Nativité avait elle-même déserté le firmament. Pas une lueur ne veillait là-haut, pas une seule petite clarté ne filtrait à travers les amoncellements des nues, si épaisses, si lourdes qu'elles semblaient de pierre, comme si on avait muré le ciel. Nue aussi était la terre, et vide, et, en apparence, inhabitée. On n'y voyait point trace de chaumière. La grande uniformité sinistre de la neige avait tout nivelé. On eût dit un paysage polaire.

Tel devait être le monde avant que la lumière fût.

Par instants, on entendait hennir l'invisible et sauvage troupeau des rafales, et des bruits de galops étranges retentissaient au loin dans les profondeurs de l'espace. Puis c'était de nouveau une paix sans limites, une sorte de stupeur universelle ; et les flocons blancs se remettaient à tomber en silence, ainsi qu'une mystérieuse pluie d'atomes.

Voici que, soudain, dans la désolation de la steppe, une silhouette d'homme se montra, suivie d'une autre, puis d'une troisième.

Ils s'avançaient à la file, entre les deux rangs d'arbres qui marquaient la route.

— Sale corvée tout de même ! murmura en français l'un d'eux.

Celui qui marchait en tête se retourna pour répondre :

— Vous pouvez être tranquilles désormais. Je suis certain d'être dans la bonne voie. Avant un quart d'heure nous serons arrivés.

Ils portaient le costume du pays vannetais, la veste en peau de mouton, la braie de *berlinge* noir, serrée au genou, et les guêtres en cuir. Tous trois étaient armés : au-dessus de leur épaule le canon d'un fusil pointait. À leur accoutrement et à leur mine, on les reconnaissait sans peine pour des chouans.

— Tenez, maître, continua l'homme qui paraissait être le guide, cette fois, j'en suis sûr, nous sommes à la croix de Keralzy... La ferme est à droite... Une centaine de pas, tout au plus.

Ils enfonçaient dans la neige jusqu'à mi-jambes.

Un vague tertre se dessina. L'homme dit :

— *Motus !*... Ce sont les bâtiments.

Ils en firent le tour, d'un pas précautionneux, tâtant les murs pour trouver la porte.

— Voici ! fit le guide à voix basse.

Les deux autres armèrent leurs fusils, après avoir enlevé le mouchoir qui enveloppait la batterie pour la préserver de l'humidité.

La ferme semblait vide.

— L'oiseau aura été prévenu par quelque traître, prononça celui des trois chouans qui n'avait pas encore parlé. Et il aura déguerpi !...

À ce moment, dans un appentis adossé à la maison, une vache meugla.

— S'il avait été prévenu, maître, il aurait emmené le bétail, observa le guide.

— En tout cas, frappe !

Le poing de l'homme s'abattit sur les ais de chêne qui rendirent un son sourd, le lugubre gémissement d'un couvercle de cercueil.

Une voix faible répondit de l'intérieur, en breton :

— Je vais ouvrir.

Un verrou cria, le loquet fut soulevé, et par la porte entrebâillée les trois chouans entrèrent. Des ténèbres épaisses emplissaient le logis. La voix faible au timbre enroué reprit dans l'obscurité :

— Pardonnez-moi. Je ne vous attendais point de sitôt. Ma mère me disait encore tout à l'heure que vous ne viendriez que sur le coup de minuit. Mais il y a de la braise dans l'âtre, sous la cendre. Je ne serai pas long à allumer la chandelle de résine.

Une flamme bleuâtre brilla au bout d'une de ces allumettes primitives que les paysans d'alors fabriquaient avec des tiges de chanvre desséchées et enduites de soufre. Puis, à l'angle de la cheminée, la chandelle de résine assujettie à une pince en fer se mit à brûler en crépitant.

Et les hommes virent, debout sur la pierre du foyer, un garçonnet en chemise, qui leur souriait doucement.

— Si vous voulez bien me le permettre, dit-il, je me recoucherai. Car, depuis le commencement de cet hiver, je suis tout à fait malade.

Malade, oh ! oui ! Il n'était pas besoin d'être grand clerc pour s'apercevoir qu'il se mourait. C'est à peine si un reste de vie animait encore ce pauvre squelette d'enfant tout mangé par la phtisie.

Les trous de ses yeux, démesurément dilatés par la fièvre, étaient comme percés à jour dans sa figure transparente.

Voyant que les trois hommes le regardaient d'un air de compassion, il ajouta :

— Je guérirai peut-être à la belle saison. Mais ce froid me glace.

Il se hissa péniblement sur le banc placé en avant du lit clos, en guise de marchepied.

— Ah ! j'oubliais, fit-il en se retournant. L'ajonc est là près de vous. Il est bien sec et prendra feu tout de suite. Seulement, je vous prierai de souffler vous-mêmes sur la braise. Moi, je ne pourrais pas ; j'étoufferais...

Une quinte de toux l'interrompit, si violente qu'on eût juré que tous ses petits os allaient voler en éclats.

Celui des chouans qu'on appelait « maître » le souleva dans ses bras, le déposa avec toutes sortes de précautions sur la mauvaise couette de balle qui garnissait le lit et ramena sur lui les couvertures. Le visage de l'enfant exprimait une joie singulière, un ravissement infini. Il s'était remis à parler, en mots entrecoupés, et baisait avec effusion la main du chouan qu'il avait retenue dans les siennes...

II

Une claire flambée rayonnait dans l'âtre. Le petit malade s'étant assoupi, le chef de bande était venu s'asseoir auprès de ses compagnons.

— L'aventure est piquante, commença-t-il. J'arrive dans le dessein de fusiller le père, et voilà qu'il me faut border l'enfant. Boishardy jouant à la nourrice ! Nos amis refuseront d'y croire. C'est étrange, en vérité. Ce môme-là, avec sa mine de cadavre et sa voix si triste, m'a remué jusqu'aux entrailles... Notez que je n'ai pas compris ça à ce qu'il chantait... À propos, Penn-dîr, qu'est-ce qu'il nous racontait donc, dans son satané breton ?... Ah ! par exemple, mets une sourdine, s'il te plaît, à ton instrument. J'entends qu'il repose en paix, ce gamin !

Le guide, ainsi apostrophé, demeura un instant sans répondre. Enfin il dit, très bas, en jetant un regard inquiet vers le lit :

— Je pense que la maladie a troublé le cerveau de l'enfant de Keralzy. Plus je réfléchis à ses paroles, plus je les trouve dénuées de sens...

Il avait le mot *folie* sur les lèvres, mais n'osait le prononcer. Cela porte malheur.

— Traduis-les, ces paroles, et ne fais pas tant de façons.

Penn-dîr répéta en français l'énigmatique phrase par laquelle l'enfant les avait accueillis.

— Il nous attendait ? mais seulement sur le coup de minuit ?... murmura Boishardy ; voilà qui est bizarre, en effet... Nous tirerons cela au clair. Je soupçonne là-dessous une ruse du fermier. Je vous le répète, il aura eu vent de notre visite... Mais, d'abord, inspectons les lieux... Tout ceci n'est pas naturel... Fleur d'Épine, allume la lanterne, commanda-t-il en s'adressant à l'autre chouan.

Ils firent sans bruit le tour de la maison, ouvrant les armoires, sondant avec les canons de leurs fusils les coins obscurs. Ils visitèrent ensuite les dépendances : dans l'étable ils ne trouvèrent qu'une chèvre et la vache qui, à leur arrivée, avait meuglé ; dans l'écurie, en revanche, deux chevaux de belle encolure dormaient debout, la tête appuyée au rebord de la mangeoire.

Leur perquisition terminée, ils rentrèrent, sans avoir vu trace de l'homme qu'ils cherchaient, le fermier de Keralzy, Yvon Lestrézec.

La semaine d'avant, un chouan poursuivi par les Bleus s'était réfugié dans la métairie, et, pendant une journée, Yvon Lestrézec l'avait hébergé et nourri ; mais la prime promise à qui livrerait un rebelle avait tenté la cupidité du paysan. Il avait lui-même, le lendemain, livré son hôte à la gendarmerie prévenue par ses soins.

Pour ce fait, le comité exécutif des chouans, siégeant à Vannes, l'avait condamné à mort. Le jugement décrétait qu'il serait fusillé en pleine figure, à bout portant, après avoir été au préalable dépouillé de ses hardes et ligoté tout nu au calvaire de Keralzy, avec le nom de *Judas* inscrit au couteau sur sa poitrine.

Boishardy avait été chargé de l'exécution de la sentence. Il s'était mis en route, malgré la neige, malgré ce vent d'enfer qui faisait rage, malgré les postes des Bleus, disséminés dans toute la région. Comme aide de camp il s'était adjoint Fleur d'Épine. Penn-dîr, en français Tête d'acier, un braconnier de Trégunc, grand batteur de pays, remplissait la double fonction de guide et d'interprète.

On sait le reste.

Robuste, souple, avec de larges épaules et une taille de fille, la face rasée de frais, les yeux francs et audacieux, le nez en bec d'oiseau de proie, les lèvres sensibles et, dans la physionomie, un mélange de rudesse et de bonté, tel apparaissait Boishardy à la lueur du feu d'ajoncs où il venait de reprendre place entre ses deux acolytes*.

Par l'entrebâillement des volets du lit, le petit malade, réveillé, se pencha vers le groupe des chouans. Ses cheveux, couleur de paille, s'ébouriffaient autour de son visage exsangue, d'une pâleur de vieille cire.

* Émile Souvestre, dans les *Souvenirs d'un bas Breton* (2e série), trace de Boishardy le portrait suivant :

« Les royalistes (des Côtes-du-Nord) avaient pour chef un des hommes les plus actifs et les plus entreprenants qu'ait jamais produits aucune guerre civile. Ce chef était un gentilhomme obscur nommé Boishardy, qui avait vécu jusqu'alors uniquement occupé de chasser le loup et de courtiser les jeunes fermières. Les paysans, qui le craignaient à cause de sa force et de son audace, l'aimaient pour sa franchise familière, sa gaieté et ses élans d'une brusque bonté. Il ne s'était jamais donné la peine d'être meilleur ni plus mauvais que le hasard. C'était un de ces hommes d'instinct, destinés à devenir populaires, parce qu'ils ont le bonheur d'avoir, à côté de chaque vertu, un défaut qui la rend visible aux yeux grossiers de la foule. Capables de mauvaises actions quand la passion les pousse, mais non d'une méchanceté, parce que la méchanceté suppose la corruption et le parti pris ; natures cahoteuses qui plaisent, comme les paysages accidentés et les arbres rugueux, par le seul charme de la vie et de la variété. »

— Vous désirez peut-être manger, fit-il. Il y a une tourte de pain de seigle dans la huche et, sur la planche qui est là-haut, appendue à la poutre, vous trouverez dans un plat d'étain une tranche de lard fumé.

Penn-dîr transmit cette offre au chef de la bande.

— Remercie-le, répondit celui-ci. Sa politesse n'est pas à dédaigner.

L'instant d'après, ils étaient à table tous les trois. La course dans la neige leur avait creusé l'estomac : ils soupèrent avec appétit. Sur l'ordre de Boishardy, le guide interprète, sans perdre une bouchée, se mit en devoir d'interroger l'enfant, traduisant en breton les questions du « maître » et en français les réponses du bambin.

— N'as-tu pas dit que tu nous attendais ? Tu sais donc qui nous sommes ?

— Certes, oui. Il y a trois ans, quand on faisait encore le catéchisme à l'église du bourg, j'y assistais tous les samedis. Le recteur, celui qui s'en est allé chez les Anglais, nous a souvent raconté votre histoire, et j'ai bien retenu vos noms.

— Lesquels, s'il te plaît ?

— Gaspard, Melchior et Balthazar, débita l'enfant tout d'une haleine, sur un ton de leçon apprise par cœur.

— Le cher innocent ! il nous prend pour les Rois mages, murmura Boishardy.

Penn-dîr reprit :

— Alors, ta mère t'avait averti que nous viendrions ?... Mais comment a-t-elle pu te laisser seul, malade comme tu es ?

— Les temps sont durs et nous ne sommes pas riches. Depuis quelques jours elle accompagne mon père, chaque soir, au manoir des Saliou, à une demi-lieue d'ici. Ils y passent la nuit à teiller du lin et ne rentrent qu'à l'aube. Ce n'est pas que ça leur plaise. Ma mère pleure toujours en m'embrassant au départ ! Mais le père lui dit : « Il le faut ! Il le faut ! » Et ils s'en vont. Quand on est pauvre, on ne fait pas ce qu'on veut.

Boishardy pensa : « Le rustre s'est méfié, s'il n'a été prévenu. Mais je trouverai un moyen, quoi qu'il fasse, de lui régler son compte ».

— Ce soir, continua l'enfant, ils m'ont dit : « Si l'on vient frapper, va ouvrir et n'aie pas peur. Rappelle-toi que, la nuit de Noël, les envoyés de Dieu courent les chemins ».

Fleur d'Épine s'écria :

— Au fait, c'est nuit de Noël ! Nous réveillonnons en ce moment.

— Ainsi, demanda Penn-dîr, tu n'as pas eu peur de nous ?

— Au contraire, j'ai été bien content. Durant tant d'années, je vous ai attendus en vain ! J'avais beau mettre mes sabots dans le coin de l'âtre, je n'y retrouvais le lendemain matin que la paille de la veille. J'en étais venu à croire que Keralzy n'était pas sur votre route. Les autres, de mon âge, étalaient devant moi leurs jouets, un tas de belles choses peinturlurées que le *Mabik Jésus** leur avait fait distribuer par ses mages, ses bergers ou ses apôtres. Moi seul, je n'avais rien. Je m'en allais pleurer de désespoir derrière le fournil, non pas tant à cause du cadeau qui n'arrivait jamais que parce qu'il me semblait triste qu'on m'oubliât de la sorte. Ma mère tâchait de me consoler en me disant : « Sèche tes larmes, petit Job. Tu verras, l'année prochaine, les gens du Bon Dieu t'apporteront un bel habit neuf, aussi bleu que le ciel avec des boutons de nacre aussi brillants que les étoiles. » Mais moi, je faisais « non » de la tête. Je n'avais plus foi. Si vous aviez tardé d'un Noël encore, je suis sûr que la peine que j'en

* L'Enfant Jésus.

aurais eue m'aurait tué. Tenez, quand enfin j'ai entendu votre coup à la porte, j'ai pensé mourir de joie...

Le pauvret dut s'interrompre. Dans sa gorge oppressée sa voix râlait. Il fit cependant un dernier effort pour demander :

— Dites, vous me l'apporterez, n'est-ce pas, le bel habit bleu aux boutons de nacre ?

Boishardy s'était levé d'un bond ; sur ses joues rases deux grosses larmes roulaient. Il tira sa montre : elle marquait dix heures.

— Penn-dîr, fit-il, réponds-lui qu'il dorme tranquille et que demain, au lever du jour, l'habit sera étendu au pied de son lit, veste, gilet et pantalon... Vous autres, faites le quart jusqu'à mon retour, et, à la moindre alerte, égaillez-vous !

Le terrible homme était déjà dehors.

On entendit dans la cour le bruit d'un cheval qui s'ébroue, puis un « hop ! » sonore, puis un galop sourd, bientôt étouffé dans le vaste silence des neiges...

III

Blanches elles étaient, les neiges — blanches d'une blancheur morne, blafarde, d'une blancheur de suaire. Et, sur les grandes étendues blêmes, le ciel de plus en plus s'abaissait, comme un bloc noir, comme la dalle immense d'un immense tombeau.

Qui eût été, cette nuit-là sur les routes — comme disent les faiseurs de complaintes — se fût signé d'épouvante, croyant voir passer la bête de l'Apocalypse.

Et c'était Boishardy qui s'en allait chevauchant, en quête d'un habit neuf pour le petit de Keralzy. Cramponné à la crinière de sa monture, la joue collée à son poitrail pour mieux rompre la bise, il allait, il allait.

Mais laissons parler la vieille ballade bretonne, composée, dit-on, par un tailleur de pierres, et que les bardes ambulants, depuis lors, ont colportée dans tous les pardons :

« L'an dix-sept cent quatre-vingt-treize, — la veille de Noël, au soir — il faisait tel vent et telle neige — que les corbeaux mêmes se tenaient tapis — dans le ventre creux des vieux chênes. — La neige tombait, le vent soufflait.

« Les petits enfants, sous le chaume, — étaient tristes et songeaient : — "Avec cette neige, avec ce vent, — Jésus n'osera point descendre, — en sorte que nos sabots resteront vides !" — Le vent soufflait, la neige tombait.

« Le fait est qu'il ventait si fort, — il neigeait neige si épaisse — qu'il eût fallu à Dieu autant de courage — pour descendre sur la terre des hommes — que, jadis, pour gravir le Golgotha. — La neige tombait, le vent soufflait.

« Malgré la neige, malgré le vent, — par vaux et monts, sur un cheval nu, — sans étriers ni mors, sans selle, — Boishardy cependant courait. — Qu'importe le temps au chouan ! — Le vent soufflait, la neige tombait.

« Il n'a pour éclairer sa route — que le feu qui sort de ses yeux — luisants comme des escarboucles. — Il crie à la bête : "Plus vite !" — Plus vite que la mort va la bête. — La neige tombait, le vent soufflait.

« Aux trous des talus, les chouettes — se demandaient l'une à l'autre : — "Où va Boishardy de ce pas ? Quel nouveau meurtre a-t-il en tête ? — Quelle ferme va-t-il brûler ?" — Le vent soufflait, la neige tombait.

« Le rouge-gorge, oiseau du Calvaire, aux chouettes a répondu : — "Boishardy, le grand chasseur d'hommes, — pour une fois a changé d'âme. — Puisse Dieu lui en savoir gré !" — La neige tombait, le vent soufflait.

« Boishardy galope, galope, — pour exaucer le vœu, — le dernier vœu d'un innocent, — malade dans le lit clos de Keralzy. — Qu'il prenne garde ! la mer monte... »

La petite ville se tassait, toute noire sur le gris de l'horizon, de l'autre côté d'une de ces criques profondes que l'Océan creuse dans les failles de la terre bretonne et que le flux ne visite guère qu'aux marées exceptionnelles.

Le dur sabot du cheval de ferme sonnait maintenant sur une chaussée de galet.

Une âcre odeur de saumure flottait dans les ténèbres.

Soudain, bête et cavalier sentirent le sol se dérober sous eux. Une chose mouvante, glacée, sinistre, les engloutissait sans bruit.

« La mer ! pensa Boishardy, je n'avais pas prévu ce détail... »

Il enfonça les deux genoux dans les flancs de sa monture, râlante, à demi noyée, et, ayant saisi entre les dents une de ses oreilles, dressées d'épouvante :

— Hangn ! fit-il.

Sous cette morsure atroce, l'animal bondit avec un hurlement de douleur.

— Sauvés ! s'écria le chouan.

Ils étaient déjà sur l'autre rive.

L'aubergiste de la *Tête-de-Loup* fut long à réveiller. Il montra enfin à la lucarne du pignon sa grosse figure congestionnée.

— Qui est là ?

— Pour Dieu et le Roy ! proféra Boishardy. Ouvre vite, triple endormi, si tu ne veux que les compagnons te fassent perdre avant peu le goût des draps !

Maître Jean Tarridec ne se le fit pas répéter deux fois. Sa femme, sa fille Lévénès, le palefrenier, tout le personnel de la *Tête-de-Loup* fut bientôt sur pied.

— D'abord, qu'on soigne le cheval ! J'entends qu'avant une demi-heure il n'ait plus un poil de mouillé. N'oublie pas de verser une chopine d'eau-de-vie dans son avoine.

Cet ordre donné au garçon d'écurie, le chef de bande se tourna vers l'aubergiste qui grelottait dans sa graisse, un peu de peur, beaucoup de froid, n'ayant passé de son vêtement que les pièces les plus sommaires.

— Toi, pour t'apprendre ton métier de chouan, je devrais bien t'emmener en cet état faire un tour de ville. Mais je suis bon prince. Va finir de t'habiller, pendant que je ferai prendre à mes semelles un air de feu.

La maritorne, aidée de Lévénès — fine fleur des côtes au parfum de goémon frais —, avait ranimé la cendre du foyer en y jetant une brassée de fagot. Elle disposa sur le feu le trépied et, sur le trépied, la poêle, tandis que la jeune fille battait des œufs.

Boishardy assistait à tout ce manège, du centre d'un nuage de vapeurs exhalées autour de lui par son accoutrement détrempé. Il se dégageait de la cuisine proprette et chaude une torpeur de bien-être qui l'envahissait. Si endurant qu'il fût à la fatigue, sa marche du jour, sa chevauchée de la nuit avaient endolori ses membres. Et puis, on a beau être un aventurier, un fanatique de la vie hasardeuse, on n'en subit pas moins le charme momentané d'une pièce close au vent qui vente, d'un abri paisible et sûr, égayé par les sursauts de la flamme dans l'âtre et par les mouvements onduleux d'une belle fille qui va, vient, s'empresse, et laisse rire dans ses yeux d'esclave soumise la joie qu'elle a de vous servir.

Déjà le chouan se voyait étendu, après un copieux repas abondamment arrosé, dans un lit d'ouate tiède fleurant les lavandes du printemps dernier.

Mais, par une subite association d'images, il se rappela l'autre lit, là-bas, le morne lit de Keralzy, avec son banc de chêne, ses volets sombres, sa couette de chanvre, bourrée de vieille balle, ses toiles d'araignée peuplées de mouches mortes, et ses tristes couvertures en loques dans lesquelles un pauvre être de douze ans agonisait sans plainte, en rêvant d'une veste à boutons de nacre, trop longtemps désirée en vain et qu'il avait grand-chance de ne porter jamais.

Il secoua sa lourde tignasse brune, toute dégouttelante d'eau de mer, et, poussant du pied la poêle où commençait à bruire doucement la chanson du beurre rissolé :

— Ta, ta, ta, fit-il, ramassez-moi toutes ces gâteries. J'ai bien autre chose en tête.

Maître Tarridec descendait l'escalier, enveloppé dans une limousine, le cou entortillé d'une demi-aune de foulard.

— À la bonne heure ! s'écria Boishardy, te voilà garanti contre les rhumes !... Dis-moi, tu as bien parmi tes amis quelque boutiquier-tailleur ?

— Certes.

— Courons-y de ce pas !

Le marchand, réveillé en sursaut, pesta sans doute quelque peu contre cet acheteur intempestif à mine de forban, mais la vue d'une poignée de jaunets eut vite calmé sa mauvaise humeur.

Justement il avait là un habit d'enfant « tout ce qui se peut voir de mieux confectionné... Et moelleux !... Un pur velours !... Touchez-moi cette étoffe... »

Les boutons, il est vrai, n'étaient point de nacre. Mais ce fut l'affaire d'un instant de les changer.

Au sortir de chez le tailleur on passa chez le cordonnier. Puis vint le tour de l'apothicaire. Le chouan s'y emplit les poches de fioles de sirop, de plusieurs bâtons de pâte de réglisse et d'un nombre indéfini de sachets de pastilles.

À l'un des contreforts de l'église — qui pour le moment servait de grenier à fourrage — s'adossait l'échoppe d'un imagier... Mais rendons la parole à l'auteur inconnu de la complainte :

« Chez l'artisan faiseur de saints — Boishardy entre en dernier lieu, — Boishardy entre, bourse en main, — et sans marchander il achète un Bon Dieu d'ivoire. — Le vent soufflait, la neige tombait.

« Il achète un blanc crucifix, — pour que l'enfant de Keralzy — ait, en mourant, devant les yeux, — Celui qui mourut pour les hommes, — le Maître doux du Paradis !... La neige tombait, le vent soufflait... »

IV

Entre le ciel noir et la terre blanche, de nouveau Boishardy galopait. Une fente s'était ouverte du côté de l'orient dans la muraille opaque qui fermait le ciel, et une blême coulée de lumière, émanée d'une source mystérieuse, s'épanchait par la fissure. C'était comme une promesse de jour après cette nuit sépulcrale qui semblait ne devoir jamais finir.

Le cavalier put franchir la crique sans encombre. La mer s'était retirée : sa rumeur lourde, basse, continue, s'entendait encore, mais à distance, et la rafale aussi semblait s'être éloignée avec la mer. Le retour s'annonçait sous de favorables auspices.

Tout à coup, sur la pente opposée, la bête se cabra.

Boishardy ne fut pas longtemps sans comprendre à quelle sorte de danger il avait affaire. De minces flocons de fumée se balancèrent au-dessus d'un bouquet d'aulnes.

— Attrape, chouan ! cria une voix.

Il donna si rudement du talon de ses souliers ferrés dans le ventre de sa monture que celle-ci s'enleva des quatre pieds.

— Au cheval ! Visez au cheval ! hurla une autre voix.

Une grêle de balles siffla, fauchant les ramilles des arbres, mais Boishardy était hors d'atteinte. Il agita son feutre épinglé d'une cocarde noire, en ricanant :

— Tirez ! Tirez, les Bleus ! Taillez de la besogne pour les ramasseurs de bois mort !

Aux alentours de la ferme de Keralzy, rien dans le paysage n'avait changé : c'était le même désert neigeux, le même silence.

En passant le calvaire, le chef de bande se signa, mais non sans marmonner entre ses dents quelque chose qui ne devait pas être une prière, à en juger par l'expression de dureté qu'avaient brusquement revêtue ses traits.

Parvenu aux deux piliers qui marquaient l'entrée de la cour, Boishardy fit entendre un cri strident et prolongé, un ululement d'oiseau nocturne. La porte de la maison s'ouvrit aussitôt, et Fleur d'Épine se montra, suivi de Penn-dîr.

— C'est vous, maître ?

— C'est moi... Fleur d'Épine, veille sur la bête : nous aurons besoin d'elle... Toi, Penn-dîr, trouve-moi à l'écurie une corde quelconque, longe ou licol. Surtout prends-la solide.

Lui, il s'achemina vers la ferme, son ballot sur les épaules. L'enfant dormait, la tête au mur. Boishardy étala sur le lit, un à un, les effets qu'il était allé quérir, rangea sur la table de cuisine les paquets de bonbons et les fioles, suspendit les souliers en évidence au manteau de la cheminée, puis, ayant placé le christ d'ivoire entre les mains amaigries du malade, il se découvrit et murmura :

— Que le Dieu qui naquit à Noël te garde de souffrir plus longtemps !... Pour nous, ajouta-t-il en se parlant à lui-même, dépouillons notre couronne de Roi mage. À ta besogne de justicier, Boishardy !...

L'enfant resta seul dans la maison vide, seul avec le crucifix que le rouge reflet de l'âtre éclairait d'une lueur de sang.

Le chouan avait rejoint ses compagnons.

— Où allons-nous ? demandèrent ces derniers.

— Au calvaire !... Et tâchez que l'animal ne vous échappe point !

Le cheval, encore tout fumant de la course à bride abattue qu'il venait de fournir, se refusa d'abord à marcher. Il reniflait désespérément du côté de l'écurie où son frère de labour, qui tout à l'heure avait reconnu son galop, ne cessait de hennir, pour l'appeler.

Boishardy lui larda la croupe de coups de couteau.

Alors, comprenant sans doute qu'il ne gagnerait rien à s'obstiner dans sa résistance, il s'abandonna au sort, avec son doux fatalisme de bête. Il n'esquissa même pas une ruade quand, arrivés auprès de la croix, les brigands s'apprêtèrent à lui entraver les jambes. Garrotté au point de ne pouvoir se tenir debout, il se coucha lourdement dans la neige, sans une plainte, se résignant d'avance à de pires extrémités.

Le calvaire se dressait à l'angle d'un champ que bordaient de hauts talus, hérissés de broussailles surplombantes. Les trois hommes se tapirent dans la douve, à l'abri de cette espèce d'auvent. Devant eux des amas de neige durcie formaient rempart.

La tourmente s'était tue.

Une haleine moins âpre soufflait de l'occident. Les nuages se soulevaient comme s'il leur eût poussé des ailes : une sorte d'animation silencieuse se faisait dans le ciel.

À l'est, du fond des lointains pâles, un disque de pourpre violacée surgit, un soleil sans flamme et sans rayons, un spectre d'astre, fatigué avant d'avoir commencé sa carrière.

Les chouans guettaient, fusils armés.

V

Un groupe d'hommes venait par la route, en causant.

L'un d'eux dit :

— J'ai envoyé la ménagère par la traverse. Elle doit être au logis depuis déjà dix bonnes minutes... S'il n'y a rien de nouveau, elle ne tardera pas à me faire signe.

Ils s'étaient arrêtés : une main en abat-jour au-dessus des yeux, ils regardaient dans la direction de Keralzy.

— La voilà ! s'écria un second. Je la reconnais. Elle secoue en l'air un mouchoir.

— C'est donc que tout va bien, répondit celui qui avait parlé le premier et qui n'était autre que le fermier du lieu.

Il poussa de toute la force de ses poumons un *iou !* strident pour donner à entendre à sa femme que son geste avait été aperçu et qu'elle pouvait quitter sa faction.

Puis, se tournant vers les paysans qui l'escortaient :

— Il est inutile que vous m'accompagniez plus loin. Les chouans ne m'auront pas encore cette fois-ci !

Il y eut de gros éclats de rire, un échange de lazzis campagnards, et l'on se sépara. Le fermier continua seul son chemin.

Il n'avait pas fait cinquante pas qu'il vit, jouxte le calvaire, une grande forme étendue qui s'agitait confusément. C'était le cheval : son flair l'avait averti de l'approche de son maître, et il essayait de se remettre sur ses pieds sans y réussir, battant le sol avec sa tête à coups sourds et précipités.

— Hé, mais ! s'exclama l'homme, c'est Mogiz !... Ah ! les brutes ! les bandits ! se venger sur une pauvre bête !... Doux ! doux ! mon brave Mogiz, on va te débarrasser de tes liens.

Il s'était agenouillé auprès de l'animal, tapotant son poitrail d'une main pour le faire tenir tranquille, tandis que, de l'autre, il tirait son couteau pour trancher la corde...

— Feu ! commanda Boishardy.

Le fermier tomba à la renverse, le crâne fracassé.

Une des balles avait pénétré dans l'orbite droite.

— Est-ce visé, ça ! proféra le chef de bande en désignant à ses acolytes le globe de l'œil, qui pendait.

Penn-dîr dépouilla le cadavre de ses vêtements, cependant que Fleur d'Épine ôtait au cheval son entrave qui allait servir à crucifier le « traître ».

Mogiz partit en trébuchant, comme une bête saoule.

Le fermier, dont le froid racornissait déjà les membres, fut hissé sur la croix et amarré à l'arbre de granit.

Avec la pointe de son stylet, Boishardy grava un peu au-dessous des seins le nom de Judas. Il apporta à cette sinistre calligraphie toute sa maîtrise de sculpteur en chair humaine.

À la même heure, là-bas, dans la cuisine que blanchissait le jour, l'enfant de Keralzy, extasié, disait à sa mère :

— Si tu l'avais vu, *mamm !...* Comme sa figure était imposante et belle !... Je n'ai pas eu de peine, va, à deviner que c'était lui Balthazar, le Mage fils de Japhet. Les deux autres, quoique rois eux aussi, avaient l'air de n'être que ses serviteurs... Que de cadeaux, hein ! que de cadeaux !... Tu avais raison, *mamm,* il ne faut jamais désespérer !... Je suis bien dédommagé, cette fois, de tous les Noëls où je n'ai rien eu !...

Et, embrassant avec ferveur le christ d'ivoire, il murmura dans un transport de reconnaissance :

— Béni sois-tu, ô Dieu ! Et béni soit celui qui m'est venu visiter en ton nom !...

Extrait de Récits de passants, *1897.*

LE PETIT NOËL DE QUATRE SANS-CULOTTES

par

G. Lenôtre (1855-1935)

Maître inégalé de la « petite histoire », Théodore Gosselin a ajouté l'initiale de son nom à un pseudonyme évocateur des fastes de la monarchie. Sous le double signe de la tradition de Noël et de la Révolution en marche, il convie en des lieux chargés d'histoire l'ombre de Bonaparte et l'étoile qui guida les Rois mages.

Ils étaient quatre ; tous quatre originaires du *faubourg Antoine,* ce volcan aujourd'hui éteint qui, jadis, à intervalles presque réguliers, vomissait sur Paris des torrents de lave révolutionnaire.

Un matin d'août 1792, ils avaient suivi l'émeute roulant vers les Tuileries : le sac du château les avait très fort amusés ; ils avaient percé de coups de pique les matelas du *Gros Capet,* fusillé les dieux trônant dans les Olympes des plafonds peints, un peu cassé les glaces, beaucoup bu, et secoué, en vrais gamins, pour « faire la neige », par les hautes fenêtres de la galerie de Diane, tous les édredons éventrés du palais.

De la politique, d'ailleurs, ils se souciaient fort peu, ce qui ne les empêchait point d'être, quelques jours plus tard, en septembre, partout où l'on égorgeait ; non pas qu'ils prissent part au massacre, mais *pour voir,* en badauds réjouis de la nouveauté du spectacle. Puis engagés, au son du tambour et des canonnades du Pont-Neuf, dans les bataillons de volontaires, ils étaient partis toujours chantant, riant, gouailleurs, pour l'armée de Champagne ; de là, ils étaient passés au corps du traître Dumouriez, dormant le jour, marchant la nuit, indisciplinés, bons soldats seulement les jours de bataille.

Le hasard qui les avait réunis se perpétua : ils rejoignirent ensemble l'armée des Alpes, firent partie de ces bandes légendaires que le petit Corse lança victorieusement sur la Lombardie : partis pieds nus, efflanqués, misérables, ils se retrouvèrent après la campagne bien chaussés, gras et confortables. Nul ne savait mieux qu'eux tirer parti des circonstances et profiter des aubaines : aussi les appelait-on les *Parigots ;* ils avaient, d'ailleurs, depuis longtemps oublié les noms que leur avaient légués leurs parents et adopté des dénominations plus conformes à leur modernisme : l'un se nommait *Nonidi,* l'autre *Décius,* le troisième *Tournesol,* et le dernier *Pimprenelle,* tous vocables empruntés au calendrier révolutionnaire.

Quant à leur moral, l'analyse en sera courte : ils n'avaient pour règle de conduite que le désir de vivre le plus copieusement possible ; ils se méfiaient de leurs chefs, détestaient les aristocrates et les riches, méprisaient, comme il convient, la superstition et les prêtres ; dans les villages où l'on campait, ils étaient des premiers à l'église dont ils enfonçaient la porte, faisaient cuire la soupe avec les bois sculptés des confessionnaux, allumaient leurs pipes à la lampe du sanctuaire, buvaient le vin des burettes et se faisaient des mouchoirs avec la nappe de l'autel, exploits qui leur avaient valu la réputation d'esprits forts et de *philosophes.* Du reste, de l'entrain, de l'à-propos, de l'audace, bons garçons en somme, tantôt bandits, tantôt héros ; bref, de vrais faubouriens de Paris lâchés en conquérants sur le monde.

Or, cette année 1799, après avoir passé les mers, pris part à la conquête de l'Égypte, vaincu les *Bédouins,* écrit leurs noms sur les Pyramides, Nonidi, Décius, Tournesol et Pimprenelle faisaient partie du corps d'occupation qui, à la suite du siège de Saint-Jean-d'Acre, fut chargé d'occuper la Palestine et de lever, sur les Juifs de Jérusalem, de Gieffa et de Gaza, l'impôt qui devait solder les frais de la campagne.

Depuis quelques jours, la demi-brigade, dont les quatre Parigots faisaient l'ornement et la gloire, campait sous les murs de la ville sainte : des patrouilles, en tous sens, parcouraient le pays, pour assurer la sécurité des percepteurs ; à l'approche des Français, les pèlerins, comme bien on pense, avaient quitté les lieux saints ; les églises catholiques ou grecques étaient abandonnées ; les Turcs mêmes avaient déserté leurs mosquées : il ne restait en Palestine que des Juifs, qui, après quelques velléités de résistance, ayant été copieusement rossés, se montraient, pour nos soldats, d'une obséquiosité exemplaire.

Dans la soirée du 24 décembre, Nonidi, qui était sergent, et ses trois compères se trouvaient de ronde dans la campagne : l'air était tiède, la nuit obscure : dans un bas-fond, véritable désert de cailloux et d'asphodèles, encaissé entre deux hautes collines dont le sommet se perdait dans le ciel sombre, les quatre hommes étaient assis. À cette heure mélancolique, mais souverainement douce, on n'entendait que le rauque coassement des grenouilles dans des citernes abandonnées. Décius dormait ; Tournesol sifflait *La Carmagnole ;* Pimprenelle « cassait une croûte » ; Nonidi ne faisait rien.

Ils étaient là depuis une heure quand, dans la nuit, au sommet de la colline qui fermait le ravin, un point lumineux brilla dans le ciel. Ce fut d'abord une lueur vague qui, peu à peu, se précisa. Elle s'avançait dans le ciel, d'un mouvement lent et régulier.

— Qu'est-ce que cela ? grommela le sergent à voix basse.

Le point de feu maintenant grandissait, étincelant dans l'air pur : on eût dit un astre descendu sur la tranquille vallée endormie.

— C'est un feu follet, dit Tournesol ; j'en ai vu comme cela dans les marais de la Bièvre.

— Un feu follet à cette hauteur, ce n'est pas possible ! répliqua Pimprenelle...

Décius, réveillé, s'était mis sur son séant et regardait d'un air terrifié.

— Oh ! fit-il, c'est l'Étoile !...

— L'Étoile ?...

— Oui, ajouta-t-il en baissant la voix, mais sans quitter le feu du regard ; oui, c'est dans ce pays-ci ; jadis, on m'a conté...

— Allons, vas-tu finir ?

— Eh ! vous savez bien, l'étoile miraculeuse qui conduisit les bergers à la Crèche... nous sommes dans la nuit de Noël... c'est l'Étoile, je vous le dis, c'est l'Étoile.

— Stupide ! grommela Pimprenelle.

Les autres, un peu émus, ne ricanèrent point.

— On verra bien, dit le sergent ; prenons nos fusils et nos sacs et marchons jusque-là, sans bruit ; plus un mot. En route.

Les quatre hommes s'équipèrent et gagnèrent le revers du ravin : l'*Étoile,* maintenant, descendait vers eux obliquement et se mit à les précéder : ils hâtèrent le pas pour la rejoindre. Nonidi devançait la petite troupe, curieux d'avoir le mot de l'énigme ; Tournesol et Pimprenelle le suivaient assez gaillardement ; Décius venait le dernier, sans entrain et marmottant :

— C'est l'Étoile... pour sûr ; c'est l'Étoile.

Le sergent tout à coup s'arrêta.

— Imbécile, dit-il à voix basse, regarde-la ton étoile... C'est un citoyen qui porte une lanterne : où diable va-t-il ?

Et sentant peser sur lui les regards ironiques de ses compagnons, Décius prit son fusil :

— Celui-là, dit-il, va me payer la peur qu'il m'a faite.

Le sergent l'arrêta du geste.

— Pas de bêtise, pour le moment : il faut savoir ce qui attire ici ce particulier. Suivons-le, mais pas de bruit !...

L'Étoile débouchait dans la plaine ; là, l'ombre était moins épaisse et les quatre soldats aperçurent, se profilant sur le ciel encore rosé du crépuscule, l'homme qui portait la lanterne : on distinguait sa silhouette, vêtue d'une longue robe : il portait sur la tête le bonnet pointu des Arméniens. Il s'engagea dans un champ d'oliviers, coupé de petits murs de pierres sèches ; puis tourna sur un chemin pierreux, et tout de suite rentra dans l'ombre. Nonidi et ses hommes, se guidant sur la lumière que projetait sa lanterne, allongèrent le pas ; ils se trouvaient dans la rue d'un village abandonné ; çà et là se dressaient les énormes cubes sombres des maisons désertes : aucune lueur ne filtrait des fenêtres closes ; aucun bruit ne troublait le silence.

L'Arménien poussa une porte battante qui se referma sur lui : les quatre Français s'arrêtèrent : le visage collé aux fentes de la porte, ils regardaient ; l'homme était entré dans une vaste église, splendide et déserte : sa lanterne projetait sur les mosaïques d'or, cassées et noircies, d'étranges lueurs fauves ; une quadruple rangée de sveltes colonnes soutenaient la voûte, ouverte par endroits. L'Arménien posa sa lanterne sur le sol et se prosterna au milieu du temple vide.

— J'ai mauvaise idée de ce citoyen-là, fit le sergent ; il me semble que le moment est venu... allons, les enfants, apprêtez les armes, et laissez-moi faire.

Puis, poussant à son tour la porte, il entra dans l'église, suivi de ses camarades ; au bruit, l'homme ne bougea pas ; il restait prosterné, le front sur les dalles. Nonidi marcha vers lui, et lui posant la main sur le dos :

— Eh bien ! mon garçon... il ne faut pas s'endormir là ; l'endroit est malsain.

L'Arménien releva la tête : c'était un vieillard à barbe grise ; il dévisagea d'un air étonné les soldats qui l'entouraient.

— Je prie, dit-il en français.

Il y eut un silence ; Nonidi semblait un peu déconcerté.

— Évidemment la chose n'est pas défendue, répliqua-t-il en lissant sa moustache... mais n'importe ; c'est louche. Comment s'appelle cet endroit-ci ?

— C'est l'église de la Nativité.

Les soldats échangèrent un regard ; ces mots ne leur rappelaient rien.

— Et le nom de la localité ? reprit le sergent.

— Bethléem.

Il y a une telle magie autour de ce nom que les quatre soldats tressaillirent ; Décius, instinctivement, se découvrit. Ce mouvement d'émotion n'échappa point au pèlerin ; il se releva, et prenant sa lanterne :

— Venez, dit-il.

Tous les cinq traversèrent l'église ; l'Arménien marchait le premier, marmottant des prières ; les soldats suivaient, s'avançant avec précaution, pris d'une sorte de recueillement. Ils descendirent un escalier de pierre poussiéreux et sonore ; au bas se trouvait une porte étroite en marbre blanc ; cette porte, qu'aucun vantail ne fermait, donnait accès à une vaste grotte composée d'une série de petits compartiments, d'étroits couloirs, encombrés de débris d'autels et de fragments de marbre ; la roche noire, suintante, formait la voûte.

L'Arménien, sans souci du respect humain, sans peur de ces « impies » dont il se faisait le cicérone, promenait sa lanterne, expliquant :

— Ici était la Crèche où fut déposé l'Enfant ; ici se tenait couchée la Vierge ; ici on avait attaché l'âne et le bœuf ; ici s'agenouillèrent les Rois mages.

Et les quatre soldats, le front découvert, curieux d'abord, émus ensuite, songeaient devant ces choses qui faisaient revivre en leur cœur les souvenirs effacés de l'enfance lointaine, les douces légendes que contaient leurs mères ; et l'étonnement naissait en leur esprit de se sentir là, dans ce lieu auguste, à jamais célèbre, dans cette grotte plus fameuse que les plus orgueilleux palais, et dont toute la gloire provient de ce qu'elle abrita, pendant quelques heures, le plus pauvre des enfants des hommes.

Le pèlerin expliquait comment, depuis des siècles, jour et nuit, les fidèles s'étaient pressés dans ce souterrain ; mille cierges l'éclairaient ; les rois de toute la terre l'avaient orné de merveilles ; puis la guerre était venue, les Français avaient envahi le pays, et les lieux saints avaient été désertés ; lui, seul croyant parmi la population hérétique que n'avait point chassée l'invasion, n'avait point voulu qu'en cette nuit de Noël le lieu de la Nativité demeurât sans un hommage ; ceci dit, il s'agenouilla, et, sans plus s'occuper de ses compagnons, il se mit à prier.

Nonidi, Décius, Tournesol et Pimprenelle ne songeaient pas à s'en aller. Ils étaient pris d'une émotion souveraine, mais sans résistance possible, et si douce... Ce lieu, où, depuis dix-sept siècles, étaient accourues les multitudes désolées, où tant de cœurs s'étaient fondus en prières, ce lieu sacré les retenait dans un recueillement vague, attendri, reposant. Le sergent ne cherchait pas à dissimuler les larmes qui, lentement, tombaient de ses yeux : même ses compagnons le surprirent à murmurer, en regardant la crèche :

— Pauvre petit !

Elle était bien un peu familière et idolâtre la prière qui, sous cette forme fruste, échappait de son cœur ; mais elle répondait si bien à l'instinct de sa nature qu'elle dut prendre son essor vers le ciel aussi bien que les hymnes les plus magnifiques.

Et ce fut une nuit étrange que celle passée là par ces quatre hommes que tant d'avatars avaient endurcis et dont la froideur se fondait comme la neige d'avril sous un chaud soleil.

Sans doute ce n'était pas la ferveur des premiers chrétiens qui les animait, moins encore la foi éclairée d'où naissent les convictions fortes ; non, seulement le passé de piété naïve qui sommeille en toute âme française, se réveillait peu à peu ; ils songeaient aux fêtes pieuses de leur enfance ; des bribes de cantiques oubliés leur revenaient à la mémoire, ils se revoyaient dans l'église de leur faubourg ; et les belles processions des jours d'autrefois passaient devant leurs yeux humides et aussi les porte-croix, les bannières, les fillettes en voiles blancs, les gardes-françaises faisant la haie, les soldats agenouillés en cercle devant le reposoir, tandis que les tambours battaient et que les fleurs de France pleuvaient sur les pavés...

Ils songeaient encore aux rochers de carton et aux moutons frisés de la crèche de leur paroisse, jadis, lors des vieux Noëls ; aux lampions de couleur brûlant parmi la mousse, toutes choses dont ils avaient ri, depuis lors : et toujours ils revenaient à la pierre grise devant laquelle priait l'Arménien prosterné et ils se disaient :

— C'était donc vrai ? C'est ici, c'est sur cette dalle qu'a poussé son premier cri l'Enfant dont l'image partout est adorée ; c'est ici qu'Il est venu pour que les rancunes se fondent et que les cœurs hautains s'humilient...

Lorsqu'ils reprirent, à l'aube, le chemin de la ville, ils marchaient silencieux, le front baissé, le cœur plein d'émotions nouvelles, et ils n'osaient se parler, de crainte de ne pas se reconnaître.

J'ignore ce que sont devenus Décius et Pimprenelle ; Nonidi suivit la carrière des armes qui lui fut propice : son nom — son véritable nom — est celui d'un des officiers que Napoléon promut général après la bataille d'Iéna ; quant à Tournesol, de retour en France, son congé fini, il entra dans les ordres. C'est lui, croyons-nous, qui, en 1834, comme vicaire à la paroisse de l'Assomption, prononça sur le cercueil de La Fayette le suprême *Miserere.*

Légendes de Noël, *1910.*

Le livre de l'infirme

par
Hans Christian Andersen (1805-1875)

La misère récompensée, un roi et un bûcheron qui traversent les rêves d'un jeune infirme plein de sagesse. Avec courtoisie et juste ce qu'il faut d'émotion, Andersen sacrifie ici à la tradition du conte respectueux et édifiant.

Dans un vieux château vivaient un jeune et beau seigneur et sa femme également belle. Tous deux, ils avaient de grandes richesses et Dieu les protégeait. Ils étaient d'humeur gaie et ils aimaient à s'amuser en même temps qu'ils faisaient beaucoup de bien ; ils voulaient rendre tout le monde autour d'eux joyeux et heureux comme ils l'étaient eux-mêmes.

À la fête de la naissance du Christ, il y avait toujours chez eux, dans l'ancienne salle des chevaliers, un grand arbre de Noël, magnifiquement orné ; un feu splendide flamboyait dans l'immense cheminée ; les cadres des portraits des aïeux étaient entourés de branches de sapins. Là s'assemblaient les maîtres de la maison et leurs hôtes ; là régnaient la liesse, les chants, l'allégresse.

Auparavant, les maîtres avaient pris soin que la fête fût aussi complète dans la chambre des serviteurs. Là aussi se dressait un grand sapin, tout resplendissant de bougies de cire rouges et blanches, toutes allumées, de petits drapeaux bariolés, de cygnes et autres animaux découpés dans du papier de couleur, de bonbons et friandises de toute sorte.

Les enfants pauvres du domaine seigneurial étaient invités, et avec les enfants naturellement étaient venues les mères. Mais celles-ci ne donnaient guère d'attention au bel arbre ; leurs regards se dirigeaient vers la table où étaient étalés les présents solides, les pièces de drap, les lainages, la toile de ménage.

C'est vers ces cadeaux aussi que se tournaient les yeux des enfants les plus âgés et les plus sages ; mais les petits et les évaporés de tous âges ne voyaient que les bougies, les sucreries, les fanfreluches brillantes et dorées, et tendaient en tremblant d'émotion leurs mains vers le bel arbre.

Dans l'après-midi de ce grand jour, les pauvres du village s'étaient déjà rassemblés dans une salle du château et on les y avait régalés, selon l'usage, d'oies rôties avec des choux rouges, et de riz au lait bien sucré. Après le festin, quand ils avaient admiré l'arbre, ils recevaient encore du punch et des chaussons aux pommes ; puis ils s'en retournaient chez eux. Une fois dans leur pauvre chambrette, ils causaient encore bien avant dans la nuit des plaisirs de la journée, des bonnes choses qu'ils avaient mangées, et on passait en revue les cadeaux qu'on avait rapportés.

Une des familles qui recevaient le plus de présents, c'était celle de Pierre et Christine, qui, sous la direction d'un jardinier savant et expert, avaient soin des fleurs et des légumes ; ils habitaient une jolie maisonnette qui appartenait au châtelain ; c'étaient les maîtres qui habillaient leurs cinq enfants.

— Nos seigneurs sont bons et bienfaisants, dit Christine un jour de Noël. Mais aussi il leur est facile de donner ; ils sont si riches ! et madame disait l'autre jour que c'était pour elle un vrai plaisir que d'avoir soin des pauvres.

— Voilà de bons et chauds vêtements d'hiver, dit Pierre, que madame nous a donnés pour nos quatre enfants valides. Mais l'infirme, il n'y a donc rien pour lui ? Tous les ans, cependant, il recevait quelque beau cadeau.

L'infirme, c'était l'aîné ; il s'appelait Jean. Étant tout jeune, il était on ne peut plus ingambe et plein de vivacité ; mais, tout à coup, ses jambes devinrent faibles et bientôt elles ne purent plus porter le poids de son petit corps ; il devint même incapable de se soutenir debout, et il y avait déjà cinq ans qu'il restait constamment couché au lit.

— Mais si, dit la mère, on m'a donné un cadeau pour lui : ce n'est pas grand-chose, ce n'est qu'un livre ; mais, comme il aime à lire, cela le distraira.

— Peut-être, observa le père ; mais je me serais attendu à plus de la part de nos seigneurs.

Jean fut enchanté du présent. C'était un garçon fort éveillé ; la lecture même de choses sérieuses l'amusait beaucoup. Il était aussi très adroit de ses mains et il tenait à se rendre utile autant que sa triste infirmité le lui permettait. Il tricotait des bas de laine ; il faisait encore au tricot d'autres ouvrages, des couvre-lits tout entiers ; la dame du château en avait acheté un et l'avait trouvé fort beau : oui, Jean était bon et laborieux.

Le livre qu'il venait de recevoir était un livre de contes ; il en contenait beaucoup, ils étaient d'une sage morale et portaient à la réflexion.

— Ce livre n'est d'aucune utilité dans la maison, reprit le père ; mais enfin ce sera pour ce pauvre Jean un passe-temps ; il ne peut pas tricoter des bas toute la journée.

L'hiver passa, et arriva le printemps ; le gazon, les feuilles, les fleurs commencèrent à pousser, mais aussi les mauvaises herbes ; le chiendent, les orties pullulaient de toutes parts.

Il y avait bien de l'ouvrage pour Pierre et Christine ; il fallait planter, arroser, tenir en état le jardin du château.

— Que de fatigues il nous faut endurer, dit un matin Christine. À peine avons-nous bien nettoyé et ratissé les chemins, qu'il vient des étrangers qui vont et viennent partout et il faut reprendre le râteau. Et les enfants qui marchent dans les plates-bandes ! il nous faut effacer les traces de leurs pieds. Enfin le jardinier en chef, nous deux et les trois garçons jardiniers, nous sommes occupés sans cesse : c'est une jolie dépense, rien que pour les fleurs ; mais il est vrai que nos seigneurs sont si riches !

— Je crois bien qu'ils sont riches ! dit Pierre. Comme les biens de ce monde sont singulièrement distribués ! Nous sommes tous les enfants du Bon Dieu, dit notre pasteur. Pourquoi donc tant de différences dans les fortunes ?

— Cela provient du péché originel, répondit Christine.

Et ils coururent au travail qui pressait. Mais, le soir, lorsqu'ils rentrèrent harassés, ils se réunirent pour causer du même sujet. Jean, pendant ce temps, lisait dans son livre.

Le travail pénible auquel leur indigence les avait condamnés dès leur enfance, avait non seulement rendu leurs mains calleuses, mais il avait aussi endurci leurs cœurs ; leur esprit était morose ; ils étaient mécontents de leur condition, et, comme ils n'apercevaient pas de chance qu'elle s'améliorât, leur dépit tournait à l'aigreur et à l'amertume.

— Oui, dit Pierre, les uns naissent au milieu de l'opulence et des agréments de la vie, et le bonheur les suit constamment ; les autres ne cessent de végéter dans la misère. Pourquoi souffrons-nous de la curiosité, de la désobéissance de nos premiers parents ? Certes, Christine et moi, si nous avions été dans le paradis, nous nous serions autrement comportés.

— Vous auriez fait tout autant ! s'écria Jean. Tenez, c'est imprimé, là, dans mon livre.

— Qu'en sait-il, le livre ? dit Pierre.

— Écoutez, répondit Jean.

Et il leur lut le vieux conte du bûcheron et de sa femme qui se plaignaient aussi de l'injustice qu'il y avait à leur faire supporter la faute d'Adam et Ève :

« Un jour, le roi, étant à la chasse, traversa la forêt et les entendit faire leur éternelle jérémiade. “Mes braves gens, dit-il, vos malheurs sont finis. Suivez-moi et venez dans mon palais. Vous y serez installés comme des princes et vous serez traités comme ma propre Majesté. Au dîner, sept plats variés, et un huitième pour la vue. C'est une porcelaine des plus rares, aux peintures les plus délicates. Mais gardez-vous d'en soulever le couvercle, sinon, au même moment, c'en sera fait de la félicité que vous allez goûter."

« Et il en fut comme le roi avait dit. Le bûcheron et sa femme vivaient comme des coqs en pâte et ils faisaient honneur à leurs sept plats. "Que peut-il bien y avoir de caché dans cette belle porcelaine ?" dit un jour la femme. "Qu'est-ce que cela peut nous faire ?" répondit le bûcheron. "Je ne suis pas curieuse en général, reprit la femme ; mais cela me taquine de ne pas savoir au moins pourquoi nous ne devons pas lever le couvercle. Il y a sans doute dedans quelque friandise exquise, réservée au roi seul." "À moins que ce ne soit quelque vilaine mécanique à surprise, dit l'homme, il y a peut-être un ressort qui, au moindre contact, fait partir un coup de pistolet qui serait entendu de tout le palais." "Seigneur ! que dis-tu là ?" s'écria en frissonnant la femme et elle n'osait presque plus regarder le couvercle.

« Mais, la nuit suivante, elle vit en rêve le bienheureux couvercle se lever de lui-même et se tenir suspendu en l'air. Du plat s'exhalait une délicieuse odeur, rappelant le punch le plus exquis qu'elle eût jamais bu à une noce ou à un enterrement. Au fond brillait une grande médaille d'argent sur laquelle étaient gravés ces mots : "Si vous buvez de mon breuvage, vous deviendrez les plus riches Crésus de l'univers ; tous les autres à côté de vous seront des mendiants."

« À ce moment, elle s'éveilla et elle raconta à son mari ce beau rêve. "Cela ne prouve qu'une chose, dit-il, c'est que ton esprit est sans cesse préoccupé de ce plat."

« Lorsqu'ils furent de nouveau à table, elle dit : "Mais enfin, nous pourrions soulever le couvercle un tout petit peu, avec précaution, juste ce qu'il faudrait pour jeter un coup d'œil sur le contenu." "Soit, dit le bûcheron, mais fais bien attention." Et, en prenant bien garde, elle leva doucement le couvercle par un des bords seulement ; mais, aussitôt, deux petites souris blanches s'élancèrent d'un bond dehors et, sautant par terre, disparurent par une fente du plancher. Saisie de frayeur, la femme avait laissé précipitamment retomber le couvercle qui se fêla. À ce bruit le roi arriva ; ils auraient voulu se cacher sous terre.

« "Eh bien, dit Sa Majesté, vous pouvez me faire vos adieux, car vous allez retourner à votre forêt et reprendre la hache du bûcheron. La vie va vous sembler plus amère que jamais ; mais ne murmurez plus contre Adam et Ève ; car vous avez été tout aussi curieux qu'eux et aussi ingrats." »

— C'est bien singulier, dit Pierre, que cette histoire se trouve dans ce livre ; on dirait qu'elle est écrite exprès pour nous. Mais peu importe, je sens qu'elle me donnera beaucoup à réfléchir.

Le lendemain, il y eut beaucoup à travailler au jardin. Pierre et Christine furent, pendant des heures, rôtis par les rayons brûlants du soleil ; puis, survint un terrible orage qui les mouilla jusqu'à la peau. Et ils étaient de très mauvaise humeur, et ils ruminaient une foule de pensées moroses. Rentrés dans leur chétive demeure, ils soupèrent maigrement avec du lait caillé et du pain noir. Il faisait encore un peu jour :

— Si tu nous lisais encore une fois l'histoire du bûcheron, dit Christine au petit Jean.

— Il y a dans le livre encore bien d'autres jolis contes, répondit Jean ; vous n'en connaissez aucun.

— Cela m'est égal, dit Pierre, qu'ils soient beaux et nouveaux ; moi, j'aime à entendre ceux que je connais déjà.

Et Jean relut l'histoire qu'ils demandaient, et, bien d'autres soirs, il lui fallut la leur lire encore.

— Plus je songe à ce qui est arrivé à ce bûcheron et à sa femme, dit un jour Pierre, plus certaines choses me deviennent compréhensibles. Cependant je ne vois pas encore tout à fait clair. Il en est des hommes comme du lait : d'abord, cela ne semble faire qu'une seule masse ; puis, les couches se séparent : d'un côté, vous avez la belle crème dont on fait le bon beurre, les excellents fromages, et, de l'autre, le mauvais petit-lait. De même, vous voyez d'une part les misérables, de l'autre les gens qui ont de la chance en tout, qui vivent dans une joie continuelle et n'ont aucune idée des soucis et des privations.

Jean n'approuvait pas ces remarques amères et cependant lui, que son mal clouait au lit, aurait eu le plus à se plaindre du sort ; mais il avait en partage un grand bon sens. Et, pour consoler ses parents, il leur lut encore un autre conte bien instructif de son livre, celui de l'homme sans soucis et sans peines :

« Où trouver cet homme, cet être unique ; il fallait cependant le découvrir. Le roi était très malade, et les plus célèbres docteurs avaient déclaré qu'il ne guérirait que s'il mettait la chemise de l'homme qui pourrait dire en vérité qu'il n'avait jamais eu de peines ni de soucis.

« On expédia des émissaires aux quatre coins du monde ; ils explorèrent les palais, les châteaux, les maisons des riches ; partout, les gens qui paraissaient les plus gâtés par la fortune reconnaissaient tous avoir eu, au moins une fois, quelque cruel chagrin.

« "Ce n'est pas à moi que pareille chose est arrivée, dit un porcher qui était assis au bord d'un fossé et ne faisait que rire et chanter. Je n'ai pas cessé un instant de ma vie d'être content et joyeux."

« "Le voilà donc le phénix que nous cherchons, s'écrièrent les envoyés du roi. Tu vas nous donner ta chemise ; c'est pour Sa Majesté ; tu auras en retour la moitié de son royaume."

« Mais, ô surprise ! le gardeur de porcs, l'homme le plus heureux de la terre ne possédait pas de chemise. »

Pierre et Christine à ce récit éclatèrent de rire, et ils continuèrent à rire de bon cœur plus longtemps que cela ne leur était arrivé depuis bien des années. En ce moment le maître d'école passait devant leur chaumière.

— Qu'est-ce qui vous arrive ? dit-il, pourquoi cette joie ? Avez-vous gagné le gros lot à la loterie ?

— Non, c'est bien plus drôle, répondit Pierre. Notre Jean vient de nous lire l'histoire de l'homme qui n'avait ni soucis ni peines, et le farceur n'avait pas de chemise. Ma foi, cela vous remet du cœur au ventre d'entendre cette histoire ; et voyez donc, elle est imprimée dans un livre ; ce n'est pas un conte ordinaire. Oui, les riches qu'on envie ont bien aussi leur fardeau d'ennuis ; on n'est donc pas seuls à avoir des tourments. C'est toujours une consolation.

— D'où vous vient donc ce livre ? demanda le maître d'école.

— Nos maîtres en ont fait cadeau à Jean le dernier Noël, dit Christine. Vous savez, il aime à lire, cela le distrait, le pauvre infirme. Alors, nous pensions qu'une paire de chemises neuves aurait mieux valu pour lui que ce livre ; mais, aujourd'hui, nous voyons quel utile présent cela a été, et comme on y trouve l'explication de bien des choses.

L'instituteur prit le volume et le feuilleta.

— Lisez-nous, à votre tour, dit Pierre, le conte de tout à l'heure, que je le saisisse bien ; et puis, si vous voulez être bien gentil, vous me lirez l'histoire du bûcheron et sa femme.

Ces deux contes suffisaient pleinement au brave Pierre ; ils étaient pour lui comme deux rayons de soleil qui étaient venus reluire dans sa pauvre chambrette et avaient chassé des pensées sombres qui obscurcissaient chez lui et chez Christine l'intelligence des choses de ce monde.

Jean, lui, avait lu et relu plusieurs fois tout le volume ; ces contes le transportaient en esprit dans des régions où ses faibles jambes n'auraient jamais pu le porter.

Le maître d'école resta encore longtemps auprès du lit à causer avec Jean, et il trouva du plaisir à la conversation de l'enfant, dont la maladie et la solitude avaient mûri l'intelligence sans lui aigrir le cœur, parce que son cœur était excellent. Et, depuis, il repassa assez souvent pour tenir compagnie à Jean, quand Pierre et Christine étaient à leur travail. C'était chaque fois une fête pour Jean quand l'instituteur venait le trouver ; avec quelle attention, quel plaisir il écoutait ce qu'il lui racontait de l'étendue de la terre et des merveilles des divers pays ; quelle joie ce fut, lorsqu'il apprit que le soleil est plus d'un demi-million de fois plus grand que notre globe, et qu'il en est si éloigné qu'un boulet de canon mettrait plus de vingt-cinq ans pour parcourir la distance du soleil à la terre, tandis qu'il ne faut pour cela que huit minutes aux rayons de la lumière !

Ces choses-là, tout bon écolier les sait dès l'âge de neuf à dix ans ; mais, pour Jean, c'était tout à fait nouveau, et cela lui semblait encore plus merveilleux que les contes de son livre.

L'instituteur qui, deux ou trois fois par an, était invité à dîner au château, y raconta à la première occasion quel important rôle ce volume d'histoires avait joué dans la pauvre chaumière, comment deux contes seuls avaient suffi pour réconforter le courage des parents, comment le petit garçon malingre avait, par sa lecture, ramené la gaieté dans la maison.

Au départ, la châtelaine lui remit deux beaux écus brillants pour le brave Jean :

— Ce sera pour papa et maman, dit l'enfant lorsqu'on lui présenta le cadeau.

— Tiens, dit Pierre, qui aurait cru que notre garçon infirme serait utile et attirerait la bénédiction sur sa famille ?

Quelques jours après, les parents étant occupés au jardin, la voiture des maîtres s'arrêta devant la chaumière, et la châtelaine, qui était la bonté même, en descendit ; elle était enchantée que son présent de Noël eût fait si bon effet, et elle venait voir le petit Jean. Elle lui apportait du gâteau, des fruits, une bouteille de sirop doux, et puis, ce qui fit à l'enfant bien plus de plaisir, dans une cage dorée un joli pinson qui ne cessait de chanter de la plus gentille façon du monde. La dame plaça la cage sur la vieille commode, près du lit de Jean, de sorte qu'il pouvait toujours apercevoir son cher oiselet, et le voir sautiller gaiement en lançant ses joyeux trilles.

Pierre et Christine ne rentrèrent que tard ; ils apprirent la visite de la châtelaine et ils virent combien Jean était heureux avec son pinson ; mais il leur sembla que ce cadeau ne faisait que leur procurer un nouvel ennui.

— Ces gens riches, dit Pierre, ne comprennent pas la situation des pauvres gens. Nous voilà forcés de prendre soin de cet oiseau. Jean ne le peut pas. Finalement le chat mangera ce maudit pinson, qui piaille tout le temps.

Une semaine se passa, puis une seconde ; le chat avait été bien souvent dans la chambre, sans avoir paru faire attention à l'oiseau et sans l'avoir effrayé.

Mais survint alors un grand événement. Un après-midi, les parents étaient au jardin, les autres enfants à l'école ; Jean était tout seul à la maison et lisait dans son livre le conte de la marchande de poissons qui avait reçu le don de voir se réaliser tous ses souhaits. Elle avait désiré les choses les plus extravagantes, avait demandé à être roi, et l'était devenue ; puis elle avait voulu être empereur, et cela s'était fait. Mais voilà qu'elle souhaita être le Bon Dieu ; alors eut lieu un épouvantable coup de tonnerre, et la sotte marchande se trouva de nouveau habillée de bure, derrière ses baquets de poissons.

L'histoire n'avait aucun rapport avec ce qui allait se passer entre le chat et l'oiseau ; mais il n'en est pas moins vrai que c'était là le conte que Jean lisait lorsqu'arriva l'événement dont le récit va suivre et dont il se souvint toute sa vie ainsi que de cette histoire.

La cage donc était sur la commode ; le chat était accroupi sur le plancher, ramassé sur lui-même et fixant l'oiseau de ses yeux vert jaune. Et ces yeux parlaient et disaient : « Petit oiseau, que tu es gentil ! je voudrais bien te croquer. » Jean comprit ce langage, et cria :

— Va-t-en, vilain chat ! veux-tu t'en aller bien vite !

Mais le chat ne fit aucune attention à cet ordre, et, baissant la tête, s'apprêta à sauter. Jean ne pouvait le chasser ; il n'avait, pour jeter à la tête du chat, que son livre, son cher livre de contes ; il n'hésita pas et le lança sur la bête. Mais à force d'avoir été lu si souvent, le volume s'était défait, la couverture vola d'un côté, les pages de l'autre, et le chat ne fut pas atteint. L'animal, cependant, se retira un peu de côté et parut réfléchir ; il se dit probablement : « Après tout, petit Jean, je n'ai pas peur de toi ; tu ne peux ni marcher, ni sauter ; moi, je puis l'un et l'autre ; donc tu ne m'empêcheras pas de faire ce qui me plaît. »

Et la cruelle bête se rapprocha de nouveau et se remit à fixer l'oiseau, qui était devenu inquiet et voletait çà et là en poussant de petits cris de détresse. « Personne dans la maison, se disait Jean tout désolé ; personne dans le voisinage que je puisse appeler pour qu'il vienne au secours. »

On aurait pensé que le chat devinait qu'il en était ainsi ; il courba le dos comme pour prendre son élan. Jean avait saisi sa couverture de lit ; cela, il pouvait le faire : il avait l'usage de ses mains. D'abord il agita la couverture en menaçant le chat ; mais, l'animal ne bougeant pas, il la lança sur lui. La bête fit un bond de côté, puis sauta sur la chaise et de là sur l'appui de la fenêtre, tout près de la cage.

Le sang du pauvre infirme bouillait dans ses veines, mais il n'y prenait garde ; toute sa pensée était concentrée sur son oiseau chéri et sur le méchant chat. Comment empêcher la catastrophe qui approchait ? Il éprouva le même effet que si son cœur s'était retourné dans sa poitrine, lorsque le chat s'élança sur la commode et, poussant la cage, la renversa. Le malheureux pinson, effarouché à mort, s'agitait comme un perdu, se heurtant contre les barreaux.

Dans son angoisse, Jean poussa un cri perçant, il ressentit dans tout son corps une commotion violente, et sans qu'il sût comment cela se fit, le voilà qui trouve la force de sauter en bas du lit, de monter sur la chaise. Chassant le chat, il saisit la cage et, la tenant élevée de ses deux mains, il sortit en courant hors de la maison.

C'est alors seulement que la réflexion lui vint et, pleurant des larmes de joie, il s'écria :

— Je peux marcher ! je peux de nouveau marcher !

Il avait en effet retrouvé l'usage de ses jambes. Plus tard, il lut dans des livres de science qu'à la suite d'une émotion terrible et subite la maladie dont il souffrait se guérit, très rarement il est vrai ; mais, enfin, pour lui c'était arrivé.

Le maître d'école ne demeurait pas loin ; Jean courut chez lui, nu-pieds, en chemise et en camisole de nuit, tel qu'il était sorti du lit, tenant toujours la cage.

Le maître d'école n'en croyait pas ses yeux.

— Je puis marcher, Seigneur Dieu, merci, je puis marcher ! disait Jean, au milieu des sanglots que lui arrachait le saisissement.

Et quelle jubilation cela fut lorsqu'accoururent Pierre et Christine, que l'instituteur était allé chercher. Et ils embrassaient Jean ! Et ses frères et sœurs sautaient et dansaient autour de lui ! Il n'y avait qu'une ombre à tout ce bonheur : le gentil pinson, auquel Jean devait sa guérison, était là étendu sans mouvement ; il était mort de frayeur. On l'enterra au pied du plus beau rosier du jardin.

Le lendemain, Jean fut appelé au château ; il y avait bientôt six ans qu'il n'avait fait ce chemin ; il lui semblait que les tilleuls, les hêtres et les autres arbres, qu'il connaissait tous, agitaient leurs branches pour le saluer et lui souhaiter la bienvenue.

Et il fut accueilli avec des caresses par les bons châtelains, qui avaient l'air aussi ravis de ce qui était arrivé à Jean que s'il avait été leur propre enfant.

Et comme il remercia l'excellente dame qui lui avait donné le joli pinson et le beau livre qui avait servi de consolation à ses parents au milieu des durs labeurs de la vie ! Oh ! ce livre, il le garderait toute sa vie, comme la plus précieuse relique.

— Et maintenant, dit-il encore, je pourrai être utile à mes parents et apprendre un métier. Je voudrais bien être relieur ; j'aurais alors occasion de lire tous les nouveaux livres qui paraissent.

L'après-midi, les châtelains firent venir Pierre et Christine pour leur apprendre qu'ils avaient délibéré sur l'avenir du petit Jean.

— C'est un enfant bien docile, dit la bonne dame, très éveillé, heureusement doué ; il montre de grandes dispositions pour l'étude, et, avec l'aide de Dieu, il prospérera.

Les parents rentrèrent chez eux, heureux comme on ne peut l'être davantage ; Christine surtout nageait dans la plus pure félicité ; mais huit jours après, elle pleurait. Jean quittait la maison pour aller se préparer à la carrière à laquelle on le destinait. On le conduisait au-delà de la mer, dans une autre île du Danemark, où se trouvait une fameuse école ; là il devait apprendre une foule de sciences et même le latin. La bonne châtelaine l'avait muni de tout ce qu'il lui fallait, et elle devait veiller à ce que rien ne manquât à son instruction.

Son livre de contes, Jean ne l'emporta pas ; quelque cher qu'il lui fût, il le laissa à ses parents. Pierre y lisait souvent, mais toujours seulement les deux histoires que nous connaissons ; il ne lisait pas très couramment et il trouvait inutile de se donner de la peine pour de nouvelles histoires qui ne pouvaient pas être plus belles que celles qui le charmaient.

Il arriva souvent des lettres de Jean, toutes pleines de joie et de gaieté. La châtelaine l'avait confié à des braves gens qui prenaient le plus grand soin de lui, et, à l'école, on lui enseignait les choses les plus intéressantes. Oh ! il était heureux ; les maîtres étaient contents de lui et lui avaient dit qu'il serait un bon instituteur : c'était là la carrière à laquelle il se destinait.

— Vivrons-nous, dit Pierre un soir, jusqu'au jour où notre cher enfant sera ici à la tête de l'école, comme la bonne châtelaine nous l'a promis ?

— Dans tous les cas, dit Christine, nous pourrons quitter la terre rassurés sur le sort de notre fils. Oui, certes, le Bon Dieu pense aussi aux enfants des pauvres gens. L'histoire de notre petit infirme est merveilleuse ; ne la dirait-on pas tirée du livre des contes ?

1872.

LA CARRIÈRE DE MONSIEUR COLLERET

par

G. Lenôtre (1855-1935)

Les confidences et la protection de Napoléon Ier, voilà un cadeau de Noël compromettant pour un petit fonctionnaire de cinquième classe. Avec la complicité du calendrier, le grand maître de la petite histoire s'amuse à redonner à l'image d'un conquérant des proportions... très humaines.

Est-ce à Soissons, à Montdidier, ou bien à Saint-Quentin, ou encore à Laon, que, le 25 décembre 1808, l'empereur Napoléon, à l'apogée de sa puissance et de sa gloire, s'en vint, de Compiègne, présider à l'inauguration de casernes nouvelles ? Le détail a trop peu d'importance pour mériter d'être vérifié. Il est d'usage, d'ailleurs, l'orsqu'on transforme en conte une « histoire vraie », d'en modifier avec soin les noms de lieux et les dates, afin de rendre les héros méconnaissables, et c'est une tradition à laquelle nous ne voulons pas déroger.

Ce qui reste d'une indiscutable authenticité c'est que, la veille de ce jour-là, l'heureuse cité qui se préparait à recevoir, le lendemain, le maître du monde, vivait dans l'agitation et la fièvre qui précèdent les grands événements : on avait élevé, à l'entrée de la ville, un arc de triomphe en toile peinte surmonté d'un grand aigle, à bec crochu, charpenté et doré par le décorateur du théâtre municipal. Un autre portique, tout en baïonnettes, en crosses de fusils et en pistolets était dressé, par les soins des militaires, dans la cour du nouveau quartier, et, entre ces deux portes triomphales, sur tout le parcours que devait suivre à pied Sa Majesté, étaient disposées des guirlandes de lierre et de chêne vert, piquées de belles fleurs en papier de couleur, et que soutenaient des mâts vénitiens ayant, au sommet, des N en lampions parmi des trophées de drapeaux.

Dès le 24, veille du grand jour, toutes les autorités de la région avaient débarqué dans la ville ; les hôtels regorgeaient ; chacune des maisons bourgeoises hébergeait un personnage de marque ; une proclamation du préfet avait convoqué l'armée entière des fonctionnaires qui, tous, du plus élevé au plus infime, devaient assister à l'arrivée de l'empereur et se former derrière lui en cortège depuis l'entrée de la ville jusqu'aux casernes. Et c'est pourquoi M. Colleret occupait la soirée de cette veille de Noël à brosser sa meilleure houppelande et à passer au vernis Leuthraud ses escarpins les moins éculés.

M. Colleret était un jeune homme de vingt-quatre ans, commis de cinquième classe à la sous-direction des Droits réunis ; il touchait huit cents francs de traitement, dont une caisse prévoyante de retraite lui retenait une partie. Il n'avait ni appui, ni chance d'avancement ; c'était d'ailleurs un employé modèle, aussi exact que scrupuleux, médiocrement noté, pourtant, par ses chefs qui ne lui connaissaient aucun protecteur influent. Dans ses rêves les plus ambitieux, il se voyait finissant ses jours administratifs, après trente ans de labeur, dans quelque recette buraliste, à dix-huit cents francs d'appointements.

Aussi M. Colleret n'était-il pas très joyeux, dans sa misérable chambre garnie, en passant, ce soir-là, au pinceau ses escarpins vernis ; il pensait à d'autres veilles de Noël, déjà bien lointaines, où, comme maintenant, il préparait ses souliers ; mais c'était alors pour les placer dans la cheminée, certain que le petit Jésus passerait, pendant la nuit, y déposer toutes sortes de belles choses. Qui viendrait aujourd'hui lui faire pareille surprise ? Quelle bienfaisante divinité s'ingénierait à penser à lui ? Tout de même lorsqu'il se coucha, par une sorte de superstition, encore qu'il fût bien certain qu'il n'avait rien à attendre, il déposa ses souliers un peu moins près de son lit, un peu plus près de la cheminée qu'il ne faisait à l'ordinaire et il fut presque déconfit lorsque, le lendemain, à son réveil, il trouva les escarpins vides, tels qu'il les avait laissés la veille. Il s'habilla tristement ; au dehors, les tambours battaient le rappel ; on entendait au loin des musiques militaires circulant déjà par la ville, et, de la rue, montait la rumeur d'une foule de paysans, arrivant sans cesse des villages voisins et circulant, bouche bée, pour voir les drapeaux et contempler les décorations.

Le rendez-vous général des fonctionnaires était pour dix heures : M. Colleret, comme bien on pense, y fut exact. Sur la place, devant l'arc de triomphe, les autorités formaient déjà un grand demi-cercle ; un groupe important comprenait, outre le maire et le préfet en grande tenue, le premier président du ressort, les conseillers et les juges, le procureur général, toute la magistrature en robes ; il y avait des généraux, des professeurs de faculté, deux évêques ; puis, formant les ailes de ce corps central, les inspecteurs des forêts, les directeurs des services départementaux, les juges de paix, les curés ; les grades diminuant d'importance, à mesure qu'on s'éloignait du groupe principal ; aux extrémités du demi-cercle se tenaient les employés d'octroi, les capitaines de pompiers, les agents-voyers, les piqueurs des ponts-et-chaussées et les commis d'administration dont la foule modeste terminait cette belle ordonnance.

M. Colleret, le plus infime, était à l'extrémité de la file ; il n'était pas homme à se pousser, et resta humblement à sa place ; comme elle était la dernière de toutes, il se trouvait adossé à l'un des pylones de l'arc triomphal, voyant, en face de lui, le groupe imposant des gros personnages dont il ne connaissait pas un seul et qu'il apercevait s'abordant, se congratulant, échangeant des saluts ou des poignées de mains, dans un chatoiement d'uniformes, de toges rouges et d'habits brodés. Le temps était brumeux et lourd, un ciel de plomb présageait l'ondée.

Tout à coup, on entendit au loin le canon tonner ; il y eut un remous parmi les hauts fonctionnaires ; chacun gagna son emplacement hiérarchique ; des commandements brefs et des bruits d'armes coururent sur les rangs des troupes ; des officiers, sabre au clair, passèrent en galopant, et presque aussitôt, avec un bruit d'avalanche, parurent, au grand trot, droits sur leurs selles, pistolets au poing, les cavaliers de l'escorte ; derrière eux venait, seul, un mameluk, turban en tête, yatagan en main, puis les piqueurs à la livrée impériale et enfin la berline du maître, attelée de six chevaux que montaient les postillons à veste verte de la grande écurie. La voiture s'arrêta sous l'arc même, parmi les cris de *Vive l'Empereur !* le bruit des tambours, les salves et les fanfares ; un écuyer se précipita à la portière, l'ouvrit, déploya le marchepied et l'on vit paraître Napoléon, l'air renfrogné sous le petit chapeau légendaire, vêtu, sur son uniforme, d'une houppelande verte à boa de fourrure.

Le petit commis des Droits réunis, sachant bien que personne ne ferait attention à lui, avançait la tête pour ne rien perdre du spectacle ; il était à deux pas de l'empereur qu'il vit descendre péniblement de la voiture et qui mit pied à terre en maugréant ; Colleret crut même entendre sortir de la bouche impériale un formidable juron, roulé à mi-voix ; et il restait là, ébahi de contempler de si près l'homme du destin, quand, tout à coup, il se sentit brusquement pris par le bras et pensa chanceler sous le coup... Il eut bien de la peine à reprendre son aplomb quand, rappelant ses esprits, il s'aperçut que c'était l'empereur lui-même qui lui faisait l'insigne honneur d'utiliser comme point d'appui sa chétive personnalité. D'abord il crut qu'il allait s'écrouler, tant son émotion était forte, de sentir la main du conquérant sur son bras, il avait la tête en feu et les oreilles bourdonnantes ; son cœur galopait dans sa poitrine et c'est à peine s'il entendit les derniers mots du discours que le préfet, qui s'était approché, prononçait d'une voix sanglotante d'émotion.

L'empereur, lui, n'en écouta pas une phrase ; il se tenait immobile, toujours appuyé au bras du petit commis, et regardant obstinément le bout de ses bottes.

La mine courroucée, le front bas, il n'écouta pas davantage les harangues que, successivement, vinrent lui décharger à bout portant l'un des prélats et le premier président ; Colleret n'en perdit pas une intonation, encore qu'il sentît son attitude très gauche et qu'il n'osât ni bouger la tête, ni faire un mouvement.

Enfin les discours se terminent, le cortège se forme ; un chambellan, par un profond salut, fait comprendre à Sa Majesté que le moment est venu de faire son entrée dans la ville et de se rendre aux casernes ; et alors on voit ce spectacle extraordinaire : l'empereur, sans quitter le bras de son compagnon tremblant, se met en marche, de plus en plus soucieux ; il n'écoute aucune des obséquieuses explications dont le préfet est prodigue ; il va, parlant sans cesse à M. Colleret qui courbe sa haute taille pour mieux saisir les paroles tombées de la bouche du dieu ; peu à peu la discrétion, le respect, l'étonnement imposent à tous le silence et la réserve ; on ralentit le pas pour ne point gêner la conversation de l'empereur et du jeune employé des Droits réunis. On voyait celui-ci, reprenant progressivement son sang-froid, répondre en phrases courtes aux confidences de Sa Majesté ; et c'est ainsi que se passa toute la cérémonie ; arrivé aux casernes, Napoléon — toujours au bras de Colleret — monta les étages, parcourut les salles, longea les couloirs, descendit aux sous-sols, traversa les cours, sans cesser de causer avec son acolyte, sans donner un coup d'œil aux constructions qu'il inaugurait de si étrange façon et suivi à distance respectueuse par le troupeau des hauts fonctionnaires, muets de surprise et frémissants de curiosité.

Enfin la tournée s'acheva ; l'empereur rejoignit sa berline, prit congé du pauvre employé sans plus de façon qu'il n'en avait mis à l'aborder, reprit sa place dans la voiture, fit un signe de la main aux autorités presque prosternées et, — tandis que, de nouveau, les tambours battaient et que les canons tonnaient, — il s'éloigna, au galop de ses six chevaux, sur la route de Compiègne.

Sur la place, dès que la voiture impériale eut disparu, un groupe compact se forma autour de Colleret ; on l'interrogeait ; on se bousculait pour le mieux considérer ; on cherchait à connaître le motif de la faveur insigne dont il venait d'être l'objet envié. Lui restait impénétrable, l'air songeur, mal remis, sans doute, de sa stupéfaction. Le préfet, d'un ton plein d'onction et de douceur, lui glissa à l'oreille une invitation à dîner pour le banquet du soir ; le général commandant la division lui serra les mains à les lui briser ; le premier président le pria de vouloir bien venir, la semaine suivante, chasser sur ses terres ; Colleret ne savait auquel entendre ; il saluait, remerciait, touchait les mains tendues ; mais à cette question cent fois répétée :

— Qu'est-ce que l'empereur vous a dit ?

il s'obstinait à répondre d'un air de discrétion modeste :

— Oh ! des choses très particulières !

Le soir, il fut choyé à la préfecture ; la préfète ouvrit le bal à son bras ; elle se savait jolie, était Parisienne et coquette ; elle crut avoir facilement raison de la réserve du petit commis ; mais elle n'apprit rien. Le lendemain, en arrivant à son bureau, M. Colleret fut appelé chez son directeur, fonctionnaire fort rébarbatif à l'ordinaire, et qui fut charmant ce jour-là, s'efforçant d'arracher à son subordonné, par mille gracieusetés et câlineries, le secret du mystérieux entretien de la veille. Le subordonné fut impénétrable ; ce qui ne l'empêcha point — au contraire — de devenir, en peu de jours, l'idole du monde officiel ; les invitations affluèrent : bals, chasses, dîners, il était de toutes les fêtes, les dames les plus hautaines prenaient son jour et, comme il négligeait forcément son bureau, il reçut de l'avancement, devint, de simple commis, en deux ans, inspecteur ; chacun s'ingéniait à prévenir ses moindres désirs ; il n'avait pas à postuler, aucun souhait à former, rien qu'à se laisser vivre... Il fut proposé pour la croix et le préfet entreprit même le voyage de Paris pour hâter sa promotion. En 1814, Colleret était sous-directeur et décoré !

Dam ! à la chute de l'Empire, les choses changèrent ; son directeur, devenu soudain aussi rogue qu'il s'était précédemment montré affable, son directeur se débarrassa de lui en l'expédiant dans un poste lointain et difficile ; comme M. Colleret réclamait contre cette mesure, on le mit en disponibilité ; il obtint pourtant de rentrer dans l'administration, mais à un grade inférieur à celui qu'il avait occupé ; pendant trente-six ans il ne reçut pas un centime d'augmentation ; il connut les résidences les plus décriées et les fonctions les plus rebutantes ; on l'expédia comme receveur à Orchies ; de là, sans avancement, à Saint-Jean-Pied-de-Port ; puis, comme receveur encore, on l'exila à Binic, d'où il partit pour Embrun, comme receveur toujours. Impassible, il ne formulait pas une plainte ; tous les deux ou trois ans, il allait à Paris, faisait dans les bureaux du ministère les visites indispensables et en revenait, avec un sourire ironique aux lèvres, mais sans jamais obtenir une amélioration de situation.

Une revanche le guettait, éclatante : survint la Révolution de 1848, bientôt suivie de l'élection du prince Louis-

Napoléon à la présidence. Colleret était alors receveur à Port-de-Bouc : par dépêche, il est nommé inspecteur à Versailles, et, tout à coup, sa carrière, interrompue depuis 1814, recommence brillante, inespérée, extravagante ; en 1852, il est directeur à Nantes ; deux ans plus tard, conseiller d'État, il reçoit la rosette des mains de Napoléon III ; bref, il mourut à quatre-vingt-huit ans, membre du conseil privé, sénateur et grand-croix de la Légion d'honneur !

Quelques mois avant sa fin, un de ses jeunes neveux le trouva un jour dans son grand fauteuil, rêveur à son ordinaire et ayant, au coin des lèvres, ce sourire ironique qui ne le quittait guère ; il avait cet air de satisfaction d'un homme qui, spectateur de sa propre vie, assiste à la plus désopilante des comédies. Ce jour-là, il était en veine de confidences et comme il rappelait à son neveu les débuts de sa carrière et l'incident étrange qui avait changé sa fortune, il lui dit :

— Veux-tu savoir ce que m'a dit l'empereur ?

L'autre était tout oreilles, ainsi qu'on peut penser ; M. Colleret continua :

— Il n'y a au monde qu'une chose indispensable, c'est de connaître les hommes et, si je te dévoile mon secret, c'est dans l'espoir que cette révélation ne te sera pas inutile. Voici les faits : dès que Napoléon m'eut pris le bras, il dit en grommelant et parlant moins pour moi que pour son propre soulagement : « Ah ! le maudit cor ! » Et il ajouta : « Je ne pourrai jamais parcourir leurs satanées casernes si vous ne me soutenez pas. » Il avait pris mon bras, comprends-tu, comme il aurait pris celui de tout autre et simplement parce que l'infimité de ma personne m'avait valu la dernière place au bout de la file des fonctionnaires et que je me trouvais, par conséquent, le plus rapproché du marchepied. L'empereur souffrait cruellement et ne voulait pas boiter ; il se cramponnait littéralement à moi et jamais je n'ai entendu jurons comparables à ceux qu'il proférait chaque fois qu'il appuyait à terre son pied endolori. J'ai retenu textuellement quelques-unes de ses phrases, je te les transmets pieusement : « Ah ! » grognait-il, « ils m'ont fait des bottes trop étroites ; et dures ! On ne trouve plus de bon cuir. Avez-vous du bon cuir, ici ? N'avez-vous jamais de cors ? Quand j'étais sous-lieutenant, j'avais des bottes parfaites ; c'était du veau très souple, fourni par le sellier de l'École militaire ; avec celles-là, jamais un durillon, jamais un œil-de-perdrix. Et solides ! Je suis allé de Valence à Pont-Saint-Esprit à pied avec ces bottes-là, et sans une écorchure. C'était du veau excellent, excellent !... » Tout cela comme tu devines, entremêlé de jurons, de plaintes, de récriminations contre Daquin, son bottier, — j'ai retenu le nom, — d'explosions de colère contre les fonctionnaires qui nous guettaient, contre les discours et les compliments, contre la caserne, surtout, qu'il vouait à tous les diables... Il ne m'a pas dit autre chose, je l'atteste ; il m'a quitté sans un mot de remerciement, n'a jamais su mon nom et je ne l'ai jamais revu. Pour le reste, je n'ai eu qu'à me taire ; le soir même, mon avenir était assuré ; on se figurait faire la cour au Maître en accablant de faveurs *son protégé* ; les notes élogieuses s'accumulaient dans mon dossier... Mais le gouvernement de la Restauration les y trouva et les amplifia en sens inverse ; chaque année s'ajoutaient à ma feuille signalétique des commentaires dans ce style : *bonapartiste incorrigible, — était des familiers de l'Usurpateur, — a reçu les confidences de l'Ogre de Corse,* etc. De sorte que, quand l'Empire reparut après trente-six ans d'interrègne, j'étais tout désigné pour compter parmi les plus favorisés. Songe ! Un homme dont la carrière a été brisée par suite de son dévouement à la cause impériale.

Et le vieillard ajoutait, non sans sourire encore :

— Vois-tu, quand on devient très vieux, on se retrouve très jeune ; et, maintenant que j'ai longtemps et mûrement réfléchi à ce qui m'est arrivé, je suis sûr, entends-tu, absolument sûr, que c'est le petit Jésus qui a tout conduit. Je me souviens parfaitement que, à la veille de ce jour de Noël où devait si bizarrement se décider ma carrière, après avoir ciré mes souliers, j'eus, par un reste de foi, de superstition enfantine, l'idée de les déposer au coin de l'âtre, ainsi que je le faisais alors que j'étais gamin. Je fis la chose sans confiance, un peu pour me moquer de moi-même, pour railler sottement ma misère et mon isolement ; et le lendemain, à mon réveil, je crus que mes escarpins étaient vides, que le petit Jésus n'y avait rien mis ; je me trompais ; il y avait déposé ceci ; seulement, je ne le voyais pas.

Et M. Colleret désignait son grand cordon rouge et son habit brodé de sénateur qu'un valet de pied préparait pour une réception à la Cour qui devait avoir lieu le soir. Bien vite, le vieillard, un instant ému, reprit sa mine ironique.

— Tout cela, pour avoir servi, pendant une heure, de canne à Napoléon. D'ailleurs, ajouta-t-il, en clignant malicieusement les yeux, je puis bien le dire aujourd'hui, j'ai toujours été foncièrement royaliste.

Légendes de Noël, *1910.*

La messe des ombres

par

Anatole France (1844-1924)

À l'approche de Noël, les âmes du purgatoire, revenues à la vie le temps d'une messe, inspirent à l'auteur de La Révolte des anges *et de* L'Île des pingouins *un bel hommage aux amours que la mort n'a pu rompre.*

Voici ce que le sacristain de l'église Sainte-Eulalie, à La Neuville-d'Aumont, m'a conté sous la treille du Cheval-Blanc, par une belle soirée d'été, en buvant une bouteille de vin vieux à la santé d'un mort très à son aise, qu'il avait le matin même porté en terre avec honneur, sous un drap semé de belles larmes d'argent.

— Feu mon pauvre père (c'est le sacristain qui parle) était de son vivant fossoyeur. Il avait l'esprit agréable, et c'était sans doute un effet de son état, car on a remarqué que les personnes qui travaillent dans les cimetières sont d'humeur joviale. La mort ne les effraie point : ils n'y pensent jamais. Moi qui vous parle, monsieur, j'entre dans un cimetière, la nuit, aussi tranquillement que sous la tonnelle du Cheval-Blanc. Et, si, d'aventure, je rencontre un revenant, je ne m'en inquiète point, par cette considération qu'il peut bien aller à ses affaires comme je vais aux miennes. Je connais les habitudes des morts et leur caractère. Je sais à ce sujet des choses que les prêtres eux-mêmes ne savent pas. Et, si je contais tout ce que j'ai vu, vous seriez étonné. Mais toutes les vérités ne sont pas bonnes à dire, et mon père, qui pourtant aimait à conter des histoires, n'a pas révélé la vingtième partie de ce qu'il savait. En revanche il répétait souvent les mêmes récits, et il a bien narré cent fois, à ma connaissance, l'aventure de Catherine Fontaine.

Catherine Fontaine était une vieille demoiselle qu'il lui souvenait d'avoir vue quand il était enfant. Je ne serais point étonné qu'il y eût encore dans le pays jusqu'à trois vieillards qui se rappellent avoir ouï parler d'elle, car elle était très connue et de bon renom, quoique pauvre. Elle habitait, au coin de la rue aux Nonnes, la tourelle que vous pouvez voir encore et qui dépend d'un vieil hôtel à demi détruit qui regarde sur le jardin des ursulines. Il y a sur cette tourelle des figures et des inscriptions à demi effacées. Le défunt curé de Sainte-Eulalie, M. Levasseur, assurait qu'il y est dit en latin que *l'amour est plus fort que la mort.* Ce qui s'entend, ajoutait-il, de l'amour divin.

Catherine Fontaine vivait seule dans ce petit logis. Elle était dentellière. Vous savez que les dentelles de nos pays étaient autrefois très renommées. On ne lui connaissait ni parents ni amis. On disait qu'à dix-huit ans elle avait aimé le jeune chevalier d'Aumont-Cléry, à qui elle avait été secrètement fiancée. Mais les gens de bien n'en voulaient rien croire et ils disaient que c'était un conte qui avait été imaginé parce que Catherine Fontaine avait plutôt l'air d'une dame que d'une ouvrière, qu'elle gardait sous ses cheveux blancs les restes d'une grande beauté, qu'elle avait l'air triste et qu'on lui voyait au doigt une de ces bagues sur lesquelles l'orfèvre a mis deux petites mains unies, et qu'on avait coutume, dans l'ancien temps, d'échanger pour les fiançailles. Vous saurez tout à l'heure ce qu'il en était.

Catherine Fontaine vivait saintement. Elle fréquentait les églises et, chaque matin, quelque temps qu'il fît, elle allait entendre la messe de six heures à Sainte-Eulalie.

Or, une nuit de décembre, tandis qu'elle était couchée dans sa chambrette, elle fut réveillée par le son des cloches ; ne doutant point qu'elles sonnassent la messe première, la pieuse fille s'habilla et descendit dans la rue, où la nuit était si sombre qu'on ne voyait point les maisons et que pas une lueur ne se montrait dans le ciel noir. Et il y avait un tel silence dans ces ténèbres, que pas seulement un chien n'aboyait au loin et qu'on s'y sentait séparé de toute créature vivante. Mais Catherine Fontaine, qui connaissait chaque pierre où elle posait le pied et qui aurait pu aller à l'église les yeux fermés, atteignit sans peine l'angle de la rue des Nonnes et de la rue de la Paroisse, là où s'élève la maison de bois qui porte un arbre de Jessé, sculpté sur une grosse poutre. Arrivée à cet endroit, elle vit que les portes de l'église étaient ouvertes et qu'il en sortait une grande clarté de cierges. Elle continua de marcher et, ayant franchi le porche, elle se trouva dans une assemblée nombreuse qui emplissait l'église. Mais elle ne reconnaissait aucun des assistants, et elle était surprise de voir tous ces gens vêtus de velours et de brocart, avec des plumes au chapeau et portant l'épée à la mode des anciens temps. Il y avait là des seigneurs qui tenaient de hautes cannes à pommes d'or et des dames avec une coiffe de dentelle attachée par un peigne en diadème. Des chevaliers de Saint-Louis donnaient la main à ces dames qui cachaient sous l'éventail un visage peint, dont on ne voyait que la tempe poudrée et une mouche au coin de l'œil ! Et tous, ils allaient se ranger à leur place sans aucun bruit, et l'on n'entendait, tandis qu'ils marchaient, ni le son des pas sur les dalles ni le frôlement des étoffes. Les bas-côtés s'emplissaient d'une foule de jeunes artisans, en veste brune, culotte de basin et bas bleus, qui tenaient par la taille des jeunes filles très jolies, roses, les yeux baissés. Et, près des bénitiers, des paysannes en jupe rouge, le corsage lacé, s'asseyaient par terre avec la tranquillité des animaux domestiques, tandis que des jeunes gars, debout derrière elles, ouvraient de gros yeux en tournant entre leurs doigts leur chapeau. Et tous ces visages silencieux semblaient éternisés dans la même pensée, douce et triste. Agenouillée à sa place coutumière, Catherine Fontaine vit le prêtre s'avancer vers l'autel, précédé de deux desservants. Elle ne reconnut ni le prêtre, ni les clercs. La messe commença. C'était une messe silencieuse, où l'on n'entendait point le son des lèvres qui remuaient, ni le tintement de la sonnette vainement agitée. Catherine Fontaine se sentait sous la vue et sous l'influence de son voisin mystérieux, et, l'ayant regardé sans presque tourner la tête, elle reconnut le jeune chevalier d'Aumont-Cléry, qui l'avait aimée et qui était mort depuis quarante-cinq ans. Elle le reconnut à un petit signe qu'il avait sous l'oreille gauche et surtout à l'ombre que ses longs cils noirs faisaient sur ses joues. Il était vêtu de l'habit de chasse, rouge, à galons d'or, qu'il portait le jour où, l'ayant rencontrée dans le bois de Saint-Léonard, il lui avait demandé à boire et pris un baiser. Il avait gardé sa jeunesse et sa bonne mine. Son sourire montrait encore des dents de jeune loup. Catherine lui dit tout bas :

« Monseigneur, qui fûtes mon ami et à qui je donnai jadis ce qu'une fille a de plus cher, Dieu vous ait en sa grâce ! Puisse-t-il m'inspirer enfin le regret du péché que j'ai commis avec vous ; car il est vrai qu'en cheveux blancs et près de mourir, je ne me repens pas encore de vous avoir aimé. Mais, ami défunt, mon beau seigneur, dites-moi qui sont ces gens à la mode du vieux temps qui entendent ici cette messe silencieuse. »

Le chevalier d'Aumont-Cléry répondit d'une voix plus faible qu'un souffle et pourtant plus claire que le cristal :

« Catherine, ces hommes et ces femmes sont des âmes du purgatoire qui ont offensé Dieu en péchant comme nous par l'amour des créatures, mais qui ne sont point pour cela retranchées de Dieu, parce que leur péché fut, comme le nôtre, sans malice. Tandis que, séparés de ce qu'ils aimaient sur la terre ils se purifient dans le feu lustral du purgatoire, ils souffrent les maux de l'absence, et cette souffrance est pour eux la plus cruelle. Ils sont si malheureux qu'un ange du ciel prend pitié de leur peine d'amour. Avec la permission de Dieu, il réunit chaque année, pendant une heure de nuit, l'ami à l'amie dans leur église paroissiale, où il leur est permis d'entendre la messe des ombres en se tenant par la main. Telle est la vérité. S'il m'est donné de te voir ici avant ta mort, Catherine, c'est une chose qui ne s'est pas accomplie sans la permission de Dieu. »

Et Catherine Fontaine lui répondit :

« Je voudrais bien mourir pour redevenir belle comme aux jours, mon défunt seigneur, où je te donnais à boire dans la forêt. »

Pendant qu'ils parlaient ainsi tout bas, un chanoine très vieux faisait la quête et présentait un grand plat de cuivre aux assistants qui y laissaient tomber tour à tour d'anciennes monnaies qui n'ont plus cours depuis longtemps : écus de six livres, florins, ducats et ducatons, jacobus, nobles à la rose, et les pièces tombaient en silence. Quand le plat de cuivre lui fut présenté, le chevalier mit un louis qui ne sonna pas plus que les autres pièces d'or ou d'argent.

Puis le vieux chanoine s'arrêta devant Catherine Fontaine, qui fouilla dans sa poche sans y trouver un liard. Alors, ne voulant refuser son offrande, elle détacha de son doigt l'anneau que le chevalier lui avait donné la veille de sa mort, et le jeta dans le bassin de cuivre. L'anneau d'or, en tombant, sonna comme un lourd battant de cloche et, au bruit retentissant qu'il fit, le chevalier, le chanoine, le célébrant, les clercs, les dames, les cavaliers, l'assistance entière s'évanouit ; les cierges s'éteignirent et Catherine Fontaine demeura seule dans les ténèbres.

Ayant achevé de la sorte son récit, le sacristain but un grand coup de vin, resta un moment songeur et puis reprit en ces termes :

— Je vous ai conté cette histoire telle que mon père me l'a contée maintes fois, et je crois qu'elle est véritable parce qu'elle est conforme à tout ce que j'ai observé des mœurs et des coutumes particulières aux trépassés. J'ai beaucoup pratiqué les morts depuis mon enfance et je sais que leur usage est de revenir à leurs amours.

C'est ainsi que les morts avaricieux errent, la nuit, près des trésors qu'ils ont cachés de leur vivant. Ils font bonne garde autour de leur or ; mais les soins qu'ils se donnent, loin de leur servir, tournent à leur dommage, et il n'est pas rare de découvrir de l'argent enfoui dans la terre en fouillant la place hantée par un fantôme. De même, les maris défunts viennent tourmenter, la nuit, leurs femmes mariées en secondes noces, et j'en pourrais nommer plusieurs qui, morts, ont mieux gardé leurs épouses qu'ils n'avaient fait vivants.

Ceux-là sont blâmables, car, en bonne justice, les défunts ne devraient point faire les jaloux. Mais je vous rapporte ce que j'ai observé. C'est à quoi il faut prendre garde quand on épouse une veuve. D'ailleurs, l'histoire que je vous ai contée est prouvée dans la manière que voici :

Le matin, après cette nuit extraordinaire, Catherine Fontaine fut trouvée morte dans sa chambre. Et le suisse de Sainte-Eulalie trouva dans le plat de cuivre qui servait aux quêtes une bague d'or avec deux mains unies. D'ailleurs, je ne suis pas homme à faire des contes pour rire. Si nous demandions une autre bouteille de vin !...

« Le Temps », *26 décembre 1890.*

LA NÖEL DE JEAN RUMENGOL

par

Anatole Le Braz (1859-1926)

Quand la Bretagne ne veut plus entendre de chants de Noël, c'est qu'elle se meurt. Heureusement, elle croit encore à la Vierge Marie qui, un jour, descendra de son piédestal, dans l'église neuve du Ménez-Hom...

I

Jean Rumengol était de son métier chanteur de chansons.

La race disparaît, hélas ! de ces vagabonds inspirés qui jadis peuplaient les routes de la basse Bretagne. Ils s'abattaient sur le pays, au printemps, comme une joyeuse volée d'oiseaux. Ils abondaient surtout aux pardons. Ils y arrivaient la veille, le soleil déjà couché, avec leur havresac en peau de veau bourré de chansons, de *gwerzes* tragiques et de *sônes* sentimentales. Ils passaient la nuit accroupis sur les bancs de pierre du porche ou allongés dans l'herbe du cimetière, entre les tombes. Et ils dormaient là, paisiblement, le visage tourné vers les étoiles. La lumière du matin faisait étinceler leurs haillons que la rosée avait saupoudrés de diamants. Soudain, ils se levaient de terre, secouaient — comme ils disaient — leur pauvreté, et s'égosillaient à qui mieux mieux, avec des voix allègres d'alouettes. Jeunes gens et jeunes filles, venus pour la messe matinale, faisaient cercle autour d'eux. Entre deux couplets, le chanteur brandissait au-dessus de sa tête une poignée de feuilles volantes, de pages rugueuses, grossièrement imprimées, mais en qui bruissait l'âme enfantine et si charmante des vieilles poésies ancestrales.

— Qui veut la *gwerz ?* Qui veut la *sône ?... Daou wennek !* Deux sous !...

Et des mains se tendaient. Et on se l'arrachait, ce « papier de chandelle ». Et les gros sous pleuvaient dans l'escarcelle de l'homéride bas-breton ! Ils n'y séjournaient pas longtemps. Chanter donne soif. Puis, c'était bien le moins que, en l'honneur du saint du lieu, l'on se permît quelques libations à la mode antique. Avant la fin du jour, les bons aèdes avaient bu presque autant de chopines qu'ils avaient vendu de chansons.

C'étaient de vrais Enfants de Sans-souci ; ils aimaient à s'en aller, les poches vides, comme ils étaient venus. On ne les en blâmait point, dans ces temps-là. Leur facile imprévoyance semblait aux gens toute naturelle. On les regardait un peu comme des êtres à part, qui n'avaient pour fonction dans la vie que de perpétuer parmi les Bretons le culte des vieux chants, d'en composer de nouveaux, suivant les formules consacrées, et d'égayer, en les répandant par le pays, la misère si dure à porter des pauvres laboureurs d'Armorique.

Hommes bénis, on les accueillait partout avec une sorte d'empressement superstitieux, comme des hôtes de bon présage. L'hiver, quand ils apparaissaient au seuil des fermes, leur havresac dégouttant de neige, leur barbe hérissée de glaçons, vite on se serrait autour de l'âtre pour leur faire place à l'air du feu ; souvent même l'aïeul se levait de son fauteuil de chêne et les contraignait de s'y asseoir. Lisez la ballade de Kerglogor, telle que M. Luzel l'a contée, et vous verrez comme on leur faisait fête ! Crêpes de blé noir, châtaignes bouillies, et le *flip* délieur de langues ! Ah ! les chanteurs de chansons avaient en ces jours bénis toute la basse Bretagne pour famille. Pas un vaisselier où ils n'eussent leur écuelle ; pas une maison où leur *couchée* ne fût toujours prête, dans la chaleur saine de l'étable, auprès des chevaux ou des bœufs... On n'eût pas vu alors un Jean Rumengol, le plus habile ouvrier en vers qui fût jamais, errer trois jours et trois nuits dans la campagne gelée, sans un bouchon de paille où appuyer sa tête et, qui pis est, sans une croûte de pain à se fourrer dans le ventre.

— Malheur de Dieu ! faut-il que tout soit changé, les temps et les âmes !...

II

On l'avait trouvé, petit enfantelet nouveau-né enveloppé de mauvais langes, un matin de la Saint-Jean, au pied du pilier de la Vierge, dans l'église de Rumengol. De là ses nom et prénom.

C'est une coutume en Bretagne de vendre aux enchères les cendres qui restent des feux allumés en l'honneur de Monseigneur Saint-Jean, le 24 juin. Ces cendres ont des vertus miraculeuses. Elles assurent à qui les répand sur sa terre des récoltes extraordinaires. C'est dire qu'on se les dispute. Qui les veut avoir y doit mettre le prix. Le produit de la vente a sa destination toute marquée : on l'emploie à faire célébrer des messes expiatoires pour les défunts de la paroisse ; il va grossir le casuel du desservant.

Mais, cette année-là, les gens de Rumengol dérogèrent à l'usage traditionnel, et cela sur la proposition du recteur lui-même. Il fut convenu que pour cette fois « l'argent des cendres » serait consacré à défrayer la mère-nourrice qui voudrait bien se charger de « l'enfant d'aventure ».

Une femme se présenta, au refus de plusieurs autres que le recteur avait sollicitées d'abord : une pauvresse, une veuve de matelot qui passait pour « innocente ». Elle habitait une misérable chaumine de torchis au haut d'une lande, du côté d'Hanvec. C'est là qu'elle emporta Jean Rumengol roulé dans son tablier. Elle l'y nourrit du lait d'une chèvre qu'elle avait. Pour l'endormir elle lui chantait des bouts de complaintes, des *gwerzes* d'une inspiration sauvage, dont sa mémoire avait retenu des lambeaux.

Elle avait une voix étrangement mélodieuse. On l'invitait souvent aux veillées d'alentour, rien que pour l'entendre chanter. L'enfant grandit, bercé par ces mystérieuses mélopées qui ressemblaient à des incantations. De bonne heure, une âme musicale s'éveilla en lui. Puis, cette croupe de pays où il demeurait avec sa mère-nourrice était comme hantée par les vents, par ces grands bruits d'orgues qui emplissent la Bretagne de leurs mugissantes harmonies. Ils ébranlaient la hutte, réveillaient en sursaut l'adolescent dans son lit de fougères, lui criaient :

— Viens donc avec nous ! nous sommes les divins nomades, les voix errantes, les bouches sonores de l'air. Nous t'apprendrons les rythmes éternels. Tu seras notre disciple bien-aimé. Nous insufflerons en toi notre esprit. Nous t'enseignerons les seules choses qui vaillent la peine d'être sues : le mépris des vains labeurs où s'immobilise la pensée des hommes, l'amour des libres espaces dont vécurent tes ancêtres, et la douce contemplation des étoiles qui les enchanta. Suis-nous, Jean Rumengol !

Un soir, il les suivit.

La mère-nourrice lui fit de graves adieux. Elle lui passa au cou une médaille de plomb où se voyait en pied la Vierge de Rumengol, avec ses doigts fins qui se prolongeaient en rayons.

— C'est le portrait de ta marraine, dit-elle. Quand on t'a trouvé près de son pilier, à l'église, elle te souriait ineffablement. Puisse son sourire t'accompagner et être dans toute ta vie comme une lumière !

Là-dessus, Jean Rumengol s'enfonça dans la nuit.

C'était le temps où la terre bretonne est en fleurs, où des odeurs de paradis lointains semblent imprégner l'haleine des choses. Le jeune homme marcha devant lui, au hasard, du côté où soufflait le vent, tout émerveillé de sentir palpiter dans son âme le reflet des constellations qui brillaient là-haut.

Et dès lors il erra, semant à plein gosier les beaux vers, lâchant à travers l'Armorique des vols éperdus de strophes qui se nichaient d'elles-mêmes dans les mémoires. Il eut son heure de popularité. En Cornouailles, en Tréguêr, en Goëlo, on le salua comme le maître des chanteurs. On l'avait surnommé *Eostik ann ôd,* « le rossignol des grèves », parce qu'il voyageait de préférence le long des côtes et se faisait surtout entendre dans les hameaux marins. Non pas qu'il dédaignât l'intérieur, le pays de l'Argoat*, où fument, sous le couvert des bois, les huttes aux formes primitives des sabotiers. Mais la mer l'attirait. Les vents lui avaient raconté sur elle des histoires prestigieuses. Il la savait peuplée de villes englouties, immenses, silencieuses, mais non mortes. D'ailleurs, il l'aimait pour elle-même ; elle était si bleue, si verte, si mauve, de nuances si adorables, d'un charme si ondoyant !

Et c'était presque toujours elle qu'il chantait. Il la nommait « sa douce ». Il disait ses rires et ses colères soudaines. Il la célébrait comme l'épouse du ciel et la mère du monde. Aussi les tribus grouillantes de pêcheurs qui pullulent sur

* On appelle ainsi, plus particulièrement, toute la Cornouaille des monts d'Arrée dont les pentes sont encore couvertes de bois.

le littoral armoricain se pressaient-elles autour de lui, avides de l'ouïr. D'un bourg à l'autre, on se signalait sa présence. On allumait sur les hauteurs de grands feux, et cela voulait dire :

— Petites voiles brunes, éparses là-bas, au large de la côte, revenez vite !... Jean Rumengol est parmi nous !...

Et vite, vite, les petites voiles brunes rentraient au port...

Oui, ces triomphes, Jean Rumengol les connut naguère ! C'étaient les belles années. Depuis, hélas ! tout avait changé, tout, les êtres et même les choses. Si bien que Jean Rumengol n'était plus qu'un étranger dans son propre pays. Des gens venus de *Bro C'hall**, dans des chariots monstrueux traînés par des bêtes en fer, avaient envahi la contrée, la bouleversant de fond en comble.

Au lieu des petites maisons basses de pêcheurs, toutes grises et comme sculptées dans les roches qui les abritaient, ce n'étaient maintenant, au bord des grèves, que bâtisses bizarrement peinturlurées, auberges somptueuses plus imposantes que des églises, où folâtrait du matin au soir, et souvent du soir au matin, une population aux allures vives et bruyantes, pour qui le plaisir semblait être l'unique affaire, et qui poussait l'irrévérence jusqu'à badiner avec la mer sacrée. Le solennel silence des côtes bretonnes fut d'abord scandalisé de tout ce tapage. Mais on n'y pouvait rien. Les rochers, ces grands ancêtres de pierre, ces aînés du monde, dont aucun profane n'avait encore troublé le rêve, se sentirent soudain mis en pièces, débités en moellons. Quelques-uns, dit-on, échappèrent cependant au carnage par l'exil. Des femmes de matelots, des ramasseuses d'épaves, affirmèrent les avoir vus s'éloigner par le chemin des eaux, en une

* Le pays français.

longue procession triste, puis disparaître du côté de l'Ouest, dans la brume. On considéra cela comme un « intersigne » annonçant la mort de la vieille Bretagne. Bien des cœurs se serrèrent à cette idée. Jean Rumengol en fit une complainte émouvante, et, quand il la chantait, il avait des sanglots dans la voix.

Mais son cri d'alarme venait trop tard. Déjà les Bretons s'étaient laissé prendre aux subtiles séductions des gens de France. Peu à peu ils avaient adopté d'abord leurs vices, puis leur accoutrement, et enfin leur langue. De sorte que Jean Rumengol prêchait à des oreilles qui ne voulaient plus entendre. Les lamentations de ce Jérémie armoricain ne trouvèrent pas d'écho. Les vieillards hochaient la tête d'un air de résignation passive. Les jeunes gens éclataient de rire au nez du barde. Les personnes « sensées » lui disaient sur un ton de pitié méprisante :

— En vérité, nous cherchons vainement à comprendre pourquoi vous geignez ainsi. Ce que vous appelez un mal est le plus grand des biens. Non seulement les hommes de France ne complotent point la mort de la Bretagne, mais ils la ressuscitent au contraire ; ils lui ont apporté la connaissance des choses utiles, l'argent, la prospérité, la vie !...

Pêcheurs et laboureurs faisaient chorus. Jamais le blé, jamais le poisson, même au temps des disettes les plus fameuses, n'avaient atteint des prix aussi invraisemblables.

À ceux qui parlaient de la sorte, Jean Rumengol ne répondait pas. Il se contentait de leur tourner le dos. Il ne les considérait plus comme des Bretons, comme des membres de sa race. L'amour du lucre était entré dans leurs âmes. Il n'avait plus rien de commun avec eux. Hélas ! jour par jour il dut assister, témoin irrité mais impuissant, à cette agonie de son pays, à cette déchéance de son peuple. Il n'en continua pas moins de promener à travers les hameaux sa haute silhouette mince, ses longs cheveux grisonnants, sa face rasée, creusée, émaciée, et sa parole amère de Savonarole bas-breton. Il semblait le spectre du passé. On ne tarda pas à le trouver importun. On le traita de visionnaire, de « vieux rêveur ».

— Oui, rêveur ! ripostait-il. Voilà pourtant où vous êtes tombés. Ce nom dont vos pères se faisaient gloire est devenu une insulte sur vos lèvres.

Les seuils se fermèrent à son approche. Les chiens lui montraient les dents et les enfants lui jetaient des pierres. Un jour qu'il cheminait par le Léon, il se présenta dans un manoir où jadis son couvert était toujours mis à la meilleure place. Mais depuis qu'il n'y avait paru, l'*ancien* du lieu était mort. Son fils aîné, le maître actuel, dévisagea le poète nomade :

— Que te faut-il, mendiant ?

— Du pain, pour l'amour de Dieu.

— Quand tu l'auras gagné, fit l'homme.

Et il lui proposa de l'ouvrage, du chanvre à teiller. Pour le coup, Jean Rumengol eut dans les yeux une telle flamme d'indignation que le Léonard recula, épouvanté. Il ne se rassura qu'après avoir vu le vieux vagabond franchir la porte, du pas chancelant d'un homme ivre. Car il chancelait, le pauvre Jean ; sa colère s'était comme fondue subitement en une détresse infinie. Il venait de prendre conscience de son inutilité dans un monde qui prétendait faire des teilleurs de chanvre avec des chanteurs de chansons.

Il marcha désormais au hasard, ou plutôt à l'abandon, comme une chose inerte, comme une barque en dérive, ne chantant plus, marmonnant des paroles sans suite, l'âme jonchée d'un amas d'inspirations mortes. Il traversa Rumengol sans s'en douter, et nul ne le reconnut, tant il était cassé, flétri. On était en décembre. Il voulait grimper une dernière fois au Ménez-Hom, pour saluer de là-haut la mer grande ; embrasser d'un long regard d'adieu l'horizon de la terre d'Armor, et puis rendre aux vents l'esprit chanteur dont ils lui avaient confié le dépôt, les Néo-Bretons n'en ayant plus que faire.

Sur le flanc du Ménez est une pyramide de pierres brutes qu'on appelle dans le pays le *Bern-Meïn**. Un roi, dit-on, est enterré sous ce cairn. Jean Rumengol se laissa choir au pied de cette tombe préhistorique. Depuis deux jours il n'avait pas mangé. Il ferma les yeux pour ne plus rien voir, pas même les étoiles. Une torpeur l'envahit. « Dieu merci, pensa-t-il, c'est la fin ! »

Tout à coup, des sons éperdus de cloches prirent leur volée dans le vaste silence.

Il sentit leurs ailes battre contre ses tempes. Et leurs voix lui crièrent aux oreilles, joyeusement :

— Réveille-toi, Jean Rumengol. Oublies-tu donc que c'est Noël ?...

III

C'était nuit de Noël, en effet. Les voix joyeuses disaient vrai.

Mais qu'est-ce que cela pouvait bien faire au vieux barde, cette allégresse de la terre pour la naissance de l'Enfant-Dieu ? Est-ce que cela empêchait que la Bretagne fût mourante et qu'il eût lui-même soif de la mort ?

* Le « tas de pierres ».

Voici que la chanson éparse des cloches lui apparaissait comme une dernière ironie, comme un défi suprême jeté au grand deuil qu'il portait dans l'âme. Il leur en voulait de carillonner si allégrement, alors qu'elles eussent dû tinter le glas.

Mais les cloches n'en continuaient pas moins leur chanson. Elles y mettaient même une sorte d'acharnement, et l'on eût juré, sur ma foi, qu'elles n'en avaient qu'après Jean Rumengol. Elles tournoyaient au-dessus de sa tête, lui bourdonnaient dans le crâne, le houspillaient presque, et quand les unes étaient lasses, d'autres les remplaçaient, comme si toutes les cloches de la chrétienté se fussent donné rendez-vous sur le Ménez-Hom.

— Jean Rumengol, réveille-toi ! Lève-toi, Jean Rumengol ! Jean Rumengol, c'est Noël !

Noël ! Noël ! En chantant ainsi, elles avaient des sonorités si pénétrantes, si suaves, que, malgré lui, Jean Rumengol sentait tout son vieux corps tressaillir d'aise. Comme à l'appel des cloches du dehors, des cloches intérieures s'ébranlaient en lui-même, dans le crépuscule de ses plus lointains souvenirs. En vain s'efforçait-il de ne les entendre pas. Elles l'emplissaient d'une victorieuse vibration qui retentissait dans tout son être. En vain tenait-il ses paupières obstinément closes. Les Noëls anciens repassaient devant ses yeux, vêtus de leur robe de neige, et derrière eux défilaient de souriantes images. Il voyait, quoi qu'il fît, les petites routes rustiques, poudrées de blanc, la nuit sainte, d'un bleu étrange, d'un bleu surnaturel, et les étoiles en marche dans le firmament, étincelantes et comme ravivées. Puis, c'étaient des processions d'humbles gens, des défilés de laboureurs, de pâtres, de jeunes servantes et de vieilles filandières, s'acheminant — ainsi qu'au temps de l'Évangile — vers la crèche symbolique, pour y contempler le roi Jésus couché sur la paille entre le bœuf et l'âne. C'était encore l'église de paroisse, ses piliers courts et trapus, son autel radieux, sa forêt de cierges, l'air de belle humeur qu'avaient les statues des saints sous les caresses inaccoutumées de toute cette lumière qui les allait chercher jusqu'au fond de leurs niches pour attendrir leurs durs visages.

Quelle que fût l'église et quel que fût le desservant, Jean Rumengol, cette nuit-là, avait toujours sa stalle réservée dans le chœur. Et quand le prêtre avait célébré les trois messes, le chanteur pontifiait à son tour. Debout, ses longs cheveux de Celte répandus sur ses épaules, les mains appuyées à son bâton de pèlerin, il entonnait en un breton quasi biblique une hymne de circonstance, improvisée le jour même. Il chantait d'une voix lente, un peu rauque, mais avec un accent si profond qu'il vous prenait l'âme. Il commençait en se comparant au mage nègre, pauvre souverain d'une race dédaignée ; il disait comment une jeune étoile l'était venu réveiller là-bas, dans les solitudes des landes : il n'avait pas de présents à apporter au Dieu nouveau, mais tout de même il s'était mis en route pour l'adorer « avec un esprit soumis et d'un cœur parfait ». Il déposerait à ses pieds son indigence, la seule chose qui fût à lui... Ici, Jean Rumengol faisait une pause. Puis, en une cantilène naïve, il évoquait la gracieuse apparition de la Vierge-Mère. Il était resté le dévot de sa « marraine ». Il trouvait pour parler d'elle un langage délicat et cependant familier. Il la montrait s'avançant par les rues d'un pas alourdi par sa grossesse sacrée*. Il décrivait Bethléem, ses maisons de chaume, les fumiers aux seuils des portes, des gens attablés dans les auberges, un vrai village

* Un Noël breton dit : *He c'hof ganthi beteg hi daoulagad,* « son ventre montant jusqu'à ses yeux ».

breton par un après-midi de dimanche, et Joseph frappant à un cabaret « dont l'hôtelier avait un fils *clerc* », et le fils clerc intercédant auprès du père avaricieux pour qu'il logeât gratuitement, au moins dans son étable, la douce compagne du charpentier. Venait ensuite quelque merveilleuse histoire, témoignant du pouvoir de Marie, celle par exemple de Berta l'infirme, qui n'avait aux épaules que deux moignons et à qui des bras poussèrent afin qu'elle pût emmailloter l'enfant Jésus !...

Ah ! ces Noëls d'antan !

Jean Rumengol vous avait une façon à lui de peindre les choses. On croyait y être. Il vous transportait par-delà les espaces, dans la bourgade galiléenne, en ce grand soir de la Nativité. Ou plutôt, c'était sous vos yeux, là, dans la vieille église bretonne, presque aussi nue, presque aussi pauvre qu'une crèche, que le *Mabik** naissait. Son image sur l'autel semblait vivre. On respirait sa délicieuse haleine. Sous les voûtes basses, à l'entour des piliers, malgré la bise de décembre et la silencieuse tombée de la neige au dehors, il courait des souffles tiédis par la douceur réchauffante du printemps chrétien. Les pâtres, les laboureurs pouvaient se figurer qu'ils assistaient réellement à la venue du Messie, mais d'un Messie breton, en quelque sorte, tant ce Jean Rumengol excellait à tout bretonniser, même Dieu.

Aussi, quand le poète avait fini son *prézec,* son sermon chanté, c'était à qui l'hébergerait pour le reste de la « nuitée » ; c'était à qui l'emmènerait par les petites routes poudrées de blanc vers la ferme lointaine, perdue et comme ensevelie dans le mystère de la campagne. Hommes,

* L'enfantelet. Les bas Bretons désignent ainsi l'Enfant Jésus ; les Italiens l'appellent de même le *bambino.*

femmes, enfants lui faisaient cortège. Il semblait que ce fût un prophète, un personnage d'élection. Et, de fait, il avait en lui l'âme des anciens mages. Il avait approché Dieu, ce misérable, et ses haillons en restaient comme magnifiés. Pendant le trajet, on le suppliait de « prêcher » encore, et il se remettait à psalmodier la *gwerze* de Jésus, dans le silence solennel de la nuit. Son bras, levé en un geste grandiose, un geste de semeur, répandait autour de lui la « bonne nouvelle ». Sa voix résonnait plus vibrante dans l'air glacé. Sur les talus, les chênes étêtés penchaient pour l'écouter leurs torses macabres ; les chiens de garde oubliaient d'aboyer ; les bœufs, dans les étables, meuglaient doucement ; la mer même, ensorcelée, suspendait sa plainte éternelle.

Jean Rumengol chantait tout le long du chemin. À la ferme, la veillée se continuait jusqu'à l'aube. Un tronc d'arbre brûlait dans le foyer, et le noble vagabond, assis dans l'âtre, était comme enveloppé d'une auréole par le reflet doré de la flamme.

Le Jean Rumengol de ces temps-là se sentait investi d'une mission, d'un sacerdoce. Il ouvrait dans l'imagination des humbles de vastes perspectives. Il les aidait à voir le ciel. Il faisait passer devant eux le mirage des paradis futurs auxquels il croyait ardemment. Il était vraiment apôtre. Il avait le don des grands rêves qui sont le pain des âmes, et, après l'avoir pétri, ce pain spirituel, il avait joie à le partager avec la foule.

Mais à quoi bon le mettre au four désormais, puisque les Bretons en étaient rassasiés ?

Taisez-vous, taisez-vous, cloches des Noëls d'autrefois ! Jean Rumengol est de trop parmi les hommes d'à présent. Laissez-le mourir de sa belle mort, avec la neige pour linceul et, pour oreiller, le tombeau d'un roi. Soyez-lui compatissantes, ô cloches. Ne l'obligez pas à déclore ses yeux. Il les rouvrirait sur un pays prosaïque et désenchanté. Pitié pour le vieux barde ! Il a jadis magnifiquement interprété vos voix. Faites comme les vents, ses premiers maîtres. Respectez son dernier sommeil !...

IV

— Lève-toi, Jean Rumengol ! Lève-toi !

Elles sont inexorables, ces cloches. Même sur le Ménez-Hom, il est dit qu'on ne peut mourir en paix.

Combien écartée pourtant, cette solitude, et combien farouche ! C'est à peine si, en avril, les bergers osent y mener paître leurs moutons récalcitrants. L'herbe y est amère, rude et courte. En décembre, rien de plus morne que le mont, avec ses deux croupes jumelles, également chauves. C'est le désert absolu, sauf sur la pente méridionale, où s'accroche le maigre hameau de Sainte-Marie, ainsi nommé d'une de ces chapelles votives que la piété bretonne a plantées de cime en cime, le long des côtes, comme autant de guérites de la prière.

Du haut de ces oratoires, les vieux saints d'Armor veillèrent longtemps sur le pays, montèrent autour de la Bretagne une sorte de garde sacrée. Saints marins, pour la plupart, dont on montre encore dans quelque coin de la nef l'auge de pierre où ils naviguaient, leurs sanctuaires étaient de véritables sémaphores mystiques, épars sur les hauts lieux. Et de ces sémaphores, les Maudez, les Guévrok, les Kirek, les Guennolé, les Kadok, les Beuzek et vingt autres s'étaient institués les guetteurs éternels. Ils rassuraient les populations de pêcheurs dont les masures inquiètes aimaient à se blottir à leur pied.

Mais leur vigilance protectrice s'étendait bien au-delà. Elle rayonnait sur la mer même, jusqu'aux extrêmes confins de l'horizon des eaux. Elle enveloppait d'une atmosphère de calme et de sécurité les vaillantes petites barques vouées à l'aventure quotidienne. À la moindre menace de gros temps, la cloche de la chapelle se mettait d'elle-même à tinter. Et ce signal si menu, si grêle, semblait se prolonger à l'infini ; il dominait le sauvage vacarme du vent, le vacarme plus sauvage du ressac ; il se propageait, sonore, au sein de la brume la plus épaisse. Et les barques lointaines faisaient force de voiles vers la terre, tel un troupeau que la trompe du berger rassemble. Elles rentraient dans les anses de la côte, comme des vaches à l'étable. Les équipages, pour remercier le saint, entonnaient son cantique. Ces rudes voix d'hommes étaient belles à entendre, le soir, dans les étroits chemins rocheux, rythmées par la cadence lourde des sabots. Debout sur les seuils, les femmes les écoutaient venir, en tricotant, et dans leur âme aussi s'élevait le chant inexprimé d'une muette action de grâces...

Que de fois Jean Rumengol avait été le témoin passionné de ces retours !

Plus encore que les saints « patriotes », comme les appelle Albert le Grand, la Vierge était chère aux Bretons du littoral. Sur tous les caps ils dressaient son image ; ils lui bâtissaient des *maisons** de pierre sculptée, surmontées de ces clochers élégants qu'on prendrait de loin pour de fines dentelles en granit suspendues entre terre et ciel. Ils l'invoquaient sous de multiples qualificatifs, les plus poétiques, les plus tendres. Ils la nommaient « Madame Marie la douce », « Vierge de

* *Ty ar Werc'hès*, la *maison* de la Vierge. C'est ainsi que le langage populaire désigne la plupart des chapelles qui ont la Vierge pour patronne.

Bonne Nouvelle », « Reine divine de la mer ». Pendant les tourmentes, ils la voyaient marcher, vêtue de lumière, sur les flots. Elle ouvrait devant les bateaux des routes d'argent clair. Le seul frôlement de sa longue robe blanche apaisait la colère des vagues ; la tempête lui obéissait avec une docilité de brebis.

C'est du moins ce que croyaient fermement les Bretons d'autrefois.

Ils croyaient encore que sainte Marie du Ménez-Hom avait été proposée par Dieu à la conservation des mystérieuses cités qui dorment, enfouies sous les eaux, au large des plages armoricaines. Aux temps anciens, avant la disparition d'Is, elle fut la patronne de cette légendaire capitale de la Cornouaille. Quand la ville eut été submergée par les flots, le roi Gralon, qui s'était enfui sur son cheval gris pommelé, avec saint Guennolé en croupe, vint prendre terre au pied du Ménez-Hom. Sur les conseils du moine, il fit élever au sommet du mont une église expiatoire, de proportions modestes, mais qui reproduisait néanmoins en ses lignes essentielles la cathédrale d'Is. Il s'apprêtait même à y faire sculpter une sainte Marie en granit bleu toute pareille à celle que la mer avait engloutie avec toute la ville. Guennolé lui enjoignit d'attendre, et momentanément la niche destinée à la Vierge resta vide.

Mais, un soir, les pêcheurs de Cast, de Penn-Trez et de Plomodiern ne furent pas peu surpris de voir la silhouette rigide d'une femme, que le couchant nimbait d'or, s'avancer majestueusement sur la face de la mer. Elle marchait tout d'une pièce, comme une statue. Et c'en était une. Parvenue à la grève, elle s'engagea dans le sentier de la montagne, et, le lendemain — qui était un dimanche — la Vierge d'Is se dressait en pied dans l'église neuve du Ménez-Hom. Il paraît que dans sa main droite elle tenait une clef de fer artistement ouvrée. On en conclut que c'était la clef de la ville engloutie. Depuis, un proverbe eut cours, qui disait : « Si jamais sainte Marie descend du Ménez-Hom, ce sera pour rouvrir les portes de Ker-Is. »

Comme le gland engendre le chêne, ainsi le proverbe engendre souvent la légende.

Plus tard on raconta dans le pays que la Vierge du mont quittait son piédestal tous les cent ans, durant la nuit de Noël, pour aller montrer le *Mabik* aux cités qui dorment sous les ondes. Bienheureux le vivant qui se trouvait, cette nuit-là, sur son chemin. La Vierge le priait de porter l'Enfant-Dieu et l'emmenait à sa suite dans les villes sous-marines ressuscitées. Il y assistait à de si merveilleux spectacles, y coudoyait une telle profusion de richesses que ses yeux en demeuraient éblouis pour l'éternité.

V

Mère-nourrice, aux veillées d'antan, se faisait l'écho de ces naïves histoires, et Jean Rumengol les apprit tout enfant, de ses lèvres. Longtemps il en fut hanté. Mais, vieilli maintenant et désabusé, il n'y ajoutait plus grande foi. Il était, hélas ! averti de l'inanité des légendes. Il les savait vouées à s'éteindre comme l'âme délicieuse des ancêtres qui les enfanta. Et il les regrettait d'ailleurs trop pour accepter de leur survivre.

Il voulait mourir, d'abord parce que les rêves auxquels il tenait le plus lui avaient fait banqueroute dans cette vie ; ensuite, parce qu'il gardait l'espoir — ou l'illusion — qu'ils pouvaient redevenir une réalité dans l'au-delà.

C'est pour accomplir son dessein qu'il avait choisi ce Ménez, le sommet le plus infréquenté de la *sierra* bretonne. Il comptait y trépasser solitaire. La mer toute proche eût célébré en musique sa messe funèbre, et la nuit, la triste nuit d'hiver, l'eût cousu dans un fin linceul de neige, tissé de ses doigts agiles et glacés. Les grands fauves, dit-on, se cachent pour mourir : Jean Rumengol avait de leur humeur farouche dans son sang.

Or, voici que cette nuit se trouvait être celle de Noël ; voici que toutes les cloches se mettaient en branle ; voici que, comme par un fait exprès, elles accouraient de tous les points de l'horizon à ce lugubre promontoire. Ainsi s'attroupent les sorcières au lieu du Sabbat. Sorcières pieuses. Sabbat divin !

Jean Rumengol souleva ses paupières qui déjà s'appesantissaient.

Ce qu'il vit alors, comment le dire ?

Les cloches tourbillonnaient dans l'air, sveltes, légères, lumineuses. On eût dit un essaim de fées. Sous leurs robes de bronze, aériennes et sonores, que la neige saupoudrait d'une étincelante poussière de diamant, leurs battants s'agitaient en mesure, pareils à des jambes de sylphes qui dansent. Chose plus étrange encore, elles avaient des figures, de jeunes visages rosés de séraphins, avec des prunelles limpides couleur de ciel. Leurs chevelures dénouées baignaient leurs épaules. D'aucunes étaient blondes, du blond des peupliers en automne ; d'autres avaient la rousseur des feuilles que l'hiver amoncelle au pied des chênes ; d'autres étaient brunes au point de se confondre avec la nuit.

Jamais il n'avait été donné à Jean Rumengol de contempler des formes de cloches aussi surnaturelles. Il se demandait si ce n'était pas le rêve de la mort qui commençait à dérouler les tableaux de l'autre monde devant ses yeux.

Et, comme les chanteuses de l'espace continuaient de lui répéter : « Lève-toi ! », il se leva...

La chapelle du Ménez-Hom était illuminée splendidement. Toutes les étoiles du firmament y brûlaient comme des myriades de cierges. Dans la baie du portail apparut la Vierge en granit bleu, marchant de son pas de statue vivante. Jean Rumengol la regarda venir. Les étoiles la suivaient, rangées en longues files, comme pour une procession. Entre ses bras était le *Mabik,* le Dieu nouveau-né, enveloppé de langes si blancs qu'ils semblaient avoir été taillés dans du clair de lune. Elle s'en vint droit au barde, en souriant de ce même sourire qu'elle avait aux lèvres le matin où Jean Rumengol, l'enfant d'aventure, fut trouvé près de son pilier.

— Te voilà bien vieux et bien las, mon pauvre Jean ! dit-elle de sa voix mélodieuse.

Il s'était jeté à genoux et ne sut que balbutier :

— Ah ! ma marraine !... ma bonne marraine !!!...

Elle reprit :

— Pour vieux que tu sois, et si lourde que t'ait été la vie, je désire, filleul, que tu m'aides à porter mon fils.

— C'est un honneur dont je suis indigne, marraine, mais je ferai ce qu'il vous plaira et, où vous voudrez que j'aille, j'irai.

Avec des précautions infinies il reçut l'enfantelet divin. Et aussitôt il sentit remonter dans ses veines la sève de sa jeunesse. Il eut l'impression que tout son être reverdissait comme au souffle d'un printemps magique.

— Viens, dit la Vierge.

Jean vit qu'elle tenait à la main la clef de fer. Ils se mirent à descendre la montagne, dans la direction de l'Océan. Les cloches sonnaient, grandes et petites, en un grave unisson. Le ciel entier n'était qu'une vibration immense. Des flocons de neige planaient une seconde dans l'obscurité frémissante, comme de minuscules choses ailées, descendues sans bruit des hauteurs célestes, puis soudain s'abattaient à terre, où ils s'épaississaient en un tapis de feutre blanc sous les pas de la Vierge et de Jean Rumengol.

On chemina longtemps en silence.

Le cœur du vieux chanteur de chansons battait à se rompre. Il éprouvait un sentiment d'allégresse mêlé d'angoisse. Il avait conscience qu'il allait au-devant de quelque indicible révélation.

Il les avait souvent parcourues, de nuit comme de jour, et par des hivers tout semblables à celui-ci, ces campagnes de Cast, de Plomodiern et de Plonévez-Porzay qui dévalent en pente douce, avec leurs glèbes fertiles et leurs bouquets de bois, vers l'admirable baie de Douarnenez. Jamais il ne leur avait connu l'air d'étrangeté qu'elles avaient ce soir. On les eût dites attentives à quelque chose d'insolite qui se préparait dans l'ombre. Elles étaient troublées, elles aussi, mais d'une curiosité mystérieuse. Cela se voyait à l'attitude penchée des arbres sur les talus, et à une sorte de frisson qui traversait leurs branches.

Ce qui plus que tout le reste étonnait Jean Rumengol, c'était de n'entendre point la mélopée coutumière des eaux atlantiques qu'il savait toutes proches. Vainement il les cherchait, ces eaux, entre la presqu'île ouvragée de Crozon et les hautes falaises du Cap dont la courbe majestueuse se découpait en un noir plus compact sur le fond ardoisé de la nuit.

La baie apparaissait comme une gigantesque vasque vide. L'Océan s'était enfui. Il devait avoir été refoulé là-bas dans l'Ouest, à des lieues et des lieues. On respirait encore son embrun salé, sa saine odeur d'iodure si persistante. Mais rien d'autre ne rappelait sa présence, à moins que ce ne fût lui, cette mince bande gris sombre, ourlée d'argent, qui se discernait à peine au ras de l'horizon, bien loin derrière les pointes de la Chèvre et du Van. Le lit qu'il ne délaissait jamais était à sec. La plage de Plomarc'h d'ordinaire bruissante, hennissante, labourée par des galops de vagues, s'étendait, à cette heure, nue, plate, pelée, sans voix, sans vie et comme sans âme.

Et c'est de ce côté que la Vierge se dirigeait.

On entrait maintenant dans les sables. Le *Mabik* faisait mine de dormir dans les bras du vieux barde. Mais de ses cils clos des rayons de lumière coulaient.

À une faible distance de la côte se voit encore un éboulis de roches, débris, sans doute, d'un pan de falaise tombé là et que les flots n'ont pas fini de désagréger. Des lambeaux d'humus y sont restés suspendus avec leurs herbes. Cela ressemble à un fragment de ruine préhistorique, faite de blocs de schiste aux assises régulières et rappelant d'assez près les maçonneries cyclopéennes. Un bloc plus massif, encadré debout dans les autres, fait figure de porte ou mieux de poterne dans le soubassement de cette espèce de rempart écroulé.

Sainte Marie du Ménez-Hom y introduisit la clef dont elle était munie. La pierre roula sur d'invisibles gonds et exhala, en s'ouvrant, un soupir si doux, si long, si puissant que toute la terre bretonne en dut tressaillir jusque dans ses entrailles.

— Te voici dans le pays de tes jeunes rêves ! dit la Vierge à son filleul, le vieux chanteur.

Jean Rumengol s'était déjà ressouvenu de la légende. Il avait compris avant même que sa marraine eût parlé.

VI

— Rends-moi l'enfant, reprit-elle, et suis-nous.

Elle s'engagea la première dans l'étroit corridor creusé à travers la roche. Jean y pénétra sur ses talons. De la voûte, une eau mélancolique suintait, et les parois étaient luisantes comme des joues sur lesquelles ont ruisselé des larmes. Le trajet souterrain fut de courte durée. Quand on se retrouva à l'air libre, Jean ne fut pas médiocrement déçu de constater qu'il faisait dans le ciel la même nuit et que la grève était tout aussi nue, tout aussi déserte, tout aussi muette.

Elle mentait donc comme les autres, la belle légende de la Vierge du Ménez-Hom, puisque le miracle de la résurrection des cités tardait tant à s'accomplir ! Dame Marie devina-t-elle le doute qui assombrissait l'âme du barde ? Elle eut un sourire discret, un plissement malicieux des lèvres.

— Allons, homme de peu de foi, ouvre tout grands tes yeux !

Ce disant, tournée vers la baie, elle élevait au-dessus de sa tête le *Mabik* qui, soudain, sembla tout en or. Il agita ses petites mains, et, du bout de ses doigts, des flammes jaillirent rayant l'espace. Puis il s'écria d'un ton bref qui n'avait plus rien d'un enfant :

— En l'honneur de ma nativité, je veux que toute chose morte renaisse !

Il n'eut pas plus tôt achevé que, sur la plage inerte, il se fit comme un vaste remuement. Où il n'y avait tout à l'heure que sable, monotonie, stérilité, solitude, des milliers de maisons surgirent ; et plus haut que les maisons s'élancèrent des palais, et plus haut que les palais s'effilèrent des flèches d'églises. À la place de la mer disparue, une mer nouvelle s'épandait, roulant une houle de toits bleus, où, pareilles à des vaisseaux de haut bord, dix, vingt, trente cathédrales érigeaient, en guise de mâts, une forêt de clochers et de clochetons.

Une ville, non ! Mais un peuple de villes. Elles étaient toutes là, pressées les unes contre les autres, les cités fantomales dont la tradition bretonne a perpétué jusqu'à notre époque les noms et le souvenir : Tolente qui fut, dit-on, où est Plouguerneau ; Occismor qui fut où est Saint-Pol ; Lexobie qui fut où est le Coz-Ieodet ; Ker-Is, enfin, Ker-Is l'incomparable, que tout le littoral, des Glénans aux Sept-Îles, revendique pour sienne.

La Bretagne des jours fabuleux ressuscitait, sous la forme d'une Jérusalem messianique, à l'appel du Messie. L'âge d'or des antiques tribus armoricaines revivait.

Jésus fit un signe.

Et voilà les cloches de Noël de s'abattre par troupes sur les clochers de ces villes de rêves ; les voilà de se nicher dans les chambres des hautes galeries, avec leurs longues chevelures blondes, rousses ou brunes pendant jusqu'à terre, ainsi que des cordes tressées. Et voilà les étoiles, à leur tour, de se montrer, et de se disperser dans les maisons, et de rayonner dans les âtres, et de briller derrière les vitres, et de brûler gaiement sur les tables, comme des chandelles de réveillon. Dans les rues sinueuses, baignées d'une molle clarté d'argent qui les faisait ressembler à des sillages de barques sous la lune, des ombres commencèrent à se mouvoir, un peu lentes et imprécises, tout d'abord, puis plus distinctes et plus affairées.

Comme le lui avait malicieusement recommandé sa marraine, Jean Rumengol avait ouvert tout grands ses yeux. Il n'osait les en croire. Au fond, il n'était pas rassuré. Cette réalisation imprévue du plus ancien et du plus tenace de ses vœux l'effarait. Il aurait voulu être ailleurs, se retrouver dans le Ménez, la tête appuyée au Bern-Meïn, échapper n'importe comment à cette vision tant souhaitée de la Bretagne d'autrefois, redevenue actuelle, présente, vivante, trop vivante ! Mais ses pieds étaient comme enlisés dans le sable. Il était prisonnier de son propre songe. Peut-être qu'en implorant sainte Marie ?... Il joignit les mains, entrouvrit la bouche, pour la supplier. Elle avait disparu. Disparu aussi le *Mabik*.

Il ne restait d'eux que cette blanche lueur supraterrestre éclairant quatre villes mortes qu'elle rendait à la vie. Le barde en se retournant du côté de la terre s'aperçut qu'un mur immense lui en fermait l'accès, un mur noir, impénétrable, une barrière sans issue. Devant lui, en revanche, s'ouvrait un éventail de rues aux perspectives illimitées. Il entendait geindre, en s'écartant, les volets ankylosés des boutiques. Des marchands bizarrement accoutrés procédaient à des étalages d'outils surprenants, dont quelques-uns en pierre. Ici, des justaucorps en peau d'auroch se balançaient, accrochés à des clous. Là des bijoux barbares, colliers, fibules, bracelets, s'exhibaient aux vitrines des orfèvres. Plus loin, un fumet de sanglier rôti s'échappait en vapeur odorante des cuisines d'une hôtellerie. Des groupes de gens de tout âge, hommes et femmes, s'acheminaient vers les églises carillonnantes.

Mais d'autres, plus nombreux, s'empressaient vers un carrefour où, debout sur les marches d'un calvaire, un vieillard inspiré chantait. Il avait les cheveux si longs qu'ils se mêlaient à sa barbe. Autour de lui faisait cercle une foule avide et recueillie, qui sans cesse allait grossissant. Il chantait dans une langue rude et cependant très musicale, dont les syllabes volontiers gutturales se tempéraient, se voilaient par moments d'une sorte de résonance triste. Et il s'accompagnait d'un instrument singulier, d'une lyre à deux nerfs, l'un grave, l'autre mordant. Dans sa voix, de même, se mariaient la profondeur et l'ironie.

Ce que cet homme disait à cette foule, Jean Rumengol fut saisi d'un irrésistible désir de le savoir.

Il en oublia tout le reste, y compris sa frayeur, et s'élança tête baissée, au cœur des villes englouties pour arriver jusqu'à ce chanteur inconnu, son lointain ancêtre.

VII

Le joignit-il avant que le divin mirage se fût dissipé ?

Sut-il comme il se nommait ? Si c'était Taliésinn, Lywarc'h-Hen, Myrddinn ou Gwenc'hlan ?... Apprit-il de lui le poème à la fois religieux et frondeur qui dut, à l'origine, bercer notre race ? S'endormit-il, après l'avoir écouté, sur une pensée de confiance ou dans la torpeur résignée du désespoir ? C'est ce que l'histoire de Jean Rumengol ne révéla jamais.

La brave femme qui me l'a racontée demeure à Port-Blanc, dans les Côtes-du-Nord. Elle connut en sa jeunesse le barde cornouaillais, déjà vieux. En manière d'épilogue, elle ajoutait :

— J'imagine que Jean Rumengol prit son rêve pour une réalité. Il avait le culte de la Bretagne des jours anciens. Je l'ai vu pleurer, parce qu'il entendait les petits garçons de l'école converser entre eux en français. Il n'aimait pas les nouveautés. Et c'est pourquoi les générations nouvelles se détournaient de lui. Si vraiment la Vierge du Ménez-Hom l'a fait vivre, toute une nuit de Noël, dans Ker-Is ressuscitée, elle lui a donné avant sa mort la plus précieuse des satisfactions. Peut-être lui fut-il accordé de rencontrer la princesse Ahès et de contempler sa beauté sans égale. Il tenait pour elle contre saint Guennolé. Elle était, à ses yeux, l'incarnation de la liberté bretonne, vierge encore de toute entrave. C'était un original, ce Jean Rumengol.

Le lendemain de cette nuit-là, son cadavre fut retiré de la mer au bout d'une gaffe par des pêcheurs de Douarnenez. Faut-il croire que l'Océan s'était vengé sur lui d'avoir violé le mystère de ses profondeurs ? On l'a dit. Mais, en dépit de l'Océan, la Bretagne que Jean Rumengol aima se survit au sein de l'Océan même. Il aura beau faire, ses entrailles sont grosses de nos villes disparues, comme le monde est plein de notre âme. Cela suffit !...

Ainsi concluait la vieille conteuse. Je revois, en reproduisant son récit, la chaumière basse où elle me le narrait, tout en filant. Le rouet faisait un bruit très doux, comme le fredon mélancolique d'un vol d'abeilles invisibles butinant aux fleurs du passé. La mer étale festonnait les marches du seuil d'une guirlande de goémons.

Et je me représentais le cadavre de Jean Rumengol flottant sur les eaux du large, à la place même où dorment les villes de légende dont il avait, de ses yeux de noyé, percé l'énigme et mesuré la splendeur. Ce chanteur de chansons avait, du moins, possédé son rêve.

Récits de Passants, *1897.*

SHERLOCK HOLMES ET LE MYSTÈRE DE L'ESCARBOUCLE BLEUE

par
Sir Arthur Conan Doyle (1859-1930)

L'inventeur de Sherlock Holmes — et du truculent professeur Challenger — manie l'humour aussi bien que le mystère. Comme dans cette mésaventure d'une oie promise à un festin de Noël. Elle ne finira pas dans l'assiette de son propriétaire, mais elle procurera au roi des détectives une enquête réjouissante.

Le surlendemain de Noël, je passai dans la matinée chez mon ami Sherlock Holmes pour lui souhaiter la bonne année. Il était en costume de chambre, paresseusement étendu sur un sofa ; à portée de sa main une pipe et une pile de journaux qu'il avait dû lire et relire tant ils étaient froissés ; un peu plus loin, sur le dossier d'une chaise de paille, un vieux chapeau de feutre dur très râpé et bossué. Un microscope et une forme à chapeau, posés sur la chaise elle-même, attestaient que le chapeau avait dû être placé là pour être examiné attentivement.

— Vous me semblez fort occupé, mon cher, dis-je à Holmes et je crains de vous déranger.

— Non, certes, je suis ravi de pouvoir discuter avec un ami le résultat que je viens d'atteindre : une chose des plus banales du reste, ajouta-t-il en montrant du doigt le chapeau râpé ; mais à l'observation, il s'y mêle certaines particularités intéressantes et même instructives.

Je m'assis dans un fauteuil ; il faisait un froid noir ; les vitres étaient couvertes de givre et tout en me chauffant les mains au feu qui pétillait dans la cheminée :

— Je suppose, dis-je, que le fait qui vous occupe, quelque simple qu'il paraisse, a trait à un meurtre quelconque et que voilà l'indice au moyen duquel vous découvrirez un mystère et vous punirez un crime.

— Non, non, il ne s'agit pas d'un crime, dit Sherlock Holmes en riant, mais seulement d'un de ces étranges incidents qui se produisent dans les centres où quatre millions d'êtres humains se coudoient sur une surface de quelques kilomètres carrés.

Le va-et-vient de cet essaim humain si compact, si dense, peut donner naissance en dehors des crimes, à tous les événements possibles et aux problèmes les plus bizarres ; nous en avons eu la preuve plus d'une fois, n'est-il pas vrai ?

— En effet, répondis-je, et parmi les six dernières causes judiciaires que j'ai consignées sur mes notes, trois ont été entièrement exemptes de ce que la loi qualifie du nom de crime.

— Précisément. Je vois que vous faites allusion à mes efforts pour rentrer en possession des papiers d'Irène Adler, à la singulière aventure de miss Mary Sutherland et à l'histoire de l'homme à la bouche de travers. Eh bien ! je suis convaincu que l'affaire en question rentrera dans la catégorie de celles qui n'ont pas de crime à la clé. Vous connaissez Peterson le commissionnaire ?

— Oui.

— Eh bien, c'est à lui qu'appartient ce trophée.

— C'est son chapeau ?

— Non, il l'a trouvé. Le propriétaire en est inconnu. Considérez-le, je vous prie, non comme un simple couvre-chef mais comme un problème intellectuel. Et d'abord que je vous dise comment il se trouve là. Il a fait son entrée ici, le matin de Noël, en compagnie d'une bonne oie qui est sans doute en train de rôtir devant le feu de Peterson. Mais je reprends l'histoire à son début.

Vers quatre heures du matin, le jour de Noël, Peterson, un très honnête garçon, vous le savez, revenait de quelque souper et rentrait par Tottenham Court Road lorsque devant lui il aperçut, à la lueur du bec de gaz, un homme de taille élevée qui marchait d'un pas mal assuré, portant une oie sur son épaule.

Comme il atteignait le coin de Goodge street, une dispute s'éleva entre cet individu et un petit groupe de gamins. L'un de ceux-ci jeta par terre, avec son bâton qui lui servait d'arme défensive, le chapeau de l'homme, puis, lançant le bâton, brisa la fenêtre de la boutique qui se trouvait derrière lui.

Peterson se précipita au secours de l'étranger, mais l'homme, effrayé du désastre dont il était cause, et voyant un individu en uniforme s'avancer vers lui, laissa tomber l'oie, prit ses jambes à son cou et disparut dans le labyrinthe de petites rues qui se trouvent derrière Tottenham Court Road. Les gamins, de leur côté, avaient fui à l'aspect de Peterson, de sorte qu'il resta maître du champ de bataille et armé des trophées de la victoire sous la forme d'un chapeau bossué et d'une superbe oie de Noël.

— Trophées qu'il a assurément rendus à leur propriétaire.

— Mon cher ami, voilà où est le problème. Il est vrai que l'oie portait attachée à la patte gauche une carte avec l'inscription « pour Mrs Henry Baker » et que les initiales H.-B. sont lisibles au fond du chapeau ; mais comme il existe quelques milliers de Baker et quelques centaines de Henry Baker dans notre cité, il n'est pas facile de rendre à chacun ce qu'il peut avoir perdu.

— Alors, qu'a fait Peterson ?

— Il m'a apporté le matin de Noël le chapeau et l'oie pour flatter ma manie, car il sait à quel point j'aime à résoudre les problèmes, quelque insignifiants qu'ils paraissent à première vue. Nous avons gardé l'oie jusqu'à ce matin, c'est la dernière limite qu'elle pût atteindre, et celui qui l'a trouvée l'a emportée pour lui faire subir la destinée ordinaire de toute oie grasse, tandis que moi j'ai gardé le chapeau de l'inconnu si malencontreusement privé de son dîner de Noël.

— N'a-t-il pas mis des annonces dans les journaux ?

— Non.

— Alors, quels indices pouvez-vous avoir sur son identité ?

— Pas d'autres que ceux que nous pouvons déduire nous-mêmes.

— De son chapeau ?

— Précisément.

— Mais vous plaisantez, que peut vous apprendre ce vieux chapeau bossué ?

— Voici ma loupe. Vous connaissez mon système. Que pensez-vous de l'homme qui a porté ce couvre-chef ?

Je pris le chapeau et, après l'avoir tourné et retourné dans tous les sens, je me sentis au-dessous de ma tâche. C'était un chapeau melon en feutre dur et très ordinaire, absolument râpé. Il avait été doublé d'une soie rouge qui avait changé de ton. Il ne portait pas le nom du fabricant ; mais, comme l'avait remarqué Holmes, les initiales H.-B. étaient griffonnées sur un des côtés. Le bord était percé pour y adapter un cordon qui manquait, du reste. Enfin, il était fendu et couvert de poussière et de taches qu'on avait essayé de dissimuler en les badigeonnant d'encre.

— Je ne suis pas plus avancé qu'avant mon examen, dis-je en rendant le chapeau à mon ami.

— Vous êtes très observateur, mon cher Watson, mais vous ne savez pas, au moyen du raisonnement, tirer des conclusions de ce que vous étudiez.

— Alors, dites-moi, je vous en prie, ce que vous pouvez déduire de ce chapeau ?

Holmes le ramassa et l'examina avec la pénétration qui était si caractéristique chez lui.

— Il est peut-être moins suggestif qu'il aurait pu l'être, remarqua-t-il, et cependant j'en tire un certain nombre de déductions, dont quelques-unes seulement très claires, d'autres basées sur de sérieuses probabilités. Il est évident que le possesseur de ce chapeau était extrêmement intelligent, et que dans ces dernières années il s'est trouvé dans une situation qui, d'aisée, est devenue difficile. Il a été prévoyant, mais l'est beaucoup moins aujourd'hui, c'est la preuve d'une rétrogression morale qui, ajoutée au déclin de sa fortune, semble indiquer quelque vice dans sa vie, probablement celui de l'ivrognerie. Ceci explique suffisamment pourquoi sa femme ne l'aime plus.

— Assez, Holmes !

— Il a cependant conservé une certaine respectabilité, continua-t-il, sans paraître avoir entendu mon exclamation. C'est un homme d'âge moyen qui mène une vie sédentaire, sort peu, ne fait aucun exercice. Il graisse avec de la pommade ses cheveux grisonnants qu'il vient de faire couper. Voilà ce que l'observation de ce chapeau m'apprend de plus saillant. Ah ! j'oubliais d'ajouter qu'il n'y a probablement pas de gaz dans la maison qu'habite notre héros.

— Vous plaisantez certainement, Holmes.

— Pas le moins du monde. Comment ! vous n'êtes même pas capable, lorsque je vous mets les points sur les i, de comprendre la manière dont je m'y prends ?

— Je ne suis évidemment qu'un sot, tout à fait incapable de vous suivre. Par exemple, comment pouvez-vous savoir que cet homme était intelligent ?

Pour toute réponse, Holmes mit sur sa tête le chapeau qui s'enfonça jusque sur ses yeux.

— C'est une simple question de cube : un homme qui a un crâne si volumineux doit avoir des facultés exceptionnelles.

— Et le déclin de sa fortune ?

— Ce chapeau date de trois ans ; or, à ce moment ses bords plats légèrement retournés étaient à la mode. Puis, c'est un chapeau de toute première qualité. Voyez donc le ruban gros grain qui le borde et sa doublure soignée. Si cet homme avait de quoi s'acheter, il y a trois ans, un chapeau de ce prix-là et qu'il n'en ait pas eu d'autre depuis, j'en conclus que sa situation est aujourd'hui moins bonne qu'elle ne l'a été.

— Tout cela paraît assez clair, mais comment expliquerez-vous et sa prévoyance et sa rétrogression morale ?

Sherlock Holmes sourit.

— Voici l'explication de sa prévoyance, dit-il en posant son doigt sur le petit disque et l'anneau destinés au cordon du chapeau, ceci ne se place que sur commande et si cet homme a fait mettre ce cordon par précaution contre le vent, c'est bien la preuve qu'il a une certaine prévoyance. Cependant, je constate que le caoutchouc s'étant cassé, il ne s'est pas donné la peine de le remplacer, d'où j'affirme qu'il a moins de prévoyance maintenant qu'autrefois, preuve d'un affaiblissement de ses facultés. Mais il lui reste encore un certain sentiment de respectabilité parce qu'il a cherché à dissimuler avec de l'encre les taches de son chapeau.

— Votre raisonnement est fort juste.

— J'ai ajouté qu'il est d'âge moyen, que ses cheveux sont grisonnants, qu'il se les est fait couper récemment et qu'il emploie de la pommade. Vous pourriez vous en convaincre comme moi en examinant de près la partie inférieure de la doublure. La loupe me découvre beaucoup de bouts de cheveux coupés évidemment par un coiffeur. Il s'en dégage une odeur de graisse et ils sont collés ensemble. Enfin cette poussière, loin d'être graveleuse et grise comme celle de la rue, est brunâtre et floconneuse comme celle qu'on soulève dans les maisons ; ce chapeau est donc plus souvent accroché que porté ; et les traces de moisissure que j'y remarque à l'intérieur me prouvent que celui qui le portait n'était pas habitué à l'exercice puisqu'il transpirait si facilement.

— Vous avez ajouté que sa femme ne l'aimait plus.

— N'avez-vous pas remarqué que ce chapeau n'a pas été brossé depuis plusieurs semaines ? Mon cher Watson, lorsque votre femme vous laissera sortir avec un chapeau non brossé et que je vous verrai arriver ainsi chez moi, j'aurai des doutes sur la bonne entente de votre ménage.

— Votre homme est peut-être célibataire ?

— Certainement pas. Il rapportait l'oie comme gage de paix à sa femme. Rappelez-vous donc la corde attachée à la patte de l'oie.

— Vous avez réponse à tout... Où diable voyez-vous qu'il n'y a pas de gaz dans sa maison ?

— Passe encore s'il n'y avait qu'une tache de chandelle, mais lorsque j'en compte au moins cinq, il est bien évident que le personnage en question se sert habituellement de ce mode d'éclairage, et qu'il remonte le soir chez lui son chapeau d'une main et sa chandelle ruisselante de l'autre. Dans tous les cas, ces taches ne proviennent pas d'un bec de gaz. Êtes-vous satisfait ?

— C'est fort ingénieux, dis-je en riant, mais puisqu'il n'y a eu ni crime, ni dommage causé, sauf la perte de l'oie, vous avez, ce me semble, bien perdu votre temps.

Sherlock Holmes allait répondre, lorsque la porte s'ouvrit brusquement. Peterson, le commissionnaire, apparut sur le seuil, les joues empourprées, l'air absolument ébahi.

— L'oie, monsieur Holmes ! L'oie, monsieur ! prononça-t-il avec effort.

— Eh bien, quoi ? Est-elle revenue à la vie et s'est-elle envolée par la fenêtre de la cuisine ?

Holmes changea de place, afin de mieux observer le jeu de physionomie du visiteur.

— Voyez donc, monsieur, voyez ce que ma femme a trouvé dans le gosier de l'oie.

Et il étendit la main pour me montrer une pierre bleue de la dimension d'un haricot, mais d'une limpidité et d'un éclat tels qu'elle semblait un point lumineux. Sherlock Holmes se redressa en sifflant.

— Sapristi, Peterson, vous avez fait là une précieuse trouvaille ; je suppose que vous savez quelle est cette pierre ?

— Une pierre précieuse ; un diamant : il entre dans le verre comme dans une pâte !

— Mon cher, c'est plus qu'une pierre précieuse : c'est *la pierre précieuse* !

— Serait-ce, par hasard, l'escarboucle bleue de la comtesse de Morcar ? m'écriai-je.

— Précisément : j'en connaissais et la dimension et la forme par l'annonce que publie journellement le *Times*. C'est un bijou absolument unique dont on ne peut apprécier la valeur, mais il est certain que les mille livres sterling que l'on promet à celui qui le rapportera ne sont pas la vingtième partie de sa valeur marchande.

— Mille livres, grand Dieu !

Et le pauvre commissionnaire tomba sur une chaise, nous regardant l'un après l'autre avec ébahissement.

— Oui ; c'est bien la récompense promise, reprit Holmes ; j'ai tout lieu de croire qu'un roman se rattache à cette pierre et que la comtesse de Morcar sacrifierait volontiers la moitié de sa fortune pour la retrouver.

— Il me semble, dis-je, que le joyau a été perdu à l'hôtel Cosmopolitain.

— Précisément, le 22 décembre, il y a cinq jours de cela. Les soupçons ont porté sur le plombier John Horner qui a été accusé de l'avoir volé dans le coffre à bijoux de la dame. Il y avait tant de présomptions contre lui, que l'affaire a été transférée aux assises. Je crois avoir ici une relation de la chose.

Il reprit un à un ses journaux, regardant les dates, jusqu'à ce qu'enfin il fût tombé sur le paragraphe suivant :

Hôtel Cosmopolitain, vol de bijoux.

« John Horner, vingt-six ans, est accusé d'avoir volé, le 22 courant, dans la boîte à bijoux de la comtesse de Morcar, le précieux joyau connu sous le nom d'« escarboucle bleue ». James Ryder, le maître d'hôtel, a témoigné qu'il avait introduit Horner dans le cabinet de toilette de la comtesse le jour du vol, pour souder la seconde barre de la grille de la cheminée qui était brisée. Il était resté quelque temps avec Horner, mais, finalement, avait été appelé au dehors ; en revenant, il s'aperçut qu'Horner avait disparu, que le bureau avait été forcé et que la petite boîte de maroquin dans laquelle, comme on le sut plus tard, la comtesse avait l'habitude de mettre ses bijoux, était vide sur la table de toilette. Ryder donna instantanément l'alarme, et Horner fut arrêté le soir même ; mais la pierre ne put être retrouvée ni sur lui ni chez lui. Catherine Cusack, femme de chambre de la comtesse, déposa qu'elle avait entendu le cri d'effroi de Ryder en découvrant ce vol et qu'elle s'était précipitée dans la chambre, où elle avait trouvé les choses telles que le dernier témoin les avait décrites. L'inspecteur Bradstreet, de la division B, témoigne de l'arrestation de Horner, qui se débattit furieusement et protesta de son innocence dans les termes les plus violents. Comme on a pu prouver que le prisonnier avait déjà été convaincu de vol, le magistrat refusa de juger la cause sans enquête préalable, et il en référa aux assises.

Horner, qui avait donné les signes de l'émotion la plus intense, pendant la procédure, s'évanouit au moment du verdict, et on fut obligé de l'emporter hors de la salle. »

— Hum ! Voilà pour le tribunal de police, dit Holmes d'un air rêveur en jetant de côté le journal. La question qui nous reste à résoudre est la série d'événements qui s'est déroulée entre une boîte à bijoux dévalisée et le jabot d'une oie trouvée sur la route de Tottenham Court. Vous voyez, Watson, nos petites déductions ont pris tout à coup un aspect beaucoup plus grave et moins innocent. Voici la pierre ; cette pierre a été trouvée dans une oie et l'oie appartenait à M. Henry Baker, le monsieur au vieux chapeau suggestif dont je vous ai tant ennuyé. De sorte que, maintenant, il faut nous mettre très sérieusement à la recherche de cet individu et nous assurer du rôle qu'il a joué dans cette petite énigme. Pour ce, il faut prendre d'abord le moyen le plus simple, qui est évidemment une annonce dans tous les journaux du soir. Si cela ne réussit pas, j'aurai recours à une autre méthode.

— Comment rédigerez-vous cette annonce ?

— Donnez-moi un crayon et ce bout de papier. Maintenant : « Trouvé, au coin de Goodge street, une oie et un chapeau de feutre noir. Ils seront tous deux à la disposition de M. Henry Baker, à six heures et demie du soir, Baker street, n° 221 *bis.* » C'est clair et concis, n'est-ce pas ?

— Très clair, en effet, mais la lira-t-il ?

— Il est probable qu'il regardera les annonces des journaux car, pour un homme peu fortuné, cette perte était importante. Effrayé d'avoir cassé une vitre, affolé par l'approche de Peterson, il n'a pensé tout d'abord qu'à la fuite ; mais, depuis, il a dû regretter beaucoup le premier mouvement qui l'a porté à lâcher sa volaille. Puis la précaution que j'ai eue de mettre son nom n'aura pas été inutile, car tous ceux qui le connaissent éveilleront son attention là-dessus. Dites donc, Peterson, allez vite à l'agence des annonces et faites insérer celle-ci dans les journaux.

— Dans lesquels, monsieur ?

— Oh ! dans le *Globe*, l'*Étoile*, le *Pall Mall*, *Saint James' Gazette*, les *Nouvelles du Soir*, le *Standard*, l'*Écho* et ceux encore qui vous viendront à l'idée.

— Très bien, monsieur, et la pierre ?

— Je la garde, merci. Ah ! j'oubliais, Peterson. Achetez une oie en revenant et déposez-la ici, car il nous en faut une pour ce monsieur à la place de celle que votre famille est en train de dévorer.

Lorsque le commissionnaire fut parti, Holmes prit la pierre, et, la regardant à contre-jour :

— C'est un beau spécimen, dit-il. Voyez comme ça brille ! Naturellement, c'est une source de crimes, comme toutes les belles pierres ; elles sont l'appât favori du démon. Dans les bijoux plus gros et plus anciens, chaque facette correspond à un crime. Cette pierre n'a pas encore vingt ans d'existence. Elle a été trouvée sur les rives de la rivière Amoy, au sud de la Chine et a cette particularité, qu'avec tous les caractères de l'escarboucle, elle est d'une teinte bleue, au lieu d'être rouge rubis. En dépit de ses vingt ans d'existence, elle a déjà une sinistre histoire. Ces quarante carats de charbon cristallisé ont été cause de deux crimes, d'un attentat au vitriol, d'un suicide et de plusieurs vols. Qui croirait qu'un si joli jouet serait un pourvoyeur de galères et de prison ? Je vais l'enfermer maintenant dans mon coffre-fort et écrire un mot à la comtesse pour lui dire que la pierre est en ma possession.

— Croyez-vous que ce Horner soit innocent ?

— Je ne puis le dire.

— Eh bien ! alors, pensez-vous qu'Henry Baker ait été mêlé à cette affaire ?

— Je le crois parfaitement innocent ; il ne s'est pas douté une seconde de la valeur qu'avait son oie, valeur bien plus grande que si elle eût été d'or massif. Mais s'il répond à notre annonce, je m'en convaincrai vite en le soumettant à une épreuve très simple.

— Et vous ne pouvez rien faire d'ici là ?

— Rien.

— Dans ce cas, je vais continuer ma tournée professionnelle ; mais je reviendrai dans la soirée, à l'heure que vous avez indiquée, car je désire voir la solution d'une affaire si embrouillée.

— Très heureux de vous revoir, mon cher ami. Je dîne à sept heures ; j'ai même un faisan, je crois. À propos, ne pensez-vous pas qu'en présence des événements, je devrais dire à Mme Hudson d'examiner le gosier de ce faisan ?

Je fus retardé par un malade, et il était un peu plus de six heures et demie, lorsque je revins dans Baker street. Comme j'approchais de la maison, je vis devant la porte, à la lueur du réverbère, un homme assez grand, coiffé d'une toque écossaise, son paletot boutonné jusqu'au menton. Au moment où je le rejoignais, la porte du 221 s'ouvrit et nous entrâmes ensemble chez Holmes, qui se leva aussitôt de son fauteuil pour recevoir son visiteur.

— Vous êtes, je pense, monsieur Henry Baker, dit-il avec ce naturel et cette gaieté qu'il se donnait si facilement. Prenez, je vous prie, cette chaise, là, près du feu, monsieur Baker, il fait froid et je remarque que vous n'êtes pas vêtu très chaudement. Ah ! Watson, vous êtes venu au bon moment. Est-ce bien votre chapeau, monsieur Baker ?

— Oui, monsieur, c'est certainement mon chapeau.

Notre interlocuteur était un homme vigoureux, carré d'épaules, avec une tête massive et une figure large et intelligente, s'amincissant vers le menton que terminait une barbe en pointe, d'un châtain grisonnant. Son nez et ses joues légèrement rouges, un léger tremblement de la main me prouvaient que les soupçons de Holmes, quant à ses habitudes, étaient fort justifiés. Sa redingote d'un noir rouge était boutonnée jusqu'au cou, le col relevé et, sur les poignets amaigris de notre héros, il n'y avait pas apparence de linge ou de manchette. La parole de cet homme était lente et saccadée, mais les expressions choisies prouvaient qu'il avait de l'instruction et que si son apparence était aussi misérable, c'est qu'il avait subi des revers de fortune.

— Nous avons gardé ces objets quelques jours, dit Holmes, parce que nous espérions trouver, dans les journaux, une annonce de vous nous donnant votre adresse. Je ne puis comprendre pourquoi vous n'avez pas pris ce moyen.

Notre visiteur sourit un peu honteusement.

— Je suis obligé d'économiser beaucoup maintenant, répondit-il. Je ne doutais pas que la troupe de polissons qui m'a assailli n'eût emporté chapeau et volaille. Je ne voulais pas risquer de l'argent dans une tentative peut-être infructueuse.

— Très sensé. À propos de cette volaille, nous avons été obligés de la manger.

— De la manger ?

Notre visiteur, dans son agitation, se leva de son siège.

— Oui, elle n'aurait profité à personne si nous n'avions pas pris ce parti. Mais en voici une autre, sur le dressoir, qui est à peu près du même poids et parfaitement fraîche ; je présume qu'elle remplira le même but.

— Oh ! certainement, répondit M. Baker avec un soupir de soulagement.

— Naturellement, nous avons encore les plumes, les pattes, le cou, etc., de votre volaille, de sorte que si vous voulez...

L'homme éclata d'un rire franc.

— Ce seraient des souvenirs de mon aventure, dit-il, mais, à part cela, je ne vois pas trop en quoi les *disjecta membra* de mon oie pourraient m'être utiles. Non, monsieur, je crois qu'avec votre permission, je me contenterai de la belle pièce que j'aperçois sur le dressoir.

Sherlock Holmes me jeta un coup d'œil d'intelligence, en haussant légèrement les épaules.

— Alors, voici votre chapeau et votre oiseau, dit-il. À propos, vous serait-il égal de me dire où vous aviez acheté l'autre oie ? J'aimerais à connaître votre fournisseur. Je suis quelque peu amateur de volailles et j'en ai rarement vu une plus grasse.

— Certainement, monsieur, dit Baker qui s'était levé et avait mis sous son bras l'objet trouvé. Nous sommes, mes amis et moi, des habitués du cabaret de l'Alpha, près du Muséum, où nous nous réfugions dans la journée. Cette année-ci, notre bon cabaretier Windigate institua un comité de l'oie de Noël, dont le but est de procurer à chacun de ses membres une oie, le 25 décembre, moyennant une petite cotisation hebdomadaire. J'ai payé ma part régulièrement, vous savez le reste. Je vous suis très reconnaissant, monsieur, de me rendre mon chapeau, car ma toque écossaise ne convient ni à mon âge ni à ma dignité.

Et, avec un pompeux comique, il nous salua gravement et prit congé de nous.

— Ceci est à l'avantage de M. Henry Baker, dit Holmes lorsque notre visiteur eut fermé la porte derrière lui. Il est parfaitement certain qu'il n'est pour rien dans cette affaire. Avez-vous faim, Watson ?

— Pas particulièrement.

— Alors, je vous propose de substituer un souper au dîner et de suivre cette piste pendant qu'elle est encore chaude.

— Avec plaisir.

Il faisait très froid ; nous revêtîmes des ulsters et des cache-nez. Les étoiles brillaient avec éclat dans un ciel pur, et l'haleine des passants formait de petits nuages légers comme ceux de la poudre. Nos chaussures craquaient et nos pas résonnaient, tandis que nous traversions le quartier du docteur, c'est-à-dire Wimpole street, Harley street et enfin Wigmore street, qui nous amena tout droit dans Oxford street. En un quart d'heure, nous eûmes atteint, dans le quartier de Bloomsbury, le cabaret de l'Alpha, situé au coin d'une des rues qui mènent à Holborn. Holmes poussa la porte du bar privé, et, s'adressant à un individu en tablier blanc, à la face rubiconde, le cabaretier sans aucun doute, il lui demanda deux bocks.

— Votre bière doit être excellente, si elle est aussi bonne que vos oies, lui dit-il.

— Mes oies ?

— Oui, je causais, il y a précisément une demi-heure, avec M. Henry Baker, qui est un membre de votre comité des oies de Noël.

— Ah ! j'y suis. Mais voyez-vous, monsieur, ce ne sont pas nos oies.

— Vraiment ! De chez qui viennent-elles alors ?

— Eh bien ! je les ai achetées à un marchand qui demeure à Covent Garden.

— Vraiment, j'en connais quelques-uns de ce quartier, lequel est-ce ?

— Il s'appelle Breckinridge.

— Ah ! celui-là m'est inconnu, répondit Holmes. À votre santé, et je souhaite la prospérité à votre maison. Bonsoir !

— En route pour chez Breckinridge, continua-t-il en boutonnant son paletot, car la bise pinçait. Remarquez, Watson, que notre aventure, avec une oie à la clé, peut se terminer par une condamnation à sept ans de travaux forcés, à moins que nous ne puissions prouver l'innocence de l'inculpé. Il est possible que notre enquête pèse lourdement contre lui, mais nous sommes plus avancés que la police, car nous avons une donnée certaine que le plus grand des hasards nous a procurée. Suivons donc cette piste jusqu'au bout et marchons sous le vent.

Nous traversâmes Holborn ; puis, ayant longé Endell street et un dédale de rues du bas quartier, nous arrivâmes au marché de Covent Garden. Une des échoppes les plus en vue portait le nom de Breckinridge, et le propriétaire, un homme à la figure intelligente, ornée de longs favoris, avait l'aspect d'un homme de cheval. Au moment où nous l'abordâmes, il aidait un jeune garçon à fermer la boutique.

— Bonsoir ! Il fait bien froid en ce moment, dit Holmes.

Le marchand opina de la tête et lui jeta un coup d'œil interrogateur.

— Vous n'avez plus d'oies à vendre, ce me semble, continua Holmes, montrant le comptoir de marbre absolument dépourvu de marchandise.

— Je vous en procurerai cinq cents demain matin, si vous voulez.

— Ce n'est pas ce que je demande.

— Tenez, si vous en désirez tout de suite, il y en a là-bas, dans cette boutique éclairée par un bec de gaz.

— C'est qu'on m'avait spécialement recommandé de m'adresser à vous.

— Qui donc vous a parlé de moi ?

— Le cabaretier de l'Alpha.

— Oh ! oui, je lui ai fourni environ deux douzaines d'oies.

— C'étaient de belles pièces. D'où les tiriez-vous ?

À ma grande surprise, cette question provoqua une explosion de colère chez le marchand.

— Allons, m'sieu, dit-il, avec sa tête penchée de côté et les poings sur les hanches, où voulez-vous en venir ? Pas de détours.

— C'est assez clair. Je désire savoir qui vous a vendu les oies que vous avez fournies à l'Alpha.

— Eh bien ! je ne vous le dirai pas, là.

— Oh ! cela m'est égal, mais je ne vois pas pourquoi vous vous irritez pour une telle bagatelle ?

— Irrité ! vous le seriez tout autant si vous étiez embêté comme moi. Quand j'achète une denrée avec de bon argent comptant, il ne devrait plus en être question. Mais ce ne sont plus que : « Où sont les oies ? à qui avez-vous vendu vos oies ? et que valent vos oies ? » Le public est si occupé de ces oies qu'on croirait, ma parole, qu'il n'en existe pas d'autres au monde.

— Eh bien ! moi, je n'ai aucune relation avec les gens qui ont pu faire une enquête, dit Holmes avec indifférence. Si vous ne voulez pas me répondre, le pari est manqué. Mais je suis toujours prêt à soutenir mon opinion en matière de volailles, et j'ai parié cinq francs que cette oie avait été élevée à la campagne.

— Eh bien, monsieur, vous avez perdu votre pari, car elle a été élevée à la ville, dit notre marchand d'un ton bourru.

— Je n'en crois pas un mot.

— Vous avez tort.

— Vous ne me convaincrez pas.

— Croyez-vous donc que vous en sachiez plus long que moi sur un commerce que je fais depuis mon enfance ? Je vous dis que les oies vendues à l'Alpha ont été élevées en ville.

— Vous ne me persuaderez jamais.

— Voulez-vous parier, alors ?

— C'est vous prendre votre argent dans votre poche, car je sais ce que je dis et je suis sûr d'avoir raison ; mais je parierais volontiers une livre, ne serait-ce que pour vous apprendre à ne pas être têtu.

Le marchand ricana d'un air contraint.

— Apportez-moi les livres, Bill, dit-il.

Le jeune garçon apporta deux livres : un petit très mince, et un autre plus volumineux au dos graisseux ; il les étala sur le comptoir, sous le bec de gaz.

— Eh bien ! monsieur l'obstiné, dit le marchand, je croyais n'avoir plus d'oies dans ma boutique, mais, dans un instant, je vous prouverai qu'il y en a une devant moi. Vous voyez ce petit livre ?

— Eh bien !

— Il renferme la liste des gens à qui j'achète mes volailles. Y êtes-vous ? Ensuite, sur cette page, il y a la liste des gens de la campagne et les numéros à la suite de leurs noms indiquent la page de leur compte sur le grand livre. Maintenant, vous voyez cette autre page écrite au crayon rouge ? C'est la liste de mes fournisseurs de la ville. Regardez le troisième nom, lisez-le tout haut, je vous prie.

— Mrs Oakshott, 117, Brixton-road, 249, lut Holmes.

— Parfaitement, reportez-vous maintenant au grand livre.

Holmes ouvrit à la page indiquée.

— Nous y voici. Mrs Oakshott, 117, Brixton-road, fournisseur d'œufs et de volailles.

— Quelle est la dernière fourniture ?

— 22 décembre. Vingt-quatre oies à sept shillings six pence.

— Parfaitement, vous y êtes, et en dessous ?

— Vendues à M. Windigate, de l'Alpha, à douze shillings.

— Qu'avez-vous à dire maintenant ?

Sherlock Holmes avait l'air très profondément chagrin. Il tira une livre de sa poche et la jeta sur la table de marbre, en se retirant de l'air d'un homme trop furieux pour parler. À quelques mètres plus loin, il s'arrêta sous un réverbère pour rire tout à son aise, mais silencieusement, selon son habitude.

— Lorsque vous rencontrez un homme avec cette coupe de favoris et, dans sa poche, un grand mouchoir à carreaux, vous pouvez toujours en tirer ce que vous voulez au moyen d'un pari, me dit-il. Je suis persuadé que si j'avais mis cent livres sous les yeux de cet homme, il ne m'aurait pas donné des renseignements aussi complets que ceux que je lui ai arrachés lorsqu'il a cru faire une gageure. Eh bien ! maintenant, Watson, je crois que nous approchons de la fin de notre enquête, et le seul point qui nous reste à déterminer est si nous devons aller chez cette Mme Oakshott ce soir, ou si nous devons réserver cette visite pour demain. Il est clair, d'après ce maussade individu, que d'autres gens s'intéressent à cette affaire, et je voudrais...

Sa réflexion fut subitement interrompue par un grand vacarme partant de la boutique que nous venions de quitter. Nous étant retournés, nous vîmes le spectacle suivant : Breckinridge, encadré par la porte, montrait furieusement le poing à un individu petit de taille et dont la figure de fouine était mal éclairée par la lumière jaunâtre de la lampe suspendue.

— Je suis excédé de vous et de vos oies, cria-t-il. Allez au diable ! Et si vous continuez à m'embêter, je mettrai mon chien à vos trousses. Amenez donc ici Mme Oakshott, et je saurai lui répondre ; mais en quoi cela vous regarde-t-il, après tout ? Est-ce à vous que j'ai acheté les oies ?

— Non, mais il y en avait une qui m'appartenait tout de même, gémit le petit homme.

— Eh bien ! réclamez-la à Mme Oakshott.

— Elle m'a dit de vous la demander.

— Eh bien ! demandez-la au roi de Prusse, pour ce que je m'en fiche. J'en ai assez. Filez.

Et furieux, le poing menaçant, il s'avança vers son interlocuteur qui s'empressa de battre en retraite dans l'obscurité.

— Ho ! ho ! ceci peut nous éviter une visite à Brixton-road, murmura Holmes. Suivez-moi, et nous allons voir ce qu'il y a à tirer de cet individu.

Se faufilant à grands pas à travers les groupes de flâneurs, mon compagnon rejoignit vite le petit homme et le toucha à l'épaule. Celui-ci pivota rapidement sur lui-même, et je remarquai qu'il était devenu blême.

— Qui êtes-vous donc, et que me voulez-vous ? demanda-t-il d'une voix tremblante.

— Vous m'excuserez, dit Holmes mielleusement, mais je n'ai pu m'empêcher d'entendre les questions que vous avez faites tout à l'heure au marchand d'oies. Je crois pouvoir vous renseigner.

— Vous ! Qui êtes-vous, et comment pouvez-vous savoir quoi que ce soit de cette affaire ?

— Je m'appelle Sherlock Holmes, et si je sais ce que d'autres ignorent, cela ne vous regarde pas.

— Mais vous ne savez rien de ceci.

— Excusez-moi, je sais tout. Vous cherchez à retrouver ce que sont devenues quelques oies vendues par Mme Oakshott, de Brixton-road, à un marchand nommé Breckinridge, par lui ensuite à M. Windigate, de l'Alpha, et par lui, à son tour, au comité dont fait partie M. Henry Baker.

— Oh ! monsieur ! vous êtes précisément l'individu que je cherche, s'écria le petit homme, en agitant fiévreusement les mains. Je ne puis vous dire combien cette affaire me tient à cœur.

Sherlock Holmes héla un fiacre qui passait.

— Dans ce cas nous ferons mieux de discuter dans une bonne pièce confortable, plutôt que dans ce marché ouvert à tous les vents, objecta Sherlock Holmes. Mais, je vous en prie, dites-moi, avant d'aller plus loin, qui j'ai le plaisir de renseigner.

— Je m'appelle John Robinson, répondit-il en jetant un regard de côté.

— Non ! non ! votre vrai nom ? dit Holmes aimablement. C'est toujours gênant de s'occuper d'une affaire sous un faux nom.

Le sang afflua aux joues blafardes de l'étranger.

— Eh bien ! alors, dit-il, mon vrai nom est James Ryder.

— Précisément, premier maître d'hôtel à l'hôtel Cosmopolitain. Entrez dans le fiacre, je vous prie, et je vous dirai bientôt tout ce que vous désirez savoir.

Le petit homme était là immobile, jetant ses regards obliques à chacun de nous avec des yeux où on pouvait lire tour à tour l'effroi et l'espoir. Il me faisait l'effet de quelqu'un qui ne sait pas s'il doit s'attendre à une aubaine ou à une catastrophe. Il se décida enfin à monter dans le fiacre. Une demi-heure après nous étions revenus dans le salon de Baker street. Nous n'avions pas proféré une parole pendant le trajet ; mais la respiration bruyante et courte de notre nouveau compagnon et la manière dont il croisait et décroisait ses mains prouvaient combien ses nerfs étaient tendus.

— Nous voici arrivés, dit Holmes gaiement, comme nous entrions dans le salon. Le feu est bien de saison aujourd'hui. Vous avez l'air gelé, monsieur Ryder. Je vous en prie, prenez ce siège d'osier. Je vais, si vous le permettez, mettre mes pantoufles avant de m'occuper de votre petite affaire. Allons, je suis à vous maintenant. Vous voulez savoir ce que sont devenues les oies ?

— Oui, monsieur.

— Ou plutôt, je suppose, cette oie. Je pense que vous vous intéressez à un de ces volatiles particulièrement, une oie blanche avec une ligne noire en travers sur la queue.

Ryder tremblait d'émotion.

— Oh ! monsieur, cria-t-il, pouvez-vous me dire ce qu'elle est devenue ?

— Je l'ai ici même.

— Ici ?

— Oui. C'était une oie des plus remarquables, du reste, et je ne m'étonne pas que vous vous intéressiez tout spécialement à elle. Elle a pondu, après sa mort, le plus joli, le plus étincelant petit œuf bleu qu'on ait jamais vu. Je l'ai déposé là dans mon musée.

Notre visiteur chancela sur ses pieds et s'accrocha de la main droite à la cheminée.

Holmes ouvrit son coffre-fort et exhiba l'escarboucle bleue qui brillait de mille feux étincelants.

Ryder était là debout, la figure contractée, fixant la pierre précieuse et ne sachant s'il devait la réclamer ou non.

— C'est assez de comédie, Ryder, dit Holmes avec calme. Allons, redressez-vous, ou vous allez tomber dans la cheminée. Aidez-le donc à se rasseoir, Watson. Il n'est pas encore assez corrompu pour commettre le crime impudemment. Donnez-lui quelques gouttes d'eau-de-vie pour le remonter. Bien. Maintenant il a l'air un peu plus homme. Vrai, quel avorton !

Notre héros était en effet près de se trouver mal, mais l'eau-de-vie ramena un peu de couleur à ses joues et il s'assit, regardant son interlocuteur avec des yeux hagards.

— Je tiens l'enchaînement de cette affaire et toutes les preuves à l'appui, de sorte qu'il vous reste peu de choses à m'apprendre, continua Holmes. Malgré cela, autant vaut que vous acheviez de m'éclairer afin de rendre mon enquête complète. Vous connaissez, Ryder, l'existence de cette pierre bleue de la comtesse de Morcar ?

— C'est Catherine Cusack qui m'en a parlé, dit-il d'une voix rauque.

— Je comprends, la femme de chambre de la comtesse. Alors vous n'avez pas su résister à la tentation de faire fortune d'un seul coup et si facilement ; vous avez cela de commun, du reste, avec beaucoup de gens qui valent mieux que vous. Mais vous n'avez pas été très scrupuleux dans les moyens que vous avez employés. Il me semble, Ryder, qu'il y a en vous l'étoffe d'un parfait coquin. Vous saviez que ce plombier, Horner, avait été compromis déjà dans une affaire de ce genre et que les soupçons se porteraient plus facilement sur lui. Qu'avez-vous fait, alors ? Vous avez détérioré quelque chose dans la chambre de la dame, vous et votre complice Cusack, et vous vous êtes arrangés pour qu'on envoyât chercher précisément cet homme. Puis, lorsqu'il a été parti, vous avez dévalisé la boîte à bijoux ; vous avez ensuite donné l'éveil et fait arrêter ce malheureux. Alors... vous avez...

Ryder se jeta subitement par terre et, saisissant les genoux de mon camarade :

— Pour l'amour de Dieu, ayez pitié de moi ! cria-t-il. Pensez à mon père, à ma mère. Cela leur briserait le cœur. Je n'ai encore jamais rien fait de mal. Je vous jure de ne pas recommencer. Je le jure sur la Bible. Je vous en supplie, ne me traduisez pas devant les tribunaux. Pour l'amour du Christ, ne le faites pas.

— Rasseyez-vous, dit Holmes sévèrement. Il vous sied de faire tout à coup le chien couchant, et de ramper, lorsque vous n'avez pas eu une pensée pour ce pauvre Horner qui est au banc des accusés pour un crime dont il n'est nullement coupable.

— Je fuirai, monsieur Holmes. Je quitterai le pays. Alors l'accusation portée contre lui tombera d'elle-même.

— Hum ! nous en reparlerons. Et maintenant je veux entendre le récit vrai du fait suivant. Comment la pierre a-t-elle été avalée par une oie ? et comment cette oie a-t-elle été apportée au marché ? Dites la vérité, c'est votre seule planche de salut.

Ryder passa la langue sur ses lèvres desséchées.

— Je vais vous raconter la chose telle qu'elle s'est passée, monsieur, dit-il. Lorsque Horner eut été arrêté, il me sembla préférable de me débarrasser de la pierre sur l'heure, car je ne savais pas à quel moment la police aurait l'idée de faire une enquête sur moi et dans ma chambre. Il n'y avait aucun endroit sûr dans l'hôtel. Je sortis sous prétexte de faire une commission et j'allai chez ma sœur. Elle a épousé un homme nommé Oakshott et demeure à Brixton-road où elle engraisse des oies pour les vendre au marché. Tout le long du chemin, les hommes que je rencontrais me semblaient être des agents de police ou des détectives et, quoique la nuit fût froide, des gouttes de sueur perlaient sur mon front. Ma sœur me demanda pourquoi j'étais si pâle et si défait ; je lui dis que j'avais été bouleversé le matin même par un vol de bijoux à l'hôtel. Puis j'allai dans la cour derrière la maison et, tout en fumant une pipe, je cherchai à quel parti m'arrêter.

J'ai eu autrefois pour ami un nommé Maudsley qui a mal tourné depuis, et qui vient de faire de la prison à Pentonville. Je l'avais rencontré un jour et nous avions parlé par hasard des trucs des filous et de la manière dont ils savent se débarrasser de ce qu'ils ont volé. Je savais que je pouvais avoir confiance en lui, car j'étais au courant d'une ou deux de ses histoires ; je me décidai donc à aller le trouver chez lui, à Hilburn, et à lui demander conseil, convaincu qu'il me dirait le moyen de faire de l'argent avec ce bijou précieux. Mais comment arriver chez lui sans encombres ? Car enfin j'avais sué sang et eau pour venir de l'hôtel chez ma sœur. À tout instant, je pouvais être pris par la police et fouillé. Or la pierre se trouvait dans la poche de mon gilet ! J'en étais à ce moment de mes réflexions, appuyé contre le mur et regardant distraitement les oies qui se dandinaient autour de moi, lorsqu'il me vint soudain une idée qui devait me permettre de damer le pion au meilleur détective.

Ma sœur m'avait dit quelques semaines auparavant que je pouvais me choisir une oie, pour Noël, parmi les siennes et je savais qu'elle tenait toujours parole. Je n'avais donc qu'à prendre mon oie maintenant et en lui faisant avaler ma pierre, je pourrais me transporter sans danger à Hilburn.

Il y avait un petit abri dans la cour, derrière lequel j'emmenai un des volatiles que j'avais choisi parmi les plus gros. Il était blanc avec une queue traversée d'une raie noire. Je le saisis et, lui ouvrant le bec, je lui introduisis la pierre dans le gosier, aussi loin que mon doigt put atteindre. L'oiseau eut un soubresaut et je sentis la pierre qui descendait dans son jabot ; mais à ce moment l'animal se mit à battre des ailes, et ma sœur, attirée par le bruit, arriva dans la cour. Je me retournai pour lui parler, et, pendant ce temps-là, l'oie m'échappa et se mêla aux autres.

— Qu'est-ce que tu faisais donc à cette bête, Jacques ? dit-elle.

— Ne m'as-tu pas promis une oie pour Noël ? Je les palpais pour tâcher de choisir la plus grosse.

— Oh ! répondit-elle, nous avons mis la tienne de côté ; nous l'appelons l'oiseau de Jacques. C'est la grosse blanche que tu vois là-bas. Il y en a vingt-six : une pour toi, une pour nous et deux douzaines pour le marché.

— Merci, Maggie, lui dis-je, mais si cela ne te fait rien, j'aimerais mieux avoir celle que je tenais tout à l'heure.

— L'autre pèse au moins trois livres de plus, nous l'avons engraissée exprès pour toi.

— Peu importe, je veux l'autre et je désire l'emporter maintenant, dis-je.

— À ton aise, répliqua-t-elle avec humeur. Laquelle veux-tu, alors ?

— Cette blanche qui a la queue traversée d'une barre et qui est là au milieu du troupeau.

— Oh ! très bien, tue-la et emporte-la.

Je ne me fis pas prier, monsieur Holmes, et j'emportai l'oiseau à Hilburn. Je racontai à mon complice ce que j'avais fait, car il était homme à écouter avec intérêt une histoire comme celle-là. Il en rit à pleurer ; nous prîmes un couteau et nous ouvrîmes l'oie. Mais mon sang se figea dans mes veines, lorsque je ne trouvai pas trace de pierre dans l'intérieur de l'animal. J'avais donc commis une terrible erreur. Je retournai au plus vite chez ma sœur et je me précipitai dans l'arrière-cour. Il n'y restait plus une seule oie !

— Où sont-elles donc passées, Maggie ? m'écriai-je.

— Elles sont chez le marchand.

— Quel marchand ?

— Breckinridge, de Covent Garden.

— Mais y en avait-il une autre avec la queue barrée ?

— Oui, Jacques, et je n'ai jamais pu les distinguer l'une de l'autre.

Alors je compris tout et je courus, aussi vite que mes pieds purent me porter, chez ce Breckinridge ; mais il avait tout vendu en bloc et il refusait de me dire à qui. Vous l'avez entendu vous-même, ce soir. Eh bien, il m'a toujours répondu aussi aimablement. Ma sœur pense que je deviens fou. Quelquefois, je le crois aussi moi-même. Et maintenant me voilà un voleur qualifié sans avoir même joui de la fortune à laquelle j'ai sacrifié mon bonheur. Dieu ait pitié de moi.

Il éclata en sanglots et cacha son visage dans ses mains.

Holmes se leva et ouvrit la porte.

— Sortez, dit-il.

— Quoi, monsieur ? Que le Ciel vous bénisse !

— Plus un mot. Sortez.

Il n'y eut pas une parole : un bond, une dégringolade, une porte se fermant violemment, des pas rapides sur le pavé ; puis, tout rentra dans le silence.

— Après tout, Watson, dit Holmes en prenant sa pipe de terre, je ne suis pas engagé par la police pour suppléer à son insuffisance. De plus, c'est la saison du pardon. Le hasard a mis sur notre route un problème des plus singuliers, et le fait seul de l'avoir résolu est une satisfaction.

The Blue Carbuncle, « The Strand Magazine »,
janvier 1892.

LES CARILLONS

par
Charles Dickens (1812-1870)

C'est par les cloches de Noël qu'un pauvre commissionnaire apprend que ses efforts pour faire le bien à plus malheureux que lui n'ont pas été vains.

I. PREMIER QUART

Il est peu de personnes (et comme c'est une chose fort à désirer que l'auteur d'un récit quelconque et ses lecteurs s'entendent parfaitement dès le principe, remarquez, je vous prie, que je n'applique pas seulement cette observation à la jeunesse et à l'enfance, mais que je l'étends à tout le monde, sans distinction, aux grands comme aux petits, aux vieux comme aux jeunes, à ceux qui sont encore dans l'âge de la croissance, comme à ceux qui tendent vers leur déclin), il est peu de personnes, dis-je, qui se soucieraient volontiers de dormir dans une église. Je ne dis pas pendant le sermon, par un temps bien chaud (on sait bien que cela s'est vu, ne fût-ce qu'une fois ou deux), mais la nuit, et tout seul.

Ah ! si c'était en plein jour, il n'y aurait par là de quoi étonner les gens. Mais non, c'est la nuit ; c'est de la nuit seulement qu'il est question. Et je me charge de maintenir mon défi victorieusement, pendant la première nuit d'hiver qu'on voudra, une nuit bien noire, par un grand vent, contre le premier champion venu qui viendra me trouver seul à seul dans un vieux cimetière, devant la porte d'une vieille église, après m'avoir autorisé au préalable, si cela est nécessaire pour lui donner satisfaction, à l'y enfermer jusqu'au lendemain matin.

Car le vent de la nuit a une façon lugubre d'errer autour, tout autour de ces vieux édifices, avec des gémissements prolongés, en essayant d'ébranler de sa main invisible les portes et les fenêtres et de découvrir quelque crevasse par laquelle il puisse passer. Puis, lorsqu'une fois il est entré, comme quelqu'un qui ne trouve pas ce qu'il cherche, n'importe quoi, il se lamente et hurle pour sortir ; non content de parcourir les nefs, de glisser autour des piliers, de s'engouffrer dans les profondeurs de l'orgue, il s'élance jusqu'aux voûtes, il s'efforce de briser la charpente et de soulever le toit, puis, tout à coup, se précipite en désespéré, sur les dalles d'en bas d'où il descend, en murmurant, dans les caveaux. Quelquefois il monte à petit bruit en rampant le long des murailles ; on dirait qu'il lit à voix basse les inscriptions consacrées aux morts ; aux unes, il semble pousser un cri perçant comme un éclat de rire ; aux autres, il gémit et pleure comme s'il se lamentait. C'est encore avec un accent lugubre et sépulcral qu'il s'arrête dans l'enceinte de l'autel, comme s'il entonnait, de sa voix sauvage, une complainte sur les crimes de toutes sortes, les meurtres, les sacrilèges, le culte des faux dieux, le mépris des tables de la Loi, ces tables si belles et si unies au premier coup d'œil, mais si souvent écornées et brisées par leurs interprètes.

Ouf ! que le ciel nous en préserve ! Il vaut bien mieux rester commodément assis au coin de notre feu ! C'est une voix terrible que celle du vent, quand il chante à minuit dans une église !

Mais, tout en haut dans le clocher ! C'est là qu'il siffle et rugit avec violence ! Tout en haut dans le clocher, où il peut aller et venir librement à travers les nombreux arceaux et les ouvertures multipliées, tourbillonner en serpentant le long de l'escalier qu'on ne peut gravir sans éprouver des vertiges, faire tourner rapidement sur elle-même la girouette criarde et trembler la tour, comme si, du sommet à la base, elle devenait la proie d'un horrible frisson ! Tout en haut dans le clocher, où se trouve le beffroi, où les balustrades de fer sont rongées par la rouille, où les feuilles de cuivre et de plomb ridées par les variations de l'atmosphère craquent et s'enflent sous les pieds des rares visiteurs, où les oiseaux construisent des nids chétifs dans les encoignures formées par les vieilles solives de chêne, où la poussière grisonne à force de vieillir, où des araignées tachetées, qu'une longue sécurité a rendues grasses et indolentes, balancent nonchalamment de côté et d'autre en suivant la vibration des cloches, toujours cramponnées à leurs châteaux aériens, à l'abri des alarmes subites qui les forcent à grimper rapidement le long du fil comme le matelot aux cordages, ou à se laisser tomber à terre pour chercher leur salut dans la fuite précipitée d'une vingtaine de jambes agiles ! Tout en haut dans le clocher d'une vieille église, bien au-dessus des lumières et du bruit de la ville, quoique bien au-dessous des nuages qui le couvrent de leur ombre passagère en traversant le ciel, c'est là qu'est le bon endroit pour avoir peur la nuit. Or, c'est dans le clocher d'une vieille église qu'habitaient les cloches dont je vais raconter l'histoire.

Dame ! c'étaient de vieilles cloches. Il y avait des siècles que ces cloches avaient été baptisées par des évêques, un si grand nombre de siècles que leur extrait de baptême était perdu depuis longtemps, bien longtemps ; on ne se souvenait plus même de l'époque, et personne ne connaissait leurs noms. Elles avaient eu leurs parrains et leurs marraines, ces cloches (pour ma part, soit dit en passant, si je devais être parrain, j'aimerais mieux encourir la responsabilité de tenir une cloche sur les fonts qu'un petit garçon), et, sans aucun doute, elles avaient eu aussi leurs gobelets d'argent. Mais le temps avait moissonné leurs parrains, et Henri VIII avait fait fondre les gobelets de leur baptême, en sorte qu'elles restaient maintenant suspendues dans la tour de l'église, sans nom et sans gobelets.

Oui, mais non pas sans voix, bien loin de là. Elles avaient des voix claires, fortes, puissantes et sonores, ces cloches, et qui pouvaient être entendues à de lointaines distances, portées sur l'aile des vents. De plus, leurs accents étaient trop énergiques pour avoir rien à redouter des caprices du vent. Bien au contraire, quand il lui prenait une foucade, elles acceptaient bravement bataille et finissaient toujours par aller frapper royalement de leurs notes joyeuses les oreilles attentives. Elles tenaient à porter leurs chants, pendant les nuits orageuses, à quelque pauvre mère veillant au chevet de son enfant malade, ou à quelque femme solitaire dont le mari était en mer, si bien qu'elles avaient plus d'une fois battu « à plates coutures » une rafale du nord-ouest... oui, « à plates coutures », comme disait Toby Veck ; car, bien qu'on l'appelât généralement Trotty Veck, son nom était Toby, et il n'est permis à personne de le changer en un autre (excepté en celui de Tobias), sans un acte spécial du Parlement, puisqu'il avait été aussi légalement baptisé dans son temps que les cloches dans le leur, quoique avec moins de solennité toutefois et moins de réjouissances publiques.

Quant à moi, je n'irai pas contredire là-dessus l'opinion de Toby Veck ; car il avait assez d'occasions de s'en former une pour que je la croie juste et vraie. Donc, tout ce que disait Toby Veck, je le dis : il me trouvera toujours à ses côtés, quoique ce soit une rude besogne de rester debout avec lui tout le long du jour en dehors de la porte de l'église. Le fait est qu'il était commissionnaire, notre ami Toby Veck, et c'était là son poste pour attendre qu'on l'envoyât en course.

Un joli poste pour attendre, en hiver, avec la joue glacée, la peau gercée, le nez violacé, l'œil éraillé, les pieds gelés, les dents brisées à force de claquer ! Le pauvre Toby n'était pas à son aise.

Le vent, surtout le vent d'est, se précipitait avec rage, en rasant l'angle de la vieille église, comme s'il s'était tout exprès déchaîné des extrémités de la terre pour venir souffleter Toby. Souvent il semblait fondre sur lui, au moment où il s'y attendait le moins : tournant avec une rapidité furieuse le coin de la place, après avoir dépassé l'infortuné, il faisait demi-tour à l'improviste, comme s'il eût crié dans sa joie de le retrouver : « Ah ! le voici ! je le tiens ! »

Vainement alors Toby relevait sur sa tête son petit tablier blanc, à la façon de ces enfants mal élevés qui se couvrent les yeux des pans de leurs jaquettes ; en vain armé de sa méchante petite canne, il essayait de soutenir quelque temps une lutte trop inégale, bientôt ses jambes mal assurées étaient prises d'un tremblement affreux. Il se tournait de biais, il se penchait, tantôt d'un côté, tantôt de l'autre ; mais, il avait beau faire, il était tellement tiraillé, secoué, bousculé, soulevé de terre, qu'il fallait presque un miracle très positif pour qu'il n'eût pas été cent fois emporté dans les airs, comme ces colonies de grenouilles, de limaces ou autres animalcules portatifs, au dire des naturalistes, pour retomber ensuite en pluie de commissionnaires, au grand étonnement des naturels, sur quelque coin sauvage du globe où l'espèce des commissionnaires n'est pas encore connue.

Mais un jour de vent, malgré tout ce que Toby avait à souffrir de ses rigueurs, était après tout pour lui, une sorte de jour de fête. C'est un fait. Les jours de vent, le temps ne lui semblait pas si long à attendre les pièces de dix sous que les autres jours ; car, la lutte forcée qu'il se voyait alors obligé de soutenir contre l'élément fougueux tenait son attention éveillée et lui redonnait du cœur quand il sentait venir la faim ou le découragement. Une forte gelée, un temps de neige, étaient aussi pour lui une émotion qui rompait la monotonie de l'attente ; cela lui faisait du bien, je ne sais pourquoi ni comment : il aurait eu lui-même bien de la peine à le dire, le pauvre Toby ! Avec tout cela les jours de vent, de gelée, de neige et peut-être aussi de grêle accompagnée d'orage, étaient les bons jours de Toby Veck.

Les jours d'humidité, au contraire, étaient ses plus mauvais jours, lorsqu'une pluie froide, pénétrante, visqueuse, l'enveloppait comme un manteau mouillé, la seule espèce de manteaux que possédât Toby, et encore il s'en serait bien dispensé si on l'avait consulté.

Tristes jours pour lui que ces jours de pluie, quand elle tombait lente, épaisse, obstinée ; quand le brouillard prenait la rue à la gorge, comme il faisait de Toby ; quand les parapluies fumants passaient et repassaient, pirouettant sur eux-mêmes comme autant de totons, lorsqu'ils se heurtaient l'un contre l'autre sur les trottoirs encombrés et faisaient jaillir tout autour d'eux une quantité de petits jets d'eau fort incommodes ; quand l'eau clapotait dans les gouttières, que les gargouilles engorgées la laissaient échapper en cascades bruyantes, que, renvoyée par les pierres en saillie et les larmiers de l'église, elle tombait goutte à goutte sur Toby et changeait en moins de rien, en un vrai fumier, la poignée de paille où il tenait ses pieds ; oh ! ces jours-là étaient vraiment pour lui des jours d'épreuve. Alors, en effet, vous auriez pu voir Toby regarder autour de lui d'un air inquiet et avancer sa figure triste et allongée en avant de l'angle formé par le mur de l'église qui lui servait d'abri, pauvre abri qui, en été, ne lui donnait pas plus d'ombre que n'aurait pu le faire en plein soleil une canne ordinaire placée perpendiculairement sur le trottoir brûlant. Une minute après, il sortait de son coin pour se réchauffer par un peu d'exercice ; il allait et venait de droite à gauche, trottinant toujours, une douzaine de fois, puis rentrait plus gaillard à sa niche.

On l'appelait Trotty à cause de son allure qui avait du moins l'intention d'être de la vitesse si elle ne l'était pas en réalité. Il aurait pu marcher plus vite peut-être, c'est très probable ; mais ôtez-lui son trot et Toby se serait mis certainement au lit et serait mort. Ce trot, sans doute, le crottait jusqu'à l'échine, lorsqu'il y avait de la boue, et lui coûtait tout un monde d'embarras ; il aurait pu marcher autrement avec infiniment plus de facilité ; raison de plus pour y tenir avec tant d'obstination. Tout petit, faible et maigre vieillard qu'il fût, ce Toby, c'était un véritable hercule de bonnes intentions. Il ne voulait pas voler son argent ; il se faisait un plaisir de croire (Toby n'était pas assez riche pour pouvoir se priver facilement d'un plaisir si peu coûteux), il se faisait, dis-je, un plaisir de croire qu'il gagnait bien son pain. Avec une commission de vingt à trente sous, ou un petit paquet à porter à la main, son courage, toujours grand, grandissait encore. Dès qu'il se mettait à trotter, il criait gare aux facteurs qui couraient devant lui, bien persuadé que, suivant le cours naturel des choses, il allait inévitablement les rattraper et les renverser au passage, de même qu'il avait la confiance, confiance rarement mise à l'épreuve, qu'il était capable de porter tout fardeau que puissent soulever les forces d'un homme.

Ainsi donc, lors même qu'il sortait de son coin pour se réchauffer un jour de pluie, Toby trottait, traçant en zigzag dans la boue, avec ses souliers percés, une série d'empreintes irrégulières et fangeuses. Soufflait-il sur ses mains glacées en les frottant l'une contre l'autre, mal défendues qu'elles étaient contre le froid pénétrant par de vieilles mitaines en laine grise, où le pouce avait seul le privilège d'avoir sa chambre particulière, tandis qu'une salle commune réunissait ensemble tous les autres doigts, Toby, avec ses genoux en avant et son bâton sous le bras, trottait encore. S'avançait-il dans la rue pour regarder le beffroi quand les cloches sonnaient à pleines volées, Toby trottait toujours.

Il faisait cette dernière excursion plus d'une fois par jour, car les cloches étaient une société pour lui ; et, quand il entendait leurs voix, il éprouvait un intérêt véritable à regarder leur demeure, à songer comment elles étaient mises en branle et quels marteaux frappaient leurs parois sonores. Peut-être cet intérêt curieux pour les cloches tenait-il à ce qu'il y avait entre elles et lui plusieurs traits de ressemblance. Elles restaient là suspendues par tous les temps, exposées au vent et à la pluie, comme lui, comme lui ne voyant jamais que l'extérieur de toutes les maisons ; ne s'approchant jamais plus que lui des feux dont la flamme brillante se laissait voir à travers les fenêtres ou s'échappait en tourbillons de fumée épaisse par les tuyaux des cheminées ; exclues aussi de toute participation aux bonnes choses qu'elles voyaient apporter, par la porte des maisons ou par la grille des cuisines, à la cuisinière chargée de les mettre en œuvre. Ne voyaient-elles pas comme lui aller et venir derrière les fenêtres une foule de visages, les uns jeunes, jolis, agréables, d'autres fois tout l'opposé ; Toby de même (quoiqu'il réfléchît souvent à ces bagatelles lorsqu'il était dans la rue à ne rien faire) ne savait pas plus que les cloches d'où venaient toutes ces figures, où elles allaient, ni si, dans tout le cours de l'année, lorsque leurs lèvres remuaient, il en tombait une seule parole bienveillante qui fût à son adresse.

Toby n'était pas un casuiste, il le savait de reste, et je ne prétends pas dire que, quand il commença à s'attacher aux cloches et à convertir petit à petit en une liaison plus intime et plus délicate les premiers instincts de curiosité qui lui avaient fait faire connaissance avec elles, il pesa successivement l'une après l'autre ces diverses considérations dans son esprit, ni qu'il passa en règle une revue générale des raisons de sympathie qui l'entraînaient de ce côté. Ce que je veux dire et ce que je dis, c'est que, comme les fonctions physiques de Toby, ses organes digestifs, par exemple, arrivaient d'eux-mêmes, par leur propre mécanisme, à un certain résultat, au moyen d'un grand nombre d'opérations qu'il ignorait complètement et dont la connaissance l'aurait bien étonné ; de même, ses facultés intellectuelles avaient, à son insu et sans sa participation, mis en mouvement tous ces rouages et fait jouer tous ces ressorts, avec bien des milliers d'autres encore, lorsqu'elles travaillèrent à développer en lui son singulier attachement pour les cloches.

Quand même j'aurais dit son amour, au lieu de son attachement, je ne retirerais point cette expression, car elle eût à peine été capable de définir un sentiment aussi compliqué que le sien ; il allait, dans sa simplicité extrême, jusqu'à les revêtir d'un caractère étrange et solennel. Elles mettaient tant de mystères à se faire entendre souvent sans être jamais vues ; elles étaient placées si haut, si loin ; leurs accents étaient pleins d'une harmonie si grave et si imposante, qu'il les regardait avec une sorte de terreur respectueuse. Quelquefois, quand il levait les yeux vers les sombres fenêtres en ogive de la tour, il s'attendait presque à un signe d'appel de la part de quelque être qui n'était pas la cloche elle-même, mais dont il avait cependant souvent entendu la voix dans leur carillon. Par tous ces motifs, Toby repoussait avec indignation un mauvais bruit qui circulait, que les cloches étaient hantées, comme s'il était permis de les croire capables d'avoir des rapports avec l'esprit du mal. Bref, ces cloches étaient souvent présentes à son oreille, souvent présentes à sa pensée, mais toujours en parfaite estime ; plus d'une fois, à force de contempler fixement et la bouche toute grande ouverte le clocher où elles étaient suspendues, il s'était donné un tel torticolis que, pour le guérir, il lui fallut faire ensuite deux ou trois parties de trot en sus de ses exercices habituels.

C'était précisément à ce moyen curatif qu'il était en train de se livrer par une journée très froide, lorsque le dernier coup de midi vint à sonner, laissant après lui un bourdonnement semblable à celui d'une abeille monstre qui aurait eu du temps à perdre à parcourir le clocher.

— Eh ! eh ! l'heure du dîner, dit Toby trottant toujours de long en large devant l'église. Ah !

Le nez de Toby était très rouge ainsi que ses paupières ; il clignotait beaucoup des yeux, ses épaules remontaient presque jusqu'à ses oreilles, ses jambes étaient roides et engourdies : évidemment, s'il n'était pas gelé, il ne s'en fallait guère.

— Eh ! eh ! l'heure du dîner, répéta Toby se servant de sa mitaine de la main droite comme d'un diminutif de gant de boxeur pour punir son estomac de ce qu'il avait froid. Ah... h... h... h !

Après quoi il se remit à trotter en silence pendant une minute ou deux.

— Ce n'est rien, dit Toby prenant brusquement la parole... et ici il s'arrêta court dans son trot et dans son discours pour se tâter le nez dans toute sa longueur avec un air d'extrême préoccupation et d'alarme assez vive. La distance à parcourir pour ses doigts n'était pas grande, vu la dimension exiguë de son nez ; aussi eut-il bientôt fait.

— Ma foi, je le croyais parti, continua-t-il en se remettant à trotter. Heureusement que non. Ce n'est pas que j'eusse le droit de lui en vouloir s'il venait à me quitter. Son service est joliment dur dans la mauvaise saison, et il n'a pas grands profits pour sa peine, puisqu'il ne prend pas même de tabac.

Sans compter que, dans les meilleurs temps, il a bien encore ses épreuves, la pauvre créature, car, s'il lui arrive par hasard de respirer une odeur agréable (et ce n'est pas tous les jours), c'est en général le fumet du dîner d'autrui qu'on rapporte du four.

Cette réflexion le ramena à celle qu'il avait suspendue pour s'assurer qu'il lui restait un nez.

— Il n'y a rien, dit-il, qui revienne plus sûrement chaque jour que l'heure du dîner, et rien qui revienne, au contraire, moins sûrement que le dîner lui-même. C'est la grande différence qui existe entre eux. Il m'a fallu longtemps pour faire cette découverte. Je voudrais bien savoir si mon observation ne vaudrait pas la peine de la recéder à un monsieur quelconque pour en gratifier les journaux ou le Parlement !

Ce n'était sans doute qu'une plaisanterie, car Toby secoua gravement la tête avec l'air de renoncer décidément au bénéfice de sa découverte.

— Eh ! mon Dieu ! dit-il, les journaux sont pleins d'observations qui ne valent pas mieux ; et le Parlement, donc ! Tenez, voici le journal de la semaine dernière (et Toby tira de sa poche une feuille de papier fort sale qu'il tint à la longueur de son bras) rempli d'observations ! oui, de belles observations ! J'aimerais mieux des nouvelles ; mais de nouvelles, point, poursuivit Toby lentement à mesure qu'il repliait le journal pour le mettre dans sa poche ; aussi, maintenant, c'est presque à contrecœur que je lis un journal. J'en ai la chair de poule ; je ne sais trop ce que nous deviendrons, nous autres pauvres gens ! Dieu veuille que nous devenions quelque chose de mieux pendant l'année qui va commencer.

— Eh ! père, père, dit une douce voix près de lui.

Toby ne l'entendit pas. Il allait et venait, de son petit trot accoutumé, absorbé dans sa rêverie et se parlant à lui-même.

— Il semble, continua-t-il, que nous soyons incapables ni d'aller bien, ni de faire le bien, ni d'être ramenés au bien. Je n'ai pas été assez longtemps à l'école pour savoir dire si nous sommes, oui ou non, utiles à quelque chose ici-bas. Quelquefois je pense que nous n'y sommes peut-être pas tout à fait inutiles, d'autres fois que nous sommes de vrais intrus. Je suis par moments dans un tel embarras, que je me trouve même tout à fait incapable d'avoir une idée sur cette question, à savoir s'il y a en nous quelque chose de bon, ou si nous naissons décidément mauvais. Il paraît que nous faisons des choses épouvantables, et que nous donnons bien du mal à la société. On se plaint toujours de nous ; on se tient toujours en garde contre nous ; de façon ou d'autre, il n'est bruit que de nous dans les papiers publics. Après cela, allez donc me parler de nouvel an, poursuivit-il avec tristesse ; je puis porter ma charge comme bien d'autres, plus que bien d'autres la plupart du temps, car je suis aussi fort qu'un lion, et tous les hommes ne le sont pas ; mais en supposant qu'en réalité ce ne soit pas pour nous qu'est fait le nouvel an, en supposant que nous ne soyons réellement que des intrus...

— Eh ! père, père, répéta la douce voix.

Toby l'entendit cette fois, il tressaillit, s'arrêta, et, ramenant sur un espace moins étendu son regard qu'il avait dirigé bien loin, jusque dans le cœur de l'année future, comme pour y chercher l'éclaircissement de ses doutes, il se trouva nez à nez avec sa propre fille, face à face avec ses yeux.

Et quels yeux ! des yeux dans lesquels il aurait fallu plonger longtemps avant d'en pénétrer la profondeur ! des yeux noirs qui réfléchissaient comme un miroir les yeux qui cherchaient à les sonder. Pas de ces yeux coquets, séducteurs, non, mais d'une expression limpide, calme, honnête, patiente, émanée de cette pure lumière que Dieu créa le premier jour ; des yeux où se peignaient la vérité et la candeur ; des yeux rayonnant d'espérance, d'une espérance si jeune et si fraîche, si ardente, si vive, si énergique en dépit des vingt années de travail et de misère dont ils avaient contemplé les dures épreuves, qu'ils retentirent au cœur de Toby Veck comme une voix secrète qui lui disait : « Va, va, nous ne sommes pas inutiles dans ce monde... pas tout à fait. »

Trotty baisa les lèvres et pressa entre ses mains les joues fraîches et vermeilles qui accompagnaient ces yeux-là.

— Eh bien ! mon ange, dit Trotty ; qu'y a-t-il ? Je ne t'attendais pas aujourd'hui, Marguerite.

— Et moi, je ne m'attendais pas non plus à venir, père, s'écria la jeune fille hochant la tête et souriant ; mais me voilà, et pas seule, oh ! non, pas seule !

— Allons donc ! tu ne veux pas dire, remarqua Toby tout en jetant un regard curieux sur certain panier couvert qu'elle tenait à la main, que tu...

— Flairez-le, cher père, dit Meg ; flairez seulement.

Trotty allait lever le couvercle en grande hâte, sans autre préambule, lorsqu'elle l'arrêta gaiement en posant sa main dessus.

— Non, non, non, dit-elle avec une joie d'enfant ; faisons un peu durer le plaisir. Je vais seulement soulever un coin, un tout... pe... tit... coin ; voyez-vous, ajouta-t-elle en joignant le geste à la parole de la façon la plus gentille et à voix basse, comme si elle eût craint d'être entendue par l'objet enfermé dans le panier ; là ! Maintenant, devinez ce que c'est ?

Toby flaira aussi vivement que possible au bord du panier et s'écria dans le ravissement :

— Eh ! eh ! c'est chaud !

— Oui, fit Meg, c'est tout chaud, tout bouillant. Ah ! ah ! ah ! c'est brûlant !

— Ah ! ah ! ah ! cria Toby de sa plus grosse joie avec une gambade. Ma foi ! oui, c'est brûlant.

— Mais qu'est-ce que c'est, père ? dit Meg. Allons, vous ne l'avez pas deviné ! Il le faut, pourtant. Je ne puis rien tirer du panier avant que vous deviniez ce que c'est. Ne vous pressez pas ! Attendez encore une minute ! Tenez, je vais soulever le couvercle un tantinet. Devinez à présent.

Meg avait terriblement peur qu'il ne vînt à deviner trop tôt, elle se reculait, tout en lui présentant le panier, relevait ses jolies épaules, se bouchant l'oreille avec une de ses mains comme pour arrêter le mot propre sur les lèvres de son père, et, pendant tout ce manège, continuait à rire doucement.

Cependant Toby, les deux mains sur ses genoux, le nez penché vers le panier, se livrait, dans le voisinage du couvercle à de longues aspirations qui faisaient épanouir sa face ridée : on aurait dit qu'il respirait un flacon d'essence de rire.

— Ah ! c'est quelque chose de bien bon, dit-il. Ce n'est pas... Non, je ne suppose pas que ce soit du boudin.

— Non, non, non, s'écria Meg ravie, rien de pareil.

— Non, fit Toby après avoir reniflé une seconde fois, c'est... c'est plus moelleux que du boudin, c'est du bon ! cela devient plus appétissant de minute en minute, c'est un goût trop prononcé pour des pieds de mouton, n'est-ce pas ?

Meg était dans l'extase. Il était à cent lieues des pieds de mouton ! autant dire que c'était du boudin.

— Du foie ? reprit Toby se consultant en lui-même... Non. Il y a là quelque chose de délicat qui ne se trouve pas dans le foie. Des pieds de cochon de lait ? Non. Ce n'est pas assez fade pour des pieds de cochon de lait... Des crêtes de coq ? ce n'est pas assez glutineux, ce n'est pas des saucissons, toujours. Ah ! ah ! j'y suis ; c'est de l'andouille !

— Non, non, s'écria Meg au comble du bonheur, vous n'y êtes pas !

— À quoi pensais-je donc, reprit tout à coup Toby se redressant sur ses pieds dans une position aussi perpendiculaire que sa nature le lui permettait. J'oublierai mon nom bientôt ; ce sont des tripes !

En effet, c'étaient des tripes, et Meg, transportée, l'assura qu'avant une demi-minute il ajouterait que c'étaient les meilleures tripes qu'il eût mangées de sa vie.

— Ainsi, mon père, dit Meg s'empressant de débarrasser le panier, je vais tout de suite mettre la nappe ; car j'ai apporté les tripes dans un plat, et j'ai enveloppé le plat dans un mouchoir de poche ; mais, si je veux faire la fière pour une fois, faire une nappe de mon mouchoir et dire que c'est une nappe, il n'existe pas de loi qui me le défende, n'est-ce pas, mon père ?

— Pas que je sache, ma chère enfant, répondit Toby, quoiqu'on en fabrique tous les jours de nouvelles.

— Et cependant, d'après ce que je vous lisais l'autre jour dans le journal, vous vous rappelez, mon père, ce que disait le juge, il paraît que nous autres pauvres gens, nous sommes censés connaître toutes les lois. Ah ! ah ! quelle erreur ! Bon Dieu ! ils nous croient donc bien savants !

— Oui, ma fille, s'écria Trotty, et ils raffoleraient joliment de celui d'entre nous qui les connaîtrait réellement toutes. Il s'engraisserait bien vite au travail, cet homme-là, et se verrait l'objet des prévenances de tous les riches du voisinage. Oui ! oui, va-t'en voir s'ils viennent !

— Eh bien ! cela ne l'empêcherait pas de manger son dîner de bon appétit, cet homme-là, si son dîner avait une aussi bonne odeur que le vôtre, reprit Meg gaiement. Dépêchez-vous, car il y a encore avec cela une pomme de terre chaude et une demi-pinte de bière fraîche en bouteille. Où voulez-vous dîner, mon père ? Sur la borne ou sur le perron ? Voyez un peu quel luxe ! Nous avons l'embarras du choix.

— Le perron aujourd'hui, mon ange, dit Trotty. Le perron par un temps sec, la borne quand il pleut. Le perron est plus commode en tout temps parce qu'on peut s'asseoir, mais, lorsqu'il fait humide, on y attrape des rhumatismes.

— Ici, en ce cas, fit Meg se frappant les mains après un instant de remue-ménage ; voilà ; tout est prêt ! le dîner est servi ; comme il a bonne mine, hein ! Allons, père, allons !

Depuis sa découverte au sujet du contenu du panier, Trotty s'était tenu debout, les yeux fixés sur sa fille, parlant, mais sans suite, d'un air distrait qui montrait bien que, quoiqu'elle fût l'unique objet de ses pensées et de ses regards, à l'exclusion même des tripes, il ne la voyait plus dans son esprit telle qu'elle était en ce moment, mais telle qu'il se la figurait vaguement dans quelque tableau imaginaire où le drame de sa vie future se déroulait devant ses yeux. Tiré de sa rêverie par le joyeux appel de Meg, il secoua mélancoliquement la tête comme un homme qui veut chasser des idées noires dont il est assailli et trotta près d'elle. Au moment où il se baissait pour s'asseoir, les cloches vinrent à sonner.

— Amen ! dit Trotty ôtant son chapeau et levant les yeux vers le beffroi.

— Vous dites amen aux cloches, père ? demanda Meg.

— Elles ont sonné, ma chérie, comme pour dire le *benedicite,* reprit Trotty en s'asseyant. Et si elles pouvaient parler, je suis sûr qu'elles en diraient un bon. Que de choses bienveillantes elles me disent, à moi !

— Les cloches, mon père ! fit Meg éclatant de rire, en plaçant devant lui l'assiette de tripes, avec un couteau et une fourchette. Ah ! bien !

— Oui, ma fille, à ce qu'il me semble, au moins, dit Trotty, attaquant son dîner avec une grande vigueur. Et alors où est la différence ? Si je les entends me parler, qu'importe qu'elles me parlent ou non ? Si vous saviez, ma chérie, continua-t-il en lui montrant la tour avec sa fourchette, et s'animant de plus en plus sous l'influence du dîner, combien de fois je les ai entendues les bonnes cloches me dire : « Toby Veck, Toby Veck, bon courage, Toby ! Toby Veck, Toby Veck, bon courage, cher Toby ! » Un million de fois ? Ce n'est pas assez, bien davantage, ma foi !

— Eh bien ! moi, jamais ! s'écria Meg.

Le fait est cependant qu'elle l'avait entendu dire un nombre infini de fois. Car c'était le thème favori de son père.

— Et quand les affaires vont mal tout à fait, continua Toby, aussi mal que possible, alors, c'est : « Toby Veck, Toby Veck, la besogne viendra bientôt, Toby ! Toby Veck, Toby Veck, la besogne viendra bientôt, cher Toby ! » tout comme ça.

— Et à la fin, elle vient, au moins, mon père ? dit Meg avec une nuance de tristesse dans sa douce voix.

— Toujours, répondit Toby sans la remarquer ; cela ne manque jamais.

Pendant ce dialogue, Trotty n'interrompit pas une minute l'attaque qu'il dirigeait contre le repas savoureux placé devant lui, mais il coupait et mangeait, il coupait et buvait, il coupait et mâchait, passant des tripes à la pomme de terre chaude, puis, revenant de la pomme de terre chaude aux tripes, en véritable gourmet et avec un appétit infatigable. Cependant, comme il regardait à droite et à gauche dans la rue, pour voir si personne ne lui faisait signe de quelque porte ou de quelque fenêtre afin de lui donner une commission, ses yeux, au retour, rencontrèrent Meg assise vis-à-vis de lui, les bras croisés et tout occupée de le voir à l'œuvre avec un sourire de bonheur.

— Mais, Dieu me pardonne ! dit-il tout à coup en laissant tomber son couteau et sa fourchette... ma colombe ! Meg chérie ! pourquoi ne pas me le dire ? quelle brute je suis !

— Père !

— Quoi ! continua Toby comme pour expliquer son repentir subit, je suis là tranquillement assis, me bourrant, m'empiffrant et me gorgeant à mon aise, tandis que je te laisse debout devant moi, encore à jeun, sans doute, et ne voulant pas me le dire, tandis que...

— Mais je ne suis pas à jeun, mon père, interrompit sa fille en riant, tant s'en faut ; j'ai eu aussi mon dîner, moi.

— Allons donc ! dit Trotty. Deux dîners en un jour à la maison ? Pas possible ! Autant vaudrait me dire qu'il y aura deux premiers jours de l'an à la fois, ou que j'ai gardé toute ma vie une pièce d'or sans la changer.

— Tout cela n'empêche pas que j'ai eu aussi mon dîner, mon père, dit Meg se rapprochant de lui ; et, si vous voulez continuer le vôtre, je vous dirai où et comment, comment il s'est fait que je vous aie apporté celui-ci, et... et encore autre chose.

Toby paraissait toujours incrédule ; mais elle attacha sur lui un regard limpide, et lui mettant la main sur l'épaule, l'engagea à ne pas laisser refroidir son dîner. Trotty reprit donc son couteau et sa fourchette et se remit à l'œuvre, mais beaucoup plus lentement qu'auparavant et en secouant la tête d'un air mécontent de lui-même.

— J'ai dîné, reprit Meg après une légère hésitation, avec... avec Richard. L'heure de son repas se trouvait avancée, et comme il avait apporté son dîner avec lui en venant me voir, nous... nous l'avons mangé ensemble, mon père.

Trotty avala une gorgée de bière, fit claquer ses lèvres, et voyant que sa fille attendait, il se contenta de cette simple exclamation :

— Ah !

— Et Richard dit, mon père... poursuivit Meg.

Puis elle s'arrêta court.

— Que dit Richard, Meg ? demanda Toby.

— Richard dit, mon père...

Autre pause.

— Richard est bien long à dire cela... fit Toby.

— Il dit donc, mon père, acheva Meg levant enfin les yeux et parlant d'une voix distincte quoique tremblante, il dit comme ça : voilà une année encore bientôt passée, et à quoi sert d'attendre d'année en année, quand il est si peu probable que nous soyons jamais plus à notre aise ? Il dit que nous sommes pauvres maintenant, mon père, et que nous ne le serons pas davantage après ; mais qu'aujourd'hui nous sommes jeunes, et que, d'année en année, nous aurons vieilli avant que nous ayons eu le temps de nous en apercevoir. Il dit que, pour des gens de notre condition, attendre, pour nous mettre en route, que le chemin soit sans épines, c'est vouloir attendre qu'il ne nous reste plus d'autre chemin à prendre qu'un triste chemin, celui de tout le monde, le chemin qui mène au tombeau, mon père.

Il aurait fallu un homme plus hardi que Trotty pour avoir le front de dire que non. Il ne dit mot.

— Il est bien dur, mon père, de devenir vieux et de mourir avec la pensée que nous aurions pu nous entraider et nous consoler mutuellement ! Il est bien dur de s'aimer toute la vie et de languir néanmoins constamment séparés ; de se voir l'un l'autre travailler, changer, vieillir et blanchir chacun de son côté. Lors même que je pourrais prendre le dessus et oublier Richard (je crois que c'est impossible), oh ! mon père, qu'il est dur d'avoir le cœur plein comme le mien l'est maintenant, et de vivre pour se sentir s'épuiser lentement, goutte à goutte, sans le souvenir d'un seul de ces moments si heureux qui font la vie d'une femme, pour me soutenir, me fortifier, me consoler.

Toby demeurait silencieux. Meg s'essuya les yeux et reprit ensuite plus gaiement, c'est-à-dire tantôt riant, tantôt sanglotant, tantôt riant et sanglotant à la fois :

— Ainsi donc, mon père, Richard dit comme cela que, puisqu'on lui a assuré hier de l'ouvrage pour quelque temps, puisque je l'aime depuis trois grandes années (ah ! depuis bien plus longtemps, s'il le savait !), il faut que je me décide à l'épouser le jour de l'an, ce jour, dit-il, le plus beau, le plus heureux de toute l'année, et qui porte presque toujours bonheur. C'est vous en prévenir bien peu de temps à l'avance, n'est-ce pas, mon père ? Mais je n'ai pas d'arrangements à prendre, moi, relativement à ma dot, ni des robes de noce à faire faire comme les grandes dames, n'est-ce pas, mon père ? Enfin il m'en a tant dit là-dessus, et il a été à la fois si pressant et si doux, si sérieux et si tendre, que je lui ai promis de vous en parler, et comme on m'a payé ce matin (je ne m'y attendais guère, bien sûr) l'ouvrage que j'ai rendu, et comme vous aviez fait maigre chère pendant toute la semaine, je n'ai pu m'empêcher de concevoir le désir que cette journée si heureuse pour moi fût aussi pour vous comme un jour de fête ; c'est ce qui fait que j'ai préparé ce petit régal et que je vous l'ai apporté pour vous faire une surprise.

— Et voyez-vous comme il le laisse refroidir sur les marches ! dit une autre voix.

C'était la voix dudit Richard, arrivé tout près d'eux sans être aperçu, et qui se tenait debout devant le père et la fille avec un visage aussi animé que le fer rouge sur lequel retentissait son lourd marteau tout le jour. Un beau jeune homme, robuste, bien tourné, avec des yeux d'où s'échappaient des étincelles semblables à celles que lance un feu de forge, des cheveux noirs frisés en boucles épaisses sur ses tempes basanées, et un sourire, oh ! un sourire qui justifiait complètement tous les éloges donnés par Meg à son langage persuasif.

— Voyez comme il laisse refroidir son dîner sur les marches, répéta Richard. Meg ne sait donc pas ce qu'il aime ; elle ne l'a pas servi à son goût ?

Trotty, tout action et tout feu, saisit aussitôt la main de Richard, et il allait lui en dire bien long, lorsque la porte de la maison s'ouvrit brusquement ; un grand laquais faillit mettre le pied dans le plat de tripes.

— Gare de là ! Dites donc, l'ami, il faudra donc vous voir toujours installé sur notre perron ? Est-ce que vous ne pourriez pas partager vos faveurs entre nous et quelqu'un de nos voisins ? Voulez-vous évacuer la place, oui ou non ?

À dire vrai, cette dernière question était superflue, attendu qu'ils avaient décampé sans demander leur reste.

— Qu'est-ce que c'est, qu'est-ce que c'est ? fit le personnage pour qui on venait d'ouvrir la porte de la maison, et qui sortait de ce pas à la fois leste et pesant, véritable juste milieu entre la marche et le petit trot, dont un homme entre deux âges, avec des bottes à semelles craquantes, une chaîne de montre et du linge blanc, doit sortir de chez lui, non seulement sans rien perdre de sa dignité personnelle, mais encore en laissant deviner dans son maintien ses riches et importantes relations et les rendez-vous distingués qui l'appellent ailleurs. Qu'est-ce que c'est, qu'est-ce que c'est ?

— Faut-il donc toujours vous prier, vous supplier, vous conjurer à deux genoux, dit le laquais à Toby Veck avec beaucoup de vivacité, de laisser nos marches tranquilles ? Pourquoi ne les laissez-vous pas tranquilles ? Ne pouvez-vous pas les laisser tranquilles ?

— Là, là ! Assez, assez ! interrompit son maître. Holà, commissionnaire ! ajouta-t-il en faisant signe de la tête à Trotty Veck. Arrivez ici ! Qu'est-ce que vous avez là ? Votre dîner ?

— Oui, monsieur, répondit Trotty en laissant le plat derrière lui dans un coin.

— Ne le laissez pas là ! s'écria le monsieur. Apportez-le ici. Bien ! c'est votre dîner, hein ?

— Oui, monsieur, répéta Trotty regardant d'un œil fixe, tandis que l'eau lui en venait à la bouche, le morceau de tripes qu'il avait gardé pour la bonne bouche, et que le personnage en question tournait et retournait dans tous les sens en le tenant sur la pointe de la fourchette.

Deux autres messieurs étaient sortis avec lui de la maison : l'un, qui n'était ni vieux ni jeune, maigre, de chétive mine, au visage mélancolique ; il avait ses mains fourrées constamment dans les larges goussets d'un étroit pantalon gris-souris, dont cette habitude même faisait retomber de chaque côté les coins en oreilles de chien. Il avait l'air, dans toute sa personne négligée, d'un homme qui ménage les coups de brosse et qui ne se ruine pas en savon. L'autre monsieur, gras, reluisant, cossu, portant un habit bleu à boutons de métal et une cravate blanche ; son teint très coloré annonçait sans doute qu'il y avait une partie du sang destiné à l'équilibre de son individu qui s'arrêtait indûment dans sa tête, ce qui explique sans doute pourquoi il paraissait si froid dans la région du cœur.

Celui qui tenait le dîner de Toby au bout de la fourchette appela le premier du nom de Filer, et ils se mirent tout près l'un de l'autre. Comme M. Filer avait la vue excessivement basse, il fut forcé d'examiner de si près le restant du dîner de Toby avant de pouvoir se rendre compte de ce que c'était, que le pauvre homme en eut la chair de poule. Cependant, il faut être juste, M. Filer ne le mangea pas.

— Vous voyez là, alderman, dit M. Filer en piquant le morceau de tripes avec un porte-crayon, une espèce de nourriture animale connue généralement par la population ouvrière de ce pays sous le nom de *tripes.*

L'alderman sourit et cligna de l'œil, car c'était un joyeux compère que l'alderman Cute ; oh ! oui, et un rusé compère aussi ! un vrai connaisseur en toutes choses ! On ne pouvait lui en imposer ; il lisait dans l'âme des gens. Il connaissait bien son monde, l'alderman Cute, je vous en réponds !

— Mais qui est-ce qui mange des tripes ? dit M. Filer promenant son regard autour de lui. La tripe est, sans contredit, l'article de consommation le moins économique qu'il soit possible aux marchés de ce pays de produire, celui qui donne le plus de déchet. On a reconnu que la perte d'une livre de tripes s'élevait, par la cuisson, à plus des sept huitièmes par livre d'un cinquième de la perte subie dans les mêmes circonstances par toute autre substance animale. La tripe, à tout prendre, revient donc plus cher que l'ananas de serre chaude. Si l'on calcule le nombre d'animaux abattus chaque année d'après le relevé des tables authentiques de mortalité, et si l'on estime au plus bas la quantité de tripes que produiraient ces animaux convenablement débités par la boucherie, on trouve que le déchet résultant de la cuisson sur cette quantité même suffirait pour nourrir une garnison de cinq cents hommes pendant cinq mois de trente et un jours chacun, et le mois de février par-dessus le marché. Quel gaspillage, quel gaspillage !

À cette terrible révélation, Trotty, debout, effaré, chancelant sur ses jambes, semblait avoir sur sa conscience d'avoir fait mourir de faim, de sa propre bouche, une garnison de cinq cents hommes.

— Qui est-ce qui mange des tripes ? répéta M. Filer avec chaleur ; qui est-ce qui mange des tripes ?

Trotty courba humblement la tête comme un coupable.

— C'est vous, ah ! c'est vous ! dit M. Filer. Alors je vais vous apprendre quelque chose. Votre plat de tripes, mon ami, vous l'arrachez de la bouche des veuves et des orphelins.

— J'espère que non, monsieur, fit Trotty d'une voix faible ; j'aimerais mieux mourir de faim.

— Divisez la somme des tripes ci-dessus, alderman, continua M. Filer, par le nombre présumé des veuves et des orphelins, vous aurez un gramme cinq cent cinquante-cinq milligrammes de tripes par tête. Il n'en reste pas seulement six cent quarante-sept dix millièmes pour cet homme ; par conséquent, c'est un voleur !

Toby fut si écrasé sous ce coup d'assommoir, qu'il vit, sans le moindre regret, l'alderman achever lui-même le reste des tripes. C'était toujours cela qu'il aurait de moins sur la conscience.

— Et vous, qu'est-ce que vous dites ? demanda l'alderman d'un ton goguenard au monsieur à la figure rubiconde et à l'habit bleu. Vous avez entendu notre ami Filer. À vous, maintenant ; qu'en dites-vous ?

— Qu'est-ce qu'on peut dire ? répondit le personnage interpellé. Que voulez-vous qu'on dise ? Qui peut s'intéresser à un pareil magot (il voulait parler de Trotty) ? Les temps sont si dégénérés. Regardez-le ; le bel objet ! Ah ! le bon vieux temps, le bon vieux temps ! le grand, le noble, le généreux bon vieux temps ! C'est alors qu'on pouvait voir une race de paysans robustes, et le reste ; parlez-moi de cela ; tandis qu'aujourd'hui il n'y a plus rien. Ah ! s'écria le monsieur à la figure rubiconde avec un gros soupir ; le bon vieux temps, le bon vieux temps !

Il ne prit pas la peine de spécifier à quels siècles en particulier il faisait allusion ; et il ne dit pas non plus si les reproches qu'il adressait au temps présent provenaient d'une conviction désintéressée que ce siècle-ci n'avait rien produit de très remarquable en le produisant lui-même.

— Le bon vieux temps, le bon vieux temps ! répétait-il. Quel temps c'était ! le vrai temps, le seul, le seul ; d'ailleurs ne me parlez pas des autres, pas plus que des gens de ce temps-ci. Vous n'appelez pas cela un temps, je pense ? Quant à moi, j'en suis à cent lieues. Jetez les yeux sur le recueil des *Costumes de Strutt,* et vous verrez ce que c'était qu'un commissionnaire sous le règne de quelque bon vieux roi de notre vieille Angleterre.

— Laissez-moi donc ! c'était le temps où, dans ses plus beaux jours, dit M. Filer, il n'avait pas de chemise à se mettre sur le dos, ni de bas dans ses souliers ; à peine si toute l'Angleterre produisait un seul légume qu'il pût manger. Il me serait facile de le prouver par les tableaux statistiques.

Mais le monsieur à la figure rubiconde n'en fit pas moins l'éloge du bon vieux temps, du grand et noble bon vieux temps. Quoi qu'on pût dire de contraire, il tournait et retournait toujours dans le même cercle pour en revenir à son éternel refrain, comme un pauvre écureuil qui tourne et retourne sans cesse dans sa cage, avec une idée aussi claire et aussi distincte du mécanisme qu'il fait ainsi mouvoir, que le monsieur à la figure rubiconde en avait lui-même de feu l'âge d'or qu'il regrettait.

Il est possible que la foi du pauvre Toby dans ces bons vieux temps si confus ne fût pas non plus entièrement détruite, car il se sentit en ce moment fort embarrassé de ce qu'il devait croire. Une chose pourtant lui semblait claire et évidente au milieu de sa perplexité, c'est que, malgré les divergences d'opinions qui pouvaient exister entre ces messieurs dans les détails, ses conjectures philosophiques du matin, et de combien d'autres matinées encore, n'en demeuraient pas moins bien fondées. « Non, non, pensait-il dans son désespoir, nous ne sommes pas capables d'aller bien, ni de rien faire de bien ; nous ne sommes bons à rien. Nous sommes nés mauvais ! »

Cependant Trotty portait dans sa poitrine un cœur de père qui se révoltait contre cette sentence ; et il ne pouvait supporter l'idée que Meg, encore sous l'impression de sa courte joie, dût se voir exposée à entendre tirer son horoscope par ce trio d'oracles. « Par ma fine ! pensait le pauvre père, elle ne saura que trop tôt le sort que lui réserve l'avenir. »

En conséquence, il fit signe au jeune forgeron de l'emmener. Mais Richard était si absorbé dans les doux propos qu'il tenait à sa fiancée, un peu en arrière, que les signes inquiets du bonhomme ne purent éveiller son attention avant d'avoir attiré celle de l'alderman Cute. Or, l'alderman n'avait pas encore placé son mot, et c'était aussi un philosophe, mais un philosophe pratique, oh ! ce qu'il y a de plus pratique, et, comme il n'avait pas envie de perdre un seul de ses auditeurs :

— Arrêtez ! s'écria-t-il. Vous savez, dit l'alderman, s'adressant à ses deux amis avec ce sourire de satisfaction qui lui était habituel, moi, je suis un homme tout rond, un homme pratique et qui va au fait rondement, et sans chercher midi à quatorze heures. Je suis comme ça. Eh bien ! selon moi, il n'y a pas le moindre mystère, pas la moindre difficulté à traiter avec ces gens-là ; il n'y a qu'à savoir leur langue pour les comprendre et leur parler. Or çà, commissionnaire, mon ami, ne venez jamais me dire ou à personne autre de mes amis, que vous n'avez pas toujours de quoi manger, et du meilleur encore, parce que je sais parfaitement ce qu'il en est, j'ai goûté votre tripe, vous le savez ; ainsi, pas de *carottes.* Vous comprenez bien ce que tirer des carottes veut dire, hein ? c'est le mot propre, n'est-ce pas ? Ah ! ah ! ah ! Parbleu ! continua l'alderman en se retournant vers ses amis ; c'est la chose du monde la plus facile d'avoir affaire à ces gens-là, il ne faut que savoir leur langue.

Un fameux homme pour le menu peuple, que l'alderman Cute ! jamais de mauvaise humeur, toujours facile, affable, enjoué, et par-dessus tout d'une finesse !...

— Vous le voyez, mon ami, poursuivit le digne alderman, on débite un tas de sottises à propos du *besoin,* vous savez ; n'est-ce pas le mot consacré ? Ah ! ah ! ah ! Eh bien ! moi, je prétends supprimer ça. On a mis aussi en vogue un certain jargon, comme *crever de faim* ; eh bien ! moi, je veux aussi supprimer ça ; voilà tout ! Parbleu ! continua-t-il, se tournant une seconde fois vers ses amis, vous pouvez tout supprimer avec ces gens-là, il ne faut que savoir la manière de s'y prendre !

Trotty prit la main de Meg et la passa sous son bras, sans avoir trop l'air de savoir ce qu'il faisait.

— C'est votre fille, hein ? dit l'alderman lui passant familièrement la main sous le menton.

Toujours affable avec la classe ouvrière, l'alderman Cute ! Il savait si bien les prendre ! C'est celui-là qui n'était pas fier !

— Où est sa mère ? demanda le digne homme.

— Morte, répondit Toby. Sa mère était ouvrière en linge ; Dieu l'a rappelée au ciel lors de la naissance de sa fille.

— Ce n'est toujours pas, je suppose, pour raccommoder son linge là-haut, remarqua facétieusement l'alderman.

Il est possible que Toby ne fût pas capable de séparer dans son esprit le séjour de sa femme au ciel des humbles soins auxquels elle se livrait en ce monde ; mais, permettez, une simple question. Si Mme Cute, l'honorable épouse de l'alderman, était allée au ciel, M. l'alderman Cute l'aurait-il représentée comme tenant là-haut un état mécanique ou un poste prêtant à rire ?

— Et vous, vous êtes son amoureux, sans doute ? dit l'alderman au jeune forgeron.

— Oui, répliqua vivement Richard piqué de cette question à brûle-pourpoint, et nous allons nous marier le jour de l'an.

— Que voulez-vous dire ? s'écria Filer d'un ton aigre ; vous marier ?

— Mais, sans doute ; nous y pensons, mon bourgeois. Et nous sommes pressés, voyez-vous, de peur qu'on ne vienne aussi à supprimer ça.

— Ah ! s'écria Filer en gémissant ; supprimez-le en effet, alderman ; vous n'aurez jamais rien fait de mieux. Le mariage ! le mariage ! l'ignorance des premiers principes de l'économie politique chez ces gens-là, leur imprévoyance, leur perversité, en voilà bien assez, grand Dieu ! pour... Regardez-moi un peu ce souple, s'il vous plaît !

En effet, Richard et Meg en valaient bien la peine ; et, à les voir, rien, ce semble, ne paraissait plus naturel et plus raisonnable que leur mariage.

— Quand un homme vivrait aussi vieux que Mathusalem, dit M. Filer ; quand il travaillerait, pendant cette longue vie, dans l'intérêt de ces gens-là, quand il entasserait les faits sur les chiffres et les chiffres sur les faits, aussi haut que les plus hautes montagnes, il ne faudrait pas pour cela qu'il se flattât de les convaincre qu'ils n'ont pas plus de droit ou d'avantage à se marier qu'ils n'en avaient à naître. Et cependant, nous savons bien qu'ils n'en ont pas le droit. Depuis longtemps, c'est un fait rigoureusement démontré par nous, comme une vérité mathématique.

L'alderman Cute, que tout cela divertissait extrêmement, commença par appuyer l'index de sa main droite sur l'un des côtés de son nez, comme pour dire à ses deux amis : « Regardez-moi bien, je vous prie, ne perdez pas de vue l'homme pratique ! » Puis il appela Meg près de lui.

— Venez ici, ma petite ! lui dit-il.

Depuis quelques minutes, l'amoureux sentait bouillir son sang qui lui montait furieusement à la tête, et il était fort peu disposé à la laisser obéir. Cependant, faisant un effort sur lui-même, il s'approcha en même temps qu'elle, hardiment, et se plaça debout à ses côtés. Trotty continuait à presser sous son bras la main de sa fille, mais ne cessait de jeter, sur toutes les personnes présentes, des regards aussi effarés que ceux d'un somnambule au milieu de ses rêves.

— Maintenant, ma petite, je vais vous adresser une parole ou deux de bon conseil, dit l'alderman avec son air sans gêne. C'est mon affaire, vous savez, de donner des conseils, puisque je suis juge de paix... Vous n'ignorez pas, sans doute, que je suis juge de paix ?

Meg répondit timidement que non. Tout le monde, en effet, savait que l'alderman Cute était juge de paix, et un juge de paix si expéditif, si actif ! Si son mérite n'avait pas crevé les yeux du public, le public aurait donc été aveugle.

— Vous allez vous marier, dites-vous, poursuivit l'alderman. Ce n'est déjà pas si beau ni si délicat pour une demoiselle. Mais n'importe ! Une fois mariée, vous vous querellerez avec votre mari, et vous tomberez dans la peine. Peut-être croyez-vous que non ; mais vous avez tort, puisque je vous le dis. Or, je vous avertis loyalement d'avance que j'ai résolu de supprimer les femmes dans la peine. Ainsi, arrangez-vous pour ne pas être amenée devant moi. Vous aurez des enfants... des garçons. Ces garçons, en grandissant, feront naturellement de petits mauvais sujets qui iront courir les rues, comme des va-nu-pieds. Faites-y bien attention, ma jeune amie ! je les condamnerai sans pitié jusqu'au dernier, car je suis déterminé à supprimer les petits va-nu-pieds. Peut-être votre mari mourra-t-il jeune (c'est fort probable), vous laissant un enfant sur les bras. Vous serez alors mise à la porte par votre propriétaire, et vous vous trouverez sur le pavé. En ce cas, ne venez pas rôder, ma chère, dans ma circonscription, car je suis résolu de supprimer toutes les mères sans asile ; oui, toutes les jeunes mères, de quelque genre que ce soit : c'est ma détermination bien arrêtée de les supprimer. Ne songez pas à m'alléguer la maladie ou le nombre de vos petits enfants, car je suis fermement décidé à supprimer tous *les malades et les petits enfants* (j'espère que vous connaissez le texte du service de l'église, quoique je craigne que non). Et si, emportée par le désespoir, l'ingratitude ou l'impiété, vous tentez, au mépris des lois les plus saintes, de vous noyer ou de vous pendre, je ne vous ferai pas grâce ; car j'ai pris la résolution de supprimer complètement le suicide. S'il y a au monde, poursuivit l'alderman avec son sourire de satisfaction intime, une chose sur laquelle on puisse me rendre la justice que j'ai une résolution bien arrêtée, c'est certainement la suppression du suicide. Ainsi, n'allez pas *vous y frotter.* C'est la phrase usitée, n'est-ce pas ? ah ! ah ! nous nous comprenons à merveille, maintenant.

Toby ne savait s'il devait se réjouir ou se désoler en voyant la pâleur mortelle qui couvrait le visage de Meg, dont la main venait de quitter machinalement celle de son fiancé.

— Quant à vous, chien de nigaud, reprit l'alderman en s'adressant avec un redoublement de gaieté et d'urbanité au jeune forgeron, à quoi songez-vous de vous marier, pauvre sot ? Qu'est-ce que vous avez besoin de vous marier ? Si j'étais un beau gaillard, jeune et bien découplé comme vous, j'aurais honte d'être assez chauffe-la-couche pour m'attacher aux cordons du tablier d'une femme. Ne voyez-vous pas qu'elle sera déjà vieille, avant que vous ayez atteint la trentaine ? Vous ferez alors une jolie figure quand vous traînerez après vous une femme couverte de haillons et un tas d'enfants braillards, qui vous poursuivront partout de leurs larmes et de leurs cris !

Oh ! il savait bien gouailler le pauvre monde, l'alderman Cute !

— Voyons, continua-t-il, allez-vous-en et repentez-vous. Ne soyez pas assez niais pour vous marier au jour de l'an. Vous aurez des idées toutes différentes avant le jour de l'an qui suivra celui-ci. Un jeune drôle comme vous, bien bâti, qui donnera dans l'œil à toutes les jeunes filles !... Allons, décampez !...

Ils décampèrent, non plus en se donnant le bras, ni en se tenant par la main, ni en échangeant de brillants regards, mais *elle* tout en larmes, et *lui* sombre et la tête baissée. Étaient-ce bien là les deux cœurs qui avaient naguère fait bondir de joie, dans sa poitrine, le cœur du vieux Toby au milieu de ses peines ? Non, non ; l'alderman, béni soit-il ! venait de les supprimer.

— Puisque vous êtes là, dit Cute à Toby, vous allez me porter une lettre. Êtes-vous assez leste ? vous êtes déjà vieux.

Toby, qui suivait de l'œil la pauvre Meg d'un air de stupeur, eut quelque peine à murmurer entre ses dents qu'il était très alerte et très fort.

— Quel âge avez-vous ? demanda l'alderman.

— Soixante ans passés, monsieur, dit Toby.

— Oh ! cet homme a dépassé de beaucoup la moyenne, comme vous voyez, s'écria M. Filer en éclatant, car sa patience, poussée à bout, ne pouvait plus supporter un tel abus.

— Je sens bien que je suis un intrus, monsieur, dit Toby. Je... je... m'en doutais ce matin, hélas !

L'alderman coupa court à ses lamentations en lui remettant la lettre qu'il tira de sa poche. Il allait lui donner aussi vingt-cinq sous pour sa peine, mais M. Filer lui démontra si clairement que c'était comme s'il prenait dix-neuf sous par tête dans la poche d'un nombre donné de personnes, qu'il ne donna que douze sous à Toby, et encore ce dernier s'estima-t-il heureux de l'aubaine.

Alors l'alderman prit ses deux amis chacun par un bras, et se mit en marche d'un pas triomphant ; mais il revint presque aussitôt en arrière, comme s'il avait oublié quelque chose.

— Commissionnaire ! s'écria-t-il.

— Monsieur, dit Toby.

— Veillez bien sur votre fille, elle est beaucoup trop jolie.

« Allons ! vous verrez que sa bonne mine elle-même aura été volée à quelqu'un, pensa Toby, regardant les douze sous qu'il tenait à la main, et songeant à ses tripes. Elle aura dépouillé cinq cents grandes dames d'un scrupule de fraîcheur qui devait leur revenir par tête ; je n'en serais pas étonné. C'est vraiment bien terrible ! »

— Elle est beaucoup trop jolie, mon brave homme, répéta l'alderman. Toutes les chances sont pour qu'elle tourne mal ; je ne le vois que trop. Faites attention à ce que je vous dis. Veillez bien sur elle !

Cela dit, il se hâta de rejoindre ses deux amis.

— Toujours du mal ! partout du mal ! dit Toby joignant les mains. Nés mauvais ! nous n'avions que faire ici-bas.

Comme il achevait de prononcer ces paroles, le carillon des cloches retentit tout à coup à ses oreilles ; leur voix était pleine, grave et sonore ; mais elle ne contenait pas une seule note d'encouragement pour le pauvre Toby.

— Ce n'est plus le même air, s'écria le vieillard écoutant avec attention. Il n'y a pas un mot de ce qui me charmait. Et pourquoi, au fait, en serait-il autrement ? Je n'ai pas plus affaire avec l'année qui va venir qu'avec l'année qui finit. Je voudrais mourir !

Les cloches, cependant, continuaient à remplir l'air de leurs nouveaux chants.

— Supprimez-les, supprimez-les, disaient-elles. Le bon vieux temps, le bon vieux temps ! Faits sur chiffres, chiffres sur faits ! Supprimez-les, supprimez-les !

Voilà ce qu'elles disaient, pas autre chose, si bien que le cerveau de Toby en avait le vertige.

Il se mit à presser sa tête égarée de ses deux mains, comme pour l'empêcher d'éclater, et il fit bien ; car en faisant ce geste, il trouva la lettre de l'alderman entre ses doigts, et, rappelé par là au souvenir de sa commission, il retomba machinalement dans son petit trot d'habitude, et le voilà parti toujours trottant.

II. SECOND QUART

La lettre que Toby avait reçue de l'alderman Cute était adressée à un grand personnage dans le grand quartier de la ville, le plus grand quartier de la ville, puisqu'il est communément appelé « le monde » par ceux qui l'habitent.

Et de fait, cette lettre aussi semblait à Toby plus lourde qu'aucune autre qu'il eût jamais portée ; non parce que l'alderman l'avait cachetée d'une large cotte d'armes avec une profusion de cire sans fin ; mais à cause du nom important de l'homme de poids dont elle portait l'adresse, et de l'énorme quantité d'or et d'argent dont ce nom seul donnait l'idée.

« Quelle différence entre eux et nous ! pensa Toby dans toute la simplicité et la bonne foi de son âme, en regardant l'adresse. Vous n'avez qu'à diviser le nombre des tortues vivantes d'après les tables de mortalité, par le nombre des gens comme il faut en état de les acheter ; je parie que chacun d'eux n'en peut prendre que sa part ! Quant à arracher des tripes de la bouche d'un autre, fi donc ! »

Par suite de l'hommage involontaire dû à un personnage aussi éminent, Toby introduisit un coin de son tablier entre la lettre et ses doigts.

« Ses enfants, continua-t-il (et un nuage humide passa sur ses yeux) ; ses filles... de beaux messieurs peuvent leur gagner le cœur et les épouser ; elles peuvent devenir d'heureuses femmes, d'heureuses mères ; elles peuvent être jolies comme ma bien aimée M... e... »

Il fut impossible au pauvre père d'achever ce nom. La dernière lettre s'enfla dans son gosier jusqu'à prendre les dimensions de l'alphabet tout entier.

« N'importe, pensa Trotty, je sais ce que je veux dire ; c'est tout ce qu'il me faut. »

Et ranimé par cette réflexion consolante, il continua de trotter.

Il gelait dur, ce jour-là ; l'air était sain, clair, pétillant. Le soleil d'hiver était trop faible pour donner de la chaleur ; mais il n'en regardait pas moins radieux, du haut du ciel, la glace qu'il n'avait plus la force de fondre, et s'y montrait encore rayonnant dans sa gloire. En d'autres temps, Toby aurait trouvé, dans l'exemple résigné du soleil d'hiver, une leçon pour un pauvre homme ; mais il n'en était plus là maintenant.

L'année, ce jour-là, était bien vieille. Elle avait poursuivi patiemment sa carrière au milieu des reproches injustes de ses détracteurs, et avait fidèlement accompli sa tâche. Le printemps, l'été, l'automne, l'hiver ; elle avait parcouru laborieusement son cercle prédestiné, et maintenant courbait sa tête fatiguée, attendant la mort. Privée par elle-même de toute espèce d'espérance, de désir et de jouissance active, mais avant-courrière pour les autres de grand nombre de joies, elle demandait à son déclin qu'on se rappelât ses jours de labeur, ses heures de souffrance, et qu'on la laissât mourir en paix. Rien n'empêchait Trotty de lire encore, dans le déclin de l'année expirante, une allégorie pour la vieillesse d'un pauvre homme, mais il n'en était plus là maintenant.

Croyez-vous d'ailleurs que Trotty fût le seul qui eût pu s'appliquer cette comparaison ? Cet appel de l'année, sur ses vieux jours, à la charité publique, pour qu'on la laissât mourir en paix, n'a-t-il jamais été invoqué par l'ouvrier septuagénaire, Anglais comme nous, et invoqué sans succès ?

Les rues étaient pleines de mouvement et les boutiques revêtues gaiement de leur parure de fête. Le nouvel an, comme un héritier présomptif du monde entier, était attendu avec des vœux, des présents, des réjouissances. Il y avait des livres et des joujoux pour le nouvel an, d'éblouissants bijoux pour le nouvel an, des parures pour le nouvel an, des plans de fortune pour le nouvel an, toutes sortes d'inventions nouvelles pour le charmer et le distraire. Son existence était analysée dans une foule d'almanachs et d'agendas ; la venue de ses lunes, de ses astres, de ses marées, était connue d'avance à une seconde près ; toutes les vicissitudes de ses saisons par jours et par nuits étaient calculées avec autant de précision que pouvaient en présenter les tables statistiques de la population, dressées par M. Filer, par hommes et par femmes.

Le nouvel an, le nouvel an ! partout le nouvel an ! Déjà la vieille année n'était plus considérée que comme une défunte, et ses effets se vendaient à vil prix, comme se vend, à bord d'un navire, la défroque d'un matelot tombé à la mer. Ses modes étaient de l'année *dernière,* et on s'en débarrassait à perte, sans attendre qu'elle eût rendu le dernier soupir ; ses trésors n'étaient que de la drogue au prix des richesses de son successeur encore à naître !

Le pauvre Trotty ne voyait aucune part à réclamer pour lui dans la nouvelle année, pas plus que dans feu l'année dernière.

« Supprimons-les, supprimons-les ; faits sur chiffres, chiffres sur faits ; le bon vieux temps, le bon vieux temps ; supprimons-les, supprimons-les... » C'est sur ce rythme que se cadençait son trot qui se refusait à tout autre accompagnement.

Mais cette allure-là même, toute triste et mélancolique qu'elle était, l'amena, dans le temps voulu, au terme de son voyage, la maison de sir Joseph Bowley, membre du Parlement.

La porte fut ouverte par un portier ; mais quel portier ! Ne pas confondre avec un porteur comme Toby. C'était bien autre chose, toute la distance qu'il y a d'une livrée d'étiquette à l'humble plaque d'un commissionnaire.

Ce concierge, haletant, eut besoin de reprendre haleine avant de pouvoir parler ; il s'était essoufflé à quitter son fauteuil trop précipitamment, sans se donner seulement le temps de réfléchir et de se remettre. L'imprudent ! Lorsqu'il eut enfin recouvré la voix, ce qui lui prit encore quelque temps, car elle était descendue très bas, ensevelie sous le poids d'un copieux dîner, il murmura d'une voix grasseyante :

— De la part de qui ?

Toby le lui dit.

— Vous allez porter la lettre vous-même, continua le concierge, lui montrant du doigt une pièce située à l'extrémité d'un long corridor qui prenait son entrée sur le vestibule. Tout le monde entre sans cérémonie, en ce jour de l'année. Vous avez bien fait d'arriver, car la voiture est déjà à la porte, et les maîtres ne sont venus en ville, tout exprès, que pour y passer une couple d'heures.

Toby essuya ses pieds avec grand soin, bien qu'ils fussent parfaitement secs, et prit le chemin qu'on venait de lui indiquer, non sans s'émerveiller à chaque pas de l'apparence grandiose qu'avait cette maison, quoique tous les meubles y fussent rangés et couverts comme si la famille était encore à la campagne. Il frappa à la porte ; de l'intérieur on lui cria d'entrer, ce que faisant aussitôt, il se trouva dans une vaste bibliothèque où, devant une table jonchée de papiers et de dossiers, étaient assis une majestueuse dame en chapeau, et un monsieur très peu majestueux, vêtu de noir, qui écrivait sous sa dictée, tandis qu'un autre personnage, beaucoup plus âgé et plus majestueux, dont la canne et le chapeau se trouvaient sur la table, se promenait de long en large, une main dans son gilet, jetant par intervalles des regards de complaisance sur son portrait en pied, grand comme nature, suspendu au-dessus de la cheminée.

— Qu'est-ce que c'est ? dit ce dernier personnage. Monsieur Fish, voudriez-vous avoir la bonté de voir ?

M. Fish demanda pardon, et prenant la lettre des mains de Toby, la présenta lui-même avec de grandes marques de respect.

— C'est de l'alderman Cute, sir Joseph.

— Est-ce tout ? N'avez-vous pas autre chose, commissionnaire ? demanda le baronnet.

Toby répondit que non.

— Vous n'avez ni mémoire, ni traite à me présenter (mon nom est Bowley, sir Joseph Bowley) de quelque nature ou de la part de qui que ce soit, hein ? reprit sir Joseph. Si vous en avez, présentez-les. Voici un livre de mandats à côté de M. Fish. Je ne veux pas qu'on transporte un seul mémoire d'une année à l'autre. Dans cette maison, les comptes sont arrêtés à la fin de chaque année ; en sorte que si la mort venait à... à...

— Couper, souffla M. Fish.

— Trancher, monsieur, reprit sir Joseph avec beaucoup de roideur, le fil de mes jours, on trouverait, je l'espère, mes affaires en ordre.

— Mon cher sir Joseph ! dit la dame, qui était beaucoup plus jeune que le baronnet ; c'est affreux de dire de ces choses-là !

— Milady Bowley, continua sir Joseph, pataugeant par intervalles comme un homme qui s'enfonce dans la trop grande profondeur de ses observations, nous devons, à ce moment de l'année, penser à... à... nous-mêmes ; il nous faut examiner nos... comptes. Nous devons reconnaître que le retour périodique d'une époque si importante dans le cours des transactions humaines fait naître les questions les plus graves entre un homme et... son banquier.

Sir Joseph débita cette tirade en homme profondément pénétré de la moralité de ses observations, et avec le désir que Trotty lui-même prît occasion par là de profiter de ses principes. Il n'avait peut-être pas d'autre but en différant de briser le cachet de la lettre, et en disant à Trotty d'attendre là une minute.

— Milady, vous disiez donc à M. Fish d'écrire... remarqua sir Joseph.

— M. Fish l'a écrit, je crois, répondit la dame en jetant un coup d'œil sur la lettre... Mais, sur mon âme ! sir Joseph, je ne crois pas que je puisse l'envoyer. C'est si cher !

— Qu'est-ce qui est cher ? demanda sir Joseph.

— Cette œuvre de charité, mon ami. On n'accorde que deux votes pour une souscription de cent vingt-cinq francs. C'est réellement monstrueux !

— Milady Bowley, reprit sir Joseph, vous m'étonnez. Est-ce que la jouissance de bien faire est en proportion du nombre de votes ? pour une âme bien placée, n'est-elle pas plutôt en proportion du nombre des candidats et des dispositions salutaires que leur inspire l'œuvre dont ils sont l'objet ? N'est-ce pas un intérêt suffisant et des plus purs que d'avoir à sa disposition deux admissions pour cinquante places ?

— Pas pour moi, je l'avoue, dit la dame. C'est fort ennuyeux. D'ailleurs, on se trouve ainsi hors d'état d'obliger ses connaissances. Mais, vous, vous êtes l'ami des pauvres gens, vous savez, sir Joseph, c'est ce qui fait que nous ne pensons pas de même.

— Je suis l'ami des pauvres gens, répéta le baronnet en regardant le pauvre homme présent à cette conversation. On peut m'en faire la guerre ; ce ne sera pas la première fois ; mais cela n'empêchera pas que je me fasse honneur de ce titre ; je n'en demande pas d'autre.

« Que Dieu le bénisse ! pensa Trotty ; voilà un brave et digne monsieur ! »

— Je ne suis point de l'avis de Cute, par exemple, continua sir Joseph en montrant la lettre. Je ne suis pas d'accord avec Filer et sa coterie ; je ne suis l'homme d'aucune coterie. Mon ami le pauvre n'a rien à démêler avec tout cela, et tout cela n'a rien à démêler avec lui. Mon ami le pauvre, dans mon quartier, est mon affaire, à moi ; aucun individu, aucune corporation n'a le droit d'intervenir entre mon ami et moi. Voilà le terrain sur lequel je me place ; je prends à l'égard de mon ami un... un rôle tout paternel. Je lui dis : Mon bon ami, je veux vous traiter en père.

Toby écoutait avec un grand sérieux et commençait à se sentir plus à l'aise.

— Votre unique affaire, mon bon ami, poursuivit sir Joseph regardant Toby d'un air vague, votre unique affaire est de n'avoir affaire qu'à moi. Vous n'avez pas besoin de vous donner la peine de penser à quoi que ce soit ; j'y penserai pour vous ; je sais ce qui vous est bon ; je suis votre père à perpétuité. Tel est l'ordre établi par une Providence, chef-d'œuvre de sagesse ! or, en vous créant, Dieu a voulu, non pas que vous allassiez vous griser, riboter, attacher, comme une brute, vos jouissances à la gourmandise (Toby se souvint de ses tripes avec des remords), mais que vous sentissiez toute la dignité du travail. Ainsi donc, allez, la tête haute, respirer l'air vivifiant du matin et... et tenez-vous-en là. Menez une vie dure et frugale, soyez respectueux, pratiquez le désintéressement, élevez votre famille avec rien ou presque rien, soldez votre loyer avec la régularité d'une horloge, soyez ponctuel dans vos paiements (je vous donne un bon exemple ; vous trouverez toujours M. Fish, mon secrétaire intime, avec une bourse devant lui pour acquitter les miens), et vous pouvez compter que je serai jusqu'à la fin votre ami et votre père.

— De charmants enfants, en vérité, sir Joseph ! dit la dame avec un geste de dégoût. Des rhumatismes, des fièvres, des jambes torses, des asthmes et toutes sortes d'horreurs !

— Milady, répliqua sir Joseph avec solennité, je n'en suis pas moins l'ami et le père du pauvre ; il n'en recevra pas moins mes encouragements. Chaque trimestre, il sera mis en communication avec M. Fish ; à chaque nouvel an, mes amis et moi, nous boirons à sa santé ; une fois par an, mes amis et moi, nous lui adresserons des paroles inspirées par les sentiments les plus sympathiques ; une fois en sa vie, il pourra recevoir publiquement, en présence d'une réunion de la classe supérieure, « une bagatelle de la main d'un ami. » Et quand, n'étant plus soutenu par ces stimulants et par la dignité du travail, il descendra dans une tombe décente que nous lui ferons préparer, alors, milady, (ici sir Joseph s'interrompit pour se moucher) je serai un ami et un père... toujours au même titre... pour ses enfants.

Toby était profondément ému.

— Avec ça que vous avez là une famille reconnaissante, sir Joseph ! s'écria sa femme.

— Milady, répliqua sir Joseph de l'air le plus majestueux du monde, on sait que l'ingratitude est le défaut de cette classe ; je m'y attends comme les autres.

« Ah ! voilà ! nous sommes nés mauvais ! pensa Toby ; rien ne saurait nous rendre meilleurs ! »

— Ce qu'un homme peut faire, moi, je le fais, poursuivit sir Joseph. Je remplis mon devoir de père et d'ami du pauvre, et je m'efforce de cultiver son esprit en lui inculquant dans toutes les circonstances l'unique grande leçon de morale qui convienne à cette classe, c'est-à-dire leur confiance absolue en moi. Ils n'ont que faire de... s'occuper d'eux-mêmes. Si des hommes pervers et animés de mauvaises intentions leur tiennent un autre langage, les rendent par suite impatients, mécontents de leur sort, coupables d'insubordination et de noire ingratitude, ce qui ne manque jamais d'arriver, je demeure encore leur père et leur ami. C'est écrit là-haut ; c'est dans la nature des choses.

Après cette grande et belle profession de foi, il ouvrit la lettre de l'alderman et la lut.

— Très poli, très aimable assurément ! s'écria sir Joseph. Milady, l'alderman a l'obligeance de me rappeler qu'il a eu l'honneur insigne (il est trop bon, en vérité) de me rencontrer chez notre ami commun, le banquier Deedles, et il me fait la faveur de me demander s'il me serait agréable qu'il *supprimât* Will Fern.

— *Extrêmement* agréable ! répliqua milady Bowley. C'est le pire de tous ces gens-là ! Il aura commis quelque vol, j'espère ?

— Non, dit sir Joseph consultant la lettre, pas tout à fait. Quelque chose d'approchant ; pas tout à fait néanmoins. Il paraîtrait qu'il est venu à Londres chercher de l'ouvrage (toujours pour améliorer sa position ; vous savez, c'est son excuse éternelle) ; trouvé la nuit endormi sous un hangar, il a été arrêté et conduit le lendemain devant l'alderman. Celui-ci remarque, et il a raison, selon moi, qu'il est déterminé à *supprimer* ce genre d'abus, et que s'il m'est agréable que Will Fern soit *supprimé,* il commencera par lui avec plaisir.

— Qu'on en fasse un exemple, n'importe comment, repartit la dame. L'hiver dernier, lorsque j'ai voulu introduire parmi les hommes et les garçons du village, comme un moyen d'employer agréablement les veillées, l'habitude de découper du feston et de faire des œillets, en chantant pendant ce travail les vers suivants, mis en musique d'après le nouveau système :

Aimons notre profession,
Donnons la bénédiction
Au squire ainsi qu'à sa maison.
Que toujours notre ration
Suffise à notre ambition,
N'ayons pas la prétention
De changer de position.

Ce même Fern, je le vois encore, porta la main à son chapeau et osa me dire : « Je demande humblement pardon à milady, mais est-ce qu'on me prend pour une grande petite fille ? » Je m'y attendais, après tout ; peut-on espérer autre chose que de l'ingratitude et de l'insolence des gens de cette classe ? mais ne parlons pas de cela. Sir Joseph, faites un exemple de ce Will Fern !

— Hem ! dit sir Joseph, monsieur Fish, si vous vouliez bien avoir la bonté de voir...

M. Fish prit immédiatement sa plume et écrivit sous la dictée de sir Joseph :

« *Particulière.* — Mon cher monsieur,

« Je vous suis bien reconnaissant de votre politesse au sujet de William Fern, sur le compte duquel je regrette d'ajouter que je n'ai à vous donner aucun renseignement favorable. Je n'ai jamais cessé de me conduire avec lui comme son ami et son père, mais j'en ai été payé (malheureusement, c'est l'ordinaire) par de l'ingratitude et une opposition constante à mes plans. C'est un esprit turbulent et rebelle, un caractère indépendant et fier, qui ne voudrait pas du bonheur si vous le lui mettiez dans la main. Dans cet état de choses, il me semble, je l'avoue, que quand il se présentera de nouveau devant vous (comme vous me dites qu'il a promis de le faire demain, afin de connaître le résultat de votre enquête, et je crois qu'on peut compter sur lui pour cela), ce sera rendre service à la société que de le faire enfermer quelque temps comme vagabond, et donner un exemple salutaire dans un pays où ces exemples sont devenus des plus nécessaires, dans l'intérêt de ceux qui se dévouent à être les amis et les pères du pauvre, aussi bien que dans l'intérêt de cette classe elle-même, généralement égarée.

« Je suis, etc., etc. »

— On dirait, remarqua sir Joseph après avoir signé cette lettre, tandis que M. Fish la cachetait, on dirait que c'était écrit là-haut, en vérité. Voyez ! à la fin de l'année, je règle mes comptes et j'établis ma balance, même avec William Fern !

Trotty, qui depuis longtemps déjà était retombé dans un profond découragement, s'avança tout triste et morne pour prendre la lettre.

— Avec mes compliments et mes remerciements, dit sir Joseph. Attendez.

— Attendez ! répéta M. Fish.

— Vous avez entendu peut-être, poursuivit sir Joseph sur le ton d'un oracle, certaines observations que j'ai été conduit à faire par l'époque solennelle de l'année à laquelle nous touchons, et l'obligation qu'elle nous impose de mettre nos affaires en ordre et de nous tenir prêts. Vous avez dû remarquer que je ne me prévaux en aucune façon du rang supérieur que j'occupe dans la société, mais que M. Fish, monsieur que voici, a près de lui un livre de mandats et n'est pas ici, dans le fait, pour autre chose que pour m'aider à liquider l'année courante, et à commencer l'année nouvelle avec des comptes parfaitement liquides. Maintenant, mon ami, pouvez-vous, la main sur la conscience, nous rendre le témoignage que vous vous êtes, vous aussi, préparé pour une nouvelle année ?

— J'ai peur, monsieur, balbutia Toby en le regardant d'un air humble, d'être... d'être... un peu... en arrière dans mes petites affaires.

— En arrière dans vos petites affaires ! répéta sir Joseph Bowley, articulant chaque syllabe avec une expression terrible.

— J'ai peur, monsieur, balbutia Totty, de devoir encore quelque chose comme douze ou quinze francs chez Mme Chickenstalker.

— Chez Mme Chickenstalker ! dit encore sir Joseph sur le même ton qu'auparavant.

— C'est une boutique, monsieur, s'écria Toby, où l'on vend un peu de tout. Je dois aussi quel... que ar... gent... sur... mon loyer ; très peu de chose, monsieur. Cela ne devrait pas être, je le sais, mais nous étions si gênés !

Sir Joseph regarda milady, puis M. Fish, puis Trotty, l'un après l'autre, et deux fois de suite. Joignant alors les mains d'un air désespéré, comme un homme qui jette le manche après la cognée :

— Comment, dit-il, un homme, même dans cette race si imprévoyante et si incorrigible, un homme âgé, un homme à cheveux blancs peut-il regarder en face une nouvelle année, avec ses affaires en un pareil état ? Comment peut-il se coucher le soir et se lever le matin ? Comment... allons ! continua-t-il en tournant le dos à Trotty, prenez la lettre, prenez la lettre !

— Je voudrais de tout mon cœur qu'il en fût autrement, monsieur, dit Trotty préoccupé du besoin de s'excuser... Mais voyez-vous, nous avons été bien éprouvés.

Sir Joseph répétait toujours : « Prenez la lettre, prenez la lettre ! » M. Fish, de son côté, non seulement disait la même chose, mais encore donnait une nouvelle force à cette injonction en montrant la porte au commissionnaire. Toby n'avait donc plus qu'à tirer sa révérence et à sortir. Une fois dans la rue, le pauvre homme enfonça son vieux chapeau usé sur ses yeux pour cacher le chagrin qu'il ressentait de voir qu'il ne pût trouver moyen de mettre la main sur le nouvel an, pour en avoir sa part.

Dans son chagrin, il ne se découvrit pas même devant la tour où étaient ses chères cloches, lorsqu'à son retour il passa devant la vieille église. Pourtant, il s'y arrêta un instant par la force de l'habitude, et vit alors qu'il se faisait tard, et que le clocher n'élevait plus au-dessus de sa tête qu'une forme vague et vaporeuse au milieu de l'atmosphère de la nuit. Il vit aussi que les cloches allaient bientôt sonner, et c'était l'heure où leurs chants harmonieux parlaient à son imagination comme des voix dans les nuages ; mais il n'en fit que plus de diligence pour aller rendre la lettre à l'alderman, et s'éloigner avant que le carillon commençât, car il craignait de leur entendre encore bredouiller : « Amis et pères, amis et pères, » avec le refrain qu'elles avaient sonné au moment de son départ.

Toby s'acquitta donc de sa commission le plus promptement possible, et reprit son trot pour rentrer chez lui. Soit que ce fût la faute de cette allure, qui était bien, sans contredit, la moins avantageuse dans la rue, soit que ce fût celle de son chapeau rabattu, qui ne contribuait pas à la rendre plus sûre, il trotta en moins de rien contre quelqu'un dont le choc le renvoya pirouettant sur ses jambes, au beau milieu de la chaussée.

— Je vous demande pardon, mille fois pardon, dit Trotty soulevant son chapeau avec une confusion extrême, la tête prise entre la forme et la doublure déchirée, comme dans une espèce de ballon. J'espère que je ne vous ai point fait de mal !

Quant à faire mal à qui que ce fût, Toby était trop loin de ressembler à un Samson, il se serait bien plutôt fait mal à lui-même, car il venait de rebondir sur la chaussée, comme un volant sur la raquette. Cependant, telle était la bonne opinion qu'il avait de sa force, qu'il éprouvait une véritable inquiétude pour la personne qu'il avait heurtée ; aussi répéta-t-il :

— J'espère que je ne vous ai point fait de mal !

L'homme contre lequel il était allé donner de la tête, espèce de paysan au teint bruni par le soleil, aux membres nerveux, aux cheveux grisonnants et à la barbe inculte, le regarda fixement pendant l'espace d'une seconde, comme s'il le soupçonnait de vouloir faire une mauvaise plaisanterie. Mais bientôt, convaincu de sa bonne foi :

— Non, mon ami, lui répondit-il, vous ne m'avez point fait de mal.

— Ni à l'enfant, j'espère ? ajouta Trotty.

— Ni à l'enfant, repartit l'homme. Je vous remercie bien.

En disant cela, il laissa tomber son regard sur une petite fille qu'il portait endormie dans ses bras, et lui couvrant le visage d'un bout de la méchante cravate qu'il avait autour du cou, il poursuivit lentement son chemin.

Le ton avec lequel il venait de lui dire : « Je vous remercie bien, » était allé au cœur du bon Trotty. Cet homme était si fatigué, il avait les pieds si gonflés par la marche, il était tellement crotté jusqu'à l'échine, et regardait autour de lui d'un air si malheureux et si étrange, que certainement il avait trouvé une consolation et un soulagement à pouvoir remercier quelqu'un, ne fût-ce que pour une bagatelle. Toby s'arrêta et le suivit des yeux, tandis qu'il se traînait péniblement d'un pas lourd et incertain, le bras de l'enfant passé autour de son cou.

En voyant cet homme avec ses savates, car ce n'étaient plus que des ombres, des fantômes de souliers, avec ses grosses guêtres de cuir, son sarrau de toile commune, et son chapeau à larges bords rabattus, Trotty s'arrêta à le considérer, oubliant tout le reste, excepté qu'il fixait aussi ses yeux sur le petit bras de l'enfant suspendu au cou du voyageur.

Avant de se perdre dans l'obscurité, celui-ci s'arrêta, se retourna, et apercevant Trotty, toujours immobile à la même place, il parut indécis, ne sachant s'il devait continuer ou revenir sur ses pas. Après un instant d'hésitation, il prit enfin ce dernier parti ; Trotty, de son côté, fit la moitié du chemin pour venir à sa rencontre.

— Vous pourriez peut-être, dit l'homme avec un faible sourire, et si vous le pouvez, je suis sûr que vous le voudrez, aussi j'aime mieux le demander à vous qu'à d'autres ; vous pourriez peut-être m'indiquer où demeure l'alderman Cute ?

— Tout près d'ici, répondit Toby. Je me ferai un plaisir de vous montrer sa maison.

— Je devais aller le trouver demain dans un autre endroit, ajouta l'homme en suivant Toby ; mais je ne suis pas bien aise de demeurer sous le coup d'un soupçon ; j'ai besoin de me justifier, afin de pouvoir être libre d'aller gagner mon pain, je ne sais où. Ainsi, peut-être qu'il m'excusera de me présenter ce soir chez lui.

— C'est impossible, s'écria Toby en tressaillant ; vous appelleriez-vous Fern, par hasard ?

— Quoi ! s'écria l'autre à son tour, se retournant vers lui, la stupéfaction peinte sur le visage.

— Fern ? Will Fern ? dit Trotty.

— C'est mon nom, répondit-il.

— Eh bien ! alors, cria Trotty en le prenant par le bras et en regardant avec précaution autour de lui ; au nom du ciel ! n'allez pas chez lui ! n'allez pas chez lui ! Aussi sûr que vous existez, il vous supprimera. Par ici ! venez dans cette allée, je vais tout vous expliquer. Mais, pour Dieu ! n'allez pas chez lui.

Sa nouvelle connaissance le regarda comme un fou, mais cependant elle le suivit. Quand ils furent à l'abri des curieux, Trotty lui raconta ce qu'il savait, quelle réputation on lui avait faite, et le reste.

Le héros de son récit l'écouta avec un calme qui le surprit, sans le contredire ni l'interrompre une seule fois. Il hochait de temps en temps la tête, plutôt, à ce qu'il semblait, pour confirmer une vieille histoire des temps passés, que pour la réfuter : une fois ou deux, il rejeta son chapeau en arrière, et passa sa main calleuse sur un front où chacun des sillons qu'il avait creusés, la charrue en main, semblait avoir laissé empreinte son image en raccourci : ce fut tout.

— C'est assez vrai, au fond, dit-il, mon brave homme ; je ne dis pas que je ne lui ai pas quelquefois donné du fil à retordre ; mais ce qui est fait est fait. Ma foi ! tant pis, si j'ai contrecarré ses plans, c'est moi qui en souffre. D'ailleurs, je ne peux pas m'en empêcher ; demain je recommencerais encore, s'il le fallait. Quant à notre réputation, que tous ces beaux messieurs-là fassent enquête sur enquête, qu'ils fouillent, qu'ils cherchent, ils la trouveront sans tache et exempte de tout reproche, et je les dispense de m'en faire le compliment. Je souhaite seulement pour eux qu'ils ne perdent pas l'estime du monde aussi aisément que nous autres, ou je leur réponds qu'ils mèneront une vie si rude, qu'elle ne vaudra pas beaucoup la peine d'être regrettée. Quant à moi, mon ami, cette main, (et il l'étendit toute grande ouverte) cette main n'a jamais pris ce qui ne m'appartenait pas, elle n'a jamais reculé non plus devant la besogne, quelque pénible ou quelque mal payée qu'elle fût. Si quelqu'un peut dire le contraire, je lui permets de la couper à l'instant ! Mais quand le travail n'est plus capable de me soutenir comme il convient à une créature humaine, quand ma nourriture, est si mauvaise, si peu abondante que je meurs de faim, sans trouver à la satisfaire ni au dedans ni au dehors ; quand je vois une vie tout entière de labeurs commencer comme cela, continuer comme cela, finir comme cela, sans espérance de changement, je dis à tous ces beaux messieurs : « Gare là ! laissez ma chaumière tranquille ! la porte en est assez sombre pour que vous ne veniez pas l'assombrir davantage de votre ombre ! Ne comptez pas sur moi pour venir dans le parc faire nombre dans la cantonade le jour anniversaire de vos naissances, écouter vos beaux discours, ou que sais-je encore ? Jouez vos comédies, faites vos parades sans moi, amusez-vous, réjouissez-vous, si vous voulez ; mais nous n'avons rien à démêler ensemble. Je préfère que vous me laissiez seul !

S'apercevant que la petite fille qu'il portait dans ses bras avait ouvert les yeux et regardait autour d'elle avec une sorte d'étonnement, il s'interrompit pour lui dire bas à l'oreille une ou deux paroles enfantines, et la déposer à terre à côté de lui ; puis roulant lentement autour de son doigt grossier une des longues boucles de l'enfant, comme un anneau, tandis qu'elle se suspendait à sa jambe souillée de poussière, il dit à Trotty :

— Je ne suis pas, je crois, naturellement un fagot d'épines, je suis plutôt facile à contenter. Je n'en veux à aucun de ces gens-là ; tout ce que je demande, c'est de vivre comme une créature du Bon Dieu. Je ne puis y arriver, j'ai beau faire, et c'est ce qui creuse un abîme entre moi et ceux-là. Je ne suis pas le seul ; vous en compteriez plutôt par centaines et par milliers.

Trotty savait qu'en cela il disait la vérité, et il secoua la tête en signe d'assentiment.

— C'est comme cela que je me suis fait une mauvaise réputation, poursuivit Fern, et il n'est guère probable, je le crains, que j'en acquière jamais une meilleure. Il n'est pas permis d'être mécontent, et je suis mécontent, moi, quoique, Dieu le sait, j'aimerais bien mieux être de bonne humeur, si je le pouvais. Au fait, je ne sais trop quel grand mal me ferait à moi cet alderman en m'envoyant en prison ; mais comme je n'ai pas un ami qui soit à même de dire un mot en ma faveur, il pourrait bien m'y envoyer ; et vous voyez !... ajouta-t-il en montrant la petite fille.

— Elle a une jolie figure, dit Trotty.

— Mais oui ! reprit l'autre à voix basse, en même temps qu'il prenait doucement la petite tête avec ses deux mains pour la tourner de son côté, et la regardant fixement : C'est aussi ce que je me suis dit bien des fois ; je me le disais, en voyant mon foyer froid et mon garde-manger vide : je me le disais encore hier soir quand on nous a arrêtés comme deux voleurs. Mais il ne faudrait pas qu'ils vinssent tracasser trop souvent notre petit visage, n'est-ce pas, Lily ? C'est déjà bien assez de venir tracasser un homme !

Le timbre de sa voix s'abaissa d'une manière si sensible, il la regarda d'un air si sérieux et si étrange, que Toby, pour détourner le cours de ses pensées, lui demanda s'il avait encore sa femme.

— Je n'en ai jamais eu, répondit-il en secouant la tête. C'est l'enfant de ma sœur, une orpheline. Elle a neuf ans, on ne le croirait pas ; elle est si fatiguée et épuisée maintenant ! On l'aurait bien recueillie dans la maison de refuge, à neuf lieues de l'endroit où nous demeurons, entre quatre murs (comme ils avaient recueilli aussi mon vieux père, lorsqu'il fut hors d'état de travailler davantage ; et il ne les a pas embarrassés longtemps) ; mais au lieu de cela, je l'ai prise avec moi ; et, depuis lors, elle ne m'a plus quitté. Sa mère avait autrefois une amie ici à Londres ; nous venons pour tâcher de la trouver, et de trouver de l'ouvrage, en même temps pour occuper mes bras, mais la ville est si grande ! C'est égal ; nous n'en aurons que plus d'espace pour nous promener, n'est-ce pas, Lily ?

Ses yeux rencontrèrent ceux de l'enfant, et ce regard était accompagné d'un sourire qui attendrit Toby plus que des larmes, puis, serrant affectueusement la main de ce dernier :

— Je ne sais pas même votre nom, lui dit-il ; pourtant, je vous ai franchement ouvert mon cœur, parce que je vous ai de la reconnaissance, et ce n'est pas sans cause. Je vais suivre votre conseil et me mettre hors de la portée de ce...

— Juge de paix, fit Toby.

— Ah ! reprit l'étranger, juge de paix, soit, si c'est là le titre qu'on lui donne. Demain, nous essaierons des environs de Londres, pour voir si nous serons plus heureux par là. Bonsoir. Une bonne et heureuse année !

— Arrêtez ! s'écria Toby retenant sa main comme il l'ouvrait pour lâcher la sienne. Arrêtez ! La nouvelle année ne saurait être heureuse pour moi, si nous nous séparions comme ça. La nouvelle année ne saurait être heureuse pour moi, si je vous voyais, vous et votre enfant, errer ainsi sans savoir où, sans un abri pour vos têtes. Venez chez moi ! Je suis un pauvre homme, qui habite un pauvre logement, mais je puis bien vous donner asile pour cette nuit sans que cela me gêne. Venez avec moi. Par ici ! Je porterai la petite, ajouta-t-il en prenant l'enfant dans ses bras. Une jolie petite fille ! Je porterais vingt fois son poids, que je ne m'en apercevrais même pas. Dites-moi si je vais trop vite pour vous ; c'est que je marche très vite ; je n'ai jamais su aller doucement.

Tout en disant cela, Trotty faisait six pas de son trot ordinaire contre une seule enjambée de son compagnon fatigué, et les jambes grêles de ce petit hercule tremblaient sous le poids de son fardeau.

— Mais c'est qu'elle est aussi légère qu'une plume, poursuivit Trotty, dont les paroles trottaient toujours en même temps que ses pieds ; car il ne voulait pas lui laisser le temps de le remercier. Plus légère qu'une plume de paon ; beaucoup plus légère. Nous y sommes, nous y voilà ! Au premier tournant à droite, oncle Will, passez la pompe et enfilez le passage à gauche, juste en face du cabaret. Bon ! Nous y sommes, nous y voilà ! Traversez la rue, oncle Will, et faites attention au marchand de pâtés de rognons du coin ! Bon ! Nous y sommes, nous y voilà ! Suivez le long des écuries, de ce côté, oncle Will, et arrêtez-vous à la porte noire, où il y a écrit sur une planche : « T. Veck, commissionnaire. » Nous y sommes, nous y voilà ; ma foi ! nous y sommes cette fois tout de bon, et nous venons te faire une surprise, ma chère Meg !

Comme il achevait ces mots, Trotty, hors d'haleine, mit l'enfant à terre devant sa fille au milieu de la chambre. La petite étrangère n'eut pas besoin de regarder deux fois Marguerite ; elle lut tout de suite sur son visage qu'elle pouvait lui donner toute sa confiance, et elle courut se jeter dans ses bras.

— Nous y sommes, nous y voilà ! criait Trotty en courant tout essoufflé dans tous les coins de la chambre. Par ici ! oncle Will ! Voilà du feu, tenez ! Pourquoi ne vous approchez-vous pas du feu ? Oh ! nous y sommes, nous y voilà ! Meg, mon trésor bien-aimé, où est la bouilloire ? Elle est ici. La voilà ! elle va bouillir en moins de rien !

Au milieu de ces allées et venues burlesques, Trotty avait, en effet, trouvé la bouilloire dans quelque coin ; il la mit sur le feu, tandis que Meg, faisant asseoir l'enfant auprès de la cheminée, et se mettant à genoux devant elle, lui ôtait ses souliers et séchait avec un linge ses pieds humides. Oui-da ! et cela ne l'empêchait pas de rire, en regardant Trotty d'un air si aimable et si joyeux, qu'il avait envie de lui donner sa bénédiction quand elle s'était mise à genoux ; car il l'avait vue en entrant assise près de feu tout en larmes.

— Eh bien ! mon père, dit Meg, je crois que vous perdez la tête ce soir ; je ne sais trop ce qu'en diraient les cloches. Pauvres petits pieds ! Sont-ils froids !

— Oh ! les voilà réchauffés maintenant, s'écria l'enfant : ils sont bien chauds.

— Non, non, non, reprit Meg. Nous ne les avons pas encore à moitié assez frottés. Nous avons tant à faire, tant à faire ! Et quand ils seront bien réchauffés, nous brosserons ces cheveux humides pour les sécher ; ensuite nous ferons revenir de la couleur sur ce pauvre petit visage pâlot avec un peu d'eau fraîche, et puis, après cela, nous serons si gaie, si contente, si heureuse !

L'enfant, éclatant en sanglots, lui passa les bras autour du cou, caressa sa belle joue avec la main, en disant :

— Ô Meg, ô ma chère Meg !

La bénédiction de Toby n'aurait pas mieux valu. Celle-là était bien la meilleure.

— Eh bien ! père, s'écria Meg après un intervalle de silence.

— J'y suis, j'y suis, m'y voilà, ma chère, dit Trotty.

— Dieu de bonté ! fit Meg, il a perdu la tête. N'a-t-il pas mis le chapeau de cette chère petite sur la bouilloire, et accroché le couvercle derrière la porte !

— Je ne l'ai pas fait exprès, mon amour, dit Trotty se hâtant de réparer sa faute ; Meg, ma Meg chérie !

Meg leva les yeux de son côté et vit que le brave homme, après maints efforts, s'était juché derrière la chaise de son hôte, et de là, avec force gestes mystérieux, lui montrait par-dessus la tête de Fern les douze sous qu'il venait de gagner.

— J'ai vu en entrant, ma mignonne, dit-il, une demi-once de thé quelque part sur l'escalier, et je suis à peu près sûr qu'il y avait aussi une tranche de lard. Comme je ne puis me rappeler exactement où c'était, je vais aller chercher moi-même.

Grâce à cet impénétrable artifice, Toby sortit pour aller acheter, argent comptant, chez Mme Chickenstalker, les susdits comestibles ; après quoi il revint, affectant de dire qu'il avait eu d'abord quelque peine à les trouver dans l'obscurité.

— Mais les voilà enfin, dit-il en disposant ce qu'il fallait pour le thé, tout y est ; j'étais bien sûr qu'il y avait du thé et une tranche de lard ; je ne me trompais pas. Meg, ma biche, si tu veux faire le thé, pendant que ton indigne père fera griller le lard, nous serons prêts à la minute. Une circonstance singulière, poursuivit Trotty se mettant en devoir de vaquer à ses fonctions culinaires, à l'aide de la fourchette à rôtir, une circonstance bien singulière et bien curieuse, mais bien connue de mes amis, c'est que je ne me suis jamais soucié de lard ni de thé. J'aime à voir les autres s'en régaler, ajouta-t-il très haut afin de mieux convaincre son hôte ; mais, pour ce qui me regarde, comme aliments, ils me sont particulièrement désagréables.

Cependant Trotty aspirait de toutes ses narines l'odeur du lard qui sifflait devant le feu !... tout comme s'il l'eût aimé ; et, quand il versa l'eau bouillante dans la théière, il regarda avec amour dans les profondeurs de ce bon petit pot, et laissa la vapeur odorante venir tourbillonner autour de son nez, et envelopper son visage et sa tête d'un épais nuage. Néanmoins, et malgré tout, il ne voulut ni boire ni manger, si ce n'est tout à fait au commencement, pour la forme, une bouchée seulement qu'il parut savourer avec un plaisir infini, quoique, à l'entendre, il ne s'en souciât nullement.

Non ; la grande affaire de Trotty, c'était de voir ses deux nouveaux amis manger et boire. Il en était de même de Meg. Jamais spectateurs d'un dîner officiel du lord-maire dans la Cité, ou d'un banquet à la Cour, n'éprouvèrent autant de plaisir à considérer d'illustres convives à table jusqu'au menton, fût-ce des empereurs ou des papes, que ces deux êtres simples et bons n'en ressentirent ce soir-là. Meg souriait à Trotty. Trotty riait pour répondre à Meg ; Meg secouait la tête et faisait mine de battre des mains pour applaudir Trotty ; Trotty, de son côté, par une pantomime muette, tâchait de faire comprendre à Meg comment, quand et où il avait trouvé ses hôtes ; et ils étaient l'un et l'autre heureux, très heureux.

— Pourtant, pensait Trotty avec chagrin en examinant le visage de Meg, ce mariage est rompu, je le vois !

— Maintenant, dit-il après le thé, je vais vous dire une chose. La petite couchera avec Meg, c'est entendu.

— Avec la bonne Meg, cria l'enfant la comblant de caresses, avec Meg.

— Très bien, dit Trotty. Et je ne serais pas étonné qu'elle vînt embrasser le père de Meg pour la peine, n'est-ce pas, Lily ? C'est moi qui suis le père de Meg.

Grand fut le ravissement de Trotty lorsque la délicieuse enfant s'avança vers lui d'un air timide, et, après l'avoir embrassé courut se rejeter au cou de Meg.

— Elle est aussi sage que Salomon, dit Trotty. Nous y sommes, nous y..., non, nous ne... Ce n'est pas là ce que je voulais dire... je... Qu'est-ce que je disais donc, Meg, ma chérie ?

Meg regardait leur hôte, qui, penché sur la chaise où elle était assise, et le visage tourné d'un autre côté, caressait la tête de la petite fille, à moitié cachée sur ses genoux.

— Assurément, dit Toby ; assurément ! je ne sais plus ce que je chante ce soir ; ma tête s'en va, je crois. Will Fern, venez avec moi. Vous êtes mort de fatigue, vous tombez de sommeil. Allons, venez avec moi !

L'étranger, toujours appuyé sur la chaise de Meg, tournant toujours la tête du côté opposé, continuait à jouer avec les boucles de l'enfant. Il ne disait pas un mot ; mais, dans la manière convulsive dont ses doigts rudes et grossiers s'étendaient et se serraient tour à tour parmi les beaux cheveux de l'enfant, il y avait une éloquence muette qui en disait assez.

— Oui, oui, continua Toby répondant, sans le savoir, aux sentiments dont il voyait l'expression peinte sur le visage de Marguerite, emmène-la avec toi, ma fille, couche-la. C'est bien. Maintenant, Will, je vais vous montrer où vous coucherez, mon garçon. Ce n'est pas un bel appartement : un grenier, pas autre chose ; mais, comme je le dis toujours, c'est un des grands avantages qu'on trouve à loger dans une écurie, on a du moins un grenier ; et, tant que cette remise et cette écurie ne se loueront pas plus cher, nous y demeurerons, à cause du bon marché. Il y a là-haut en abondance d'excellent foin qui appartient à un voisin ; et puis, le grenier est propre comme... d'ailleurs les mains de Meg y ont passé : c'est tout dire. Allons, du courage ! ne vous laissez point abattre. À nouvel an cœur neuf, dit le proverbe.

Retirée de dessus la tête de l'enfant, la main de l'étranger était tombée, tremblante, dans celle de Trotty, qui, sans cesser de parler, le conduisit à son gîte avec autant de tendresse et de douceur que si c'eût été un enfant de plus.

De retour avant Meg, il écouta un instant à la porte de sa chambrette attenante à la pièce principale. La petite fille murmurait une prière, simple comme son âge, avant de s'endormir ; quand elle eut nommé sa chère, bien chère Meg (ainsi disait-elle), Trotty l'entendit s'arrêter et demander le nom du père Toby pour le mêler à sa prière.

Il s'écoula néanmoins quelques instants avant que le pauvre homme recouvrât assez de sang-froid pour attiser le feu et approcher sa chaise de la cheminée. Mais quand il l'eut fait, quand il eut ranimé la lampe, il tira son journal de sa poche et se mit à lire, d'abord avec distraction, sautant d'une colonne à l'autre, mais bientôt avec une attention triste et sérieuse.

Car ce même malheureux journal ramenait les pensées de Trotty dans la voie où elles s'étaient trouvées engagées tout ce jour-là, et que les événements dont il avait été témoin avaient si bien fait ressortir et mises en relief. Sa sympathie pour les deux étrangers venait heureusement de faire naître en lui un autre ordre d'idées, pour le moment plus riantes ; mais maintenant qu'il était seul de nouveau, et sous l'impression d'une lecture où il n'était question que de violences et de crimes commis par le peuple, il ne tarda pas à retomber dans sa préoccupation première.

Telles étaient ses dispositions, quand il tomba justement sur le récit (et ce n'était pas le premier de ce genre qu'il eût lu) de l'horrible action d'une femme qui, égarée par le désespoir, avait attenté de ses mains, non seulement à sa propre vie, mais encore à celle de son jeune enfant. Un crime aussi atroce révolta tellement tous les sentiments de son cœur plein de son amour pour Meg, qu'il laissa tomber le journal et se rejeta en arrière sur sa chaise, saisi d'épouvante.

— Mère cruelle et dénaturée ! s'écria-t-il ; mère cruelle et dénaturée ! Il n'y a que des gens sans cœur, nés mauvais, n'ayant rien de bon à faire sur la terre, qui puissent se rendre coupables de pareils actes. Tout ce que j'ai entendu aujourd'hui n'est que trop vrai, trop juste, trop bien prouvé. Oui, nous sommes mauvais !

Les cloches répondirent à ces paroles si soudainement, elles éclatèrent en accents si forts, si clairs, si sonores, que leur voix assourdissante sembla le clouer sur sa chaise.

Et que disaient-elles donc ?

— Toby Veck, Toby Veck, nous t'attendons, Toby ! Toby Veck, Toby Veck, nous t'attendons, Toby ! Viens nous voir, viens nous voir ! Amenez-le-nous, amenez-le-nous ! attrapez, attrapez ! courez après ! réveillez-le, réveillez-le ! Toby Veck, Toby Veck, la porte est toute grande ouverte, Toby ! Toby Veck, Toby Veck, la porte est toute grande ouverte, Toby !

Puis, comme emportées par une ardeur furieuse, elles recommençaient de plus belle leurs accords impétueux, et retentissaient jusque dans le plâtre et les briques des murs ébranlés.

Toby écoutait. Imagination, illusion ! Pur effet de ses remords pour s'être sauvé d'elles cet après-midi ! Non, non, pas du tout. Tenez, les voilà encore qui répètent, et toujours répètent :

— Attrape ! attrape ! courez après ! amenez-le-nous, amenez-le-nous !

Il y a de quoi assourdir la ville entière.

— Meg, dit doucement Trotty après avoir frappé à la porte, entends-tu quelque chose ?

— J'entends les cloches, mon père ; elles font assez de vacarme ce soir.

— Dort-elle ? reprit Toby saisissant un prétexte pour regarder dans la chambre de sa fille.

— Oh ! d'un sommeil bien paisible et bien heureux. Je ne puis pourtant pas la quitter encore, mon père ; voyez comme elle me tient la main !

— Meg, dit tout bas Trotty, écoute les cloches !

Elle prêta l'oreille, mais son visage tourné vers son père n'exprima aucun étonnement ; il était clair qu'elle ne les comprenait pas.

Trotty se retira, reprit sa place plus près du feu, et se remit à écouter seul. Il resta ainsi quelque temps.

Il lui fut impossible d'y tenir davantage ; l'appel des cloches devenait d'une énergie effrayante.

« Si la porte de la tour est réellement ouverte, se dit Toby ôtant son tablier à la hâte, mais oubliant son chapeau, qui m'empêche de monter au clocher pour m'assurer de ce qu'il en est ? Si elle est fermée, tout est dit, je n'en demande pas davantage. »

Quand il se glissa sans bruit dans la rue, il était à peu près certain de trouver la porte de la tour poussée et fermée à clef, car il la connaissait parfaitement, et l'avait rarement vue ouverte, trois fois au plus, à ce qu'il pouvait croire. C'était une petite porte cintrée, placée en dehors de l'église, dans un enfoncement obscur, derrière un pilier, avec des gonds en fer si énormes, et une serrure si monstrueuse, qu'il y avait plus de serrure et de gonds que de porte.

Mais quel fut son étonnement lorsque, s'avançant tête nue vers l'église, la main étendue vers cet enfoncement obscur, non sans éprouver quelque crainte de sentir une autre main saisir la sienne à l'improviste, et bien tenté de la retirer, ma foi ! car il en avait le frisson, il trouva cette porte qui s'ouvrait en dehors, entrebâillée !

Dans le premier mouvement de surprise, il songeait à revenir sur ses pas ou à aller chercher de la lumière, ou à prendre quelqu'un avec lui ; mais son courage se raffermit aussitôt, et il se détermina à monter seul.

— Qu'ai-je à craindre ? disait Trotty... C'est une église ! D'ailleurs les sonneurs sont sans doute là ; ils auront oublié de fermer la porte.

Il entra donc, tâtonnant comme un aveugle pour trouver son chemin ; car c'était bien noir et bien calme. Les cloches ne soufflaient pas le mot.

La poussière de la rue, poussée par le vent dans ce recoin, s'y était accumulée et formait sous les pieds comme un tapis de velours qui procurait une sensation singulière et même effrayante. L'étroit escalier commençait, en outre, si près de la porte, que Toby trébucha contre la première marche, et, frappant du pied la porte, sans le vouloir, la referma sur lui ; quand une fois il l'eut entendue rebondir pesamment en retournant à sa gâche, il ne put plus la rouvrir.

Raison de plus, cependant, pour avancer... Trotty chercha son chemin à tâtons, et continua d'avancer toujours en tournant comme dans un colimaçon ; plus haut, plus haut, plus haut encore, toujours plus haut !

L'escalier n'était point du tout commode pour ce genre d'ascension au milieu des ténèbres ; si bas, si étroit, que la main de Toby, dans ses tâtonnements, rencontrait sans cesse quelque chose ; parfois il croyait apercevoir une forme humaine ou un fantôme debout devant lui, ou qui se rangeait pour le laisser passer, sans être vu ; alors il promenait sa main sur les parois unies de la muraille, cherchant en haut le visage, ou en bas les pieds de son apparition, pendant qu'un frisson d'épouvante parcourait tous ses membres. Deux ou trois fois une porte ou une niche interrompit la monotone surface, et l'ouverture lui en semblait aussi vaste que l'église entière ; il se sentait sur le bord d'un abîme où il allait tomber la tête la première, jusqu'à ce que sa main retrouvât la muraille.

« Monte, monte, monte toujours ; tourne, tourne, tourne toujours, plus haut, plus haut, toujours plus haut ! »

À la fin, l'atmosphère lourde et étouffante commença à fraîchir ; bientôt Toby ressentit les premières atteintes du vent qui, au bout d'un instant, en vint à souffler avec une violence telle que le pauvre homme pouvait à peine se tenir sur ses jambes. Mais il avait atteint une fenêtre en ogive de la tour, à hauteur d'appui, et, s'y cramponnant de toutes ses forces, il regarda de cette hauteur les toits des maisons, les cheminées d'où s'échappaient des nuages de fumée, les taches lumineuses produites par les becs de gaz, dirigeant surtout ses yeux vers le point où Meg, inquiète de savoir ce qu'il était devenu, l'appelait peut-être, tout cela ramassé, confus au milieu du brouillard et de l'obscurité.

C'était le beffroi dans lequel se tenaient les sonneurs. Toby avait saisi une des cordes éraillées qui pendaient à travers les trous du plancher de chêne. D'abord il tressaillit, croyant tenir une poignée de cheveux, puis il trembla d'épouvante à la seule pensée de réveiller le gros bourdon. Quant aux cloches, elles occupaient l'étage supérieur. Trotty, cédant à l'influence de la fascination, ou sous l'empire d'un charme véritable, reprit sa route à tâtons ; mais cette fois, par une échelle excessivement roide et fatigante, et les degrés n'offraient pas un appui sûr pour les pieds.

« Monte, monte, monte toujours ! gravis, grimpe ! monte, monte, monte toujours ! plus haut, plus haut, toujours plus haut ! »

Jusqu'à ce que, continuant son ascension difficile, passant à travers l'ouverture du plancher, et s'arrêtant juste pour dresser sa tête au-dessus des poutres, Toby se trouva au milieu des cloches. Il ne lui était presque pas possible de distinguer dans les ténèbres leurs formes gigantesques ; mais elles étaient là, sombres, obscures, muettes.

Une sensation accablante de frayeur et d'isolement s'empara de lui aussitôt, dès qu'il fut arrivé à ce nid aérien de pierres et de métal. La tête lui tourne ; il écoute, et pousse un cri sauvage :

— Hallo-oh !

— Hallo-oh ! répétèrent les échos d'une voix lugubre.

Saisi de vertige, épouvanté, hors d'haleine, Toby promena autour de lui des yeux hagards, effarés, et tomba évanoui.

III. TROISIÈME QUART

Des nuages noirs planent sur l'océan de la pensée, ses eaux profondes sont encore fangeuses, lorsque, se réveillant d'un calme inerte, il soulève enfin ses flots avec effort, pour secouer sa torpeur. Des monstres informes et bizarres, au moment de sa résurrection imparfaite, s'élèvent prématurément au-dessus de sa surface : des fragments mutilés, des formes incohérentes, s'unissent et se mêlent dans l'esprit au gré du hasard ; quand, comment, et par quelles gradations merveilleuses se séparent-ils ensuite l'un de l'autre ? Comment chaque sensation, chaque pensée, recouvre-t-elle sa forme régulière, reprend-elle sa vie distincte et réelle ? C'est ce qu'aucun homme ne saurait dire (quoique chaque homme, en particulier, soit le théâtre où se célèbre tous les jours ce grand mystère).

De même ici : quand et comment l'obscurité profonde du clocher enseveli dans les ombres épaisses de la nuit, se changea-t-elle en une lumière brillante ? quand et comment la tour solitaire se peupla-t-elle de myriades de figures ? quand et comment le faible souffle qui murmurait d'un ton monotone pendant le sommeil ou l'évanouissement de Trotty : « Attrape ! attrape ! courez après ! » devint-il une voix retentissante qui le tira de cette léthargie en criant à ses oreilles : « Réveillez-le, réveillez-le » ; et comment cessa-t-il d'avoir des idées vagues et confuses ? quand et comment parvint-il à dégager les objets autour de lui, des nombreuses chimères, fruits de son imagination ? Il est aussi impossible d'en préciser la date que les moyens. Quoi qu'il en soit, parfaitement éveillé, ce semble, et debout sur le plancher où il gisait naguère, Toby fut témoin du spectacle fantastique que nous allons décrire.

Il vit la tour où ses pas l'avaient conduit sous l'influence d'un charme inconnu, fourmiller de fantômes nains, d'esprits follets, de lutins, création vaporeuse des cloches. Il les vit sauter, voler, tomber goutte à goutte, ou versés à flots du fond des cloches, sans s'arrêter un instant. Il les vit tourner autour de lui, à terre ; au-dessus de lui, dans l'air ; descendre jusqu'en bas le long des cordes ; le regarder du haut des poutres massives maintenues par des crampons de fer ; le lorgner à travers les crevasses et les ouvertures des murailles, s'éloignant de lui peu à peu en cercles concentriques, qui s'élargissaient de plus en plus comme ceux que forme l'eau brusquement déplacée par une lourde pierre qui vient tout à coup à troubler, en tombant, sa surface. Il les vit sous toutes sortes de formes et d'aspects ; il les vit laids, beaux, estropiés, admirablement bien tournés ; il les vit jeunes, il les vit vieux, il les vit gracieux, il les vit repoussants, il les vit gais, il les vit affreux ; il les vit danser, il les entendit chanter ; il les vit s'arracher les cheveux, et les entendit hurler. Il en vit l'air épaissi ; il les vit aller et venir incessamment ; il les vit à cheval sur des coursiers aériens, descendre rapidement, puis remonter de même, prendre leur essor, mettre à la voile, disparaître au loin dans l'espace, se percher près de lui, s'agitant tous dans une perpétuelle et violente activité. La pierre, la brique, l'ardoise, la tuile, devenaient transparentes pour lui comme pour eux. Il les voyait jusque *dans l'intérieur* des maisons, occupés près du lit des hommes endormis ; il les voyait consoler les uns par des songes agréables, il les voyait flageller les autres avec des fouets garnis de nœuds, il les voyait pousser des cris d'enfer à leurs oreilles ; il les voyait faire à leur chevet la plus suave musique ; il les voyait égayer ceux-ci par le chant des oiseaux et le parfum des fleurs ; il les voyait effrayer ceux-là en faisant paraître soudain à leurs yeux d'horribles visages, au moyen des miroirs enchantés qu'ils tenaient à la main.

Il vit ces créatures étranges, non seulement au milieu des hommes endormis, mais encore parmi ceux qui étaient éveillés, remplissant les fonctions les plus inconciliables, possédant ou empruntant les formes les plus opposées. Il en vit un s'attacher aux épaules d'innombrables ailes pour augmenter la rapidité de sa course ; un autre, au contraire, se charger de chaînes et de poids pour retarder sa marche. Il en vit quelques-uns avancer les aiguilles des horloges et des montres, d'autres les faire rétrograder, d'autres, enfin, chercher à les arrêter tout à fait. Il les vit représenter ici la cérémonie d'un mariage ; là, des funérailles ; dans cette salle, une élection ; dans cette autre, un bal ; toujours et partout, une agitation sans repos, et un mouvement qui ne se ralentissait jamais.

Étourdi par cette multitude de figures changeantes et extraordinaires, non moins que par le vacarme des cloches qui, pendant ce temps-là, sonnaient à toute volée, Trotty chercha un appui en se cramponnant à un des poteaux de la charpente, et tourna de tous les côtés son visage pâle d'effroi, dans une muette stupéfaction.

Tandis qu'il promène ainsi à droite et à gauche ses regards effarés, les cloches s'arrêtent. En un clin d'œil, tout change : cet essaim d'esprits disparaît complètement, leurs formes s'affaissent sur elles-mêmes, leur activité prodigieuse les abandonne, ils cherchent à fuir, mais tombent, et, en tombant, meurent et s'évanouissent dans l'air, sans être remplacés. Un traînard saute assez agilement de la plus grosse cloche sur le sol et retombe sur ses pieds, mais il était mort et avait disparu avant d'avoir pu faire un tour sur lui-même. Un petit nombre de ceux qui avaient gambadé dans le clocher demeurèrent là à faire quelque temps encore pirouettes sur pirouettes ; mais à chaque tour, ils devenaient plus faibles, moins nombreux, plus languissants, et bientôt ils s'en allaient comme le reste. Le dernier de tous fut un petit bossu, blotti dans un angle où venait se répercuter l'écho ; là, il se mit à tourbillonner seul sans relâche, comme s'il eût flotté au-dessus de l'eau, pendant un espace de temps assez long, avec une persévérance telle, qu'il en vint petit à petit à n'être plus qu'une jambe, puis même simplement un pied, avant de se retirer tout à fait ; mais, enfin, il s'évanouit aussi, et la tour redevint silencieuse.

Alors, et seulement alors, Trotty vit dans chaque cloche une figure barbue de même taille et de même dimension qu'elle, ou plutôt, ce qui est vraiment incompréhensible, la cloche elle-même, faite homme, grave, l'œil ouvert sur lui d'un air sombre, tandis qu'il demeurait là, immobile, comme s'il eût pris racine dans le sol.

Mystérieuses et imposantes figures ! Ne s'appuyant sur rien, suspendues dans l'atmosphère ténébreuse de la tour, avec leurs têtes drapées et encapuchonnées qui se perdaient dans le faîte obscur de l'édifice, immobiles et nébuleuses ! Sombres et ténébreux fantômes, quoiqu'il les vît à la lueur d'une lumière qui leur était personnelle, car il n'y en avait pas d'autre en ce lieu, chacun d'eux tenant sa main voilée sur ses lèvres fantastiques.

Toby ne pouvait plonger à travers l'ouverture du plancher, car il avait perdu toute faculté de se mouvoir ; autrement, il l'aurait fait, oui, il se serait jeté en aveugle, la tête la première, du haut du clocher, plutôt que de rester ainsi sous la surveillance de ces yeux constamment ouverts, au regard fixe et pénétrant, quoique sans prunelles.

De plus en plus, la crainte et la terreur que lui inspirait la solitude de ce lieu, jointe à la nuit effroyable qui y régnait, le pénétraient d'épouvante, comme s'il sentait sur lui la main d'un spectre. Son éloignement de tout secours ; ce sentier long, obscur, tournant sur lui-même, peuplé de fantômes, qui s'étendait entre lui et la terre où habitaient les autres hommes ; la pensée de se savoir si haut, si haut, à une si prodigieuse élévation qu'il en avait le vertige, même en plein jour, rien que d'y regarder voler les oiseaux ; son isolement de tous les braves gens qui, bien en sûreté chez eux à cette heure, dormaient tranquillement dans leurs lits, tout cela le saisissait, non comme une simple réflexion, mais comme une sensation physique de froid qui lui glaçait le cœur et le transperçait d'outre en outre. Cependant, ses yeux, sa pensée, ses craintes, tout se fixait sur les figures attentives que l'obscurité profonde et l'ombre épaisse, au sein de laquelle elles étaient comme ensevelies, ainsi que leurs regards étranges, leurs formes bizarres et la façon surnaturelle dont elles demeuraient suspendues au-dessus du plancher, rendaient bien différentes de toutes les figures de ce monde, quoiqu'il les aperçût aussi distinctement que la massive charpente de chêne, les poutres enchevêtrées les unes dans les autres, les barres de fer et les solives énormes assemblées pour supporter les cloches. Tout cet ensemble de pièces les encadrait comme dans une vaste forêt de charpente, dans une espèce de labyrinthe inextricable, du fond desquels les cloches continuaient à faire le guet, sombres et vigilantes, comme au travers d'un bois dont les arbres auraient été frappés de mort, exprès pour servir de retraite à ces bizarres fantômes.

Une bouffée d'air, mais d'un air froid et saisissant, passa en gémissant à travers la tour. Quand ce souffle expira, le bourdon ou l'esprit du bourdon se mit à parler :

— Qu'est-ce que ce visiteur ? dit-il.

La voix était grave et creuse, et Trotty s'imagina qu'elle résonnait en même temps chez les autres fantômes.

— J'ai cru entendre mon nom prononcé par les cloches, répondit Trotty levant les mains dans une attitude suppliante. Je ne sais trop pourquoi je suis ici ou comment j'y suis venu. Voilà un grand nombre d'années que j'écoute les cloches ; elles m'ont souvent réjoui le cœur.

— Et les as-tu remerciées ? dit la voix.

— Mille et mille fois ! s'écria Trotty.

— Comment ?

— Je ne suis qu'un pauvre homme, balbutia Trotty ; je ne pouvais les remercier qu'en paroles.

— Et l'as-tu toujours fait ? demanda l'esprit de la cloche. Ne nous as-tu jamais insultées en paroles ?

— Non ! s'écria Trotty vivement.

— Ne nous as-tu jamais maltraitées par des paroles mensongères, injustes et méchantes ? poursuivit l'esprit.

Trotty allait répondre : « Jamais ! » Il s'arrêta, confus.

— La voix du temps, dit le fantôme, crie à l'homme : Avance ! Le temps lui est donné pour son progrès et son amélioration, pour ajouter à sa dignité, à son bonheur, à son bien-être ; pour qu'il marche en avant vers le but placé à la portée de son intelligence, but fixé à ses efforts dès l'instant où le temps et lui ont commencé. Des siècles de ténèbres, d'injustice et de violence se sont succédé ; des millions d'hommes ont souffert, ont vécu, sont morts pour frayer la voie devant lui. Quiconque cherche à le ramener en arrière, ou à l'arrêter dans sa course, veut arrêter le mouvement d'une machine puissante qui frappera de mort le téméraire et n'en sera que plus furieuse et plus indomptable, pour avoir eu à subir ce temps d'arrêt momentané !

— Je n'ai jamais rien fait de pareil, que je sache, monsieur, dit Trotty. Si je l'ai fait, ç'a été un pur hasard ; je me garderais bien de le faire, à coup sûr !

— Celui qui met dans la bouche du temps ou de ses ministres, dit l'esprit de la cloche, un cri de lamentation sur des jours qui ont eu leurs épreuves et leurs fautes et en ont laissé des traces visibles même aux moins clairvoyants ; un cri de lamentation qui ne peut servir qu'à mieux montrer aux hommes combien le temps présent a besoin de leur assistance puisqu'il se trouve encore des personnes disposées à écouter les regrets qu'inspire un tel passé ; celui qui fait cela a tort ; et ce tort, tu t'en es rendu coupable vis-à-vis de nous, les cloches.

Toby était revenu de son premier effroi ; mais vous avez vu quels sentiments de tendresse et de reconnaissance lui inspiraient les cloches ; aussi, quand il s'entendit accuser d'une offense aussi grave envers elles, son cœur fut pénétré de douleur et de repentir.

— Si vous saviez, dit-il avec chaleur en joignant les mains ; ou peut-être le savez-vous ; si vous saviez combien de fois vous m'avez tenu fidèle compagnie, combien de fois vous avez relevé mon courage lorsque j'étais abattu, comment vous étiez le jouet préféré de ma petite Meg (la pauvre enfant n'en a guère jamais eu d'autre) depuis le jour où sa mère, en mourant, nous laissa seuls, elle et moi, vous ne m'en voudriez pas pour un mot qui m'est échappé.

— Celui qui croit entendre dans notre langage, à nous, les cloches, une seule note exprimant le mépris ou la froideur pour n'importe quelle espérance, quelles joie, peine ou douleur de l'humanité souffrante ; celui qui croit nous entendre faire chorus avec les sectaires impies qui mesurent à leur jauge étroite les passions et les sentiments de l'homme, comme ils pèsent dans leurs chiches balances le minimum de subsistance chétive qui peut suffire pour prolonger la vie languissante de l'humanité affamée, celui-là nous fait injure ; cette injure, tu nous l'as faite ! ajouta la cloche.

— Oui ! je l'avoue, dit Trotty. Oh ! pardonnez-moi.

— Celui qui croit nous entendre faire écho à ces misérables vers de terre, ces hommes prêts à *supprimer* impitoyablement les créatures écrasées par la douleur et la souffrance, formées cependant pour s'élever plus haut mille fois que ne sauraient le faire ou le comprendre ces insectes rampants, véritable vermine du temps, poursuivit l'esprit de la cloche ; celui qui agit de la sorte nous fait injure ; et cette injure, tu nous l'as faite !

— C'était bien sans intention, dit Trotty ; pure ignorance, mais sans intention, je vous assure.

— Enfin, et voici le pire de tout ! poursuivit la cloche. Celui qui se détourne de ses semblables tombés et dégradés, qui les abandonne comme une chose vile, au lieu de contempler avec un regard compatissant le précipice ouvert sous leurs pas qui ont failli ; celui qui leur refuse sa pitié, en les voyant saisir d'une main crispée, dans leur chute, quelque touffe d'herbes, quelque débris sauveur de cette terre qui leur échappe, et s'y cramponner en désespérés, alors qu'ils arrivent meurtris et expirants au fond du gouffre, celui-là fait injure au ciel, à l'homme, au temps et à l'éternité ; et cette injure, tu t'en es rendu coupable.

— Ayez pitié de moi ! s'écria Trotty tombant à genoux ; grâce, au nom du ciel !

— Écoute ! dit le fantôme du bourdon.

— Écoute ! crièrent les autres fantômes.

— Écoute ! dit une voix claire et enfantine, que Trotty crut reconnaître pour l'avoir déjà entendue.

L'orgue résonna faiblement d'abord dans l'église au-dessous d'eux. S'enflant par degrés, la mélodie monta jusqu'au faîte et remplit le chœur et la nef ; s'étendant de plus en plus, elle s'éleva toujours, toujours plus haut, plus haut encore, allant éveiller des émotions puissantes au cœur des énormes piliers de chêne, des cloches aux flancs creux, des portes aux solides ferrures, de la pierre solide des escaliers, jusqu'à ce que, les murailles de la tour ne pouvant plus la contenir, elle prit son essor vers le ciel.

Il n'est pas étonnant que la poitrine du pauvre vieillard fût impuissante aussi à contenir un son si vaste et si fécond, qui s'échappa de cette faible prison en un torrent de larmes. Trotty se couvrit le visage de ses mains.

— Écoute, dit le fantôme du bourdon.

— Écoute ! crièrent les autres fantômes.

— Écoute ! dit la voix de l'enfant.

Un chœur solennel de voix réunies remplit la tour de ses accents.

C'était un chant sourd et lugubre, un chant funèbre où l'oreille avide de Trotty reconnut la voix de sa fille parmi les autres.

— Elle est morte ! s'écria le vieillard. Meg est morte ! c'est son esprit qui m'apparaît, je l'entends !

— L'esprit de ta fille pleure les morts, elle se mêle aux morts, aux espérances mortes, aux illusions mortes, aux rêves de jeunesse morts aussi, reprit la cloche, mais elle vit. Que sa vie soit pour toi une leçon vivante. Apprends de la créature la plus chère à ton cœur comme les méchants sont nés méchants. Vois arracher un à un tous les boutons, toutes les feuilles de la plus belle tige, et regarde comme elle peut se dessécher et se flétrir. Suis-la ! jusqu'au désespoir !

Chacun des fantômes étendit le bras droit et lui montra du doigt l'abîme au-dessous de lui.

— L'esprit des cloches t'accompagne, dit le spectre. Va ! il marche derrière toi !

Trotty se retourna et vit... quoi ? l'enfant... l'enfant que Will Fern portait dans la rue, l'enfant que Meg avait couchée dans son lit, et auprès de laquelle, il n'y a qu'un moment encore, elle veillait pendant son sommeil ! Elle était éveillée maintenant.

— Je l'ai portée moi-même ce soir, dit Trotty, dans ces bras !

— Montrez-lui ce qu'il appelle lui-même, dirent les ténébreux fantômes, celui du bourdon d'abord, tous les autres ensuite.

La tour s'ouvrit à ses pieds. Il regarda et aperçut sa propre forme étendue au pied du clocher, hors de l'église, brisée, sans mouvement.

— Je ne suis plus du monde des vivants ! s'écria Trotty. Mort !

— Mort ! dirent tous les fantômes ensemble.

— Bonté du ciel ! Et le nouvel an !

— Passé, répondirent-ils.

— Quoi ! s'écria Toby frissonnant de terreur. Je me serais trompé de chemin, et m'avançant en dehors de cette tour, au milieu de l'obscurité, je suis tombé, il y a un an !

— Il y a neuf ans, répliquèrent les fantômes.

En faisant cette réponse, ils retirèrent leurs mains étendues, et là où avaient été les spectres se trouvaient des cloches.

Elles sonnèrent ; leur heure était venue de nouveau. Et une fois encore, d'immenses multitudes de fantômes furent rappelés à l'existence ; une fois encore, ils se mêlèrent confusément, comme ils avaient fait d'abord ; une fois encore, dès que les cloches se turent, ils s'évanouirent et rentrèrent dans le néant.

— Quelles sont ces figures que je viens de voir, si je ne suis pas devenu fou ? demanda Trotty à son guide ; qui sontelles ?

— Ce sont les esprits des cloches ; c'est leurs sons qu'on entend dans l'air, répondit l'enfant. Ils prennent toutes les formes et exercent toutes les fonctions que leur donnent les espérances des hommes, leurs pensées et le trésor de leurs souvenirs.

— Et vous, dit Trotty hors de lui, qui êtes-vous ?

— Chut ! chut ! fit l'enfant... Regardez !

Dans une chambre pauvre, délabrée, travaillant au même ouvrage de broderie qu'il avait vu souvent, souvent, devant elle, Meg, sa fille chérie, lui apparut. Il ne fit aucun effort pour imprimer ses baisers sur son front, il ne chercha point à la serrer contre son cœur si rempli d'amour, il savait que ces caresses n'étaient plus faites pour lui. Mais il retint sa respiration haletante, et essuya les larmes qui l'aveuglaient, pour pouvoir la regarder, pour pouvoir seulement la voir.

Ah ! qu'elle était changée ! oui, bien changée ! Comme l'éclat de son regard limpide était obscurci ! comme la fraîcheur de ses joues avait disparu ! Elle était encore belle, elle l'avait toujours été ; mais l'espérance, l'espérance, l'espérance, oh ! où était donc la riante espérance qui avait parlé naguère à ce bon père comme une voix ?

Elle leva les yeux de dessus son ouvrage pour regarder une compagne, assise à ses côtés ; le vieux Toby suivit la direction de ce regard et se jeta vivement en arrière.

Dans la femme faite, il avait reconnu l'enfant au premier coup d'œil. Dans sa chevelure longue et soyeuse, il voyait les mêmes boucles d'autrefois ; autour des lèvres régnait encore l'expression enfantine. Voyez ! dans ces yeux qu'elle tournait présentement vers Meg avec un air d'intérêt curieux, brillait le même regard qui animait sa physionomie le jour où il l'avait apportée dans sa pauvre maison ! Qu'est-ce que ce pouvait être ? Jetant un regard timide sur le visage de cet être inconnu, il y découvrit quelque chose de noble et d'imposant, quelque chose de vague et d'indéfini, qu'un simple souvenir de cette enfant d'autrefois... Ne serait-ce pas elle, en effet, qui est là-bas ?... Mais oui ! c'est bien elle ; elle porte encore les mêmes vêtements.

Silence ! Elles parlaient !

— Meg, disait Lilian avec un peu d'hésitation, comme vous relevez souvent la tête de dessus votre ouvrage pour me regarder !

— Mes regards sont-ils donc si changés qu'ils vous fassent peur ? demanda Meg.

— Non, ma chère amie ! Mais je suis bien bonne de répondre à cette question, vous en riez vous-même !... Pourquoi donc ne souriez-vous plus, quand vous me regardez, Meg ?

— Comment ? est-ce que je ne le fais pas ? lui répondit-elle en souriant.

— Maintenant, oui, vous souriez, dit Lilian, mais ce n'est pas votre ordinaire. Quand vous croyez que je suis occupée et que je ne vous vois pas, vous paraissez si inquiète, si soucieuse, que j'ose à peine lever les yeux. Certes, il n'y a guère de quoi sourire dans une existence si laborieuse et si pénible ; mais vous étiez autrefois si gaie !

— Quoi ! ne le suis-je donc plus autant ? s'écria Meg d'une voix qui dénotait un trouble extraordinaire, en même temps qu'elle se leva pour l'embrasser. Est-ce que je rends plus lourd encore pour vous le fardeau déjà si lourd à porter de notre triste vie, ma chère Lilian ?

— Vous avez été la seule chose qui ait fait que cette existence soit encore une vie, reprit Lilian se jetant à son cou et l'embrassant avec ardeur, la seule chose parfois qui me fasse supporter de vivre ainsi, Meg. Que de peines ! que de travail ! Tant d'heures, tant de jours, tant de longues, interminables nuits d'un travail sans espoir, sans joie, sans fin, non pas pour entasser des richesses, non pour vivre au milieu des pompes et des plaisirs, ni même pour jouir d'une honnête, quoique modeste aisance ; mais pour gagner son pain, rien que son pain, et se procurer tout juste ce qu'il faut pour recommencer son travail, son besoin, le sentiment rongeur de sa dure et triste destinée ! Ô Meg, Meg, ajouta-t-elle en élevant la voix et la serrant dans ses bras avec l'expression de la douleur, comment ce monde cruel peut-il passer son chemin sans jeter un œil de pitié sur des existences si malheureuses ?

— Lilly ! Lilly ! dit Meg s'efforçant de la calmer et rejetant derrière sa tête ses longs cheveux qui retombaient sur son visage inondé de larmes ; comment, Lilly ! vous ! si jeune ! si jolie !

La jeune fille l'interrompit, et faisant un pas en arrière, regarda son amie d'un air suppliant.

— Ne me dites pas cela, s'écria-t-elle ; ne me dites pas cela ; voyez-vous, c'est le pire de tout. Meg, vieillissez-moi ! Faites que je devienne vieille et laide pour me délivrer des horribles pensées qui viennent tenter ma jeunesse !

Trotty se retourna pour regarder son guide, mais l'esprit de l'enfant avait pris la fuite, il était parti.

Trotty lui-même se trouva transporté dans un autre lieu ; car il voyait sir Joseph Bowley, l'ami et le père des pauvres, donner une grande fête à Bowley-Hall, pour célébrer le jour de naissance de lady Bowley ; et, comme cette dame était née le premier jour de l'an (circonstance que les gazettes de la localité regardaient comme une prédestination providentielle au numéro un, le seul digne de la personne de lady Bowley parmi les œuvres de la création), c'était aussi le premier jour de l'an qu'on avait choisi pour cette fête.

Une foule considérable de visiteurs remplissait Bowley-Hall. Le monsieur à la face rubiconde se trouvait là, M. Filer aussi, de même que l'alderman Cute : celui-ci avait une sympathie très marquée pour les personnes de distinction, et s'était lié d'une manière plus particulière avec sir Joseph Bowley depuis la lettre obligeante qu'il lui avait écrite ; disons mieux, il était devenu, par le fait, un ami de la famille. On comptait encore bien d'autres invités, et c'était parmi eux qu'errait tristement le spectre de Trotty, pauvre fantôme, occupé de chercher son guide disparu.

Au banquet servi dans la grande salle, sir Joseph, en sa qualité bien connue d'ami et de père des pauvres, devait prononcer son fameux discours. Ses amis et enfants devaient d'abord manger certains plum-puddings dans une autre salle, et, à un signal donné, amis et enfants, venant se mêler à leurs amis et pères, allaient former une assemblée de famille que pas un œil humain ne pourrait considérer sans être aussitôt mouillé de larmes.

Mais tout cela n'était rien : il y avait bien autre chose, ma foi ! Sir Joseph Bowley, baronnet et membre du Parlement, devait faire une partie de quilles, de vraies quilles, avec ses fermiers.

— Ceci nous rappelle tout à fait, dit l'alderman Cute, le temps du vieux roi Hall*, le robuste, le vigoureux roi Hall ! Ah ! le beau caractère !

— Oui, dit sèchement M. Filer, pour épouser les femmes et les tuer ensuite ; et, par parenthèse, il a joliment dépassé sa part proportionnelle des femmes qu'on peut avoir en moyenne.

— Vous épouserez les belles dames et vous ne les tuerez pas, vous, hein ?... dit l'alderman Cute à l'héritier présomptif des Bowley, âgé de douze ans. Le charmant garçon ! Bientôt nous verrons ce jeune gentleman siéger au parlement, avant d'avoir eu le temps de nous retourner, ajouta-t-il en le prenant par les épaules et en le regardant d'un air aussi réfléchi qu'il lui était possible. Nous entendrons parler de ses succès aux élections, de ses discours à la Chambre, des propositions que lui fera le gouvernement, de ses brillants avantages en tout genre ; ah ! nous ferons nos petites harangues à son sujet dans le conseil de la Cité, j'en réponds, avant d'avoir seulement le temps de nous retourner.

* Henri VIII.

« Oh ! voyez-vous ce que c'est que d'avoir des bas et des souliers ! se dit Trotty en lui-même. Quelle différence de langage ! » Cependant cela n'empêcha pas son cœur de s'attendrir en faveur de cet enfant, pour l'amour de ces mêmes petits va-nu-pieds prédestinés (selon l'alderman) à mal tourner, et qui auraient pu être les enfants de la pauvre Meg.

— Richard, disait Trotty en gémissant et portant ses pas errants à travers la foule, Richard, où est-il ? Je ne puis pas trouver Richard ! où est Richard ?

Il n'était pas possible qu'il fût là, supposé qu'il vécût encore. Mais le chagrin de Trotty et son isolement au milieu de cette brillante assemblée troublaient ses idées ; et il se remettait à errer de plus belle au milieu de cette brillante société, cherchant son guide et répétant :

— Où est Richard ? Voudriez-vous m'indiquer Richard ?

Dans ses allées et venues, il rencontra M. Fish, le secrétaire intime, en proie à une grande agitation.

— Dieu du ciel ! s'écriait M. Fish, où est l'alderman Cute ? Quelqu'un a-t-il vu l'alderman Cute ?

Vu l'alderman ! cher monsieur Fish ! qui aurait jamais pu s'empêcher de voir l'alderman ? C'était un homme si sensé, si affable ; il était tellement occupé toujours du désir naturel de se faire voir aux gens, que, s'il avait un défaut, c'était bien certainement de se mettre constamment en vue. Et partout où se réunissait le beau monde, à coup sûr, attiré par la sympathie qui unit les grandes âmes, là se trouvait aussi Cute.

Plusieurs voix crièrent en même temps qu'il était dans le cercle formé autour de sir Joseph. M. Fish se fraya un passage jusque-là ; l'ayant trouvé, en effet, il l'emmena secrètement dans l'embrasure d'une fenêtre voisine. Trotty alla les y joindre, non pas de son propre mouvement ; il sentait ses pas entraînés dans cette direction.

— Mon cher alderman Cute, dit M. Fish, venez un peu plus par ici. Une épouvantable catastrophe ! j'en reçois la nouvelle à l'instant. Je crois qu'il vaudra mieux ne pas en instruire sir Joseph avant la fin de la journée. Vous connaissez sir Joseph et vous me donnerez votre avis. L'événement le plus déplorable, le plus affreux !

— Fish ! répondit l'alderman, Fish ! mon bon ami ! de quoi s'agit-il ? Pas de mouvement révolutionnaire, j'espère ? Pas... pas d'attentat non plus contre l'autorité des magistrats ?

— Deedles, le banquier, dit le secrétaire pouvant à peine respirer. Deedles frères... qui devait être ici aujourd'hui même... un des principaux dignitaires de la corporation des orfèvres...

— N'a pas suspendu ses paiements ? s'écria l'alderman ; impossible !

— Suicidé !

— Grand Dieu !

— Il s'est mis un pistolet à deux coups dans la bouche, assis dans son propre comptoir, reprit M. Fish, et s'est fait sauter la cervelle. Pas de motif connu. Une fortune princière !

— Une fortune ! s'écria l'alderman ; dites la plus noble existence. Un des hommes les plus respectables de la terre. Se suicider, monsieur Fish ! de sa propre main !

— Ce matin même, ajouta Fish.

— Oh ! le cerveau ! le cerveau ! s'écria le pieux alderman en levant les mains au ciel. Oh ! les nerfs, les nerfs ; les mystères de cette machine appelée l'homme ! Qu'il faut peu de chose pour la détraquer ; pauvres créatures que nous sommes ! Peut-être un dîner, monsieur Fish ; peut-être la conduite de son fils qui, d'après ce que j'ai entendu dire, menait une vie fort dissipée et avait l'habitude de tirer sur lui sans y être le moins du monde autorisé ! Un homme si respectable ! un des hommes les plus respectables que j'aie jamais connus ! C'est un déplorable événement, monsieur Fish ! une calamité publique ! Je me ferai un devoir de porter le deuil le plus sévère. Un homme si respectable ! Mais il y a un Dieu là-haut. Il faut se soumettre, monsieur Fish, il faut se soumettre.

« Eh quoi ! alderman, je croyais que vous vouliez supprimer le suicide, et vous n'en dites pas un mot ! Souvenez-vous, juge de paix, de ces principes de haute morale dont vous faisiez orgueilleusement parade. Allons, alderman ! prenez vos balances. Jetez-moi dans ce plateau, celui qui est vide, rien à manger pour son dîner, et, chez quelque pauvre femme, les sources mêmes de la nature, ses mamelles maternelles mises à sec par la misère et la faim, rendues impuissantes et insensibles aux cris de détresse de son enfant qui réclame son droit, au nom de notre mère Ève, la sainte mère du genre humain. Pesez le pour et le contre, nouveau Daniel, le jour où vous aurez à ajuster les plateaux de Thémis ! Pesez-les, vos deux suicides, sous les yeux de milliers d'êtres souffrants, spectateurs attentifs de l'ignoble farce que vous jouez dans votre prétoire. Ou bien, supposez qu'un jour, dans un moment d'égarement, privé de vos cinq sens (cela se voit tous les jours), vous veniez aussi à porter la main sur votre gorge pour apprendre à vos camarades (si vous en avez) à ne pas mettre sur la même ligne une folie méchante et coupable au sein du bien-être, avec la fièvre d'une tête égarée, d'un cœur brisé par la rage et le désespoir ; que dites-vous de cela ? »

Ces paroles, Trotty les entendit distinctement au dedans de lui-même, comme si une voix intérieure les avait réellement prononcées. L'alderman Cute promit à M. Fish son assistance, pour annoncer la douloureuse catastrophe à sir

Joseph, lorsque la journée serait terminée. Puis, avant de se séparer, il serra la main de M. Fish dans l'amertume de son âme :

— Le plus respectable des hommes ! dit-il encore, ajoutant qu'il pouvait à peine comprendre (jugez ! l'alderman Cute lui-même ne le comprenait pas !) que le ciel permît de telles afflictions sur la terre.

— On serait tenté de croire, ajouta l'alderman Cute, si on ne savait pas le contraire, à voir ces secousses ébranler de temps en temps notre système, qu'elles menacent l'économie générale de l'état social. Deedles frères !

La partie de quilles eut un succès immense. Sir Joseph les abattait avec une adresse merveilleuse ; master Bowley, son fils, ne s'en tira pas trop mal non plus, mais à une distance moins considérable, comme de raison, et chacun disait que, maintenant qu'on voyait un baronnet et le fils d'un baronnet jouer aux quilles, le pays ne pouvait manquer de prospérer prochainement.

À l'heure dite, le banquet fut servi, Trotty suivit involontairement la foule dans la grande salle ; car il s'y sentait entraîné par une impulsion étrange supérieure à son libre arbitre. Le coup d'œil était ravissant, les dames fort jolies, les convives enchantés, joyeux, de la meilleure humeur. Quand on ouvrit la petite porte à la multitude, vêtue de ses habits rustiques, qui se pressait à l'entrée, la beauté du spectacle fut à son comble ; ce qui n'empêchait pas Trotty de murmurer de plus en plus :

— Où est Richard ? Il m'aiderait à la consoler ! Je ne pourrais donc pas voir Richard ?

On avait prononcé quelques discours ; on avait proposé la santé de lady Bowley ; sir Joseph avait remercié et fait son grand discours où il avait démontré jusqu'à l'évidence qu'il était l'ami né et le père des pauvres ; puis il avait porté un toast à ses amis et enfants, à la dignité du travail, etc., lorsqu'un léger désordre, au fond de la salle, attira l'attention de Toby. Après un instant de confusion, de bruit et de résistance, un homme se fit jour au milieu des autres et s'avança seul.

Ce n'était pas Richard, non, mais un homme auquel Toby avait pensé souvent aussi et qu'il avait cherché déjà plusieurs fois des yeux. Dans un endroit moins richement éclairé, il aurait pu douter de l'identité de cet homme usé, vieilli, courbé, aux cheveux blanchis ; mais l'éclat des lumières, qui venaient se refléter sur cette tête dure et raboteuse, lui fit reconnaître de suite Will Fern.

— Qu'est-ce que c'est ? s'écria sir Joseph en se levant ; qui est-ce qui a laissé entrer cet homme ? C'est un criminel qui sort de prison. Monsieur Fish, voulez-vous avoir la bonté...

— Une minute, dit Will Fern. Une seule minute. Milady, ce premier jour de l'année est aussi le jour anniversaire de votre naissance. Obtenez-moi la permission de parler une minute.

Milady ne put se dispenser d'avoir l'air d'intercéder pour lui et sir Joseph reprit sa place avec sa dignité naturelle.

Le visiteur en haillons (car il était misérablement vêtu) promena son regard sur l'assemblée et salua humblement.

— Beaux messieurs et belles dames, dit-il. Vous venez de boire à la santé du travailleur. Regardez-moi !

— Je vois un homme qui sort de prison ! dit M. Fish.

— C'est cela. Un homme qui sort de prison, reprit Will. Et ce n'est ni la première, ni la seconde, ni la troisième, ni même la quatrième fois.

On entendit M. Filer remarquer d'un air bourru que quatre fois c'était plus que la moyenne légitime, et qu'il devrait rougir de honte d'usurper ainsi la part des autres.

— Beaux messieurs et belles dames, répéta Will Fern, regardez-moi. Vous le voyez, je suis au plus bas ; vous ne pouvez plus me faire de tort ni de mal, pas même me faire du bien, car le temps où les bonnes paroles et les bons traitements auraient pu me faire du bien, ajouta-t-il en se frappant la poitrine et en branlant la tête, s'est évaporé avec l'odeur des pois ou des trèfles de l'année dernière que l'air a emportée. Au moins laissez-moi vous dire un mot pour ceux-ci (il montrait les travailleurs rassemblés dans la salle), et puisque vous êtes tous réunis ensemble, entendez, en leur nom, la vérité vraie une fois en votre vie.

— Je ne crois pas qu'il y ait ici personne, interrompit sir Joseph, qui voulût le choisir pour interprète.

— C'est très probable, sir Joseph. Je le crois sans peine. Peut-être ce que j'ai à dire n'en est-il pas moins vrai ; peut-être même est-ce une preuve de plus. J'ai demeuré dans ce pays de longues années. Vous pouvez voir d'ici ma cabane, là-bas, au-delà de la palissade renversée. J'ai vu cent fois les belles dames la dessiner dans leurs albums : elle fait très bien en peinture, à ce que j'ai entendu dire ; mais il n'y a pas non plus de mauvais temps dans vos paysages en peinture, et peut-être convient-elle mieux en effet pour figurer dans un tableau, que pour loger un homme. Eh bien ! moi, j'y ai demeuré, j'y ai vécu. (Quelle vie ! quelle triste vie ! Je n'ai pas besoin de vous le dire.) Toute l'année et tous les jours de l'année ; vous pouvez juger par vous-mêmes de ce que c'est.

Il parlait comme le soir où Trotty l'avait rencontré dans la rue ; sa voix était plus lourde, plus rauque, elle tremblait par intervalles ; mais point d'éclat de colère ; rarement dépassait-elle le ton calme et sérieux en rapport avec les simples faits qu'il exposait.

— Il est plus difficile que vous ne pensez, mes beaux messieurs, de devenir un homme honnête, ce qu'on appelle un homme honnête, dans une semblable demeure. Si j'y suis resté un homme et non pas une brute, c'est déjà quelque chose qui plaide en ma faveur. Je parle, bien entendu, de ce que j'étais alors ; quant à ce que je suis maintenant, il n'y a rien à dire en ma faveur, ni rien à faire ; c'est fini, je n'en suis plus là.

— Au fait, dit sir Joseph regardant autour de lui d'un air serein, je suis bien aise que cet homme soit entré. Ne l'interrompez pas ; on dirait que c'était écrit là-haut. C'est un exemple, un exemple vivant, qui, j'espère fermement, ne sera point perdu pour mes amis présents ici.

— Enfin, de manière ou d'autre, j'ai donc continué à traîner comme j'ai pu ma triste existence, dit Fern après un moment de silence. Dire comment, ni moi ni personne ne pourrait le faire ; mais la charge était si lourde que je n'étais pas en état de l'envisager avec satisfaction, ni de laisser croire que je fusse d'une autre humeur. Maintenant, vous, messieurs, qui siégez aux assises, quand vous voyez un homme portant sur son visage l'expression du mécontentement, vous vous dites l'un à l'autre : « C'est un homme suspect. J'ai mes doutes, dites-vous, sur Will Fern : surveillez-moi cet homme ! » Je ne dis pas, messieurs, que ce ne soit point très naturel, je dis seulement que cela est ; et, dès ce moment, tout ce que Will Fern fera ou ne fera pas, c'est tout un ; il faut que cela tourne contre lui.

L'alderman Cute enfonça ses pouces dans les poches de son gilet, et se renversant sur sa chaise, regarda en clignant de l'œil d'un air souriant un lustre au plafond, comme s'il eût dit : « Nous y voilà ! ne vous l'avais-je pas dit ? Leur plainte ordinaire ! Mon Dieu, nous savons tout cela par cœur, moi et la nature humaine. »

— Maintenant, messieurs, poursuivit Will Fern, les mains étendues en avant et son visage hagard couvert de la plus vive rougeur, voyez comme vos lois sont faites pour nous traquer et nous donner la chasse, lorsque nous en sommes arrivés là. J'essaie d'aller vivre ailleurs ; je suis un vagabond : en prison, vite ! Je reviens ici ; je vais cueillir des noisettes dans vos bois, je casse (à qui cela n'arrive-t-il pas ?) une baguette de coudrier ou deux : en prison ! Un de vos gardes me voit un fusil à la main, en plein jour, près de mon petit morceau de jardin : en prison ! J'ai naturellement une explication un peu vive avec cet homme quand je suis rendu à la liberté : en prison ! Je coupe un bâton : en prison ! Je mange une pomme pourrie ou un navet : en prison ! Elle est à vingt milles d'ici, votre prison ; au retour, je tends la main sur la route, je demande une bagatelle : en prison ! Enfin, le constable, le garde, n'importe qui, me trouve n'importe où, faisant n'importe quoi : en prison ! car cet homme est un vagabond, un pilier de prison ; ou plutôt il n'a pas d'autre chez lui que la prison.

L'alderman hocha la tête avec une expression particulière de sagacité, comme pour dire : « Eh, eh ! ce n'est déjà pas un si mauvais chez soi ! »

— Croyez-vous que je dis tout cela pour servir ma cause ? s'écria Fern. Qui donc pourrait me rendre ma liberté, qui pourrait me rendre ma bonne réputation, qui peut me rendre l'innocence de ma nièce ? Il n'y a pas dans toute l'Angleterre de lords ni de ladies qui pussent le faire. Mais, messieurs, messieurs, quand vous aurez affaire à d'autres hommes comme moi, ne prenez pas la chose de travers. Donnez-nous, par pitié, des habitations moins misérables lorsque nous sommes au berceau ; donnez-nous une meilleure nourriture lorsque nous travaillons pour vivre ; donnez-nous des lois plus douces pour nous ramener au bon chemin lorsque nous allons nous égarer ; mais ne nous mettez pas sans cesse devant les yeux la prison, la prison et puis encore la prison, de quelque côté que nous nous retournions. Alors, vous n'aurez pas pour le travailleur un seul bon procédé dont il ne vous sache un gré infini, dont il ne vous soit reconnaissant autant qu'il est donné à l'homme de l'être, car il a le cœur patient, paisible, plein de bonne volonté. Mais il vous faut d'abord développer en lui ses bons sentiments ; car, soit qu'il devienne une ruine et un débris comme moi, soit qu'il ressemble à un de ceux qui se trouvent ici maintenant, sa sympathie n'est pas pour vous à cette heure. Ramenez-le, messieurs, ramenez-le ! ramenez-le avant que vienne le jour où la Bible elle-même n'aura plus pour lui le même sens que pour vous, où il croira y lire, comme je l'ai cru moi-même dans ma prison : « Où tu iras, je ne puis aller ; où tu demeures, je ne demeurerai point ; ton peuple n'est pas mon peuple, ton dieu n'est pas mon dieu ! »

Une agitation soudaine éclata en ce moment dans la salle. Trotty crut d'abord que plusieurs personnes s'étaient levées pour chasser l'intrus, et que de là provenait ce changement subit. Mais il s'aperçut, au bout d'un instant, que la salle et toute la société avaient disparu. Sa fille était de nouveau devant lui, assise à travailler, mais dans un galetas plus pauvre, plus misérable qu'auparavant, et sans Lilian auprès d'elle.

Le métier, qui servait autrefois à Lilian, avait été mis de côté sur une planche et recouvert entièrement ; la chaise sur laquelle elle s'asseyait d'ordinaire était tournée contre la muraille. Il y avait toute une histoire écrite dans ces petites circonstances et aussi sur le visage de Meg flétri par le chagrin. Hélas ! elle n'était que trop facile à lire.

Meg continua de travailler, les yeux tendus sur son ouvrage, jusqu'à ce qu'il fît trop sombre pour distinguer les fils ; quand la nuit fut tout à fait venue, elle alluma sa pauvre lampe et se remit au travail. Son vieux père était toujours là, invisible ; il la considérait avec le même amour (Dieu sait jusqu'où allait cet amour !) et lui parlait d'une voix doucement émue du bon vieux temps et de ses chères cloches, quoiqu'il sût pourtant bien, le pauvre Trotty, qu'elle ne pouvait l'entendre.

Une grande partie de la soirée s'était écoulée, lorsqu'on frappa un coup à la porte. Meg l'ouvrit. Un homme se tenait sur le seuil, espèce de drôle aux regards hébétés, grognon et sale, à moitié ivre, usé par l'intempérance et le vice, les cheveux mal peignés, la barbe longue et en désordre, mais chez lequel l'on voyait encore à quelques traces qu'il avait dû faire dans sa jeunesse un gaillard bien taillé et de belle mine.

Il s'arrêta, jusqu'à ce que Meg lui permît d'entrer ; alors faisant un ou deux pas en arrière, elle s'éloigna de la porte sans rien dire et en le regardant d'un œil plein de tristesse. Trotty voyait enfin ses désirs accomplis ; c'était Richard.

— Puis-je entrer, Marguerite ?

— Oui. Entrez, entrez !

Il était heureux que Trotty l'eût tout d'abord reconnu avant de l'entendre dire un mot ; car, s'il avait pu conserver quelque doute à ce sujet, cette voix rauque et discordante lui aurait certainement fait supposer que c'était un autre que Richard.

Il n'y avait que deux chaises dans la chambre ; Meg lui donna la sienne et demeura debout à quelque distance, prête à entendre ce qu'il avait à lui dire.

Richard s'assit cependant, promenant sur le plancher des yeux égarés, accompagnés d'un sourire terne et stupide ; il offrait le spectacle d'une dégradation si profonde, d'un désespoir si abject, d'un si misérable abaissement, qu'elle se couvrit le visage de ses deux mains et se détourna pour ne pas lui laisser voir combien elle était émue.

Tiré de sa torpeur par le frôlement de sa robe, ou par quelque autre bruit insignifiant, il releva la tête et se mit à parler comme s'il ne faisait que d'entrer.

— Encore à l'ouvrage, Marguerite ? Vous travaillez tard !

— Oui, généralement.

— Et de bonne heure ?

— Et de bonne heure.

— C'est ce qu'elle m'a dit. Elle m'a dit que vous ne vous fatiguiez jamais, ou qu'au moins vous ne vouliez jamais convenir que vous fussiez fatiguée tout le temps que vous avez habité ensemble, lors même que vous tombiez en défaillance, également épuisée par le travail et le jeûne. Mais je vous ai déjà dit cela, lorsque je suis venu la dernière fois.

— Oui, répondit Meg ; je vous ai supplié de ne point m'en reparler davantage, et vous m'avez fait la promesse solennelle, Richard, de ne plus recommencer.

— La promesse solennelle, répéta-t-il avec un rire niais et un regard vide ; la promesse solennelle. Certainement la promesse solennelle !

Après une assez longue pause, il eut l'air de se réveiller pour reprendre avec une animation soudaine :

— Comment voulez-vous que je fasse, Marguerite ? Je ne peux pas m'en empêcher. Elle est encore revenue me trouver.

— Encore ! s'écria Meg en serrant les mains. Oh ! elle pense donc bien souvent à moi ! Elle est encore venue ?

— Vingt fois, dit Richard. Marguerite, elle m'obsède. Elle me suit dans la rue et me glisse cela dans les mains. J'entends son pas sur les cendres, lorsque je suis à mon travail (ah ! ah ! cela n'arrive pas souvent !), et avant que je puisse tourner la tête, sa voix murmure à mon oreille : « Richard, ne vous retournez pas. Pour l'amour du ciel, donnez-lui ceci ! » Elle me l'apporte où je demeure, elle me l'envoie dans ses lettres, elle frappe à la fenêtre et le dépose sur le rebord. Qu'est-ce que vous voulez que j'y fasse ? Tenez, le voilà !

En même temps, il lui montra une petite bourse qu'il tenait dans sa main et fit sonner l'argent qu'elle contenait.

— Cachez-le ! dit Meg ; cachez-le ! Lorsqu'elle reviendra, dites-lui, Richard, que je l'aime de toute mon âme, que je ne me couche jamais sans la bénir et prier pour elle, que, pendant mon travail solitaire, je ne cesse jamais de l'avoir présente à ma pensée, qu'elle est avec moi jour et nuit, que si je venais à mourir demain, je me la rappellerais jusqu'à mon dernier soupir, mais que je ne puis pas regarder cet argent !

Richard retira lentement sa main, et la refermant sur la bourse, il ajouta avec une sorte de sérieux aviné :

— Je le lui ai bien dit ; je le lui ai bien dit, on ne peut plus clairement. J'ai rapporté ce cadeau à sa porte et l'y ai laissé une douzaine de fois au moins depuis lors. Mais quand elle est venue une dernière fois et qu'elle s'est tenue là, devant moi, que je me suis trouvé face à face avec elle, que pouvais-je faire ?

— Vous l'avez vue ? s'écria Meg. Vous l'avez vue ? Ô Lilian, ma chère fille ! Oh ! Lilian ! Lilian !

— Je l'ai vue, continua Richard, moins pour répondre à la question, que pour suivre lentement le cours de ses propres pensées. Elle était là, tremblante ! « Comment va-t-elle, Richard ? Parle-t-elle encore de moi ? Est-elle maigrie ? Mon ancienne place à table ; qu'y a-t-il à mon ancienne place ? Et le métier sur lequel elle m'a appris à travailler autrefois, l'a-t-elle brûlé, Richard ? » Voilà comme elle était ; voilà ce qu'elle me disait.

Meg étouffait ses sanglots ; les yeux inondés de larmes, elle se penchait sur lui pour l'écouter sans perdre une syllabe.

Richard, accoudé sur ses genoux, le corps en avant, et plié en deux sur sa chaise, comme si ce qu'il disait eût été écrit à terre en caractères à peine lisibles, qu'il était occupé à déchiffrer et à ânonner, continua son récit :

— Richard, je suis tombée bien bas ; et vous pouvez deviner combien j'ai souffert en voyant qu'on m'ait renvoyé cette bourse, après que j'avais pris sur moi de vous l'apporter moi-même. Mais vous l'avez aimée autrefois, tendrement même, si je m'en souviens bien. On vous a refroidis l'un contre l'autre : des craintes, des jalousies, des doutes, l'amour-propre blessé vous ont éloigné d'elle ; cependant vous l'aimiez, si j'ai bonne mémoire !

— Ça, c'est vrai, ajouta-t-il en s'interrompant. Je l'aimais bien.

— Oh ! Richard ! si vous l'avez jamais aimée ; si vous avez quelque souvenir de ce qui est passé et perdu maintenant, portez-le-lui encore une fois. Encore une fois ! Dites-lui combien je vous ai prié et supplié. Dites-lui comment j'ai appuyé ma tête sur votre épaule, à la place où sa tête, à elle, devait reposer si elle eût été votre femme, combien je me suis humiliée devant vous, Richard. Dites-lui que vous avez regardé mon visage et que vous avez vu cette beauté qu'elle avait coutume de tant vanter, disparue, tout à fait disparue ; et à sa place, des joues amaigries, creuses, décharnées, dont la vue lui arracherait des larmes. Dites-lui tout cela et rapportez-lui la bourse, elle ne vous refusera pas une seconde fois. Elle n'en aura pas le cœur !

Il demeura de la sorte assis et rêveur, répétant ces dernières paroles, jusqu'à ce qu'il eût encore l'air de se réveiller et se leva.

— Ainsi donc vous ne voulez pas la prendre, Marguerite ?

Elle secoua la tête et fit un geste pour le prier de la laisser.

— Bonsoir, Marguerite !

— Bonsoir !

Richard se retourna pour la regarder, frappé qu'il était de sa douleur, et peut-être aussi du sentiment de pitié pour lui-même que dénotait le tremblement de sa voix. Ce fut un mouvement rapide, instantané ; pour un instant, une étincelle de sa première jeunesse brilla sur tout son être. La seconde d'après, il s'en alla comme il était venu ; cet éclair passager, faible rayon d'une flamme à jamais éteinte, ne parut pas capable de provoquer en lui le sentiment de sa dégradation.

Quelles que fussent les dispositions de Meg, quelques chagrins, quelques tortures de l'âme ou du corps qu'elle éprouvât, il fallait bien toujours que son ouvrage se fît. Elle se remit donc à sa tâche avec un redoublement d'activité et de diligence. La nuit vient ; minuit sonne, elle travaillait toujours.

Elle avait du feu, car il faisait bien froid, mais un tout petit feu, et se levait de temps en temps pour le raviver. Tandis qu'elle se livrait à ce soin, les cloches sonnèrent minuit et demi, et quand elles se turent, Meg entendit frapper doucement à la porte. Avant presque qu'elle eût eu le temps de se demander qui ce pouvait être à une heure aussi avancée, la porte s'ouvrit.

Ô jeunesse ! ô beauté ! si heureuses que vous puissiez être, regardez ceci ! Ô jeunesse ! ô beauté ! la bénédiction et la joie de tout ce qui vous approche, vous qui restez fidèles, dans votre conduite, aux lois de votre bien-aimé Créateur, regardez ceci !

Meg vit une forme humaine entrer dans la chambre ; un nom s'échappa de ses lèvres avec un cri d'effroi :

— Lilian ! chère Lilian !

Prompte comme l'éclair, Lilian, tombant à genoux devant elle, se cramponna à sa robe.

— Relevez-vous, chère enfant ! Relevez-vous, Lilian ! ma bien-aimée !

— Non, non, plus jamais, Meg ; plus jamais ! Ici ! ici ! à vos pieds, mais près de vous, serrée contre vous ; je veux sentir votre souffle chéri contre mon visage !

— Chère Lilian ! Ma Lilian bien-aimée ! Enfant de mon cœur... Non, l'amour d'une mère ne saurait être plus tendre que le mien... Venez reposer votre tête sur ma poitrine !

— Plus jamais, Meg ; plus jamais ! La première fois que j'ai contemplé votre visage, vous étiez là, agenouillée devant moi ; à genoux à mon tour, devant vous, je veux, moi, mourir à vos pieds. Ici ! ici !

— Vous voilà revenue, cher trésor ! Nous demeurerons ensemble, nous travaillerons ensemble, nous espérerons ensemble, nous mourrons ensemble !

— Ah ! un baiser contre mes lèvres, Meg ; entourez-moi de vos bras ; pressez-moi contre votre sein, regardez-moi avec tendresse, mais ne me relevez pas. Laissez-moi ici ; que prosternée à genoux je voie pour la dernière fois dans cette posture votre visage chéri !

Ô jeunesse ! ô beauté ! heureuses comme vous méritez de l'être ; regardez ceci. Ô jeunesse ! ô beauté ! fidèles aux lois de votre bien-aimé Créateur, regardez ceci !

— Pardonnez-moi, Meg ! ma chère, ma bonne Marguerite, pardonnez-moi ! Je sais, je vois que vous me pardonnez ; je le sais, je le vois ! mais dites-le, dites-le, Meg, ma bonne Meg !

Elle le dit aussi en effleurant de ses lèvres les joues de Lilian, et en entourant de ses bras (hélas ! elle le vit bien alors) un cœur brisé.

— Que les bénédictions du ciel descendent sur vous, cher amour ! Encore un baiser, un seul ! *lui* aussi, il a souffert qu'*elle* s'assît à ses pieds et les essuyât de ses cheveux. Ô Meg ! quelle compassion ! quelle miséricorde !

Pendant qu'elle était là expirante, l'esprit de l'enfant revint, innocent et radieux, toucha le vieillard de la main, et lui fit signe de s'éloigner avec lui.

IV. QUATRIÈME QUART

Encore quelque réminiscence des figures fantastiques apparues dans les cloches ; quelque vague impression produite par la voix sonore du carillon ; quelque sentiment intime accompagné de vertiges qui lui rappelait la vue de cet essaim de fantômes se reproduisant sans cesse à ses yeux, jusqu'à ce que leur souvenir vînt se perdre dans la confusion de leur innombrable multitude ; quelque connaissance acquise à la hâte, il ne savait trop comment, que plusieurs années s'étaient écoulées pendant cet intervalle, et Trotty, accompagné de l'esprit de l'enfant, considérait, attentif, deux mortels qui se tenaient compagnie.

Compagnie grosse et grasse, compagnie aux joues fraîches et vermeilles, compagnie heureuse et épanouie. Ils n'étaient que deux, mais ils étaient rouges pour dix, assis devant un bon feu et séparés seulement par une petite table basse qui venait de leur servir un petit régal à l'instant même, ou bien il fallait donc que le parfum du thé chaud et des brioches se conservât dans cette chambre plus longtemps que partout ailleurs. Mais comme les tasses et les soucoupes, parfaitement propres, occupaient leur place ordinaire dans le buffet de l'encoignure, que la fourchette de cuivre aux toasts pendait à son clou, étalant ses quatre doigts oisifs comme si elle eût voulu prendre mesure d'une paire de gants, il ne restait pas d'autres indices visibles du repas qui venait de finir, que le ronron du chat de la maison, occupé à se lécher les barbes, en se rôtissant les jambes devant le feu, et puis aussi l'air radieux empreint sur les visages gracieux (pour ne pas dire les gras visages) de ses maîtres.

Cet heureux couple, évidemment mari et femme, s'était partagé le feu d'une manière égale ; ils étaient assis à leur aise, l'œil abaissé sur les fragments de charbon embrasé qui tombaient dans la grille, tantôt remuant la tête de haut en bas en faisant un petit somme, tantôt se réveillant encore lorsqu'un morceau plus gros que les autres se détachait avec fracas de la masse, comme s'il allait entraîner avec lui tout le brasier.

Il n'y avait pourtant pas de danger que le feu s'éteignît de longtemps, car il répandait sa vive lueur, non seulement dans le petit salon, sur les carreaux de la porte vitrée et les rideaux à demi tirés qui la garnissaient, mais encore jusque dans la petite boutique qu'on apercevait au-delà. Une petite boutique bourrée, étouffée par l'abondance des marchandises, une petite boutique avec des mâchoires aussi voraces et une panse aussi accommodante et aussi pleine que celle d'un requin. Fromage, beurre, bois à brûler, savon, conserves, allumettes, lard, petite bière, toupies, confitures, cerfs-volants, millet pour les petits oiseaux, jambon froid, balais de bouleau, pierres à foyer, sel, vinaigre, cirage, harengs saurs, papeterie, saindoux, champignons à la sauce piquante, lacets à corsets, pains, volants, œufs et crayons d'ardoise ; tout était bon pour faire ventre à cette avide petite boutique ; tout poisson bon pour ses filets. Il y avait bien autre chose encore, et plus que je n'en saurais dire. Des pelotes de ficelles, des chapelets d'oignons, des paquets de chandelles, des paniers à salade, des brosses, etc., pendaient en grappes au plafond comme autant de fruits extraordinaires, tandis que des boîtes et des corbeilles de formes différentes, d'où s'exhalaient des odeurs aromatiques, attestaient la véracité de l'inscription placée au-dessus de la porte extérieure qui informait le public que le marchand établi dans cette petite boutique était débitant patenté de café, de thé, de poivre et de tabac, tant à priser qu'à fumer.

Jetant un coup d'œil sur ceux de ces articles qui se voyaient au rayonnement de la flamme et à la lueur moins gaie de deux lampes fumeuses, asphyxiées, dans la boutique elle-même, dont la pléthore semblait peser de tout son poids sur leurs poumons suffoqués ; puis, ramenant ses regards sur le visage d'une des deux personnes assises près du feu, dans la petite salle, Trotty reconnut, sans beaucoup de peine, dans la grosse vieille dame, mistress Chickenstalker, qui avait toujours eu des dispositions à l'embonpoint, même du temps qu'il l'avait connue dans son commerce de denrées générales, avec un petit arriéré inscrit sur ses livres à l'article *Trotty.*

Les traits de l'autre personnage lui causèrent un peu plus d'embarras. Ce large menton, avec des plis à y cacher le doigt, ces yeux étonnés, qui semblaient se consulter avec eux-mêmes pour savoir s'ils continueraient de s'enfoncer toujours plus avant dans la molle épaisseur de sa face charnue ; ce nez, affligé de la perturbation apportée dans ses fonctions par l'infirmité connue sous le nom de reniflement ; ce cou gros et court, cette poitrine asthmatique, et d'autres avantages du même genre, quoique de nature assurément à se graver profondément dans la mémoire, ne rappelèrent tout d'abord à Trotty aucune des personnes qu'il eût jamais connues, et pourtant il lui en restait comme un souvenir confus. À la fin, dans le personnage doublement associé au commerce de denrées générales de Mme Chickenstalker et au commerce de son existence matrimoniale, il reconnut l'ancien portier de sir Joseph Bowley, ce bienheureux apoplectique qui, depuis plusieurs années, se trouvait inséparablement lié dans la pensée de Trotty avec Mme Chickenstalker, parce que c'était lui qui l'avait fait entrer dans l'hôtel où il avait dû s'avouer le débiteur de cette dame, et attiré par là sur sa tête infortunée de si grands reproches.

Un changement comme celui-ci, après les changements dont il avait été le témoin, offrait à Trotty bien peu d'intérêt, mais l'association d'idées a quelquefois une force considérable, et il regarda involontairement derrière la porte vitrée, où les crédits faits aux pratiques étaient ordinairement inscrits à la craie. Son nom ne s'y lisait pas ; il s'en trouvait d'autres, mais tout à fait inconnus à Trotty ; la liste, d'ailleurs, paraissait infiniment moins longue qu'autrefois, ce qui le porta à conclure que le ci-devant portier était pour les affaires au comptant, et que, dès son entrée dans le commerce, il avait activement pourchassé les débiteurs retardataires de Mme Chickenstalker.

Eh bien ! au milieu de la profonde tristesse qu'éprouvait Trotty d'avoir vu se flétrir la jeunesse de son enfant bien-aimée et s'évanouir les espérances qu'il avait fondées sur elle, croirait-on qu'il ne se vit pas non plus sans chagrin dépossédé de son titre de débiteur sur le grand livre de Mme Chickenstalker ?

— Quel temps fait-il ce soir, Annette ? demanda l'ancien portier de sir Joseph Bowley en étendant ses jambes devant le feu et les frottant aussi bas que le peu de longueur de ses bras pouvait le lui permettre, d'un air qui semblait dire : « Je reste ici s'il fait mauvais, et s'il fait beau, je n'ai nulle envie de sortir. »

— Il vente et il grésille extrêmement fort, répondit sa femme ; le temps est à la neige ; il fait un froid noir.

— Je suis bien aise de penser que nous avons eu des brioches, reprit l'ex-portier du ton d'un homme qui vient de mettre sur quelque point sa conscience en repos. C'est une vraie soirée à brioches, à galettes et à tartelettes.

L'ex-portier énuméra successivement ces diverses sortes de friandises comme s'il eût fait une récapitulation mentale de ses bonnes actions. Après quoi, il se remit à frictionner ses grosses jambes, et croisant ses genoux l'un sur l'autre pour mieux exposer au feu les parties qui n'étaient pas encore rôties, il partit d'un grand éclat de rire, comme si quelqu'un l'avait chatouillé.

— Vous êtes de bien bonne humeur, Tugby, mon cher ami, remarqua sa femme.

La raison de commerce était Tugby, ci-devant Chickenstalker.

— Non, dit Tugby, pas précisément. Je me sens seulement un peu en train. Les brioches sont venues si à propos !

Et ce disant, il recommença à rire de plus belle ; son visage en devint presque noir, si bien que, pour le ramener à une couleur plus naturelle, il fit faire à ses jambes massives les exercices les plus étranges en l'air, jusqu'à ce qu'un bon coup de poing dans le dos, assené par sa robuste moitié, qui, non contente de ce premier avertissement, se mit à le secouer comme une dame-jeanne, vint le rappeler au décorum, dont il s'écartait trop sans façon.

— Bonté du ciel ! s'écria mistress Tugby effrayée, que le ciel ait pitié de nous et soit en aide au pauvre homme ! Qu'est-ce qui lui prend ?

M. Tugby, s'essuyant les yeux, répondit d'une voix à peine intelligible qu'il se sentait un peu en train.

— Ma chère âme, lui dit sa femme, ne recommencez pas, si vous ne voulez me faire mourir de peur, à gigoter et à vous débattre comme vous faites.

M. Tugby promit de ne plus recommencer, quoique son existence tout entière fût un débat perpétuel contre l'exubérance de sa santé, à en juger par son haleine, qui devenait chaque jour plus courte, et par la couleur violacée de son visage, chaque jour plus prononcée, symptômes avant-coureurs de sa défaite dans cette lutte pléthorique.

— Ainsi donc, il fait du vent, il grésille, le temps est à la neige. Il fait un froid noir, n'est-ce pas, ma chère amie ? fit le bonhomme, les yeux fixés sur le feu, et reprenant, après cette explosion passagère, son entrain délicieux.

— Un bien mauvais temps, en vérité, répondit sa femme en hochant la tête.

— Oui, oui, reprit M. Tugby. Les années, sous ce rapport, sont comme les chrétiens ; les unes ont une mort pénible, les autres une mort tout à fait douce ; celle-ci n'a plus que quelques jours à courir, et lutte énergiquement pour disputer sa vie ; je ne l'en estime que davantage. Ah ! voici une pratique, mon amour !

Attentive au bruit de la porte, mistress Tugby s'était déjà levée.

— Eh bien ! dit la dame passant dans la boutique, que vous faut-il ?... Ah ! je vous demande pardon, monsieur ; je ne croyais pas que ce fût vous.

Le personnage auquel mistress Tugby adressait ses excuses était un monsieur vêtu de noir, qui, les manchettes relevées, le chapeau négligemment incliné sur l'oreille et les mains dans ses poches, se mit, en entrant, à cheval sur le baril de petite bière, et répondit par un signe de tête :

— Cela va mal là-haut, madame Tugby, dit-il ; notre homme ne peut aller loin.

— Ce n'est pas de la mansarde du fond que vous parlez ? s'écria Tugby, faisant son entrée dans la boutique afin de se mêler de la conversation.

— La mansarde du fond, monsieur Tugby, descend l'escalier quatre à quatre, et sera bientôt plus bas que le rez-de-chaussée.

Après quoi, regardant tour à tour Tugby et sa compagne, il fit résonner le baril en frappant dessus avec le revers de ses doigts pour savoir jusqu'où allait la bière ; quand il eut trouvé le vide, il se mit incontinent à jouer un air sur la douve.

— La mansarde du fond, monsieur Tugby, ajouta-t-il (depuis un moment, Tugby paraissait plongé dans une consternation profonde), s'en va.

— En ce cas, fit Tugby s'adressant à sa femme, il faut, vous comprenez, qu'il s'en aille avant de s'en aller.

— Je ne pense pas qu'il vous soit possible de le faire transporter, reprit le monsieur en noir en secouant la tête. Je ne voudrais pas prendre sur moi la responsabilité de dire que la chose est possible. Il vaudrait beaucoup mieux le laisser où il est : il ne peut vivre longtemps.

— C'est le seul sujet, dit Tugby, qui fit retomber sur le comptoir le plateau de la balance au beurre sous le poids de son poing courroucé, c'est le seul sujet sur lequel nous ayons jamais eu la moindre discussion, ma femme et moi ; et voyez si ce n'est pas moi qui avais raison. Il va mourir ici, après tout ; mourir dans notre propriété ; mourir dans la maison !

— Et où donc vouliez-vous qu'il allât mourir, Tugby ? s'écria sa femme.

— À l'hôpital, répondit celui-ci. N'est-ce pas pour cela que sont faits les hôpitaux ?

— Certainement non, ce n'est pas pour cela, reprit Mme Tugby avec une grande énergie. Pas du tout pour cela. Ce n'est pas pour cela non plus que je vous ai épousé. N'y songez pas, Tugby ; je ne le veux pas ; je ne le souffrirai pas. J'aimerais mieux divorcer avec vous, et ne plus vous revoir jamais. Lorsque mon nom de veuve figurait au-dessus de cette porte, où chacun a pu le lire pendant nombre d'années, quand cette maison était connue de tout le quartier sous la raison Chickenstalker, et citée seulement pour son crédit honorable et son excellente réputation ; quand mon nom de veuve figurait au-dessus de cette porte, Tugby, je l'ai connu, lui, pour un beau et brave jeune homme, plein de bonne volonté et de courage ; je l'ai connue, elle, pour la plus gracieuse et la plus douce créature qu'on pût voir ; j'ai connu le père (pauvre vieux bonhomme, il est tombé du haut du clocher dans un accès de somnambulisme et s'est tué sur le coup) pour l'être le plus simple, le plus laborieux, innocent et sans malice comme l'enfant qui vient de naître. Avant que je les chasse de chez moi, de ma maison, puissent tous les anges me chasser aussi du ciel ! et ils le feraient certainement, et ils auraient raison.

Son vieux visage, autrefois gras, frais, potelé, orné de ravissantes petites fossettes avant tous les changements survenus, semblait rajeunir de vingt ans pendant qu'elle prononçait ces paroles, et, quand après s'être essuyé les yeux, elle secoua la tête et son mouchoir en s'adressant à Tugby avec une expression de fermeté à laquelle évidemment il n'eût pas été prudent à lui de vouloir résister, Trotty ne put s'empêcher de dire : « Que Dieu la bénisse ! que Dieu la bénisse ! »

Il écouta ensuite, le cœur palpitant, ce qui allait suivre, car il ne savait rien encore, sinon qu'on parlait de Marguerite.

Si Tugby avait été un peu trop en train dans son petit salon, il en fut bien puni par son abattement dans la boutique, où il restait debout, fixant sur sa femme un regard étonné, sans oser répondre, tout en faisant secrètement passer néanmoins, soit distraction, soit mesure de précaution, tout l'argent du tiroir dans sa poche.

Le monsieur assis à califourchon sur le tonneau de bière, et qui paraissait être quelque autorité médicale chargée de soigner officiellement les pauvres du quartier, était, évidemment, trop accoutumé à ces petits différends entre époux, pour intervenir par la moindre observation dans ces querelles de ménage. Il demeura donc assis, sifflant tout doucement et tournant la cannelle du baril de manière à laisser échapper de temps à autre quelques gouttes de bière sur le plancher, jusqu'à ce que le calme fût parfaitement rétabli ;

alors il leva la tête et dit à Mme Tugby, ci-devant mistress Chickenstalker :

— La femme a quelque chose d'intéressant dans sa personne, même à cette heure : comment a-t-elle pu l'épouser ?

— Oh ! cela, monsieur, dit mistress Tugby prenant place à côté du médecin sur une chaise, ce n'est pas la partie la moins douloureuse de son histoire. Ils s'étaient connus, voyez-vous, elle et Richard, depuis plusieurs années, du temps qu'ils formaient encore un couple brillant de jeunesse et de beauté ; tout était arrangé entre eux, et ils devaient se marier le premier jour de l'an. Mais, je ne sais comment, un beau jour, Richard se mit dans la tête, d'après ce que lui dirent quelques gros messieurs, qu'il avait tort, qu'il ne tarderait pas à s'en repentir, qu'elle n'était pas assez riche pour lui, et qu'un jeune homme, plein de force et d'avenir comme lui, n'avait que faire de se marier. Quant à elle, ces messieurs cherchèrent aussi à l'effrayer : ils l'attristèrent profondément en lui inspirant la crainte de se voir abandonnée un jour par Richard, de voir ses enfants devenir des gibiers de potence, de faire mauvais ménage, et combien d'autres choses encore ! Bref, ils différèrent de jour en jour, leur confiance mutuelle s'altéra peu à peu, et, en définitive, le mariage fut rompu. Mais la faute en fut à Richard. Elle l'aurait épousé avec joie, monsieur ; j'ai vu, bien souvent depuis, son pauvre cœur se gonfler, quand il passait près d'elle avec un air d'indifférence superbe, et jamais femme ne s'affligea plus sincèrement sur le compte d'un homme qu'elle ne le fit lorsque Richard commença à donner dans le désordre.

— Ah ! il a mal tourné, vraiment ! dit le monsieur en noir, soulevant la bonde du tonneau et essayant de regarder le fond par l'ouverture.

— Je ne sais trop, monsieur, voyez-vous, s'il avait bien toute sa tête. Je crois que son esprit était dérangé par suite de cette rupture, et que, sans une mauvaise honte à l'endroit des beaux messieurs, ou peut-être l'incertitude sur la façon dont elle pourrait prendre sa démarche, il aurait surmonté bien des peines et bravé bien des épreuves pour obtenir de nouveau la parole et la main de Meg. C'est ma conviction. Il ne l'a jamais dit, et c'est là le malheur, selon moi. Il s'adonna dès lors à la boisson, à la fainéantise, fréquenta de mauvaises compagnies, eut recours enfin à toutes ces belles habitudes qui devaient remplacer si avantageusement pour lui l'intérieur qu'il aurait pu avoir. Il perdit sa bonne mine, sa bonne réputation, sa santé, ses forces, ses amis, son ouvrage.

— Il ne perdit pas tout, madame Tugby, puisqu'il gagna une femme, et je voudrais bien savoir comment il y a réussi.

— J'y arrive, monsieur, dans un moment. Cela continua pendant des années et des années ; lui, se dégradant de plus en plus ; elle, la pauvre créature, endurant assez de misères pour miner sa vie et sa santé. Enfin, il tomba si bas, si bas, que personne ne voulut plus l'employer ni s'occuper de lui ; partout où il se présentait, on lui fermait la porte au nez. Courant de place en place et de maison en maison, il alla trouver, pour la centième fois, un monsieur qui l'avait bien souvent occupé (car c'était, au fond, un habile ouvrier) ; ce monsieur, auquel son histoire était parfaitement connue, lui dit : « Je vous crois incorrigible, il n'y a qu'une personne au monde qui puisse peut-être vous ramener dans le bon chemin ; ne me demandez plus de vous rendre ma confiance, à moins qu'elle n'entreprenne votre changement. » Ce fut à peu près là le langage qu'il lui tint dans sa colère et sa mauvaise humeur.

— Ah ! dit le monsieur en noir. Eh bien ?

— Eh bien ! monsieur, il vint la trouver, se jeta à ses genoux, lui raconta ce qui s'était passé, et la supplia de le sauver.

— Et elle... Ne vous attendrissez pas comme cela, madame Tugby.

— Elle vint, le soir même, me demander un logement ici. « Ce qu'il fut autrefois pour moi, me dit-elle, est enseveli pour jamais dans un tombeau, côte à côte avec ce que je fus moi-même pour lui. Mais j'ai réfléchi à sa demande, et je veux faire cette épreuve, dans l'espoir de le sauver, pour l'amour de la jeune fille joyeuse (vous vous la rappelez) qui devait se marier le premier jour de l'an et pour l'amour de son Richard. » Puis, elle ajouta qu'il était venu la voir de la part de Lilian, que Lilian s'était confiée à lui, et que jamais elle n'oublierait cela. Ils se marièrent donc, et lorsqu'ils s'établirent ici, en les voyant, je souhaitai au fond du cœur que des prophéties comme celles qui les avaient séparés dans leur jeunesse ne s'accomplissent pas toujours si cruellement, et, dans tous les cas, je ne voudrais pas, pour tout l'or du monde, être du nombre de ces prophètes de malheur.

Le monsieur en noir sauta à bas de son tonneau de bière et s'étira les membres en disant :

— Je suppose qu'il la maltraita dès qu'ils furent mariés !

— Non, répondit Mme Tugby en secouant la tête et en s'essuyant les yeux ; je ne crois pas qu'il l'ait jamais maltraitée ; il se conduisit même mieux pendant quelque temps, mais ses habitudes étaient trop anciennes et trop invétérées pour qu'il pût s'en défaire ; il retomba bientôt, et il allait se perdre de nouveau quand il s'est vu si violemment atteint par la maladie. Je crois qu'il l'a toujours aimée : j'en suis même sûre. Je l'ai vu, au milieu de ses accès mêlés de larmes et de tremblements nerveux, essayer de lui baiser la main, je l'ai entendu l'appeler « sa chère Meg, » et lui dire : « C'est aujourd'hui votre dix-neuvième anniversaire depuis que je vous connais. » Voilà des semaines et des mois qu'il ne sort pas de son lit : partagée entre lui et son enfant, elle n'a pas été en état de reprendre son travail, et, ne pouvant rendre l'ouvrage régulièrement, elle n'en peut plus trouver ; d'ailleurs il lui eût été impossible de travailler. Je ne sais pas comment ils ont vécu !

— Je le sais, *moi,* murmura M. Tugby, promenant ses regards du tiroir à la boutique et à sa femme avec des roulements d'yeux très significatifs qui les rendaient semblables à ceux d'un coq de combat !

Il fut interrompu par un cri, un cri déchirant, lamentable, parti de l'étage supérieur de la maison. Le jeune médecin se précipita vers la porte.

— Mon ami, dit-il en se retournant, vous n'avez pas besoin d'entamer une discussion pour savoir s'il faut le renvoyer ou non : je crois qu'il vous en a épargné la peine.

En parlant de la sorte, il monta rapidement l'escalier, suivi par mistress Tugby, tandis que son digne époux soufflait et grommelait entre ses dents derrière eux tout à son aise, attendu que la charge ajoutée à son poids déjà respectable par le contenu du tiroir où se trouvait fort mal à propos une quantité de monnaie de cuivre, le rendait encore moins léger et plus poussif que de coutume.

Trotty, toujours en la compagnie de l'enfant, s'élevait au-dessus de l'escalier comme un esprit aérien.

— Suis-la ! suis-la ! suis-la !

Il entendait les voix fantastiques des cloches lui répéter ces paroles à mesure qu'il montait :

— Reçois cette leçon de la créature la plus chère à ton cœur !

C'en était fait ! C'en était fait ! Elle était là, Marguerite, l'orgueil et la joie de son père ! Cette femme aux yeux hagards, à l'aspect misérable, qui pleurait près du lit, si toutefois un pareil grabat méritait ce nom, pressant contre son cœur un petit enfant, et laissant retomber sur lui sa tête.

Qui pourrait dire combien il était chétif, maigre, maladif, ce petit enfant ! qui pourrait dire aussi combien il lui était cher !

— Grâces soient rendues à Dieu ! s'écria Trotty joignant les mains et les élevant vers le ciel ; oh ! oui, grâces soient rendues à Dieu ! elle aime son enfant !

Le monsieur en noir, dont on ne pouvait dire qu'il fût d'ailleurs plus insensible ou plus indifférent qu'un autre à ces sortes de scènes, dont il était chaque jour témoin, et qui les considérait comme autant de chiffres insignifiants destinés à figurer dans les états statistiques de Filer, de simples traits de plume dans ses calculs, posa sa main sur le cœur qui avait cessé de battre, et écouta pour s'assurer si l'infortuné respirait encore.

— Ses souffrances sont terminées, dit-il ; c'est bien heureux !

Mme Tugby s'efforça de consoler la veuve en redoublant vis-à-vis d'elle de soins empressés et de tendresse, tandis que M. Tugby avait recours à des raisonnements philosophiques.

— Allons ! allons ! lui dit-il les deux mains dans ses poches, il ne faut pas vous désespérer ainsi, voyez-vous. Cela ne vaut rien. Vous devez lutter avec énergie. Que serais-je devenu, moi qui vous parle, si je m'étais laissé aller à mon chagrin du temps que j'étais concierge, quand nous avions à la porte de l'hôtel jusqu'à six voitures à deux chevaux à piaffer toute la soirée ? Mais, bah ! je ne perdais pas la tête, je conservais tout mon courage, et... je n'ouvrais qu'à bonne enseigne.

Trotty entendit encore les voix lui dire : « Suis-la ! » Il se tourna vers son guide et le vit s'éloigner de lui en s'élevant dans les airs, puis disparaître en répétant : « Suis-la ! »

Alors il plana autour de sa fille, s'assit à ses pieds, regarda son visage avec une grande attention pour y découvrir une trace de ce qu'elle était autrefois, et prêta l'oreille afin de saisir une note de sa voix, jadis si douce. Il voltigeait autour de l'enfant, pauvre petit être, si pâle, si vieux avant l'âge, si effrayant avec son air grave, et sa petite poitrine haletante, de laquelle s'échappaient des plaintes faibles, lugubres, étouffées. Il éprouvait pour lui presque de l'adoration, il s'attachait à lui comme à l'unique sauvegarde de sa fille, comme au dernier anneau qui restât encore pour la rattacher à une existence toute de douleurs. Il asseyait sur cette tête si frêle toutes ses espérances de père, épiait chacun des regards que lui adressait sa mère en le portant dans ses bras, et s'écria mille fois :

— Elle l'aime ; Dieu soit loué ! elle l'aime !

Il vit la bonne voisine lui tenir compagnie le soir, retourner près d'elle lorsque son mari grondeur était endormi et que tout était redevenu silencieux autour d'elle, l'encourager, pleurer avec elle, lui apporter de la nourriture. Il vit venir le jour, puis encore la nuit, les jours et les nuits se succéder, le temps s'écouler, la mort quitter la maison mortuaire, Meg laissée seule dans cette triste chambre avec son enfant ; il entendit ce dernier pleurer et gémir, il le vit la tourmenter, la fatiguer, et quand elle s'endormait épuisée, la rappeler à la conscience de ses peines et la replacer de ses petites mains sur la roue d'angoisse ; sans qu'elle cessât d'être attentive, douce et patiente avec lui ! Patiente ! ah ! ce n'était pas de la patience, c'était de la tendresse. Elle restait, au fond du cœur, au fond de l'âme, sa mère, sa tendre mère, et la faible existence de ce petit ange était unie aussi intimement à la sienne que quand elle le portait encore dans son sein.

Cependant la misère se faisait vivement sentir ; Meg dépérissait rapidement, victime de cruelles, de terribles privations. Son enfant dans les bras, elle errait çà et là pour aller chercher de l'ouvrage ; lorsqu'elle en avait trouvé pour une misérable somme, elle y travaillait sans relâche, le pâle nourrisson couché sur ses genoux et le regardant de son œil voilé ; un jour et une nuit de travail opiniâtre pour gagner autant de sous qu'il y a de chiffres sur le cadran. Lui arriva-t-il jamais de maltraiter son enfant, de le négliger, de laisser tomber sur lui un regard de haine, de le frapper dans un moment d'égarement passager ? Oh ! non. Elle l'aimait toujours. C'était la consolation de Trotty.

Elle ne parlait à personne de sa position difficile, et sortait toute la journée sans but, de peur d'être interrogée là-dessus par son unique amie ; car les légers secours que lui donnait la bonne dame occasionnaient entre elle et son mari des altercations sans cesse renaissantes ; et c'était chaque fois pour la pauvre Meg un nouveau sujet d'amertume d'être la cause de querelles journalières et de dissentiments sans fin dans un ménage auquel elle avait déjà tant d'obligations.

Elle aimait toujours son enfant, elle l'aimait de plus en plus. Mais cet amour vint à changer de face, un soir.

Un soir, elle chantait à demi-voix pour l'endormir, et se promenait dans la chambre en le portant, pour faire cesser ses cris, quand, la porte s'étant ouverte doucement, un homme se montra.

— Pour la dernière fois, dit-il en entrant.

— William Fern !

— Pour la dernière fois.

Il écouta comme un homme qu'on poursuit, puis dit tout bas :

— Marguerite, voilà ma course presque achevée. Je ne pouvais en finir sans vous adresser un mot d'adieu, sans vous apporter une parole de reconnaissance.

— Qu'avez-vous fait ?... lui demanda-t-elle en l'observant d'un air effrayé.

Il la regarda à son tour, mais sans répondre.

Après un moment de silence, il fit un geste de la main, comme pour écarter la question de Meg, la rejeter bien loin, et lui dire :

— Il y a bien longtemps, Marguerite ; mais cette nuit-là est aussi présente à mon souvenir que jamais. Nous ne pensions guère, alors, ajouta-t-il en promenant ses regards autour de lui, que nous dussions jamais nous retrouver ainsi... Votre enfant, Marguerite ? Laissez-le moi prendre dans mes bras. Laissez-moi tenir votre enfant.

Il mit son chapeau à terre et prit l'enfant ; en le prenant, il tremblait de la tête aux pieds.

— Est-ce une fille ?

— Oui.

Will mit la main sur ce petit visage.

— Voyez comme je suis devenu faible, Marguerite, puisque je n'ai pas le courage de la regarder. Laissez, laissez-la encore un moment. Je ne lui ferai pas de mal. Il y a longtemps, mais... Quel est son nom ?

— Marguerite, répondit-elle vivement.

— J'en suis bien aise, dit-il. J'en suis bien aise.

Il sembla respirer plus librement, et, après un court intervalle, ôta sa main et regarda le visage de l'enfant. Mais il le recouvrit aussitôt.

— Marguerite ! dit-il, en rendant l'enfant à sa mère. C'est tout Lilian.

— Lilian !

— J'ai tenu dans mes bras le même petit être quand la mère de Lilian mourut, et la laissa après elle.

— Quand la mère de Lilian mourut et la laissa après elle, répéta Meg l'air égaré.

— Comme vous criez d'un ton perçant ! Pourquoi fixez-vous ainsi vos yeux sur moi, Marguerite ?

Elle se laissa tomber sur une chaise, pressa l'enfant contre sa poitrine et l'inonda de ses larmes. Par moments, elle interrompait ses embrassements pour attacher sur le visage de la petite créature un regard inquiet ; puis elle redoublait ses étreintes. En ce moment, pendant qu'elle le considérait fixement, on voyait qu'un sentiment farouche, terrible, commençait à se mêler à son amour. Ce fut alors que son vieux père eut peur.

— Suis-la, dit une voix qui retentit dans toute la maison. Reçois cette leçon de la créature la plus chère à ton cœur !

— Marguerite, dit Fern en se penchant vers elle et la baisant au front, je vous remercie pour la dernière fois. Bonsoir ; adieu. Mettez votre main dans la mienne, et dites-moi que vous allez m'oublier désormais, et que vous essaierez de vous persuader qu'à partir de ce moment je cesse d'exister.

— Qu'avez-vous fait ? demanda-t-elle encore.

— Il y aura un incendie ce soir, répondit Will en s'éloignant de quelques pas. Il y aura des incendies cet hiver pour éclairer les nuits sombres, à l'est, à l'ouest, au nord, au midi. Quand vous verrez, dans le lointain, le ciel devenir rouge, c'est l'incendie qui l'éclairera. Quand vous verrez, dans le lointain, le ciel devenir rouge, ne pensez plus à moi, ou, si vous y pensez, rappelez-vous quel enfer fut allumé au dedans de mon âme, et figurez-vous que vous en voyez un reflet dans les nuages. Bonsoir ; adieu !

Meg l'appela, mais il était parti. Elle s'assit toute stupéfaite, jusqu'à ce que les cris de son enfant vinrent lui rappeler la faim, le froid, l'obscurité. Elle se promena dans sa chambre tout le long de la nuit en le portant dans ses bras, cherchant à le calmer et à le faire taire. Elle répétait par intervalles : « Tout comme Lilian, quand sa mère mourut et la laissa seule ! » Pourquoi son pas devenait-il donc si brusque, son regard si égaré ? Pourquoi son amour prenait-il un aspect si farouche et si terrible toutes les fois qu'elle répétait ces paroles ?

« Ce n'est que de l'amour, se disait Trotty, rien que de l'amour. Elle ne cessera jamais de l'aimer. Ma pauvre Meg ! »

Le lendemain matin, elle habilla son enfant avec un soin tout particulier ; que de soins perdus pour de si pauvres langes ! et une fois encore elle essaya de se procurer quelques moyens d'existence. C'était le dernier jour de l'année. Jusqu'à la nuit elle continua ses recherches sans manger ni boire ; mais ses courses furent vaines.

Elle alla se mêler à une foule abjecte qui stationnait dans la neige, jusqu'à ce qu'il plût à un employé chargé de distribuer les secours de la charité publique (la charité légale, veux-je dire, non pas celle qui fut prêchée autrefois sur une montagne, vous savez), d'introduire en sa présence ces infortunés, de les interroger et de dire à l'un : « Allez-vous-en dans tel endroit » ; à l'autre : « Revenez la semaine prochaine » ; de renvoyer comme une balle un autre de ces malheureux, le faire aller ici et là, le passer de main en main, de maison en maison, jusqu'à ce que, épuisé de besoin et de fatigue, il succombe et meure, à moins qu'il ne se relève, par un suprême effort, pour voler ; car alors le voilà devenu un criminel privilégié dont les réclamations ne souffrent pas de retard. Là encore elle échoua ; comme elle aimait son enfant, elle désirait le garder contre son cœur, et ne s'en séparer jamais : il n'en fallait pas davantage pour éprouver un refus.

Il faisait nuit ; une nuit obscure, froide, pénétrante, lorsque, serrant la pauvre petite créature entre ses bras pour lui donner un peu de chaleur, elle arriva bientôt à la porte de la maison qu'elle appelait son *chez elle*. Elle était si faible, elle avait la tête si lourde, qu'elle n'aperçut pas un homme debout sur le seuil, avant d'être arrivée tout près pour entrer. Alors seulement elle reconnut le maître de la maison qui s'était établi là de telle manière (et la chose n'était pas difficile pour un si gras personnage), qu'il bouchait entièrement le passage.

— Ah ! dit-il à voix basse, vous voilà revenue !

Meg regarda l'enfant et secoua la tête.

— Ah ça, croyez-vous que vous n'êtes pas demeurée ici assez longtemps sans payer de loyer ? N'y a-t-il pas, selon vous, assez longtemps que vous honorez gratis cette boutique de votre pratique ? dit M. Tugby.

Elle répéta encore le même appel muet à sa pitié.

— Supposons que vous alliez essayer d'en faire autant ailleurs, n'importe où, continua-t-il. Supposons que vous vous procuriez un autre logement. Allons ! ne pensez-vous pas que vous pourriez arranger cela ?

Meg répondit à voix basse qu'il était bien tard... Demain.

— Maintenant, je vois ce que vous voulez, dit Tugby, et je devine vos intentions. Vous savez qu'il y a deux partis à votre sujet dans cette maison, et vous trouvez du plaisir à les mettre aux prises. Je ne veux pas de querelles ; je parle doucement pour éviter toute contestation ; mais si vous ne partez, je vais prendre ma grosse voix, et vous allez entendre parler assez haut pour vous rendre contente. Mais vous n'entrerez point pour cela, j'y suis résolu.

De la main elle rejeta ses cheveux en arrière, leva les yeux au ciel par un mouvement subit, et les plongea dans l'ombre qui s'étendait devant elle.

— Nous voici à la dernière nuit de l'année ; je ne veux pas, pour vous plaire ou pour plaire à qui que ce soit, dit Tugby, véritable ami et père des pauvres en miniature, reporter sur l'année nouvelle les sujets d'ennuis, de querelles et de discorde de celle qui finit. Je m'étonne que vous n'ayez pas honte vous-même d'aller charger le nouvel an de ce vieux reliquat. Si vous n'avez pas autre chose à faire dans le monde que de toujours vous désoler et de semer constamment la discorde dans un ménage, vous feriez mieux d'en sortir. Allez-vous-en.

— Suis-la jusqu'au désespoir !

Le vieillard entendit de nouveau les voix. Levant les yeux, il vit les fantômes planer dans l'air et désigner du doigt la route qu'elle suivait au milieu des ténèbres.

— Elle l'aime ! s'écria-t-il comme par une sorte de supplication pleine d'angoisses adressée au ciel pour sa fille. Chères cloches, elle l'aime toujours ! n'est-ce pas ?

— Suis-la !

Et les ombres glissaient comme un nuage, rasant la terre sur le chemin qu'elle avait pris.

Il se joignit à elles pour la suivre, se tint près de sa fille, attacha son regard sur son visage. Il y lut la même expression farouche et terrible mêlée à celle de son amour qui brillait dans ses yeux d'un éclat effrayant. Il l'entendit répéter :

— Tout comme Lilian !... Pour tourner comme Lilian ! et elle redoublait de vitesse.

— Oh ! n'y a-t-il donc rien qui puisse l'éveiller ? Pas un objet, pas un son, pas une odeur pour rappeler de tendres souvenirs dans une tête en feu ! Pas une douce image du passé pour s'élever devant ses pas !

— ...J'étais son père ! j'étais son père ! s'écriait le vieillard étendant ses mains tremblantes vers les ombres ténébreuses qui voltigeaient au-dessus de sa tête. Ayez pitié d'elle et de moi ! Où est-elle ? Ramenez-la ! j'étais son père !

Mais les ombres se contentaient de la suivre du doigt dans sa course précipitée, et de dire :

— Jusqu'au désespoir ! Reçois cette leçon de la créature la plus chère à ton cœur !

Cent voix répétèrent ces paroles comme un écho. L'atmosphère était faite de leur souffle quand elles exhalèrent ces mots. Trotty semblait les aspirer chaque fois qu'il ouvrait la bouche. Elles étaient partout, il ne pouvait les éviter. Meg, cependant, pressait le pas, la même flamme dans les yeux, les mêmes paroles sur les lèvres : « Tout comme Lilian !... Pour tourner comme Lilian ! »

Tout à coup elle s'arrêta.

— Oh ! ramenez-la maintenant ! s'écria le vieillard arrachant ses cheveux blancs, Meg ! mon enfant chérie ! Ramenez-la ! grand Dieu ! ramenez-la !

Elle enveloppa chaudement le petit corps de l'enfant dans son châle usé ; de ses mains fiévreuses elle caressa ses membres délicats, arrangea sa tête et disposa ses misérables langes. Elle le serrait entre ses bras amaigris, décidée à ne plus s'en séparer, et, de ses lèvres desséchées, elle imprima sur le front de la faible créature un tendre baiser, suprême expression de ses angoisses et de la longue mais dernière agonie de son amour.

Ramenant sa petite main autour de son cou, et le tenant serré dans les plis de sa robe, tout contre son pauvre cœur déchiré, elle appuya sur son épaule le visage de cet ange endormi, tout près de sa joue, bien serré, et courut à la rivière.

À la rivière, roulant ses flots rapides et noirs sur lesquels planait une froide nuit d'hiver, semblable aux dernières pensées lugubres et sombres d'une foule de malheureux qui, avant elle, étaient allés y chercher un refuge contre la rigueur du sort ; où des lumières rougeâtres éparpillées sur ses rives répandaient une lueur blafarde, comme des torches allumées afin d'éclairer la route qui conduit au trépas ; où nulle habitation, nulle demeure d'être vivant ne voit réfléchir son ombre dans l'obscurité profonde, impénétrable, triste et mélancolique de ses eaux.

À la rivière ! Ses pas guidés par le désespoir la portaient vers ce portail de l'éternité avec la même vitesse qui entraîne ses ondes rapides au sein de la vaste mer. Lorsqu'elle passa près de lui, courant dans la direction du gouffre ténébreux, Trotty essaya de la toucher ; mais l'infortunée, en proie à une agitation, à une sorte d'égarement sauvage, dominée par cet amour farouche et terrible, victime d'un désespoir qu'aucune force humaine ne pouvait plus contenir ni arrêter, glissa, comme un souffle, aux côtés du vieillard.

Il la suivit. Elle s'arrêta un instant sur le rivage avant d'exécuter son terrible plongeon. Pour lui, tombant à genoux, il poussa un cri inarticulé, humble supplication adressée aux esprits des cloches qui planaient en ce moment au-dessus d'eux.

— J'ai reçu la leçon, s'écria Trotty, de la créature la plus chère à mon cœur ! Oh ! sauvez-la, sauvez-la.

Il put engager les doigts dans les plis de sa robe ; il put la saisir ! Au moment où ces paroles s'échappaient de ses lèvres, il sentit renaître en lui le sens du toucher, et comprit qu'il la retenait.

Les spectres abaissèrent sur lui leurs regards et le considérèrent fixement.

— J'ai reçu la leçon ! s'écria le bon vieillard ! Oh ! ayez pitié de moi à cette heure, si, entraîné par mon amour pour elle, jeune et bonne comme elle est, j'ai calomnié la nature dans les entrailles des mères poussées au désespoir ! Ayez pitié de ma présomption, de ma méchanceté et de mon ignorance, mais sauvez-la !

Il sentit que sa main s'ouvrait, que Meg allait lui échapper. Les spectres demeuraient silencieux.

— Ayez pitié d'elle ! s'écria-t-il ; c'est par un funeste égarement de son amour même qu'elle a conçu la pensée de ce crime ; entraînée par l'amour le plus fort, le plus profond que nous puissions connaître, nous autres, créatures déchues ! Songez à ce qu'a dû être sa misère, si de telles semences portent de tels fruits. Le ciel avait voulu la faire bonne ; il n'y a pas sur la terre de mère que l'amour de son enfant ne puisse conduire à une pareille extrémité, après une aussi douloureuse existence. Oh ! ayez pitié de mon enfant qui, dans ce moment même, cède à sa profonde pitié pour le sort de son enfant, et se voue à la mort, corps et âme, pour le sauver !

Elle était dans ses bras ; il la serrait contre son cœur avec la force d'un géant.

— Je vois parmi vous le génie des carillons, s'écria le vieillard distinguant au milieu d'eux l'esprit de l'enfant, et comme inspiré par l'influence surnaturelle de leurs regards. Je sais que notre héritage est tenu pour nous en réserve par la main du temps. Je sais que le temps se lèvera un jour comme un océan devant lequel tous ceux qui nous oppriment ou nous insultent seront balayés comme la feuille. Je le vois ; le flux commence. Je sais que nous devons avoir confiance, espérer et ne point douter de nous-mêmes ni des autres. Je l'ai appris de la créature la plus chère à mon cœur. Je la serre de nouveau dans mes bras. Ô esprits compatissants et bons, la leçon que vous me donnez, je la prends et la presse ainsi qu'elle contre mon cœur ! Ô esprits compatissants et bons, que je vous suis reconnaissant !

Il aurait pu en dire davantage, mais les cloches, les cloches, qui lui étaient familières depuis si longtemps ; les cloches, ses amies si chères, si constantes, si fidèles, commencèrent à sonner en joyeuses volées pour annoncer le nouvel an, et cela si vivement, si lestement, si heureusement, si joyeusement, que Toby bondit sur ses pieds, et rompit le charme qui l'enchaînait.

— Vous direz tout ce que vous voudrez, mon père, dit Meg, mais dorénavant, ne mangez plus de tripes sans demander au médecin si elles ne peuvent pas vous faire de mal, car vous avez eu un sommeil assez agité, bon Dieu ; pauvre père !

Elle était occupée à coudre, assise à la petite table, près du feu, ajustant des nœuds de ruban à sa modeste robe de noce ; mais si heureuse d'un bonheur doux et calme, si fraîche, si jeune, si pleine de beauté et d'espérances, que Toby poussa un grand cri, comme s'il eût vu un ange du ciel apparaître dans sa maison ; puis, il s'élança pour la serrer dans ses bras.

Mais ses pieds s'embarrassèrent dans le journal qui était tombé devant le foyer, et quelqu'un profita de ce retard pour se précipiter entre eux deux.

— Que non ! s'écria la voix de ce quelqu'un, et une voix fièrement franche et gaillarde, allez ; que non ! pas même vous, pas même vous ! Le premier baiser de Meg, au nouvel an, m'appartient ; il est pour moi ! Voilà une heure que j'attends dehors que les cloches sonnent pour le réclamer. Meg, ma précieuse conquête, une heureuse année ! Une vie entière d'heureuses années ma bonne petite femme !

Et Richard l'étouffait de baisers.

Jamais, de votre vie, vous n'avez rien vu de pareil à Trotty après cette brusque interruption. Peu m'importe où vous avez vécu ni ce que vous avez vu ; mais, pour sûr, jamais de votre vie vous n'avez rien vu nulle part qui pût en approcher ! Il s'asseyait sur sa chaise et se frappait les genoux en pleurant ; il se rasseyait encore et se frappait les genoux en riant ; il s'asseyait de nouveau et se frappait les genoux en riant et pleurant à la fois ; il se levait de sa chaise pour embrasser Meg ; il se levait de sa chaise pour embrasser Richard ; il se levait de sa chaise pour les embrasser tous les deux en même temps ; il courait à Meg, pressait son frais visage entre ses mains et le baisait, tantôt s'éloignant d'elle à reculons pour ne pas la perdre de vue, tantôt s'en rapprochant brusquement en courant comme les ombres chinoises des lanternes magiques ; mais toujours et toujours il ne faisait que s'asseoir dans cette chaise et la quitter en moins d'une minute, tant il était, à la lettre, fou de joie.

— C'est donc demain ta noce, ma biche ! s'écria Trotty ; ta vraie, ton heureuse noce !

— C'est aujourd'hui ! interrompit Richard en lui donnant une poignée de main ; c'est aujourd'hui. Les cloches carillonnent pour le nouvel an. Entendez-les !

C'était bien vrai ; elles sonnaient ! Gloire à leurs vigoureux poumons ! Comme elles sonnaient ! C'étaient de grandes cloches, de nobles cloches, harmonieuses, puissantes, fondues d'un métal rare, l'œuvre de quelque artiste distingué ; n'ayez pas peur qu'elles eussent jamais sonné comme cela auparavant.

— Aujourd'hui pourtant, mon ange, dit Trotty, Richard et toi vous avez eu une petite querelle, ce me semble.

— C'est un si mauvais sujet, mon père, répondit Meg. N'est-il pas vrai, Richard ? Vilain entêté que vous êtes ! J'ai vu le moment où il ne se serait pas plus gêné pour dire sa façon de penser au gros alderman et le supprimer en l'envoyant je ne sais où, que pour...

— Embrasser Meg, dit Richard. Et c'est qu'il le fit, ma foi comme il le disait.

— Non ; pas une fois de plus, repartit Meg... Mais je n'ai pas voulu le laisser faire, mon père. À quoi cela aurait-il servi ?

— Richard ! Richard ! s'écria Trotty. Vous avez toujours été un crâne garçon et vous resterez un crâne gaillard jusqu'à la fin. Mais pourquoi pleurais-tu ce soir, près du feu, mon ange, quand je suis entré ?

— C'est que je songeais aux années que nous avons passées ensemble, mon père. Voilà tout. Je pensais que vous pourriez me regretter quand vous alliez vous trouver seul.

Trotty allait encore s'asseoir sur cette chaise extraordinaire, quand l'enfant, éveillée par le bruit, accourut, à demi habillée.

— Comment ! la voilà ! dit le bonhomme en la soulevant dans ses bras. Voici la petite Lilian ! Ah ! ah ! ah ! Nous y sommes, nous y voilà ! Oui, oui, nous y sommes, nous y voilà ! Et l'oncle Will aussi (s'arrêtant dans son trot pour lui faire un salut cordial). Ah ! oncle Will ! s'écria Toby ; si vous saviez la vision que j'ai eue ce soir pour vous avoir logé chez moi ! Oh ! oncle Will ! si vous saviez les obligations que je vous ai, mon ami, pour être venu habiter ma pauvre maison !

Avant que Will Fern pût répondre un seul mot, une troupe de musiciens fit irruption dans la chambre, suivis d'une foule de voisins, criant à qui mieux mieux :

— Une heureuse nouvelle année, Meg ! et une heureuse noce !... accompagnée de plusieurs autres ! toute sorte d'autres souhaits du jour.

La grosse caisse, ami particulier de Trotty, s'avança alors, et prenant la parole :

— Trotty Veck, mon camarade ! dit-il ; le bruit court que votre fille se marie demain. Il n'est personne, parmi toutes vos connaissances, qui ne vous souhaite toute sorte de bonheur, et de même, personne qui connaisse Meg et ne lui souhaite aussi toutes sortes de prospérités, ou personne qui vous connaisse l'un et l'autre et ne vous souhaite à tous deux le bonheur que la nouvelle année peut donner ; et c'est pour cela que nous sommes venus vous faire danser au son de la musique.

Cette harangue fut accueillie par une acclamation générale. À propos, la grosse caisse était ivre ou à peu près, mais qu'importe ?

— Quel bonheur, en vérité, dit Trotty, d'être ainsi estimé ! Que vous êtes de bons, d'aimables voisins ! Et tout cela, à cause de ma chère fille ! Elle le mérite bien !

En moins d'une demi-seconde, la société fut prête à commencer la danse, Meg et Richard en tête ; la grosse caisse allait frapper dur sur sa double peau d'âne, quand on entendit tout à coup au dehors un mélange de sons extraordinaires. Une bonne grosse maman, qui paraissait avoir atteint environ la cinquantaine, mais très gracieuse encore et fort avenante, s'élança dans la chambre, accompagnée d'un homme qui portait une cruche de grès d'une taille effrayante, et suivie de près de cymbales et de clochettes, non pas les grosses cloches de Trotty, bien entendu, mais un carillon en miniature, suspendu à un cadre diminutif, en manière de bonnet chinois.

— Voilà Mme Chickenstalker ! s'écria le bon vieillard.

Cela dit, il s'assit et frappa de plus belle ses genoux avec les mains.

— Se marier et ne m'en rien dire, Meg ! fit la bonne dame ; jamais je n'aurais pu dormir la dernière nuit de l'année sans venir vous offrir mes vœux et mes souhaits de bonheur. Je n'aurais pu le faire, Meg, quand même la maladie m'aurait clouée sur mon lit. Aussi, me voilà ; et comme nous sommes à la veille du nouvel an, et en même temps à la veille de votre mariage, ma chère, j'ai fait préparer un petit punch de ma façon que j'apporte avec moi.

Ce que Mme Chickenstalker entendait par un petit punch de sa façon faisait honneur à son talent. La cruche lançait des nuages de vapeur et de fumée, comme un volcan en éruption, et l'homme qui l'avait apportée en avait sa charge.

— Madame Tugby, dit Trotty qui se tournait et retournait autour d'elle en extase ; madame Chickenstalker, voulais-je dire, que Dieu vous bénisse pour votre bon cœur. Une bonne année accompagnée de plusieurs autres ! Madame Tugby, ajouta-t-il après l'avoir embrassée, c'est madame Chickenstalker que je veux dire, je vous présente William Fern et Lilian !

La bonne dame, à la grande surprise de Tugby, rougit et pâlit tour à tour.

— Ce n'est pas, dit-elle, la petite Lilian dont la mère est morte dans le Dorsetshire ?

— Précisément, répondit Will.

Il s'approcha aussitôt d'elle et ils échangèrent rapidement quelques paroles, dont le résultat fut que Mme Chickenstalker serra affectueusement les deux mains de Will, embrassa de nouveau Trotty sur la joue, mais d'elle-même, et pressa l'enfant contre son sein opulent.

— Will Fern ! dit Trotty tirant sa mitaine de la main droite : est-ce que c'est là l'amie que vous espériez trouver ?

— Oui, répondit Will appuyant ses deux mains sur les épaules du vieillard, et une amie aussi dévouée, si c'est possible, j'espère, que l'ami que j'ai rencontré en vous.

— Oh ! fit Trotty. La musique, s'il vous plaît. Voulez-vous avoir cette bonté ?

La musique, le carillon... tout éclata à la fois, et pendant que les cloches, dans la tour, sonnaient encore à toute volée, Trotty, faisant passer Meg et Richard au second rang, s'il vous plaît, se mit avec Mme Chickenstalker en tête de la danse, et ouvrit le bal avec elle par un pas inconnu avant et depuis ; un pas qui avait pour base son petit trot particulier.

Trotty avait-il rêvé ? Ses joies, ses chagrins, tous les acteurs qui ont joué un rôle dans ce drame ne sont-ils qu'un rêve ? Trotty lui-même n'est-il qu'un rêve ? L'auteur de ce récit n'est-il qu'un rêveur qui ne se réveille lui-même qu'en ce moment ? S'il en est ainsi, ami lecteur, vous qui lui étiez si cher au milieu de toutes ses visions, tâchez de ne pas oublier les sérieuses réalités où ces ombres ont pris naissance ; et, dans votre sphère (il n'en est aucune qui soit trop étendue, aucune qui soit trop bornée pour un tel but), efforcez-vous d'y apporter le remède, les améliorations et les adoucissements qu'elles comportent. Puisse, de cette sorte, le nouvel an être pour vous une heureuse année, heureuse également pour tous ceux dont le bonheur dépend de vous ! Puisse ainsi chaque année être plus heureuse que la précédente, et que le dernier d'entre nos frères, la plus humble d'entre nos sœurs, reçoive sa légitime part du bonheur dont le Créateur du genre humain a voulu les faire jouir comme les autres.

Contes de Noël, *1843*.

L'HOMME HANTÉ

par

Charles Dickens (1812-1870)

La fête de Noël incite certains à des retours sur le passé. Comme le chimiste solitaire qui a reconnu dans le néant la musique, le silence de mort de la nuit, la présence d'un fantôme : celui de l'homme qu'il a été il y a bien longtemps.

I. LE DON ACCORDÉ

Tout le monde le disait.

Loin de moi la pensée de soutenir que ce que dit tout le monde doive être vrai. Souvent il arrive que tout le monde a raison, comme aussi que tout le monde a tort. D'après la commune expérience, tout le monde a tort si fréquemment, et, la plupart du temps, il a fallu de si fastidieuses recherches pour découvrir à quel point il a eu tort, qu'il vaut mieux admettre tout de suite que son autorité est évidemment contestable. Il peut se faire que parfois tout le monde ait raison ; « mais cela n'est point une règle », comme dit le spectre de Giles Scroggins dans la ballade.

Ce mot redoutable, le *spectre,* me rappelle à mon héros.

Tout le monde disait qu'il avait l'air d'un homme poursuivi par des visions. Et je demande à ajouter que, cette fois, tout le monde avait raison. C'était la vérité.

Quiconque eût vu ses joues creuses, son œil cave, brillant ; et sous leurs noirs vêtements, ses formes qui avaient je ne sais quoi de repoussant, quoique bien prises et bien proportionnées ; ses cheveux argentés, tombant le long de son visage, semblables à des algues marines enchevêtrées, comme s'il eût été, durant sa vie entière, un but solitaire exposé aux flots déchaînés du vaste océan de l'humanité ; quiconque eût vu cet homme, aurait assurément dit qu'il avait l'air d'un homme poursuivi par des visions, d'un possédé.

Quiconque eût observé son maintien taciturne, rêveur, sombre, ses manières empreintes d'une réserve habituelle, d'une froideur invariable, et son air préoccupé semblant indiquer un retour aux choses et aux temps passés, ou bien une profonde attention prêtée à quelques vieux échos de son esprit ; quiconque eût observé tout cela, aurait dit que ses manières étaient celles d'un possédé.

Quiconque eût entendu sa voix lente, caverneuse, grave et remarquable par une ampleur, une mélodie naturelle, contre lesquelles il semblait se tenir en garde, quiconque eût entendu cette voix, aurait dit, à coup sûr, que c'était la voix d'un possédé.

Quiconque l'eût vu dans son appartement retiré, mi-bibliothèque et mi-laboratoire, car, à la connaissance de tout le monde, au loin et dans le voisinage, c'était un homme expert en chimie et un professeur aux lèvres et aux mains duquel une foule d'oreilles et d'yeux se suspendaient chaque jour ; quiconque l'eût vu là, pendant une soirée d'hiver, seul, entouré de ses drogues, de ses instruments et de ses livres, à la lueur d'une lampe couverte d'un abat-jour, et projetant sur la muraille une ombre gigantesque, immobile, au milieu d'innombrables formes fantastiques, produites par les clartés vacillantes du foyer sur les objets étranges étalés çà et là, quelques-uns de ces fantômes se trouvant réfléchis par les vaisseaux en verre remplis de liquide, et tremblant convulsivement comme des choses ayant la conscience de sa puissance à les combiner et à réduire leurs atomes en vapeur et en feu ; quiconque l'eût vu à pareilles heures, après l'œuvre accomplie, méditant dans son fauteuil, devant la rouge flamme du foyer, remuant ses lèvres minces comme l'on fait en parlant, bien qu'elles demeurassent muettes comme la mort, aurait dit infailliblement que l'homme et l'appartement semblaient être au pouvoir des esprits.

Qui ne se serait dit, avec un faible effort d'imagination, que chaque objet, autour de cet homme, prenait cette apparence surnaturelle, et que ce séjour était habité par des esprits !

Cette retraite avait, en effet, l'aspect d'un antre mystérieux. C'était un vieux bâtiment isolé, qui faisait partie d'un édifice fondé anciennement pour recevoir des étudiants et situé sur un terrain vaste et découvert. Mais, à cette époque, déchue de son antique splendeur, l'œuvre en ruine d'architectes oubliés, noircie par le temps et la fumée, pressée de tous côtés par les envahissements croissants d'une grande ville, était étouffée comme un vieux puits par une masse de briques et de pierres ; ses petits quadrangles, gisant dans de véritables fossés formés par les rues et les maisons construites avec le temps au-dessus de ses massives cheminées ; ses arbres séculaires, insultés par la fumée du voisinage qui daignait descendre à leur niveau lorsqu'elle était très faible et le temps très variable ; ses pelotes de gazon luttant avec la terre amaigrie pour conserver au moins un reste d'existence ; ses pavés, inaccoutumés au contact des pas humains, et même reculés de tous les yeux, si ce n'est lorsqu'un passant égaré plongeait là des regards étonnés, en se demandant ce que c'était que ce trou ; son cadran solaire enfoui dans un petit coin recouvert de briques, où, depuis un siècle, pas le moindre rayon de soleil n'avait pénétré, mais au fond duquel, comme dédommagement de l'abandon du soleil, la neige séjournait pendant des semaines entières, par un privilège exclusif, tandis que le noir vent d'est, partout ailleurs silencieux et calme, s'y engouffrait comme dans une immense toupie ronflante ; tout enfin y frappait l'esprit d'une terreur sombre.

À l'intérieur, au cœur même de son logis, aux abords de son foyer, la demeure du chimiste semblait s'affaisser de vétusté, et cependant, elle était encore fort solide, malgré ses poutres, ses solives rongées par les vers, et son lourd plancher allant en pente dans la direction de la grande cheminée de chêne ; entourée, serrée par la pression de la ville, et néanmoins bien éloignée d'elle par le caractère, le temps et les usages ; paisible s'il en fut, et pourtant si pleine de retentissants échos, lorsqu'au loin une voix s'élevait ou que quelque porte se fermait, échos obstinés qui, au lieu de s'éteindre dans les corridors et les chambres vides, couraient grondant et murmurant jusque dans les profondeurs les plus reculées.

Il eût fallu le voir dans sa mansarde à l'heure du crépuscule, au milieu de la désolation de l'hiver.

À l'heure où le vent souffle et siffle, tandis que le soleil terne descend à l'horizon ; à l'heure où il fait juste assez sombre pour que les formes des choses deviennent vastes et indistinctes ; à l'heure où les gens assis près du feu commencent à voir dans les charbons des figures fantastiques, des montagnes, des abîmes, des embuscades et des armées ; à l'heure où dans les rues, le passant court, devant la brise ; à l'heure où ceux qui sont forcés d'affronter le temps sont arrêtés dans quelque coin obscur et glacial, par la neige qui fouette leurs paupières ; à l'heure où les fenêtres des maisons sont soigneusement closes, et où le gaz commence à darder ses rayons dans les rues tranquilles ou agitées, sur lesquelles la nuit descend avec rapidité ;

À l'heure où le vagabond, grelottant sur la voie publique, plonge des regards affamés sur les fourneaux des cuisines souterraines, surexcitant ainsi son appétit, en humant, tout le long du chemin, la fumée des dîners d'autrui ;

À l'heure où ceux qui voyagent par terre sont gelés de froid et fixent des yeux hagards sur les sombres paysages, en frissonnant de tous leurs membres au souffle de la tempête ; à l'heure où les matelots suspendus aux vergues couvertes de glaçons sont affreusement balancés en tous sens au-dessus des flots en courroux ; à l'heure où les phares, plantés sur les rochers et les pointes de terre, apparaissent comme des sentinelles solitaires, tandis que les oiseaux de mer, surpris par la nuit, se précipitent sur les fanaux, s'y brisent et tombent morts ;

À l'heure où les petits enfants, lisant des contes au coin du feu, tremblent en songeant au sort de Cassim Baba, dont les membres, coupés en morceaux, sont suspendus dans la caverne des quarante voleurs, ou se demandent avec effroi s'il ne leur arrivera pas, en traversant le sombre et long corridor conduisant à la chambre à coucher, de rencontrer quelque soir la petite vieille si terrible avec sa béquille, celle qui avait coutume de s'élancer hors de la boîte, dans la chambre du marchand Abudah ;

À l'heure où, dans la campagne, les dernières lueurs du jour s'évanouissent au fond des avenues, tandis que les arbres, courbés en forme de voûte, se couvrent de ténèbres épaisses ; à l'heure où, dans le parc et les bois, les hautes et humides fougères, la mousse et les lits de feuilles mortes et les troncs d'arbres se dérobent à la vue sous des masses d'ombres impénétrables ; à l'heure où des brouillards surgissent des prés et des rivières ; à l'heure où les clartés qui brillent aux fenêtres des vieux manoirs et des cottages font envie au voyageur. À l'heure où le moulin s'arrête, où l'artisan ferme son atelier, où le laboureur, laissant sa charrue dans le champ désert, ramène ses bœufs à l'étable, tandis que l'horloge de l'église tinte plus sonore, et que la porte du cimetière est close pour toute la nuit ;

À l'heure où, de toutes parts, le crépuscule délivre les ombres emprisonnées depuis le commencement du jour, qui, maintenant, se rassemblent et se massent, pareilles à d'innombrables légions de fantômes ; à l'heure où elles se tiennent accroupies dans les coins des maisons et grimacent derrière les portes entrouvertes ; à l'heure où elles sont en pleine possession des demeures désertes ; à l'heure où, dans les lieux habités, elles dansent sur les planches, sur les murs et les plafonds, pendant que le feu languit au foyer, mais pour se retirer, comme des eaux à la marée basse, dès que la flamme se réveille ; à l'heure où, transformant d'une façon fantastique tout ce qui se trouve au logis, elles font de la bonne une ogresse, du cheval de bois un monstre, de l'enfant étonné, qui ne sait plus s'il doit rire ou pleurer, une forme étrangère à lui-même, et des pincettes de la cheminée, un géant qui étend ses grands bras comme pour broyer les os des humains et les moudre en farine afin d'en faire son pain ;

À l'heure où ces ombres portent dans l'imagination des vieillards d'autres pensées, et leur présentent des images nouvelles ; à l'heure où elles sortent furtivement de leurs retraites, avec des formes et des visages des temps passés, exhumés des tombeaux, des profondeurs de la mer, où sont errantes les choses qui auraient pu être et n'ont jamais été ;

À cette heure, notre homme était assis devant son feu sur lequel ses yeux étaient fixés, tandis que les ombres allaient et venaient suivant les caprices de la flamme.

Et, bien qu'il n'observât pas ces ombres avec les yeux de son corps obstinément attachés au foyer, c'est à cette heure qu'il eût fallu le voir, alors que les bruits surgissant avec les ombres, et quittant leurs retraites aux appels du crépuscule, semblaient faire une solitude plus profonde encore autour de lui ; alors que le vent mugissait dans la cheminée et hurlait ou sifflait dans la maison ; alors que les vieux arbres de la cour subissaient de si fortes secousses, qu'un vieil oiseau de nuit, troublé dans son sommeil, protestait contre ce vacarme, en cris dolents et plaintifs ; alors que, par intervalles, la fenêtre tressaillait, que la girouette rouillée de la tourelle grinçait, que la cloche suspendue dans le beffroi annonçait la fuite d'un autre quart d'heure, et que le feu s'affaissait en craquant.

En ce moment, et tandis que le chimiste était assis, comme nous venons de le voir, devant son foyer, un coup frappé soudain à la porte le tira de sa rêverie.

— Qui va là ? s'écria-t-il. Entrez !

Assurément, nulle forme humaine n'était venue s'appuyer sur son fauteuil ; nuls regards n'étaient venus l'épier pardessus son épaule. Certainement, aucun pas n'avait effleuré le sol au moment où le chimiste leva la tête comme en sursaut et parla. Et cependant, bien qu'il n'y eût dans la chambre aucun miroir sur la surface duquel son image eût pu se réfléchir un moment, *quelque chose* avait obscurément passé pour s'évanouir aussitôt.

— Je crains, monsieur, permettez-moi de vous le faire observer, dit un homme au visage haut en couleur, à l'air affairé, en tenant la porte ouverte avec son pied, afin d'introduire sa propre personne et un panier qu'il portait ; je crains, monsieur, répéta-t-il en retirant peu à peu son pied pour que la porte se refermât sans bruit, je crains d'être un peu en retard ce soir. Mais mistress William a été si souvent enlevée de dessus ses jambes...

— Par le vent ? Ah ! oui, je l'ai entendu souffler.

— Par le vent, monsieur. C'est un miracle qu'elle soit parvenue à rentrer au logis. Oh ! mon Dieu, oui, oui... par le vent, monsieur Redlaw, par le vent.

Tout en parlant, il avait déposé le panier contenant le dîner, et après avoir allumé la lampe, il mit la nappe sur la table, occupation qu'il abandonna précipitamment pour attiser le feu, et qu'il reprit aussitôt après. Pendant ce court espace de temps, la double clarté de la lampe et du foyer avait si subitement changé l'aspect de la chambre, qu'il semblait que la seule présence de cet homme, avec sa figure rubiconde et son activité, eût suffi pour opérer cette agréable métamorphose.

— Mistress William est naturellement sujette, en tout temps, monsieur, à être dérangée de son équilibre par les éléments. Elle ne peut pas s'en empêcher.

— Non ? répondit M. Redlaw d'un ton de bonne humeur, quoique un peu brusquement.

— Non, monsieur. Tantôt c'est la terre sur laquelle elle marche, qui fera perdre à mistress William son équilibre. Comme, par exemple, il y a eu dimanche huit jours, qu'il faisait si gras et si glissant, pendant qu'elle était sortie pour aller prendre le thé en ville avec sa nouvelle belle-sœur. Or, mistress William a soin de sa personne ; elle a surtout à cœur de ne pas se crotter, et de faire preuve d'une grande propreté. Tantôt mistress William perdra son équilibre par la faute de l'air. Ainsi, elle consentit un jour à accompagner une de ses amies pour aller essayer une escarpolette à la foire de Peckham ; eh bien ! cet exercice agit subitement sur sa constitution, comme le mouvement d'un bateau à vapeur. Mistress William peut perdre encore son équilibre par le feu : à preuve qu'à propos d'une fausse alerte des pompiers, pendant qu'elle habitait chez sa mère, elle parcourut la distance de deux milles en bonnet de nuit. Mistress William peut perdre son équilibre par l'eau, comme un jour à Rattersea, se trouvant dans un canot avec son petit neveu, Charley Swidger junior, âgé de douze ans, lequel n'entendant rien à la navigation, laissa dériver le canot contre les pierres de la jetée. Mais ce sont les éléments qui sont cause de tout cela ! Ce n'est qu'en dehors des éléments qu'on peut juger de la force de caractère de mistress William.

Il s'arrêta dans l'attente d'une réponse qui se traduisit par un oui accentué comme précédemment.

— Oui, monsieur ; mon Dieu ! oui, dit M. Swidger, tout en continuant ses préparatifs et en énumérant chaque objet pris par lui sur la table. C'est comme cela, monsieur. Voilà ce que je me dis toujours, monsieur. Nous sommes si nombreux, nous autres Swidger ! Poivre... Tenez, monsieur, voilà mon père, le vieux gardien de ces bâtiments : il a quatre-vingt-sept ans. C'est un Swidger. Cuiller.

— C'est vrai, William, lui fut-il répondu d'un ton patient et distrait.

William s'arrêta de nouveau.

— Oui, monsieur, répondit-il, voilà ce que je dis toujours, monsieur. Vous pouvez bien l'appeler le tronc de l'arbre ! Pain... Puis, vient son humble successeur, c'est-à-dire moi en personne. Sel... Et mistress William, tous deux des Swidger. Fourchettes et couteaux... Après cela viennent tous mes frères et leurs familles, tous Swidger, homme et femme, garçon et fille. Eh bien ! tant avec les cousins, les oncles, les tantes et leurs parents à tous les degrés, qu'avec les mariages et les naissances, les Swidger — verre... — pourraient, en se tenant par la main, former un cercle autour de l'Angleterre.

Ne recevant plus aucune réponse de l'être rêveur auquel il s'adressait, M. William s'approcha plus près de lui, et, pour attirer son attention, frappa sur la table, comme par accident, avec une carafe. Son stratagème ayant réussi, il continua comme s'il eût eu hâte de manifester un assentiment :

— Oui, monsieur ! C'est juste ce que je me dis, monsieur. Mistress William et moi, nous avons été du même avis. Il y a assez de Swidger, disons-nous, sans notre contingent volontaire. Beurre... Le fait est, monsieur, que mon père est une famille à lui seul. Huilier... dont il faut prendre soin ; et il se trouve, Dieu merci ! que nous n'avons pas d'enfants à nous appartenant... Êtes-vous disposé à manger la volaille et les pommes de terre, monsieur ? Lorsque j'ai quitté la loge, mistress William m'a dit que tout serait prêt dans dix minutes.

— Je suis tout disposé, répondit l'autre, comme en sortant d'un rêve, et tout en marchant de long en large, à pas lents.

— Mistress William s'est mise à l'œuvre de nouveau, monsieur ! reprit le serviteur en ce moment occupé à faire chauffer au foyer une assiette dont il se servit en guise d'écran pour abriter son visage.

M. Redlaw cessa de marcher, et sa physionomie prit une expression d'intérêt et de bienveillance.

— C'est ce que je me dis toujours, monsieur, continua M. William. Elle y arrivera ! Il y a dans le cœur de mistress William un sentiment maternel qui doit avoir et qui aura son cours.

— De quoi s'agit-il ? demanda M. Redlaw.

— Il y a, monsieur, que non contente d'être en quelque sorte une mère pour les jeunes gens qui viennent d'une foule de pays pour suivre vos leçons dans cet ancien établissement... C'est étonnant comme la vaisselle s'échauffe vite, par ce temps de gelée, c'est étonnant !

Cela dit, il tourna l'assiette et souffla sur ses doigts.

— Eh bien ! dit M. Redlaw.

— C'est juste ce que je me dis toujours, monsieur, reprit M. William, en parlant par-dessus son épaule, avec un air d'assentiment cordial et empressé. C'est exactement comme cela, monsieur ! il n'y a pas un de nos étudiants qui n'ait cette opinion de mistress William. Chaque jour régulièrement ils mettent le nez dans la loge, l'un après l'autre, et ils ont tous quelque chose à dire ou à demander à mistress William, ou plutôt à mistress Swidge, comme ils ont coutume de l'appeler entre eux, du moins pour la plupart ; mais voilà ce que je dis, monsieur : mieux vaut avoir son nom ainsi estropié, si c'est de bonne amitié, que d'entendre crier bien haut son vrai nom, sans que personne y prenne garde ! Pourquoi est-ce faire un nom ? pour désigner quelqu'un ; eh bien ! si mistress William est connue par quelque chose de meilleur que son nom, j'entends parler des qualités et du caractère de mistress William, peu importe son nom, bien que, de fait, ce nom soit Swidger. Après cela, mon Dieu ! ils peuvent bien l'appeler Swidge, Widge, London Bridge, Blackfriars', Chelsea, Putney, Waterloo, ou toute autre chose, si cela leur fait plaisir.

En prononçant les derniers mots de ce triomphant discours, il s'approcha de la table sur laquelle il posa ou plutôt jeta l'assiette avec la conviction de l'avoir suffisamment chauffée. Au même instant, l'objet de ses louanges entra dans la chambre, portant un autre panier et une lanterne, et précédant un vénérable vieillard avec de longs cheveux blancs.

À l'image de M. William, mistress William était une personne remarquable par sa simplicité et son air innocent. Ses fraîches joues, qui semblaient refléter la couleur rouge du gilet officiel de son mari, faisaient plaisir à voir. Mais si les cheveux de nuance claire appartenant à M. William se tenaient tout droits sur sa tête, et paraissaient tirer ses yeux en l'air, dans un excès de zèle prêt à toute chose, les cheveux bruns de mistress William étaient soigneusement lissés et tressés sous un joli petit bonnet, de la façon du monde la plus calme et la plus symétrique. Si les bouts du pantalon de M. William se relevaient sur ses talons, comme si leur nature gris de fer ne leur permettait pas de se tenir tranquilles, sans regarder à droite et à gauche, les jupes de mistress William ornées de guirlandes rouges et blanches comme sa jolie figure, étaient aussi contenues et aussi scrupuleusement ajustées que si le vent lui-même, qui soufflait avec tant de violence au dehors, eût été impuissant à déranger un seul de leurs plis.

Si l'habit du mari avait, à l'endroit du collet et des revers, quelque chose de fringant et d'évaporé, le petit corset de la femme était si placide et si chaste, qu'il l'aurait à coup sûr protégée contre les gens les plus grossiers, en supposant qu'elle eût eu besoin de protection. Mais qui donc aurait eu le cœur de soulever les battements de ce sein si calme par un chagrin, ou de le faire palpiter de frayeur ou tressaillir d'une pensée déshonnête ! Quel homme n'eût respecté son repos et sa quiétude, comme on respecte le sommeil innocent de l'enfance !

— Ponctuelle comme d'habitude, Milly, dit M. William en débarrassant sa femme du panier ; autrement je ne vous reconnaîtrais pas. Voici mistress William, monsieur !

Puis, parlant bas à l'oreille de sa femme pendant qu'il prenait le panier :

— Il a l'air plus sombre que jamais ce soir, et ses regards sentent encore plus le revenant !

Sans aucune affectation et sans le moindre bruit ; en un mot, sans rien faire pour attirer l'attention, tant elle était modeste et réservée, Milly posa sur la table les plats qu'elle avait apportés. Quant à William, après s'être livré à une foule d'évolutions bruyantes, qui avaient eu pour unique résultat de le mettre en possession d'une saucière, il se tenait prêt à en servir le contenu.

— Qu'est-ce que notre vieil ami tient donc dans ses bras ? demanda M. Redlaw en s'asseyant pour prendre son repas solitaire.

— Des branches de houx, monsieur, répondit la douce voix de Milly.

— C'est ce que je me dis, monsieur, ajouta M. William en s'avançant avec sa saucière. Les baies et le houx sont tout à fait de circonstance, à cette époque de l'année ! Sauce au roux !

— Encore un jour de Noël, encore une année qui s'enfuit, murmura le chimiste avec un douloureux soupir ; encore des souvenirs à ajouter au nombre toujours croissant de ceux que nous amassons pour notre tourment, jusqu'à ce que la mort les confonde tous ensemble et les anéantisse. Ainsi va le monde, Philip !

Le chimiste avait élevé la voix en s'adressant au vieillard qui se tenait debout, à l'écart, avec son brillant feuillage dont la douce mistress William tirait de petites branches qu'elle façonnait avec ses ciseaux, et avec lesquelles elle décorait la chambre, tandis que son vénérable beau-père observait la cérémonie avec un vif intérêt.

— Je vous présente mes devoirs, monsieur, dit le vieillard.

— J'aurais déjà parlé, monsieur, mais je connais vos façons, monsieur Redlaw ; je suis fier de le dire, et j'attends que vous me parliez. Joyeux Noël, monsieur, et heureuse nouvelle année, suivie de beaucoup d'autres ! J'en compte un bon nombre pour ma part, ah ! ah ! et je puis prendre la liberté d'en souhaiter. J'ai quatre-vingt-sept ans !

— Chaque année a-t-elle été pour vous bonne et heureuse ? demanda M. Redlaw.

— Oui, monsieur, chacune d'elles, répondit le vieillard.

— L'âge fatigue sa mémoire, et cela n'a rien d'étonnant, dit M. Redlaw, se tournant vers le fils et lui parlant à voix basse.

— Pas le plus petit brin, monsieur, répondit M. William. C'est exactement ce que je me dis, monsieur. Il n'y a jamais eu de mémoire pareille à celle de mon père. C'est l'homme le plus extraordinaire qu'on puisse voir. Il ne sait ce qu'oublier veut dire. C'est l'observation que je fais sans cesse à mistress William, monsieur ; vous pouvez m'en croire.

M. Swidger, dans son désir poli de paraître acquiescer en tout et toujours, débita ces paroles comme s'il n'y voyait pas la moindre contradiction avec l'assertion de M. Redlaw, et qu'elles ne fussent au contraire que la confirmation pleine et entière de son opinion.

Le chimiste repoussa son assiette, et, se levant de table, il s'avança vers le vieillard, qui se tenait debout, les yeux fixés sur un petit rameau de houx qu'il tenait à la main.

— Cela vous rappelle donc bien des jours semblables à celui-ci, c'est-à-dire bien des années, les unes finissant, les autres allant commencer ? dit M. Redlaw en étudiant attentivement la physionomie du vieillard et en posant la main sur son épaule.

— Oh ! oui, bien des jours ! répondit Philip sortant à demi de sa rêverie. J'ai quatre-vingt-sept ans !

— Des jours joyeux et heureux, mon vieil ami ? demanda le chimiste à voix basse.

— Je n'étais pas plus haut que cela, répliqua le vieillard en étendant sa main un peu au-dessus du niveau de son genou, et en regardant ensuite M. Redlaw ; pas plus haut que cela, lorsque, pour la première fois, j'ai fêté ce jour, et depuis, j'en ai toujours gardé le souvenir. Ce jour-là, il faisait froid, le soleil brillait, et nous nous promenions, lorsque quelqu'un, c'était ma mère, aussi sûr que vous êtes là ! bien que je ne me rappelle pas exactement son image bénie, car elle prit mal et mourut cette année-là durant les fêtes de Noël, me dit que les petits oiseaux faisaient leur nourriture de ces baies. Le joli petit marmot pensa (c'était moi, vous comprenez), que, si les yeux des oiseaux sont si brillants, c'est peut-être à cause que les baies dont les petits oiseaux se nourrissent en hiver sont si brillantes. Je me rappelle cela ; j'ai quatre-vingt-sept ans !

— Joyeux et heureux ! murmura le chimiste en baissant ses yeux noirs sur le vieillard voûté, avec un sourire de compassion. Joyeux et heureux, et il vous en souvient bien ?

— Oui, oui, oui ! répondit le vieillard qui avait saisi les derniers mots. Je me souviens bien de ces jours-là, au temps où j'allais à l'école, année par année, ainsi que de toutes les joyeuses choses qu'ils amenaient avec eux. J'étais un gaillard vigoureux alors, monsieur Redlaw, et, je vous prie de le croire, je n'avais pas d'égal au jeu de balle, à dix milles à la ronde. Où est mon fils William ? N'est-ce pas que je n'avais pas mon égal au jeu de balle, William, à dix milles à la ronde ?

— C'est ce que je me dis toujours, père ! repartit aussitôt le fils du ton le plus respectueux. Vous êtes bien un Swidger, si jamais il en fut dans la famille.

— Ah ! reprit le vieillard en hochant la tête, tandis qu'il jetait de nouveau les yeux sur le houx. Sa mère (mon fils William est mon plus jeune fils), sa mère et moi les avons vus, tous autour de nous, garçons et filles et petits enfants au maillot, pendant longues années, lorsque les baies semblables à celles-ci ne brillaient pas moitié autant que leurs brillantes figures. Beaucoup d'entre eux sont partis ; *elle* est partie, et mon fils George, notre aîné, dont elle était fière plus que de tous les autres, est tombé bien bas ! mais ce houx et ces baies me les rappellent, et il me semble les voir tous gais et bien portants, tels qu'ils étaient alors ; et je puis, Dieu merci, me le rappeler, lui aussi dans son innocence. C'est une bénédiction pour moi, à quatre-vingt-sept ans !

Les regards perçants que le chimiste avait fixés sur le vieillard avec une si vive attention, s'étaient abaissés peu à peu vers la terre.

— Lorsque ma position commença à devenir moins aisée, par suite de circonstances pénibles, et lorsque j'entrai ici comme gardien, dit le vieillard, ce qui remonte à cinquante ans et plus... où est mon fils William ? Plus d'un demi-siècle, William !

— C'est ce que je dis, père, répondit le fils aussi promptement et respectueusement que d'habitude ; c'est exactement comme cela. Deux fois tant, c'est tant, et deux fois cinq font dix, et il y en a comme cela une centaine.

— Ce fut un vrai plaisir d'apprendre qu'un de nos fondateurs, ou, pour parler plus correctement, dit le vieillard tout glorieux de connaître le fait en question, un des savants *gentlemen* qui concoururent à nous doter, du temps de la reine Élisabeth, car *nous* fûmes fondés avant ce règne, nous laissa dans son testament, avec les autres legs qu'il nous fit, une somme destinée à acheter du houx, pour mettre aux murs et aux fenêtres le jour de Noël. Il y avait là quelque chose de beau, de touchant. Simples étrangers alors en ces lieux, où nous arrivâmes à Noël, nous nous prîmes à aimer son portrait qui est suspendu dans ce qui était anciennement notre grande salle des banquets ; un gentleman à l'air calme, avec une barbe en pointe, une fraise autour du cou, et au-dessous cette inscription en vieux caractères : *Seigneur, conservez-moi la mémoire !* Vous savez toute son histoire, M. Redlaw ?

— Je sais que ce portrait se trouve où vous dites, Philip.

— Oui, pour sûr ; c'est le second à droite, au-dessus de la boiserie. J'allais vous dire qu'il m'a aidé à conserver ma mémoire, et je l'en remercie ; car, en faisant, chaque année, le tour du bâtiment, comme je le fais aujourd'hui, et en rafraîchissant l'aspect de ces chambres nues avec ces branches et ces baies, je sens aussi ma vieille cervelle nue rafraîchie. Une année en amène une autre ; et celle-là une autre, et cent autres années à la suite ! Enfin, il me semble que le jour de naissance de Notre-Seigneur est le jour de naissance de tous ceux que j'ai aimés ou pleurés, et ils sont nombreux, car j'ai quatre-vingt-sept ans !

— Joyeux et heureux ! murmura Redlaw.

La chambre commença à devenir étrangement obscure.

— Ainsi vous le voyez, monsieur, poursuivit le vieux Philip, dont le visage glacé, s'échauffant par degrés, avait pris un ton plus vif, et dont les yeux bleus étaient animés pendant qu'il parlait ; je conserve bien des souvenirs en observant ce jour... Maintenant où est ma douce Minette ? Aimer à jaser, c'est notre faible à nous vieillards, et il me reste encore à visiter la moitié du bâtiment ! Pourvu que le froid ne nous glace pas en route, ou que le vent ne nous enlève pas, ou que les ténèbres ne nous avalent pas !

La douce Minette avait approché son placide visage tout près de celui du vieillard, et s'était silencieusement emparée de son bras avant qu'il eût fini de parler.

— Allons-nous-en, chère enfant, dit-il, autrement M. Redlaw ne se mettrait pas à table, et son dîner aurait le temps de devenir aussi froid que la saison. J'espère que vous excuserez mon radotage, monsieur, et je vous souhaite une bonne nuit, et, encore une fois, un joyeux...

— Demeurez ! dit M. Redlaw en se remettant à table, plutôt (à en juger par ses manières) pour rassurer le vieux gardien, que pour répondre aux exigences de son appétit. Accordez-moi quelques instants encore, Philip... William, vous alliez me dire quelque chose à la louange de votre excellente femme. Il ne lui sera pas désagréable de s'entendre louer par vous. Qu'alliez-vous donc dire ?

— Dame ! c'est comme cela... vous voyez... monsieur, répondit M. William Swidger en se tournant vers sa femme avec un air considérablement embarrassé. Mistress William a les yeux sur moi...

— Mais les yeux de mistress William ne vous font pas peur ?

— Oh ! non, monsieur, répondit M. Swidger, c'est ce que je me dis. Ses yeux n'ont rien d'effrayant ; ils n'ont pas été faits doux comme ils sont pour effrayer les gens. Mais j'aimerais mieux ne pas... Milly... *lui,* vous savez... en bas... dans les bâtiments.

Debout derrière la table, et tout en bousculant d'un air déconcerté les objets qui s'y trouvaient, M. William lançait des regards persuasifs à sa femme, et lui désignait M. Redlaw, à l'aide de mystérieux signes faits avec la tête et le pouce, comme pour l'inviter à s'avancer vers le chimiste.

— *Lui...* vous savez... mon amour, dit M. William ; en bas, dans les bâtiments. Parlez, ma chère ! Vous êtes les œuvres de Shakespeare en comparaison de moi. En bas... dans les bâtiments... vous savez, mon amour... L'étudiant...

— L'étudiant ? répéta M. Redlaw en levant les yeux.

— C'est ce que je dis, monsieur ! s'écria M. William avec l'assentiment le plus vif et le plus marqué. S'il ne s'agissait pas du pauvre étudiant, en bas, dans les bâtiments, vous ne tiendriez guère, n'est-il pas vrai, à l'apprendre de la bouche même de mistress William ? Mistress William, ma chère... les bâtiments... Parlez donc !

— J'ignorais, dit Milly avec une franchise naïve et exempte de toute préoccupation ou du moindre embarras, que William eût dit un seul mot à ce sujet ; autrement, je ne serais pas venue. Je l'avais prié de n'en rien dire... Il s'agit d'un pauvre jeune homme, monsieur, et bien pauvre, je le crains, lequel est trop malade pour aller passer ces jours de fête dans sa famille, et demeure, inconnu de tout le monde, dans une espèce de logement bien commun pour un *gentleman,* en bas, dans les bâtiments de Jérusalem. C'est là tout, monsieur.

— Comment se fait-il que je n'aie jamais entendu parler de lui ? demanda le chimiste en se levant précipitamment. Pourquoi ne m'a-t-il pas fait connaître sa position ? Malade ! Donnez-moi mon chapeau, mon manteau. Pauvre ! Quelle maison ? quel numéro ?

— Oh ! il ne faut pas que vous alliez là, monsieur, dit Milly en quittant le bras de son beau-père, et en se posant en face de M. Redlaw, les mains croisées et ses jolis yeux levés sur lui.

— N'y pas aller ?

— Oh ! non, n'y allez pas, je vous en prie ! dit Milly en faisant un signe de tête pour exprimer une impossibilité évidente. Il n'y faut pas songer !

— Pourquoi ? Et que voulez-vous dire ?

— Dame ! vous voyez, monsieur, dit M. William Swidger d'un ton persuasif et convaincu ; c'est ce que je dis. Croyez-le bien, le jeune homme ne consentirait jamais à mettre au fait de sa situation une personne de son sexe. Mistress William est dans la confidence, mais c'est tout à fait différent. Ils se confient tous à mistress William ; ils ont tous confiance en *elle*. Un homme, monsieur, n'aurait rien arraché de lui ; mais une femme, monsieur, et mistress William par-dessus le marché !

— Il y a un grand sens et beaucoup de délicatesse dans ce que vous dites, William, répliqua M. Redlaw en examinant le doux et tranquille visage de la jeune femme. Puis, posant un doigt sur ses lèvres, il mit secrètement sa bourse dans la main de mistress William.

— Oh ! non, monsieur ! s'écria Milly en rendant la bourse. Il ne faut pas seulement y penser !

Mistress William était une petite ménagère si grave, si positive, et ce mouvement de refus, empreint d'une certaine précipitation, la troubla si peu cependant, qu'un instant après, elle se mit à ramasser soigneusement quelques feuilles qui s'étaient échappées de son tablier, tandis qu'elle disposait les branches de houx autour de la chambre.

S'apercevant, lorsqu'elle se fut relevée, que M. Redlaw continuait de la regarder d'un air de surprise et de doute, elle répéta tranquillement, sans cesser néanmoins de chercher les petites branches qui pouvaient avoir échappé à ses regards :

— Oh ! mon Dieu, non ! monsieur. Il a dit que de vous, moins que de tout autre au monde, il ne voulait être connu, ou recevoir des secours... bien qu'il soit du nombre de ceux qui suivent vos cours. Je ne vous ai pas demandé le secret, monsieur, mais je m'en rapporte entièrement à votre discrétion.

— Pourquoi le jeune homme a-t-il tenu ce langage ?

— En vérité, monsieur, je ne saurais vous le dire, répondit Milly après un moment de réflexion, je ne suis pas bien clairvoyante, vous le savez ; j'avais simplement pour but de lui être utile en mettant tout en ordre autour de lui, et je m'y suis employée. Mais je sais qu'il est pauvre et isolé ; je le crois aussi un peu abandonné... Oh ! comme il fait sombre !

La chambre s'était, en effet, obscurcie de plus en plus. Une ombre épaisse et noire s'amassait derrière le fauteuil du chimiste.

— Que savez-vous encore sur son compte ? demanda-t-il.

— Il a contracté un engagement de mariage qu'il remplira dès que sa position le lui permettra, répondit Milly, et il étudie, je crois, pour se mettre à même de gagner sa vie. Pendant longtemps j'ai remarqué qu'il travaillait assidûment et s'imposait de grandes privations... Mon Dieu ! comme il fait sombre !

— Et le froid a augmenté, dit le vieillard en se frottant les mains. On se sent frissonner et devenir triste dans cette chambre. Où est mon fils William ? William ! mon garçon, remonte la lampe, et attise le feu !

La voix de Milly reprit, semblable à une douce musique :

— Hier, dans l'après-midi, après avoir causé quelques instants avec moi, il s'endormit d'un sommeil fréquemment interrompu, et, tout en dormant, il murmura des paroles sans suite, à propos d'une personne morte et de torts bien graves qu'il était impossible d'oublier jamais ; mais j'ignore si c'était lui ou tout autre qui en avait souffert. En tout cas, ce dont je suis bien sûre, c'est que les torts n'étaient pas de lui.

— Et pour finir, dit M. William en s'approchant de M. Redlaw afin de lui parler à l'oreille, mistress William, vous le voyez, ne voudrait pas raconter cela elle-même, quand elle devrait rester ici jusqu'à la nouvelle année, après celle qui va commencer ; cependant mistress William a fait tout au monde pour lui. Mon Dieu ! oui, tout au monde ! À la maison, pas le plus petit changement. Mon père est soigné, dorloté, comme toujours... pas un grain de poussière au logis ; on n'en trouverait pas un seul, lors même qu'on en offrirait cinquante livres sterling en espèces sonnantes. Mistress William n'a jamais l'air d'y toucher ; néanmoins mistress William court de çà, de là, devant, derrière, en haut et en bas... enfin, c'est une vraie mère pour lui !

La chambre devint plus sombre et plus froide ; l'ombre se fit plus lugubre et plus dense derrière le fauteuil.

— Non contente de cela, monsieur, continua M. William, mistress William sort ce soir, et trouve en revenant à la maison, ma foi ! il n'y a pas de cela plus de deux heures, elle trouve sur le seuil d'une porte une créature ressemblant plutôt à un jeune animal sauvage qu'à un petit enfant. Que fait mistress William ? Elle l'apporte à la maison pour le sécher, le nourrir et le garder, Dieu sait jusqu'à quand ! S'il a jamais senti la chaleur du feu, avant ce soir, c'est tout au plus ; car, tandis qu'il était assis dans la grande cheminée de la loge, il fixait sur nous de grands yeux, comme s'il n'avait plus envie de les refermer jamais. Il est encore là... À moins, dit M. William, en se reprenant après réflexion, à moins qu'il ne se soit échappé !

— Que le ciel conserve le bonheur à mistress William ! dit le chimiste à haute voix, et à vous aussi, Philip ! Et à vous, William ! Il faut que je songe à ce que j'ai à faire en cette circonstance. Peut-être sera-t-il bon que je voie cet étudiant. Je ne veux pas vous retenir plus longtemps. Bonne nuit !

— Merci, monsieur, merci ! dit le vieillard, pour Minette, pour mon fils William et pour moi. Où est mon fils William ? William, prenez la lanterne et marchez devant nous pour traverser ces longs et sombres corridors, comme vous l'avez fait l'an passé et l'année d'avant. Ha ! ha ! Je me souviens, moi ! Quoique j'aie quatre-vingt-sept ans ! *Seigneur, conservez-moi la mémoire !*

— C'est une bien bonne prière, monsieur Redlaw, cette prière du savant *gentleman* à la barbe en pointe, avec une fraise autour du cou... Il est accroché, le second à droite au-dessus de la boiserie, dans ce qui était anciennement notre grande salle de banquets. « Seigneur, conservez-moi la mémoire. » Bonne et pieuse prière, monsieur. Amen ! amen !

En sortant, ils tirèrent doucement la lourde porte ; mais, en dépit de toutes les précautions, elle retentit en se fermant comme un coup de tonnerre répété par de lointains échos. En ce moment, la chambre devint plus obscure encore ; et, tandis que le chimiste, assis dans son fauteuil et seul dans l'appartement, s'abandonnait à ses rêveries, les vertes branches de houx appendues au mur se fanèrent tout à coup et tombèrent desséchées.

L'ombre lugubre en croissant derrière lui, à cette même place où elle était devenue si épaisse, prit peu à peu une forme, ou plutôt il en sortit, par quelque effet surnaturel, une effrayante image de lui-même.

Image hideuse et froide, avec son visage et ses mains incolores, mais reproduisant et les traits et les yeux brillants et les cheveux argentés du chimiste ; vêtue de l'ombre lugubre de son costume, elle vint avec sa terrible apparence de vie, sans mouvement et sans le plus léger bruit. Tandis que, les coudes appuyés sur les bras du fauteuil, il rêvait devant le feu, l'ombre était également accoudée sur le dos du fauteuil, juste au-dessus de lui, avec la terrifiante image de ses yeux fixant les objets qu'il fixait, et avec la même expression de physionomie.

C'était ce *quelque chose* qui déjà avait passé près de lui pour s'évanouir aussitôt. C'était le compagnon terrible de l'homme hanté par un fantôme.

Pendant quelques instants, le fantôme ne fit pas, en apparence, plus attention à l'homme que l'homme au fantôme... Les sérénades de Noël retentissaient au loin ; et, dans sa rêverie, l'homme semblait prêter l'oreille à la musique... Le spectre semblait écouter aussi.

Enfin l'homme parla sans que son visage fît le moindre mouvement.

— Encore ici ? s'écria-t-il.

— Encore ici, répliqua le fantôme.

— Je vous vois dans le feu, dit l'homme ; je vous entends dans la musique, dans le vent, dans le calme de la nuit.

Le spectre hocha la tête en signe d'assentiment.

— Pourquoi venez-vous me hanter ainsi ?

— Je viens quand on m'appelle, répondit le fantôme.

— Non. Sans être appelé ! s'écria l'homme.

— Soit ! sans être appelé, dit le fantôme. Il suffit que je sois ici.

Jusqu'à ce moment la clarté du feu avait lui sur les deux visages, si l'on peut nommer visage les terribles traits du fantôme... Tous deux tournés vers le foyer, comme avant le dialogue, et sans que l'un ou l'autre fît un mouvement oblique. Mais, en cet instant, l'homme se tourna brusquement et regarda le fantôme d'un œil fixe. Par un mouvement aussi soudain, le fantôme passa devant le fauteuil, et regarda l'homme fixement.

Ainsi l'homme vivant, et son image vaine et creuse, mais animée, se regardaient dans le blanc des yeux !

Terrifiante contemplation dans une des parties solitaires et éloignées d'un antique édifice inhabité, pendant une nuit d'hiver, tandis que le vent, dans son mystérieux voyage, vient à passer avec un grand bruit, venant d'où ? allant où ? c'est ce qu'aucun homme n'a jamais su depuis le commencement du monde ; et tandis que les étoiles, en nombre inimaginable, scintillent à travers l'éternel espace, ces lieux où la masse du monde est comme un grain de sable, et où sa vieillesse est l'enfance.

— Regarde-moi ! dit le fantôme. Je suis celui qui, abandonné dans sa jeunesse, et misérablement pauvre, a souffert et lutté, et souffre et lutte encore, jusqu'à ce qu'il ait tiré la science de la mine où elle est enterrée, et qu'il s'en soit fait un rude piédestal pour s'y élever et y reposer ses pieds fatigués.

— Je suis cet homme, répliqua le chimiste.

— Ni l'amour plein d'abnégation d'une mère, ni les conseils d'un père ne me sont venus en aide, continua le fantôme. À l'époque où j'étais encore enfant, un étranger vint prendre la place de mon père, et je fus bientôt banni du cœur de ma mère. Mes parents étaient de ces gens dont les préoccupations durent peu, et dont les devoirs sont vite accomplis ; qui abandonnent de bonne heure leur progéniture, comme les oiseaux leurs petits ; et qui, si elle tourne bien, s'en font gloire... se faisant plaindre, au contraire, s'il arrive qu'elle tourne mal.

Le fantôme se tut et sembla tenter et aiguillonner l'homme, par le regard et le sourire, comme il venait de le faire par l'accent de ses paroles.

— Je suis, reprit-il, celui qui, dans cette lutte, sut trouver un ami. Je le conquis, et me l'attachai ! Nous travaillâmes ensemble, côte à côte. Toute la tendresse, toute la confiance qui, pendant ma première jeunesse, n'avaient trouvé nulle issue pour s'échapper de mon cœur... je les lui donnai.

— Pas sans partage, dit Redlaw, d'une voix rauque.

— Pas sans partage, répéta le fantôme. J'avais une sœur.

— Oui, j'avais une sœur ! dit l'homme en posant sa tête sur ses mains.

Avec un méchant sourire, le fantôme s'approcha plus près encore du fauteuil, et appuyant son menton sur ses mains croisées contre le dos du fauteuil, il plongea sur le visage de l'homme des regards de flamme, et poursuivit en ces termes :

— Les rares éclairs d'affection de famille que j'eusse entrevus, avaient jailli de son cœur. Qu'elle était jeune, belle et aimante ! Je l'emmenai dans la première maison dont je fus possesseur, et cette maison devint un palais. Elle vint dans les ténèbres de ma vie, et ma vie fut illuminée. Elle est devant mes yeux en ce moment.

— Je viens de la voir dans le feu, répliqua l'homme. Je l'entends dans la musique, dans le vent, dans le calme profond de la nuit.

— Fut-elle aimée de lui demanda le fantôme ? en imitant l'accent rêveur du chimiste. Je crois qu'elle en fut aimée, du moins, pendant un temps. Mieux eût valu qu'il l'aimât moins, moins secrètement, moins tendrement, moins exclusivement !

— Laissez-moi oublier cela ! dit le chimiste en faisant un geste de colère ! Laissez-moi effacer ce souvenir de mon esprit !

Le fantôme, immobile, avec ses yeux cruels, fixes et ardemment attachés sur le chimiste, continua ainsi :

— Une vision semblable à elle est apparue dans ma vie.

— Oui, dit Redlaw.

— Un amour aussi semblable à son amour que le pouvait entretenir ma nature inférieure, s'éleva dans mon cœur, reprit le fantôme. J'étais trop pauvre alors pour attacher à ma fortune, par promesses ou par persuasion, l'objet de cet amour. J'aimais trop pour agir ainsi. Mais, plus que jamais je travaillai, je luttai, dans l'espoir d'arriver. Chaque pas accompli me rapprochait du but, et je fis d'ardents efforts ! À cette époque de ma vie laborieuse, ma sœur, douce compagne, partageait encore avec moi les restes de chaleur du foyer refroidi ; à cette époque, quels tableaux de l'avenir se déroulaient à mes yeux !

— Je viens de les voir dans le feu, murmura le chimiste. Ce souvenir m'est répété par la musique, par le vent, par le calme profond de la nuit, par la révolution des années.

— Images de nos jours, dit le fantôme, passés avec celle qui me donnait la force de travailler. Souvenirs de ma sœur, devenue la femme de mon meilleur ami ; souvenirs du temps et du bonheur calmes de notre vie ; souvenirs des liens d'or qui, s'étendant au loin dans le passé, nous rassemblent, nous et nos enfants, dans une guirlande étincelante.

— Illusions, mensonges ! dit le chimiste. Pourquoi suis-je condamné à en garder le souvenir trop fidèle !

— Illusions ! mensonges ! répéta le fantôme, avec ses invariables inflexions de voix, et en dardant sur le chimiste son regard immuable et fixe. Car mon ami, dans le sein de qui ma confiance était renfermée comme dans mon propre sein, mon ami passant entre moi et le centre du système où gravitaient mes espérances et mes luttes, conquit la tendresse de ma sœur, et brisa mon frêle univers.

— Doublement chère, doublement dévouée, doublement joyeuse sous mon toit, ma sœur vivait avec l'espoir de me voir arriver à la célébrité, et d'assister au triomphe d'une ambition si longtemps caressée, lorsque le ressort de cette ambition vint à se rompre, ma sœur... mourut, dit le chimiste. Elle mourut sans perdre sa sérénité... heureuse et confiante en l'avenir de son frère. Que la paix soit avec elle !

Le fantôme épiait en silence la physionomie du chimiste.

— Je me souviens ! dit ce dernier après un moment de silence ; oui, je me souviens... à ce point que, même à cette heure, après tant d'années écoulées, et quoique rien ne me semble plus vain et plus mensonger que l'amour du jeune âge depuis si longtemps évanoui... j'y pense avec attendrissement, comme si c'était l'amour d'un jeune frère ou d'un fils. Parfois même je me reporte au temps où elle se prit à l'aimer si tendrement. Mais ces chimères se sont évanouies, le souvenir seul du malheur des premières années a survécu, comme le souvenir de la confiance et de l'amitié trahies... comme le souvenir d'une irréparable perte.

— Ainsi, dit le fantôme, je porte en moi le cancer dévorant d'un éternel chagrin. Ainsi, ma mémoire est le poison de mon existence ; et, si j'avais le pouvoir d'oublier, j'oublierais !

— Railleur maudit ! répliqua le chimiste en bondissant et en faisant le geste de sauter à la gorge de son autre lui-même. Pourquoi ces paroles cruelles retentissent-elles sans cesse à mon oreille ?

— Arrière ! s'écria le fantôme d'une voix effroyable. Ose porter sur moi la main, et tu meurs !

Le chimiste s'arrêta subitement, comme si ces paroles eussent paralysé son bras ; puis, il porta ses regards sur le fantôme qui s'était éloigné en faisant de la main un geste menaçant, tandis qu'un sourire passait sur son visage, et que sa forme noire se dressait en triomphe.

— Si j'avais le pouvoir d'oublier, j'oublierais ! répéta le fantôme.

— Mauvais esprit de moi-même, répliqua le chimiste d'une voix faible et tremblante, mon existence est troublée par ces paroles incessamment répétées.

— C'est un écho, dit le fantôme.

— Si c'est un écho de mes pensées, comme à cette heure, reprit le chimiste, pourquoi m'en tourmenter ainsi, car cette pensée n'est pas égoïste ? Je lui permets de se propager loin de moi. Toutes les créatures humaines ont leurs chagrins... la plupart ont à se plaindre du mal qui leur a été fait, puisque toutes, sans distinction, sont exposées à l'ingratitude, à la basse jalousie, à la cupidité. Qui ne voudrait oublier ses chagrins et le mal qui lui a été fait ?

— Qui ne les voudrait oublier, en effet, pour en être plus heureux et plus tranquille ? dit le fantôme.

— Ces révolutions d'années, que nous commémorons, reprit Redlaw, que viennent-elles nous rappeler ? Ne réveillent-elles pas dans tous les esprits le souvenir de quelque chagrin, de quelque souffrance ? Témoin ce vieillard qui était ici ce soir : ses souvenirs sont-ils autre chose qu'un tissu de tourments et de peines ?

— Mais, répliqua le fantôme avec son hideux sourire sur son visage vitreux, les natures vulgaires, les intelligences communes ou incultes, ne sentent ni ne raisonnent ces choses comme le font les esprits éclairés et les intelligences d'élite.

— Tentateur ! répondit Redlaw, tentateur, dont les regards pénétrants et la voix me sont plus redoutables que je ne puis l'exprimer, et qui fait planer sur moi, pendant que je parle, comme un esprit avant-coureur d'une plus grande épouvante ! Oui... vos paroles sont encore un écho de ma pensée !

— C'est une preuve de ma puissance, répondit le fantôme. Écoutez ce que je vous offre ! Oubliez les chagrins, les ennuis que vous avez éprouvés et le mal qu'on vous a fait !

— Les oublier ! répéta le chimiste.

— J'ai le pouvoir d'anéantir leur souvenir, de n'en laisser que des traces confuses, à peine saisissables, qui ne tarderont pas à disparaître entièrement. Parlez ! Voulez-vous qu'il en soit ainsi ?

— Arrêtez ! s'écria le chimiste en retenant par un geste d'épouvante la main du fantôme prête à se lever. Vous m'inspirez une défiance et des doutes qui me font frémir ; et l'épouvante que vous jetez en moi, déjà se change en un sentiment d'horreur sans nom que je puis à peine supporter. Je ne consentirai pas à me dépouiller des pensées généreuses qui peuvent être salutaires pour moi-même et pour autrui. Si j'accepte votre offre, que me faudra-t-il perdre ? Quelles autres choses disparaîtront de ma mémoire ?

— Ni la science, ni le fruit de l'étude ; rien enfin que la chaîne des sentiments et des associations d'idées, dépendant des souvenirs bannis et successivement alimentés par ces mêmes souvenirs. Voilà ce qui disparaîtra.

— Ces sentiments et ces associations sont-ils donc si nombreux ? demanda le chimiste, alarmé par ses réflexions.

— Ils ont coutume de se révéler dans le feu, dans la musique, dans le vent, dans le calme profond de la nuit, dans la révolution des années, répondit le fantôme d'un ton de mépris.

— Pas ailleurs ? demanda le chimiste.

Le fantôme garda le silence. Mais, après être demeuré, pendant quelques instants encore, debout et silencieux devant le chimiste, il se dirigea vers le foyer, puis il s'arrêta.

— Décidez-vous ! dit-il, avant que l'occasion vous échappe !

— Un moment encore ! s'écria le chimiste avec agitation. Je prends le ciel à témoin que je n'ai jamais eu, à l'égard de mes semblables, des sentiments de haine... et que je ne me suis jamais montré froid, indifférent ou méchant, pour ce qui m'entourait. Si, vivant seul ici, j'ai attaché un trop grand prix à tout ce qui a été ou aurait pu être... et trop peu de valeur à ce qui est, le mal, ce me semble, n'a frappé que moi seul et non les autres. Mais, s'il y avait un poison dans mon corps, n'aurais-je pas le droit de me servir d'antidotes, si j'en possédais et si j'en connaissais l'usage ? S'il existe un poison dans mon esprit, et que je puisse le rejeter avec l'aide de cette ombre effroyable, ne suis-je pas en droit de le faire ?

— Eh bien ! dit le fantôme, voulez-vous qu'il en soit ainsi ?

— Quelques instants encore ! répondit le chimiste avec précipitation. *Si j'avais le pouvoir d'oublier, j'oublierais !* Ai-je eu seul cette pensée, ou bien a-t-elle germé dans l'esprit de chaque homme, de génération en génération ? Toute mémoire humaine est chargée de chagrins et de trouble. Ma mémoire est semblable à celle des autres hommes, mais les autres hommes n'ont pas eu, comme moi, la faculté de choisir. Oui, je conclus le pacte. Oui ! *Je veux* oublier mes chagrins et mes ennuis.

— Parlez ! dit le fantôme, voulez-vous qu'il en soit ainsi ?

— Je le veux !

— Le pacte est conclu ! répondit le fantôme. Maintenant, à vous ce don, homme qu'ici je renie ! Le don que je vous ai fait, vous le transmettrez partout où vous porterez vos pas. Non seulement vous ne pourrez recouvrer vous-même le pouvoir auquel vous avez renoncé, mais vous le détruirez désormais chez tous ceux que vous approcherez. Votre sagesse a découvert que le souvenir des chagrins et des souffrances est le lot de l'espèce humaine tout entière, et que l'espèce humaine, exempte de ce souvenir, serait plus heureuse avec le seul souvenir du reste. Allez ! soyez le bienfaiteur de vos semblables ! Délivré de ce souvenir, portez dès à présent avec vous, et involontairement, la félicité d'une telle délivrance. Allez ! Soyez heureux du bien que vous avez conquis et du mal que vous allez faire !

Tandis qu'il parlait, le fantôme avait tenu sa main incolore étendue au-dessus de la tête du chimiste, comme s'il eût fait quelque évocation sacrilège ; en même temps, il avait graduellement avancé son visage assez près de celui du chimiste pour que Redlaw pût voir que les yeux de son ombre, au lieu de reproduire le sourire satanique empreint dans le reste de ses traits, n'exprimaient qu'une horreur fixe, inaltérable, stupide.

Enfin le fantôme s'évanouit...

Debout et comme cloué sur place, en proie à la terreur et à la stupéfaction, le chimiste croyait entendre encore ces paroles, répétées par de sinistres échos, et se perdant peu à peu dans le lointain : « Vous détruirez ce souvenir chez tous ceux qui vous approcheront ! »

Tout à coup un cri perçant frappa ses oreilles. Ce cri venait, non des corridors aboutissant à la porte de la chambre, mais d'une autre partie du vieil édifice, et ressemblait au cri de quelqu'un qui s'est égaré dans les ténèbres.

Le chimiste porta des yeux hagards sur ses membres, comme pour s'assurer de son identité ; puis, répondant au cri qu'il avait entendu, il se mit à pousser, à son tour, des cris sauvages et retentissants, comme si lui aussi se fût égaré, tant était violent le sentiment d'étrange épouvante qui s'était emparé de lui.

Les cris qu'il avait entendus s'étant reproduits et rapprochés de la chambre, il prit une lampe et souleva une lourde portière en tapisserie, servant à masquer un passage qui communiquait avec la salle où il faisait ses cours. Ce vaste amphithéâtre, si souvent animé par de jeunes et riantes têtes saluant l'arrivée toujours impatiemment attendue du professeur… désert et sombre à cette heure, lui apparut comme un emblème de la mort.

— Holà ! s'écria-t-il. Holà ! par ici ! avancez vers la lumière !

Et, tandis que tenant la portière d'une main, il levait la lampe de l'autre main pour essayer de percer les ténèbres qui remplissaient la salle, quelque chose de semblable à un chat sauvage passa rapidement contre lui, se précipita dans la chambre, et alla s'accroupir dans un coin.

— Qu'est-ce que cela ? s'écria vivement le chimiste.

Aussi bien aurait-il pu répéter sa question, lors même qu'il eût vu distinctement, comme il le vit en ce moment, en l'examinant avec attention, l'objet en question blotti et ramassé dans son coin :

Un paquet de guenilles, rassemblées par une main qui, pour la dimension et la forme, était presque la main d'un enfant, mais qui, par sa petite étreinte, avide, désespérée, ressemblait plutôt à la main d'un méchant vieillard. Un visage arrondi, et uni dans certaines parties comme celui d'un enfant de cinq ou six ans, mais en d'autres, pincé et plissé comme celui d'un homme usé par l'abus de la vie. Des yeux brillants, mais sans jeunesse ; des pieds nus, beaux dans leur délicatesse enfantine, laids par le sang et la boue gercés dessus. Un *baby* sauvage, un jeune monstre, un enfant qui n'avait jamais été enfant, une créature qui, conservée, pouvait, en grandissant, prendre la forme extérieure de l'homme, mais qui, intérieurement, devait toujours vivre et mourir comme un pur animal.

Accoutumé déjà à se voir maltraité et chassé comme une bête sauvage, l'enfant prit une posture rampante, à la vue de l'homme qui l'examinait, puis il détourna de nouveau la tête, et arrondit son bras comme pour se garantir d'un coup prêt à l'atteindre.

— Je mords, si vous me touchez ! s'écria-t-il.

Il y avait eu un temps, et ce temps-là remontait à quelques minutes à peine, où pareil spectacle aurait déchiré le cœur du chimiste. À cette heure, il le contempla froidement ; mais, faisant un effort puissant pour se rappeler quelque chose, sans savoir ce que c'était, il demanda à l'enfant ce qu'il faisait là et d'où il venait.

— Où est la femme ? répliqua l'enfant. Je veux trouver la femme.

— Qui ?

— La femme. Celle qui m'a apporté dans cette maison et m'a mis devant le grand feu. Elle est restée si longtemps dehors, que je suis sorti pour la chercher ; et je me suis perdu... Je ne veux pas de vous... Je veux la femme.

Cela dit, il fit, pour s'échapper, un bond si soudain, que ses pieds nus retombèrent en un clin d'œil près de la portière et produisirent un son mat sur le plancher. Redlaw le saisit par ses haillons.

— Voyons ! voulez-vous me lâcher ? murmura l'enfant en se débattant et en grinçant des dents. Je ne vous ai rien fait... Voyons ! Lâchez-moi ; je veux aller trouver la femme !

— Ce n'est pas là le chemin. Il y en a un plus court, dit Redlaw qui retint l'enfant, tout en faisant les mêmes efforts impuissants pour rappeler quelque souvenir qui dût naturellement se rattacher à ce monstrueux objet.

— Quel est votre nom ? demanda Redlaw.

— Je n'en ai pas.

— Où demeurez-vous ?

— Je ne demeure pas.

L'enfant secoua ses cheveux qui lui tombaient sur les yeux, afin de regarder le chimiste ; puis, arc-boutant ses jambes, et se débattant, il répéta :

— Voyons ! voulez-vous me lâcher ? Je veux aller trouver la femme.

Redlaw le mena vers la porte.

— Par là, lui dit-il, en le regardant avec une répugnance et un dégoût invincibles. Je vais vous conduire vers la femme.

Les yeux inquiets de l'enfant, errant autour de la chambre, rayonnèrent sur la table où se trouvaient les restes du dîner.

— Donnez-moi de ça ! dit-il avidement.

— Elle ne vous a donc rien donné à manger ? demanda le chimiste.

— J'aurai encore faim demain, n'est-ce pas ? Est-ce que je n'ai pas faim tous les jours ?

Se sentant en liberté, il bondit jusqu'à la table comme une bête de proie, et, entassant contre sa poitrine du pain, de la viande et ses haillons, le tout pêle-mêle, il dit :

— Là ! maintenant, conduisez-moi vers la femme !

Tandis que le chimiste, dans sa répugnance à le toucher, par suite de son nouveau don, faisait froidement signe à l'enfant de le suivre, et se dirigeait vers la porte, il se sentit trembler et s'arrêta.

« Le don que je vous ai fait vous le transmettrez partout où vous porterez vos pas ! »

Ces paroles du fantôme hurlaient dans le vent, et le vent glacial soufflait sur le chimiste.

— Je n'irai pas là ce soir, murmura-t-il d'une voix faible. Je n'irai nulle part, ce soir... Enfant ! allez tout droit devant vous dans ce long corridor, et quand vous aurez passé la grande porte sombre de la cour... vous verrez du feu briller à une fenêtre.

— Le feu de la femme ? demanda l'enfant.

Le chimiste fit un signe affirmatif, et les pieds nus se mirent à courir. Redlaw, sa lampe à la main, rentra dans sa chambre, ferma précipitamment la porte, et alla s'asseoir dans son fauteuil ; puis il cacha son visage dans ses mains, comme un homme qui a peur de lui-même.

Car, à cette heure, il était bien réellement seul... seul... seul !

II. LE DON TRANSMIS

Un petit homme était assis dans une petite chambre, séparée d'une petite boutique par un petit paravent recouvert de petits fragments de journaux.

En compagnie du petit homme, il y avait des petits enfants en aussi grand nombre qu'il vous plaira ; du moins ils produisaient cet effet, tant ils semblaient se multiplier dans cette sphère d'action si limitée.

Deux des marmots composant ce menu fretin avaient été mis au lit dans un coin, à l'aide de quelque moyen violent, et ils y auraient pu dormir passablement à leur aise, n'eût été leur propension constitutionnelle à rester éveillés et en même temps à se battre dans le lit comme hors du lit. La cause actuelle de ces excursions dans le monde éveillé provenait de la construction d'une muraille faite dans un coin avec des écailles d'huîtres par deux autres marmots d'un âge tendre. Les deux qui étaient couchés faisaient de nombreuses descentes pour attaquer cette fortification, après quoi ils se retiraient sur leur propre territoire.

Pour surcroît au vacarme occasionné par ces invasions et par les représailles exercées par les assiégés qui poursuivaient chaudement leurs adversaires et bousculaient les draps et les couvertures sous lesquels les maraudeurs cherchaient un refuge... un autre petit garçon, dans un autre lit, contribuait de son mieux à cette confusion de famille, en jetant ses souliers et une foule d'autres petits objets, inoffensifs en eux-mêmes, mais peu moelleux, considérés comme projectiles, à la tête des perturbateurs de son repos, lesquels ne se faisaient faute de lui rendre son compliment.

Outre cela, un autre petit garçon, le plus grand de tous, mais petit cependant, se balançait de çà, de là, penché d'un côté, et fort incommodé à l'endroit des genoux par le poids d'un gros poupard qu'il était supposé vouloir endormir en le berçant, sorte de supposition parfois en crédit dans les familles confiantes.

Mais il fallait voir la contemplation curieuse et sans limites à laquelle les yeux écarquillés du *baby* commençaient à se préparer pour l'avenir par-dessus l'épaule de son berceur naïf.

C'était un véritable petit Moloch sur l'autel insatiable duquel l'existence entière de ce jeune frère était exclusivement et quotidiennement offerte en sacrifice.

On peut dire de sa personnalité qu'elle consistait à ne rester jamais en repos, en quelque place que ce fût, pendant cinq minutes consécutives, et à ne jamais s'endormir lorsqu'on l'y invitait. Le *Baby de Tetterby* était aussi connu dans le voisinage que le facteur ou le laitier... Il errait de porte en porte, dans les bras du petit Johnny Tetterby, et flânait lourdement à la suite des enfants qui suivaient les bateleurs ou les singes, et arrivait tout d'un côté, et toujours un peu trop tard pour voir les choses amusantes, depuis le lundi matin jusqu'au samedi soir. Partout où une troupe d'enfants se rassemblait pour jouer, le petit Moloch s'y faisait porter par Johnny.

Si Johnny désirait de rester quelque part, le petit Moloch s'insurgeait aussitôt et voulait s'en aller. Chaque fois que Johnny avait envie de sortir, Moloch dormait, et il fallait demeurer près de lui. Chaque fois que Johnny éprouvait le besoin de rester à la maison, Moloch était éveillé, et n'avait de cesse qu'on ne le menât promener. Néanmoins, Johnny était sincèrement persuadé que Moloch était un irréprochable *baby*, qui n'avait pas son pareil dans le royaume d'Angleterre, et il se trouvait entièrement satisfait d'entrevoir vaguement les objets en général, par-dessus la robe ou le bonnet de Moloch, et non moins satisfait de vaguer çà et là, d'un pas mal assuré, avec son fardeau sur les bras, comme un petit commissionnaire porteur d'un très gros paquet sans adresse, dont il ne peut se débarrasser nulle part.

Le petit homme, assis dans la petite chambre, et essayant, mais en vain, de lire tranquillement son journal au milieu de ce vacarme, était le père de la famille et le chef de la maison de commerce dont la raison sociale était désignée, sur le devant de la petite boutique, sous le nom et titre de A. TETTERBY ET Cie, VENDEURS DE JOURNAUX.

De fait, et à strictement parler, il était le seul individu répondant à cette dénomination, le mot *compagnie* n'étant là que comme une simple abstraction poétique, sans aucune espèce de réalité.

La boutique de Tetterby était située à l'angle des bâtiments de Jérusalem. Sur la devanture de la boutique on voyait une exhibition choisie de littérature, consistant principalement en vieux numéros de journaux illustrés, d'histoires de pirates et de voleurs, par livraisons. Des cannes et des billes en marbre faisaient aussi partie du fonds de commerce, qui avait même pris de plus grandes proportions, à une certaine époque ; on y avait en effet ajouté des bonbons et des sucreries ; mais il paraîtrait que cette marchandise de luxe n'était pas généralement demandée dans le quartier, car il ne restait plus rien dans la montre qui se rattachât à cette branche de commerce, si ce n'est une espèce de petit bocal en verre contenant une masse torpide de figures en sucre qui s'étaient fondues en été et congelées en hiver ; si bien qu'il n'y avait plus le moindre espoir de les pouvoir jamais extraire du récipient, ou de les manger sans manger le bocal.

La maison Tetterby avait essayé de différentes industries ; elle avait, dans un temps, abordé le commerce de jouets d'enfants, car on voyait dans un autre bocal une quantité de toutes petites poupées en cire, collées les unes aux autres et placées sens dessus dessous, dans la plus abominable confusion, avec des têtes en bas et des pieds en l'air, et au fond, un précipité de jambes et de bras fracassés.

La maison Tetterby avait aussi travaillé dans les modes, comme pouvaient l'attester quelques carcasses de chapeau construites en laiton. Elle avait même songé à trouver des ressources dans le commerce du tabac, et l'on voyait, collé dans la boutique, un dessin représentant un habitant de chacune des trois portions intégrantes du royaume britannique ; chacun d'eux était occupé à consommer la plante odorante. Au-dessous du dessin, on lisait une poétique légende dont le sens était qu'ils étaient là assis, tous trois unis pour la même cause, l'un fumant, un autre chiquant, un troisième prisant.

À une autre époque, la maison avait eu quelque confiance dans le commerce des imitations de bijoux ; car, sous une vitre, on voyait une carte de cachets communs, ainsi que différents autres articles à bon marché, qui étaient restés sans acheteurs. Bref, la maison Tetterby avait fait de nombreux essais pour s'enrichir ; mais ces divers essais avaient été si malheureux, du moins à en juger par les apparences, que, dans l'association, cela n'était que trop évident, *« et Cie »* avait eu la meilleure part des bénéfices, *« et Cie »*, comme création immatérielle, n'éprouvant pas les vulgaires inconvénients de la faim, de la soif, et n'ayant ni taxe à payer, ni jeunes enfants à nourrir et à élever.

Cependant Tetterby, assis dans sa petite chambre, comme on l'a vu précédemment, Tetterby, averti de la présence de sa jeune famille d'une façon trop bruyante pour qu'il lui fût permis de se soustraire à cette pensée ou de lire paisiblement un journal, déposa celui qu'il tenait, fit plusieurs fois le tour de sa chambre d'un air distrait, essaya vainement de mettre la main sur un ou deux marmots qui se jetèrent dans ses jambes en courant ; puis, se précipitant tout à coup sur le seul membre inoffensif de la famille, le jeune garçon qui servait de bonne au petit Moloch, il lui tira vigoureusement les oreilles.

— Mauvais garnement ! s'écria M. Tetterby, vous ne ressentez donc pas la moindre affection pour votre pauvre père, après toutes les fatigues qu'il a endurées depuis cinq heures du matin, par un froid glacial ? Avez-vous juré de flétrir son repos et de *corroder ses nouvelles du soir* avec vos méchancetés ? Ne vous suffit-il pas, monsieur, que votre frère Dolphus soit exposé à la pluie, au brouillard et au froid, tandis que vous êtes plongé dans le luxe avec... avec un *baby* dans les bras, et tout ce que vous pouvez désirer ? Vous faut-il donc encore faire de la maison un enfer, jusqu'à en rendre vos parents fous ? Est-ce votre intention, Johnny ? hein ?

À chaque point d'interrogation, M. Tetterby avait fait mine de vouloir tirer de nouveau les oreilles de son fils ; mais, après réflexion, il s'était abstenu.

— Oh ! père ! dit Johnny en pleurnichant, je vous assure que je n'ai rien fait, et que j'ai seulement bercé Sally pour l'endormir... C'est vrai, père !

— Je voudrais voir rentrer ma petite femme ! dit M. Tetterby en se calmant et se repentant. Je voudrais seulement voir rentrer ma petite femme ! Je ne sais pas comment les prendre, moi ! Ils me font tourner la tête, et je ne suis plus bon à rien. Oh ! Johnny ! n'est-ce pas assez que votre chère mère vous ait pourvu de cette petite sœur ? continua-t-il en désignant Moloch ; n'est-ce pas assez *qu'après avoir eu sept garçons,* sans l'ombre d'une fille, votre bonne mère ait supporté ce qu'elle a supporté, afin que vous pussiez tous avoir une petit sœur ; et faut-il, après cela, que vous vous conduisiez de façon à me faire tourner la cervelle ?

S'apaisant de plus en plus, à mesure qu'il surexcitait ses propres sentiments et ceux de son fils injustement puni, M. Tetterby finit par l'embrasser ; puis, il se mit immédiatement à la poursuite d'un des véritables délinquants. Après une sorte de course au clocher, au milieu des chaises et des tables, sous les lits et sur les lits, il réussit, non sans peine, à mettre la main sur un marmot qu'il châtia comme il le méritait, et qu'il plongea ensuite entre ses draps.

Cet exemple eut une influence très salutaire et en quelque sorte soporifique sur le tapageur aux souliers, car il tomba instantanément dans un profond sommeil, bien qu'il fût tout à fait éveillé, et on ne peut plus ingambe, une minute avant cet épisode. Obéissant à la même influence, les deux jeunes architectes gagnèrent à la hâte, et même furtivement, leurs lits placés dans un cabinet adjacent. Le camarade du marmot intercepté, s'étant à son tour réfugié sous ses couvertures, avec les mêmes précautions, M. Tetterby, qui venait de s'arrêter pour reprendre haleine, se trouva, d'une façon bien inattendue, dans un véritable calme plat.

— Ma petite femme elle-même, dit M. Tetterby en essuyant son visage empourpré, ma petite femme elle-même n'aurait pas obtenu un plus prompt résultat ! J'aurais seulement préféré que ce fût ma petite femme qui se fût chargée de la besogne !

M. Tetterby se mit alors à chercher sur son paravent une citation appropriée à la circonstance et de nature à faire impression sur l'esprit de ses enfants. Il lut à haute voix ce qui suit :

— *Il est généralement reconnu que tous les hommes remarquables ont eu pour mères des femmes remarquables, et qu'ils les ont respectées après leur mort comme leurs meilleures amies.*

Pensez, vous aussi, à votre remarquable mère, enfants, dit M. Tetterby, et appréciez-la à sa juste valeur, tandis qu'elle est encore au milieu de vous !

Cela dit, il s'assit de nouveau sur la chaise qu'il avait occupée près du feu ; puis il croisa ses jambes, et s'arrangea de façon à lire le journal à son aise.

— Que quelqu'un s'avise encore de sortir du lit, n'importe qui, dit Tetterby en manière de proclamation générale et d'une voix pleine d'émotion, *et ce respectable contemporain sera frappé d'étonnement !*

Ce dernier membre de phrase avait été choisi sur le paravent par M. Tetterby.

— Johnny, mon enfant, ajouta-t-il, ayez bien soin de votre sœur Sally, car elle est le plus beau fleuron de votre couronne juvénile !

Johnny s'assit sur un petit tabouret, et se courba avec un entier dévouement sous le poids de Moloch.

— Ah ! quelle bénédiction pour vous que ce *baby*, dit le père, et combien vous devriez être reconnaissant ! *On ignore généralement,* Johnny (continua M. Tetterby en empruntant une nouvelle citation au paravent), *on ignore généralement (bien que ce soit un fait prouvé par les calculs les plus exacts), que, dans les proportions suivantes, les babies n'atteignent jamais l'âge de deux ans, c'est-à-dire...*

— Oh ! ne continuez pas, je vous en prie ! dit Johnny en pleurant. Cela me fait trop de peine, quand je pense à Sally.

M. Tetterby s'était arrêté, et Johnny, comprenant plus que jamais la responsabilité qui pesait sur lui, essuya ses yeux, et s'efforça de faire taire Moloch.

— Votre frère Dolphus est en retard ce soir, Johnny, dit le père en attisant le feu ; il rentrera à la maison, roide de froid comme un morceau de glace. Et votre précieuse mère ?

— La voici, je crois, père !... La voici avec Dolphus ! s'écria Johnny.

— Vous avez raison, répondit M. Tetterby en prêtant l'oreille ; oui, je reconnais le pas de ma petite femme.

M. Tetterby n'avait jamais dit à personne par quel procédé d'induction il était arrivé à conclure que son épouse était une petite femme. Elle aurait fait aisément deux exemplaires de son mari. Considérée comme individu, elle était plutôt remarquable par sa taille élevée et son vigoureux embonpoint ; mais, en comparaison de son mari, elle prenait des dimensions magnifiques qui ne perdaient rien de leur aspect, proportionnellement à la taille de ses sept fils, qui tous étaient fort petits. Sally seule faisait exception, car elle tenait évidemment de sa mère, et personne ne le savait mieux que Johnny, cette pauvre victime qui pesait et mesurait à chaque heure du jour cette exigeante idole.

Mistress Tetterby, qui revenait de faire quelques provisions, et qui portait un panier, rejeta en arrière son châle et son chapeau ; puis, s'asseyant comme une personne harassée de fatigue, elle intima l'ordre à Johnny de lui apporter sur-le-champ la petite Sally, pour lui donner un baiser.

Après avoir exécuté cet ordre, Johnny retourna a son tabouret ; mais à peine avait-il repris sa pénible posture, que Dolphus Tetterby, se renversant languissamment sur son siège, s'empressa de demander la même faveur. Et Johnny d'obtempérer à ce désir, puis de retourner à son tabouret pour s'y réinstaller comme précédemment. Frappé d'une pensée soudaine, M. Tetterby fit à son tour la même réclamation affectueuse. Le malheureux Johnny se prêta pour la troisième fois à ce désir ; mais il se sentit si exténué, qu'il eut à peine la force de regagner son tabouret, sur lequel il s'assit dans l'attitude habituelle, tout haletant, et les yeux fixés sur sa chère famille...

— Surtout, Johnny, dit mistress Tetterby avec un hochement de tête, prenez bien garde à votre sœur, sinon vous aurez affaire à moi !

— Et à moi, dit Dolphus.

— Et à moi, Johnny, ajouta M. Tetterby.

Très affecté par cette menace conditionnelle, Johnny jeta sur Moloch des regards pleins de sollicitude, lui passa la main sur le dos avec précaution, et le berça sur ses genoux.

— Dolphus, mon garçon, êtes-vous mouillé ? demanda M. Tetterby. Approchez-vous, prenez ma chaise et séchez-vous.

— Non, merci, père, répondit Adolphe en s'essuyant avec les mains. Je ne suis pas trop mouillé, je crois. Ma figure est-elle bien luisante, père ?

— Comme de la cire, mon garçon.

— C'est le froid, père, dit Adolphe en polissant ses joues sur la manche usée de sa jaquette. Avec le vent, la neige et le grésil, ma figure en voit de drôles, pas vrai, père ?

M. Adolphe avait embrassé la carrière suivie par son père. Il était employé par une maison plus solide que la maison *Tetterby et Cie,* et vendait des journaux à une station de chemin de fer, où sa petite figure, joufflue comme celle d'un Cupidon en guenilles, et sa petite voix perçante (il n'avait guère que dix ans), était aussi connue que chaque locomotive rugissant au débarcadère. Son extrême jeunesse lui aurait peut-être rendu bien pénible ce genre de commerce, s'il n'avait heureusement découvert un moyen de rendre ses occupations attrayantes et de varier ses plaisirs, à chaque heure du jour, sans négliger le soin des affaires.

Cette ingénieuse invention, remarquable, comme une foule de grandes découvertes, par son extrême simplicité, consistait à changer la première voyelle du mot *journal,* et à lui substituer, aux différentes heures de la journée, toutes les autres voyelles, dans une succession grammaticale. Par exemple, en hiver et avant le point du jour, il courait en tous sens, avec sa casquette, son petit manteau en toile cirée, et son énorme cache-nez, en perçant l'air épais avec ce cri : *Jar-nal du matin !* Une heure environ avant midi, ce cri se changeait en celui de : *Jeur-nal du matin !* Vers deux heures en : *Jir-nal du matin !* Deux heures après en : *Jornal du matin !* Pour finir avec le jour par : *Jur-nal du soir !* à la grande satisfaction du jeune *gentleman,* qui trouvait un grand soulagement à varier ainsi ses exercices.

Mme sa mère, mistress Tetterby, assise avec son châle et son chapeau rejetés en arrière, était en ce moment occupée, tout en rêvant, à tourner et retourner son anneau de mariage sur son doigt. Enfin, elle se leva, et s'étant débarrassée de son accoutrement de ville, elle mit le couvert pour le souper.

— Ah ! mon Dieu, mon Dieu ! dit mistress Tetterby. Ainsi va le monde !

— Comment le monde va-t-il, ma chère ? demanda M. Tetterby en regardant autour de lui.

— Oh ! rien ! répondit mistress Tetterby.

M. Tetterby souleva ses sourcils, replia de nouveau son journal, puis le déplia et le parcourut des yeux dans tous les sens, mais sans lire une seule ligne, tant il était préoccupé.

Cependant mistress Tetterby mit la nappe, en s'y prenant de telle sorte qu'elle avait plutôt l'air de châtier la table que de préparer le souper de la famille ; frappant dessus, sans nécessité aucune, avec les couteaux et les fourchettes, la souffletant avec les assiettes, la bossuant avec la salière, et l'écrasant sous le poids du pain lancé d'une main vigoureuse.

— Ah ! mon Dieu ! mon Dieu ! répéta mistress Tetterby, ainsi va le monde !

— Ma poule, répliqua M. Tetterby en promenant de nouveau ses regards autour de la chambre, voici la seconde fois que vous dites cela. Comment donc va le monde ?

— Oh ! rien ! répondit mistress Tetterby.

— Sophie ! riposta le mari en manière de remontrance, c'est aussi la seconde fois que vous répétez cela.

— Eh bien ! je le redirai encore si vous le désirez, répliqua mistress Tetterby. Oh ! rien... là ! et encore, si vous le souhaitez... oh ! rien... là ! Êtes-vous content ?

M. Tetterby leva les yeux sur sa chère moitié et lui dit avec douceur et d'un air étonné :

— Ma petite femme, pourquoi donc êtes-vous en colère ?

— Est-ce que je sais ! répliqua mistress Tetterby. Ne me faites pas de questions. Qui a dit que j'étais en colère ? Assurément, ce n'est pas moi.

M. Tetterby, découragé, cessa de parcourir son journal, et, se mettant à marcher lentement à travers la chambre, les mains derrière le dos, les épaules levées, en un mot, conformant sa démarche et ses manières à ses pensées pleines de résignation, il s'adressa à ses deux fils aînés :

— Votre souper sera prêt dans une minute, Dolphus, dit M. Tetterby. Et, pour l'acheter, dans la boutique du rôtisseur, votre mère est sortie, malgré la pluie. Votre mère a fait preuve d'une bonté bien grande en agissant ainsi. Vous aussi, Johnny, vous aurez bientôt à souper. Votre mère est contente de vous, mon bonhomme, parce que vous avez bien soin de votre chère sœur.

Mistress Tetterby, sans faire la moindre observation, mais avec des façons d'agir beaucoup moins hostiles à l'endroit de la table, mit fin à ses préparatifs et tira de son ample panier un substantiel morceau de pudding aux pois chauds, enveloppé dans un papier gluant, et un plat couvert qui exhala une odeur si agréable au moment où le couvercle fut enlevé, que les trois paires d'yeux des marmots au lit s'ouvrirent démesurément et se fixèrent sur le banquet.

Sans faire attention à cette pétition tacite, M. Tetterby répéta lentement :

— Oui, oui, votre souper sera prêt dans une minute. Et, pour l'acheter dans la boutique du rôtisseur, votre mère est sortie malgré la pluie. Votre mère a fait preuve d'une bonté bien grande en agissant ainsi.

Comme il achevait cette dernière phrase, mistress Tetterby, qui, à l'insu de son mari, avait, à plusieurs reprises, manifesté son repentir par une pantomime expressive, lui passa le bras autour du cou et se mit à pleurer.

— Oh ! Dolphus ! dit mistress Tetterby, comment ai-je pu me conduire ainsi ?

Cette réconciliation affecta Adolphe junior et Johnny à tel point, que tous deux, comme d'un commun accord, poussèrent un cri perçant dont l'effet immédiat fut de faire plonger les têtes des marmots sous les couvertures, et de mettre en fuite les deux petits Tetterby qui sortaient en ce moment du cabinet adjacent à pas furtifs, pour observer les progrès du banquet.

— En vérité, Dolphus, continua mistress Tetterby d'une voix entrecoupée de sanglots, en entrant dans la maison, je ne songeais pas plus que l'enfant qui n'est pas né...

M. Tetterby parut ne pas goûter cette métaphore, et reprit :

— Contentez-vous de dire pas plus que l'enfant qui vient de naître, ma chère, cela suffira...

— Je ne songeais pas plus que l'enfant qui vient de naître, répéta mistress Tetterby. Johnny, au lieu de me regarder, regardez votre sœur. Si elle tombe de dessus vos genoux, elle se tuera, et alors vous mourrez, vous, dans l'agonie d'un cœur brisé ; et vous n'aurez que ce que vous aurez mérité...

Je ne songeais pas plus que notre *baby* à me mettre de mauvaise humeur, lorsque je suis rentrée à la maison ; mais je ne sais comment cela s'est fait, Dolphus...

Mistress Tetterby s'interrompit, et, derechef, fit tourner sa bague autour de son doigt.

— Je vois ce que c'est ! je comprends ! dit M. Tetterby ; ma petite femme a un accès de mauvaise humeur. Mauvais temps, mauvaise fortune, mauvaise besogne, produisent quelquefois cet effet-là... Mon Dieu ! je comprends cela ! je n'en suis pas surpris. Dolf, mon bonhomme, continua M. Tetterby en explorant le plat avec une fourchette, voici ce que votre mère est allée chercher, outre le *pudding* aux pois ; un gros morceau de porc frais, délicieusement rôti, avec une profusion de sauce et de moutarde. Tendez votre assiette, mon garçon, et commencez pendant que c'est tout chaud, tout bouillant.

M. Adolphe ne se le fit pas dire deux fois, et, après avoir reçu sa portion, sur laquelle il jetait des regards humectés par l'appétit, il se mit à table, et attaqua son souper avec voracité. Johnny ne fut pas oublié, mais on lui donna sa part étendue sur un morceau de pain, de peur qu'il ne répandît de la sauce sur le *baby.* Pour le même motif, il fut prié de mettre provisoirement son *pudding* dans sa poche.

Il y avait plus d'os que de viande dans le morceau de porc frais découpé par le rôtisseur qui, assurément, avait mieux servi ses autres pratiques ; mais la sauce était abondante, et la sauce est un accessoire qui fait illusion sur le principal, et qui trompe agréablement le palais. Tout bien considéré, cependant, le plat en question avait le goût de porc frais, et exhalait un irrésistible parfum.

Aussi les marmots couchés, tout en feignant de dormir profondément, lorsque le père et la mère avaient les yeux sur eux, mettaient-ils à profit le moment où leurs parents ne regardaient pas de leur côté, pour se glisser hors du lit et faire un appel silencieux à leurs frères, afin d'en obtenir une preuve gastronomique d'affection fraternelle. Ceux-ci se prêtant de bon cœur à la circonstance, et par-ci, par-là, distribuant quelques morceaux, il en résulta qu'une bande de petits maraudeurs en robes de nuit manœuvra dans la chambre pendant tout le souper, ce qui tracassa considérablement M. Tetterby. Deux ou trois fois même, il se vit contraint à disperser cette troupe de guérillas, qui s'enfuyaient alors de tous côtés dans la plus grande confusion.

Mistress Tetterby ne fit pas grand honneur au souper... elle semblait préoccupée... Tantôt elle se mettait à rire sans raison tantôt elle pleurait sans plus de motifs, et enfin elle se prit à rire et à pleurer en même temps d'une façon si déraisonnable que son mari ne savait plus qu'en penser.

— Ma petite femme, dit-il, si c'est ainsi que va le monde, il me paraît aller tout de travers, et de manière à vous faire étouffer.

— Donnez-moi une goutte d'eau, répondit mistress Tetterby en faisant un effort sur elle-même, et ne me parlez pas ;... ne faites pas attention à moi pour le moment, je vous en prie.

Après avoir administré l'eau, M. Tetterby se tourna subitement vers le malheureux Johnny qui pleurait en voyant pleurer sa mère, et lui demanda pourquoi il restait à se goberger au lieu de s'approcher avec le *baby*, dont la vue pouvait faire du bien à mistress Tetterby.

Johnny s'approcha sur-le-champ, courbé sous le poids de son fardeau ; mais mistress Tetterby ayant fait un geste de la main pour faire comprendre qu'elle n'était pas en état de supporter une pareille émotion, il fut interdit à Johnny de faire un seul pas de plus en avant, sous peine d'encourir la haine éternelle de tous les siens ; aussi regagna-t-il immédiatement son tabouret, sur lequel il reprit sa position fatigante.

Après un moment de silence, mistress Tetterby affirma qu'elle se sentait mieux, et se mit à rire.

— Ma petite femme, dit le mari d'un air de doute, êtes-vous bien sûre de vous sentir mieux, ou bien allez-vous encore, Sophie, recommencer sur nouveaux frais ?

— Non, Dolphus, non, répondit mistress Tetterby, je suis tout à fait revenue à moi-même.

Puis, rejetant ses cheveux en arrière et posant les mains sur ses yeux, elle se mit à rire de plus belle.

— Quelle méchante folle j'étais d'avoir de pareilles idées ! dit-elle. Rapprochez-vous de moi, Dolphus, et laissez-moi vous expliquer ce que j'éprouve. Cela me soulagera... Je vais tout vous dire.

M. Tetterby ayant rapproché sa chaise, mistress Tetterby se prit encore à rire, essuya ses yeux, et embrassa son mari.

— Vous savez, Dolphus, dit mistress Tetterby, qu'avant de vous épouser j'aurais pu trouver cent maris pour un : j'ai eu jusqu'à quatre prétendants à la fois ; deux d'entre eux étaient fils de Mars.

— Fils de qui ?

— Fils de Mars, c'est-à-dire soldats... sergents...

— Oh ! fit M. Tetterby.

— Eh bien ! Dolphus, je vous jure que je ne pense jamais à ce temps-là pour le regretter, et je suis sûre d'avoir un bon mari que j'aime autant que...

— Petite femme au monde, ajouta M. Tetterby ; très bien... très bien !

Si M. Tetterby avait eu la taille d'un géant, et sa femme les formes d'une petite fée, elle n'eût pas été plus sensible à la convenance de ce petit nom d'amitié.

— Mais, voyez-vous, Dolphus, reprit mistress Tetterby, nous sommes au temps de Noël, et tous les gens qui en ont les moyens s'amusent et font de la dépense. Voilà pourquoi tantôt, en parcourant les rues, je me suis sentie toute triste. Il y avait tant de choses en vente, des choses si délicieuses à manger... tant de belles emplettes à faire !... Mais j'avais tant de choses nécessaires à acheter avant de songer à dépenser six sous pour le moindre objet ! Et j'avais si peu d'argent pour remplir mon panier de provisions !... Vous me haïssez, n'est-ce pas, Dolphus ?

— Pas tout à fait, jusqu'à présent, répondit M. Tetterby.

— Eh bien ! je vais vous dire toute la vérité, continua mistress Tetterby avec un air de contrition, et peut-être alors vous me haïrez. Ces pensées pesaient si fort sur mon esprit, tandis que je trottais par le froid, et que je voyais une foule de gens obligés de calculer comme moi, afin de pouvoir acheter le nécessaire, que je me demandai si je n'aurais pas mieux fait, pour mon bonheur, de... de...

Mistress Tetterby fit tourner et retourner son anneau de mariage, et hocha la tête en baissant les yeux.

— Je comprends, dit tranquillement M. Tetterby ; vous vous demandiez si vous n'auriez pas mieux fait de ne vous point marier, ou d'épouser un autre que moi ?

— Oui, dit en sanglotant mistress Tetterby, c'est bien réellement ce que je pensais. Me haïssez-vous, maintenant, Dolphus ?

— Je ne sais pas encore, dit M. Tetterby.

Sa femme l'embrassa pour le remercier et continua :

— Maintenant, je commence à espérer que vous ne me haïrez pas, Dolphus, quoique j'aie bien peur de ne vous avoir pas dit le pire de la chose. Je ne sais pas vraiment ce qui m'a passé par l'esprit. J'ignore si j'étais malade ou folle... Enfin, n'importe... Mais je ne pouvais réussir à réveiller des souvenirs de nature à me rappeler notre affection réciproque ; je ne pouvais non plus me résigner à mon sort. Toutes les jouissances, tous les plaisirs que nous avions partagés me paraissaient si misérables et si insignifiants, que je les prenais en dégoût. Je les aurais foulés aux pieds... Enfin, je ne pouvais penser à autre chose qu'à notre pauvreté et au nombre de bouches à nourrir chez nous.

— Bien ! bien ! ma chère, dit M. Tetterby en pressant la main de sa femme pour l'encourager, après tout, c'est la vérité. Nous sommes pauvres, et il y a, en effet, un grand nombre de bouches à la maison.

— Mais, ô Dolph ! ô Dolph ! reprit mistress Tetterby en pleurant et en jetant ses bras autour du cou de son mari ; ô mon bon, mon patient, mon excellent ami, comme tout cela changea, sitôt que j'eus passé seulement quelques minutes ici ! Oh ! Dolphus, mon bien-aimé, comme tout cela changea vite ! On eût dit qu'il venait de se produire tout à coup dans mon esprit un monde de souvenirs qui attendrissaient mon cœur et le remplissaient à le faire éclater. Toutes nos luttes pour gagner le pain quotidien, tous les tourments et toutes les privations que nous avons éprouvés depuis notre mariage... toutes les heures de maladie, de veille passées ensemble et avec les enfants semblèrent me parler et me dire qu'elles avaient fait un seul cœur de nos deux cœurs, et que je n'aurais jamais pu être ni voulu être autre chose que la femme et la mère que je suis. Puis, les jouissances peu coûteuses que j'avais si cruellement foulées aux pieds devinrent à mes yeux si précieuses, si incomparables, que je ne pus me pardonner de les avoir à ce point méconnues ; et j'ai dit, et je dis encore, et je dirai cent fois encore que je ne sais pas comment j'ai pu me conduire ainsi, Dolphus, et comment j'ai eu le cœur de vous faire de la peine !

L'excellente femme, dans l'exaltation de sa tendresse et de ses honnêtes remords, pleurait à chaudes larmes, lorsque tout à coup elle tressaillit, poussa un cri perçant et se précipita derrière son mari.

Son cri trahissait une si grande épouvante, que les enfants, réveillés en sursaut, se jetèrent hors du lit et se pressèrent autour d'elle. Ses regards épouvantés étaient dirigés vers la porte, et sa main montrait un homme pâle, en manteau noir, qui venait d'entrer dans la chambre.

— Regardez cet homme... Regardez, que nous veut-il ?

— Je vais le lui demander, ma chère, si vous voulez me lâcher, dit M. Tetterby. Comme vous tremblez !...

— J'ai vu cet homme dans la rue, tantôt, lorsque je suis sortie. Il m'a regardée et s'est avancé vers moi. Cet homme me fait peur...

— Peur ! Et pourquoi ?

— Je ne sais pourquoi... je... arrêtez ! mon ami, s'écria-t-elle en voyant son mari s'avancer vers l'étranger.

Une main sur son front, et l'autre main pressée contre sa poitrine, elle était en proie à une agitation extraordinaire, tandis que ses regards, pleins d'anxiété, semblaient chercher un objet perdu.

— Êtes-vous malade ? ma chère, lui demanda M. Tetterby.

— Malade !... non... je ne suis nullement malade.

Puis elle se tint immobile en regardant à ses pieds d'un œil hagard.

M. Tetterby qui, dans le premier moment, n'avait pu se préserver entièrement de cette épouvante contagieuse, et qui ne se sentait nullement rassuré par l'agitation croissante de sa femme, adressa néanmoins la parole au pâle visiteur en manteau noir, qui était resté près de la porte.

— Que voulez-vous de nous, monsieur ? demanda M. Tetterby.

— Je crains, répondit l'homme au manteau, de vous avoir alarmés en entrant ici sans être aperçu ; mais vous étiez occupés à causer, et vous ne m'avez pas entendu.

— Ma petite femme dit, et peut-être l'avez-vous entendue, répliqua M. Tetterby, que ce n'est pas la première fois que vous l'effrayez ce soir.

— Je le regrette. Il me souvient, en effet, de l'avoir observée dans la rue ; mais je n'avais pas l'intention de l'effrayer.

En ce moment, ses regards rencontrèrent ceux de mistress Tetterby. On ne saurait imaginer l'effroi dont elle fut saisie, et qui se communiqua soudain à l'étranger, lorsqu'il s'aperçut de l'effet qu'il produisait sur elle ; et cependant il l'observa avec une attention de plus en plus vive.

— Je me nomme Redlaw, dit-il. Je viens du collège situé tout près d'ici. Un étudiant de ce collège ne demeure-t-il pas dans cette maison ?

— M. Denham ? demanda Tetterby.

— Oui.

Avant de reprendre la parole, le petit homme passa la main sur son front et jeta rapidement les yeux autour de la chambre, comme s'il eût remarqué quelque changement dans l'atmosphère. Ce mouvement naturel et de si petite importance ne valait pas la peine d'être observé ; mais, au même instant, le chimiste, reportant sur M. Tetterby le regard terrifiant qu'il avait d'abord dirigé sur la femme, fit un pas en arrière. La pâleur de son visage était devenue livide.

— La chambre de ce jeune homme est au-dessus de celle-ci, monsieur, reprit Tetterby. Elle a une entrée particulière et plus convenable ; mais puisque vous êtes venu jusqu'ici, vous ferez bien, pour éviter le froid, d'y monter par le petit escalier que vous voyez au fond de cette pièce. Vous pouvez monter, monsieur, puisque vous désirez voir ce jeune homme.

— Oui, je désire le voir, dit le chimiste. Pouvez-vous me prêter une lumière ?

Ses yeux hagards et assombris par une expression de défiance inexplicable semblèrent troubler M. Tetterby, qui, à son tour, regardant fixement le chimiste, demeura pendant quelques instants immobile et comme fasciné.

Enfin, il dit :

— Si vous voulez me suivre, monsieur, je vais vous éclairer.

— Non, répliqua le chimiste ; je veux monter seul, et ne pas être annoncé à ce jeune homme. Il ne m'attend pas, et je vous prie de ne pas m'accompagner. Faites-moi seulement le plaisir de me donner une lumière, si cela se peut, et je saurai trouver le chemin.

Dans sa brusque impatience, il prit la chandelle des mains du petit homme, et, involontairement, il lui toucha la poitrine. Aussitôt, retirant sa main comme s'il l'eût blessé par accident (car il ignorait dans quelle partie de lui-même résidait son nouveau pouvoir et de quelle manière il se communiquait), le chimiste s'éloigna d'un pas rapide et monta l'escalier.

Mais, arrivé au dernier degré, il s'arrêta et regarda en bas. La femme, debout à la même place, tournait et retournait sa bague sur son doigt... Le mari, la tête penchée sur la poitrine, était plongé dans une sorte de lourde torpeur... Les enfants, groupés encore autour de leur mère, jetèrent sur l'étranger des regards craintifs, et se serrèrent les uns contre les autres en le voyant tourner les yeux de leur côté.

— Allons ! dit M. Tetterby d'un ton brusque, en voilà assez... Qu'on aille se coucher !

— La chambre est déjà bien assez incommode et petite. Allez vous coucher ! dit à son tour mistress Tetterby.

Inquiète, effrayée, toute la petite troupe détala, Johnny et le *baby* traînant à la suite. La mère, promenant un regard dédaigneux autour de la chambre sordide, et repoussant loin d'elle les débris du souper sur la table à moitié desservie, se jeta sur un siège et demeura plongée dans un profond abattement. Le père se blottit dans le coin de la cheminée, se mit à tourmenter d'une main fébrile le triste feu qui s'y trouvait, et pencha tout son corps au-dessus du foyer, comme s'il eût voulu se l'approprier exclusivement. Les deux époux n'échangèrent pas une seule parole.

Assailli par d'horribles pressentiments, à la vue du changement survenu dans la chambre, le chimiste, pareil à un voleur qui tremble d'être surpris, ne savait plus s'il devait aller en avant ou rebrousser chemin.

— Qu'ai-je fait ! dit-il avec anxiété. Que vais-je faire ?

Il crut entendre cette réponse :

— Devenir le bienfaiteur de l'espèce humaine !

Il regarda autour de lui, mais sans voir personne. Alors, s'avançant dans un corridor qui lui cachait la vue de la chambre, il continua sa route en regardant droit devant lui.

— Je ne suis resté enfermé chez moi que depuis hier soir, murmura-t-il tristement, et pourtant tout a pris à mes yeux un nouvel aspect... Je ne me reconnais plus moi-même... Je suis ici comme dans un rêve. Quel intérêt a pu me conduire en ces lieux ? Mon esprit est devenu aveugle !

En ce moment il rencontra une porte... Il frappa ; une voix l'invita à entrer ; il obéit.

— Est-ce vous, ma bonne garde-malade ? demanda la voix. Mais, qu'ai-je besoin de faire cette question ; je sais bien que ce ne peut être que vous.

La voix était enjouée, quoique faible et languissante. Le chimiste aperçut alors un jeune homme étendu sur une couchette placée devant la cheminée. Un maigre poêle, aux parois creuses comme les joues d'un malade, et planté dans une sorte de mur en briques, au centre d'un foyer qu'il échauffait à peine, contenait le feu devant lequel le jeune homme avait le visage tourné. Le vent qui s'engouffrait dans le tuyau de ce poêle en chassait incessamment des cendres et des étincelles.

— Signe d'argent, s'il faut en croire les dires des commères, murmura le jeune homme en souriant. Je serai bien portant et riche un jour, s'il plaît à Dieu, et j'aurai peut-être à aimer une fille que je nommerai Milly, en souvenir de la meilleure nature et du cœur le plus affectueux qui soit au monde.

À ces mots, le jeune homme tendit sa main, comme s'il eût attendu la pression d'une main amie. Mais, bien qu'il fût éveillé, il demeura la tête appuyée sur son autre main, sans se retourner et sans changer d'attitude.

Le chimiste fit une rapide inspection de la chambre ; il remarqua les livres et les papiers de l'étudiant, empilés sur une table reléguée dans un coin. Une lampe éteinte qui s'y trouvait aussi témoignait des veilles studieuses qui avaient précédé, causé peut-être la maladie du jeune homme... Des vêtements, à cette heure inutiles, étaient accrochés au mur avec une foule d'objets dont on ne peut faire usage qu'aux heures de plaisir et de santé.

Au-dessus de la cheminée se trouvaient quelques miniatures au milieu desquelles le chimiste reconnut son propre portrait.

Naguère, hier encore, la vue de ces objets aurait infailliblement éveillé des sentiments de sympathie dans son cœur ; mais, à cette heure, ces objets n'eurent plus aucune signification pour lui, et il les regarda avec indifférence.

Surpris d'attendre aussi longtemps l'étreinte de la petite main qu'il croyait proche de la sienne, le jeune homme se leva à demi sur sa couchette et tourna la tête.

— M. Redlaw ! s'écria-t-il, en se dressant sur ses pieds comme à l'aide d'un ressort.

Le chimiste étendit le bras.

— Ne m'approchez pas, dit-il. Je vais m'asseoir à la place où je suis ; restez à la vôtre, je vous prie.

Il s'assit en effet sur un siège voisin de la porte, et, après un rapide regard jeté sur l'étudiant qui était resté debout, la main appuyée sur le dos de la couchette, il lui dit, en baissant les yeux vers le sol :

— J'ai appris par hasard (il importe peu que vous sachiez à quel propos) qu'un des jeunes gens qui suivent mes cours était malade et seul. On ne m'avait dit ni son nom ni son adresse. On m'avait seulement indiqué la rue. J'ai fini par vous trouver en allant de maison en maison.

— J'ai été malade, monsieur, répliqua l'étudiant, non seulement avec un timide embarras, mais avec une sorte de respectueux émoi ; je me porte beaucoup mieux à présent. C'était une fièvre... cérébrale... je crois ; mais je suis à peu près guéri. Je ne puis dire que j'aie été seul pendant ma maladie ; ce serait de l'ingratitude de ma part ; oui, ce serait bien mal reconnaître les soins qui m'ont été prodigués.

— Vous voulez parler de la femme du gardien ? dit Redlaw.

— Oui, répondit l'étudiant en inclinant la tête, comme pour rendre un silencieux hommage à la personne en question.

Le chimiste qui, par son air froid, monotone, apathique, ressemblait à la statue de marbre sur la tombe de l'homme qui, la veille, avait quitté précipitamment son dîner à la première nouvelle de la maladie de l'étudiant, plutôt qu'à l'homme vivant lui-même, jeta de nouveau les yeux sur le jeune homme, et les leva presque aussitôt vers le ciel, comme pour y chercher la lumière nécessaire à son esprit aveugle.

— Je me suis souvenu de votre nom, dit-il, lorsqu'on l'a prononcé tout à l'heure en bas ; et je me rappelle vos traits...

Nous n'avons eu que fort peu de rapports ensemble, n'est-il pas vrai ?

— Fort peu.

— Vous vous êtes, je crois, tenu plus éloigné de moi qu'aucun de vos condisciples.

L'étudiant fit un signe d'assentiment.

— Et pour quels motifs ? reprit le chimiste sans la moindre expression d'intérêt, et poussé par un simple sentiment de vulgaire curiosité. Pour quel motif ?... Comment se fait-il que vous ayez pris à tâche de me cacher à moi, bien plus encore qu'à tout autre, que vous étiez malade, et que vous restiez ici, à l'époque où tous vos condisciples se sont dispersés ?

Le jeune homme, qui avait écouté les paroles du chimiste avec une agitation croissante, leva sur lui des regards attristés, et, joignant les mains, s'écria tout à coup d'une voix tremblante :

— Monsieur Redlaw ! vous avez découvert mon secret ! vous connaissez mon secret !

— Quel secret, et que voulez-vous dire ? répliqua le chimiste.

— Oui ! vos manières, offrant à cette heure un contraste si frappant avec cette bienveillance et cette sympathie qui vous attachent tous les cœurs... l'altération de votre voix... la contrainte qui respire dans chacune de vos paroles, et dans vos regards, me prouvent que vous me connaissez. Tous vos efforts pour me faire croire le contraire sont pour moi de nouvelles preuves (et Dieu sait que je n'en ai pas besoin !) de votre bonté naturelle, et des obstacles qui nous séparent.

Un rire sec et méprisant fut la seule réponse du chimiste.

— Mais vous êtes un homme trop bon et trop juste, monsieur Redlaw, continua l'étudiant, pour ne pas reconnaître combien je suis innocent de toute participation au mal qui vous a été fait et aux chagrins que l'on vous a causés. Mon nom et mon origine sont mes seuls crimes...

— Mal !... chagrins !... dit le chimiste en riant. Qu'est-ce que cela me fait ?

— Au nom du ciel ! s'écria l'étudiant d'une voix suppliante et pleine d'angoisses, que ces quelques paroles échangées entre nous ne vous transforment pas à ce point, monsieur !... oubliez-moi, je vous en conjure, et permettez-moi de redevenir pour vous l'étudiant inconnu qui se tenait à distance du maître dont il recevait les leçons... Connaissez-moi seulement sous le nom que j'ai pris, et non sous celui de Langford...

— Langford ! s'écria Redlaw.

Puis il étreignit sa tête entre ses deux mains, et, pendant un instant, il tourna son visage intelligent et rêveur du côté de l'étudiant... Mais semblable à un rayon passager, la lumière qui venait d'éclairer un moment son visage s'éteignit aussitôt.

— C'est le nom que porte ma mère, monsieur, balbutia le jeune homme, c'est le nom qu'elle se donna, lorsque peut-être elle pouvait en prendre un plus respecté... Monsieur Redlaw, ajouta-t-il en hésitant, je crois connaître cette histoire ; et d'ailleurs, lorsque la connaissance de certains faits m'échappe... S'il est quelques points que j'ignore, mon instinct y supplée et me rapproche de la vérité. Je suis le fruit d'un mariage qui n'a été ni bien assorti ni heureux. Dès mon enfance, j'ai entendu votre nom prononcé avec honneur et respect... je dirais presque avec vénération. Ma mère m'a si souvent entretenu de votre dévouement sans égal, de votre exquise sensibilité, de votre force d'âme, de vos luttes énergiques contre les obstacles de la vie, que depuis la première leçon que j'ai reçue de ma mère, mon imagination a toujours entouré votre nom d'une auréole. Et d'ailleurs, pauvre étudiant que je suis, quel autre maître que vous vouliez-vous que je pusse choisir ?

Nullement ému, nullement changé, Redlaw fixa sur le jeune homme un regard pénétrant et sombre, mais sans lui répondre, ni par une parole, ni par un geste.

— Je ne puis vous dire, poursuivit l'étudiant, j'essayerais en vain de vous dire à quel point j'ai été touché, ému, en retrouvant les traces du passé dans ce sentiment de confiance et de gratitude, associé au nom de M. Redlaw, parmi nous autres étudiants, et surtout dans le cœur des plus humbles d'entre eux. Nos âges et nos positions sont si différents, et j'ai, depuis si longtemps, l'habitude de vous regarder à distance, que je me trouve bien présomptueux, en touchant, même légèrement, à un pareil sujet. Cependant, celui qui, je puis le dire, a porté tant d'intérêt autrefois à ma mère..., apprendra peut-être, avec quelque plaisir, de quels sentiments d'affection j'étais pénétré pour lui, dans mon obscurité, avec quelle peine et quels regrets je me suis dérobé à ses encouragements dont, cependant, j'aurais été si fier... Ah ! c'est que je sentais que je devais me contenter de le connaître, sans être connu de lui... Monsieur Redlaw, ajouta le jeune homme d'une voix affaiblie, j'ai bien mal dit ce que je voulais dire, car mes forces ne sont pas encore tout à fait revenues ; mais si j'ai démérité de vous, pardonnez-moi... Pour tout le reste, oubliez-moi !...

Pendant ce discours, la physionomie du chimiste avait conservé la même expression farouche, et son regard la même fixité ; mais le jeune homme, en prononçant ces dernières paroles, s'étant avancé comme pour lui prendre la main, il se recula précipitamment et s'écria :

— Ne m'approchez pas !

Le jeune homme s'arrêta, blessé de ce mouvement de répulsion si extraordinaire, si spontané, et Redlaw passa la main sur son front d'un air rêveur.

— Le passé est passé, dit-il, il meurt comme meurt la brute. Que venez-vous me parler des traces qu'il aurait laissées dans ma vie ?... Folies, mensonges que tout cela. Qu'ai-je à faire de vos rêves insensés ? Si vous avez besoin d'argent, en voici... Je suis venu pour vous en offrir et non pour autre chose... Il ne peut y avoir d'autre motif qui m'ait conduit ici, ajouta-t-il en étreignant de nouveau sa tête entre ses deux mains. Il ne peut y avoir d'autre motif, et cependant...

Il jeta sa bourse sur la table, et tomba dans une sombre rêverie. L'étudiant prit la bourse pour la lui rendre.

— Reprenez-la, monsieur, dit-il avec fierté mais sans colère. Je voudrais que vous pussiez reprendre en même temps le souvenir de votre offre et de vos paroles.

— En vérité ? répliqua le chimiste avec une lueur fauve dans les yeux. En vérité !

— Oui, monsieur.

Pour la première fois, Redlaw s'approcha du jeune homme, le tira par le bras et le regarda en face, après avoir repris la bourse.

— La maladie engendre des chagrins et des ennuis, n'est-il pas vrai ? dit-il en riant.

— Oui, répondit l'étudiant stupéfait.

— Avec la maladie, vient tout un cortège de misères physiques et morales : l'insomnie, l'anxiété, la douleur ! reprit le chimiste avec une exaltation surhumaine. Ne serait-on pas heureux d'oublier tout cela ?

L'étudiant ne répondit point, et passa de nouveau la main sur son front, d'un air distrait. Pour la seconde fois, Redlaw le tira par la manche. En ce moment, la voix de Milly se fit entendre au dehors.

— J'y verrai très bien à présent, dit-elle, merci, Dolf. Ne pleurez pas, mon ami. Demain vos parents seront plus calmes, et la maison reprendra son aspect accoutumé. Ah ! il y a un monsieur avec lui !

Redlaw laissa retomber le bras de l'étudiant, et prêta l'oreille.

« Depuis le premier moment, dit-il mentalement, j'ai eu peur de la rencontrer. Il y a en elle une bonté réelle que je crains d'altérer, ce serait un meurtre d'aller tuer en elle les meilleurs et les plus tendres sentiments de son cœur. »

Milly frappa à la porte.

— Écarterai-je ces puérils pressentiments, ou bien éviterai-je la jeune femme ? murmura le chimiste en jetant autour de lui des regards troublés.

Milly frappa derechef à la porte.

— De toutes les personnes qui pouvaient venir ici, dit le chimiste d'une voix tremblante, en se tournant vers le jeune homme, celle qui frappe en ce moment à la porte est précisément la personne au monde que je voudrais éviter. Cachez-moi quelque part !

L'étudiant ouvrit une petite porte communiquant avec une espèce de mansarde. Redlaw se hâta d'y passer et referma la porte sur lui.

L'étudiant reprit alors sa place sur la couche et invita la jeune femme à entrer.

— Cher monsieur Edmund, dit Milly en regardant autour de la chambre, on m'avait dit qu'il y avait quelqu'un ici.

— Il n'y a ici que moi.

— Mais... vous avez eu la visite d'un monsieur ?

— Oui, il est parti.

Milly déposa son petit panier sur la table, et s'avança jusqu'au dossier de la couche, comme pour prendre la main du jeune homme... La main n'y était pas. Un peu surprise, mais calme autant que d'habitude, Milly se pencha au-dessus de la couche pour regarder l'étudiant qu'elle toucha légèrement au front.

— Vous sentez-vous tout à fait aussi bien ce soir ? Votre tête était moins brûlante, cet après-midi, ce me semble.

— Bah ! répondit assez sèchement le jeune homme, je n'ai presque plus rien.

Une expression d'étonnement, mais non de reproche, se peignit sur la physionomie de Milly, qui se retira à l'autre bout de la table, et tira de son panier un petit morceau d'étoffe et ses aiguilles à coudre. Mais, après une courte réflexion, elle laissa de côté son ouvrage, et s'occupa sans bruit de mettre tout en ordre dans la chambre, jusqu'aux coussins de la couche, qu'elle tourna d'une main si légère, que le jeune homme, occupé d'ailleurs à regarder le feu, s'en aperçut à peine. Lorsque tout cela fut terminé, et qu'elle eut balayé le foyer, elle prit un siège et se mit aussitôt à travailler avec une activité pleine de calme.

— Ce sont les rideaux de mousseline neuve pour la croisée, monsieur Edmund, dit Milly qui continua de coudre, tout en parlant. Ils sont jolis et fort propres, bien qu'ils n'aient pas coûté cher ; et puis, ils garantiront vos yeux d'un jour trop vif. Mon William dit que, pendant votre convalescence, il ne faut pas laisser pénétrer dans la chambre une trop grande clarté qui pourrait vous donner des étourdissements.

L'étudiant ne dit rien ; mais le brusque mouvement qu'il fit pour changer de position trahissait une impatience nerveuse si singulière, que les doigts agiles de Milly s'arrêtèrent, et qu'elle jeta sur lui un regard plein d'anxiété.

— Les oreillers ne sont pas bien placés, dit-elle en déposant son ouvrage et en se levant. J'aurai bientôt fait de les mieux arranger.

— Ils sont fort bien ainsi, répondit l'étudiant ; n'y touchez pas, je vous prie. Vous faites des embarras pour rien.

En prononçant ces paroles, il leva la tête et regarda la jeune femme d'une façon si peu affectueuse, qu'elle en fut toute décontenancée. Néanmoins, elle alla se rasseoir, et se remit à l'ouvrage, sans proférer une seule plainte.

— Vous avez dû souvent penser, monsieur Edmund, depuis votre maladie, que le malheur est un grand maître... Oui, cela est bien vrai, et je me le suis dit plus d'une fois en travaillant à vos côtés. Après ces jours de souffrance, la santé sera plus que jamais pour vous un précieux trésor. Et, dans quelques années, à pareille époque, lorsque vous vous rappellerez le temps où vous étiez ici malade, sans vouloir en instruire vos meilleurs amis, de peur de les affliger, votre intérieur sera pour vous doublement cher et doublement béni. Cela n'est-il pas vrai et doux à penser ?

La jeune femme était trop appliquée à son travail, trop pénétrée de ce qu'elle venait de dire, et d'ailleurs, son esprit jouissait d'une trop grande sérénité, pour qu'elle songeât à remarquer la physionomie de l'étudiant et l'effet que ses paroles avaient produit sur lui ; aussi ne s'aperçut-elle pas de la blessante expression d'ingratitude qui se peignit sur les traits du convalescent.

— Ah ! continua Milly en penchant de côté sa jolie tête d'un air rêveur, tandis que son regard suivait ses doigts agiles, depuis votre maladie, monsieur Edmund, cette pensée a produit une vive impression même sur moi, bien que je n'aie pas appris comme vous à juger si bien des choses. En vous voyant si touché des attentions et des soins qui vous ont été prodigués par les gens d'en bas, j'ai senti que vous trouviez, dans ces marques d'intérêt, une sorte de compensation à la perte de votre santé. J'ai lu dans votre physionomie, aussi clairement que dans un livre, une pensée qui vous frappait souvent. Vous vous disiez, n'est-il pas vrai, que si nous étions à l'abri de tout chagrin, de toute souffrance, nous ne connaîtrions jamais la moitié de ce qu'il y a de bon en nous ?

Elle allait continuer, mais elle s'interrompit en voyant le jeune homme se lever de sa couche.

— Ce mérite-là ne vaut pas la peine d'être prôné si fort, mistress William, répliqua-t-il d'un ton léger. Les gens d'en bas, croyez-le bien, seront payés, lorsqu'il en sera temps, de tous les petits services supplémentaires qu'ils m'ont rendus... et, sans doute, ils y comptent... Je vous ai aussi de grandes obligations, mistress William.

Les doigts de Milly s'arrêtèrent, et elle regarda l'étudiant.

— Votre exagération ne saurait changer ma manière de voir à l'égard des services en question, reprit-il. Je sais que vous avez pris intérêt à ma situation, et je vous en suis bien obligé, je vous le répète... Que voulez-vous de plus ?

Milly laissa tomber son ouvrage sur ses genoux, et continua de le regarder, tandis qu'il se promenait en tous sens, et à pas inégaux, d'un air impatient.

— Je vous suis fort obligé, je vous le répète, reprit-il. À quoi bon me rappeler toute l'étendue de vos droits à ma reconnaissance ? Vous parlez de souffrances, de chagrins, d'affliction, d'adversité !... Ne dirait-on pas, vraiment, que j'ai souffert ici mille et mille agonies ?

— Pouvez-vous penser, monsieur Edmund, dit la jeune femme en s'approchant de l'étudiant, que j'aie parlé des pauvres gens de cette maison pour rappeler et faire valoir mes faibles services ?... Moi !... avoir une semblable pensée !... ajouta-t-elle en posant la main sur son cœur avec un simple et innocent sourire d'étonnement.

— Oh ! cela m'inquiète fort peu, ma chère, répondit-il. J'ai eu une indisposition à laquelle votre sollicitude... remarquez !... je dis sollicitude... a donné des proportions exagérées. Cette indisposition est passée maintenant, et il est inutile d'y revenir sans cesse.

Il prit froidement un livre et alla s'asseoir près de la table.

La jeune femme le considéra pendant un moment... jusqu'à la fin de son sourire... puis, retournant vers l'endroit où elle avait posé son panier, elle dit d'une voix douce :

— Monsieur Edmund, préférez-vous être seul ?

— Je n'ai aucune raison de vous retenir, répondit-il.

— Excepté ceci, dit Milly avec hésitation et en montrant son ouvrage...

— Oh ! les rideaux, repartit le jeune homme avec un sourire dédaigneux. Cela n'en vaut vraiment pas la peine.

Milly plia son ouvrage et le mit dans le panier. Puis se tenant devant l'étudiant, dans une attitude si tristement suppliante et si résignée, qu'il ne put se défendre de la regarder, elle ajouta :

— Si... par hasard, vous aviez encore besoin de moi, je reviendrais de grand cœur. Lorsque vous avez eu besoin de moi, j'ai été bien heureuse de venir, et je ne m'en fais pas un mérite. À présent que vous allez mieux, peut-être craignez-vous que je ne revienne vous importuner. Mais je ne serais plus revenue, je vous assure, après votre guérison. Vous ne me devez rien... cependant... j'ai droit à être traitée par vous aussi justement que si j'étais une dame... la dame que vous aimez ; et si vous me soupçonnez de vouloir exagérer, par un vil calcul, le peu que j'ai essayé de faire pour rendre confortable votre chambre de malade, vous vous injuriez plus que vous ne m'injuriez moi-même... Voilà pourquoi je suis attristée... voilà pourquoi je suis bien attristée !...

Si la jeune femme eût été violente autant qu'elle était douce, indignée autant qu'elle était calme ; si ses regards et son accent eussent été aussi irrités qu'ils étaient sereins et pleins de bonté, son départ aurait passé comparativement inaperçu, au lieu de créer la solitude désolante qui régna tout à coup dans la chambre de l'étudiant, dont les regards éperdus étaient comme rivés à la place que venait de quitter la jeune femme, lorsque soudain Redlaw sortit de sa retraite et s'avança vers la porte.

— Quand la maladie étendra de nouveau sa main sur vous, dit-il en se retournant pour regarder le jeune homme d'un air sinistre... et puisse-t-elle arriver bientôt !... Mourez ici !... Pourrissez ici !...

— Que vous ai-je fait ? dit l'étudiant en retenant le chimiste par son manteau. Quel changement avez-vous opéré en moi ?... Quelle malédiction avez-vous attirée sur ma tête ?... Rendez-moi moi-même !...

— Rendez-moi aussi moi-même ! s'écria Redlaw, semblable à un fou. Je suis infecté !... je suis contagieux !... je suis chargé de poison pour mon esprit et pour les esprits de l'espèce humaine tout entière... Je suis de pierre à cette heure pour tout ce qui excitait naguère mon intérêt, ma compassion, ma sympathie. L'égoïsme et l'ingratitude naissent sous mes pas maudits ! Ma seule supériorité sur les misérables victimes de mon fatal pouvoir, c'est que je puis les haïr au moment de leur métamorphose.

Le jeune homme continuant à vouloir le retenir par son manteau, Redlaw le frappa, puis s'élança comme un insensé hors de la chambre et hors de la maison, au milieu des ténèbres de la nuit, où le vent soufflait, où la neige tombait, où les nuages fuyaient à la lugubre clarté de la lune ; tandis que soufflaient avec le vent, tombaient avec la neige, fuyaient avec les nuages, rayonnaient à la clarté de la lune et surgissaient sous des formes fantastiques, dans l'obscurité, ces paroles du fantôme :

Le don que je vous ai fait, vous le transmettrez partout où vous porterez vos pas !

Où il portait ses pas !... Il ne le savait ni ne s'en inquiétait, pourvu qu'il évitât les hommes. Le changement qu'il sentait en lui faisait des rues un désert, de lui-même un désert, et de la foule qui s'agitait autour de lui, dans les innombrables occupations de la vie, un immense amas de sable, que les vents disperseraient en atomes inintelligibles et dans une confusion dévastatrice. Ces traces qui devaient bientôt mourir dans son cœur, suivant la prédiction du fantôme, n'étaient pas encore à ce point effacées qu'il eût perdu le sentiment de ce qu'il était et de ce qu'il faisait de ses semblables. C'est pourquoi Redlaw désirait la solitude.

Tandis qu'il cheminait, cette pensée lui rappela subitement l'enfant qui s'était précipité dans sa chambre. Il se souvint que, seul, parmi ceux avec lesquels il avait été en communication depuis la disparition du fantôme, cet enfant n'avait donné aucun signe de transformation prochaine.

Malgré l'horreur que lui inspirait cette espèce de monstre, il résolut de le chercher, afin de s'assurer si sa remarque était fondée, et en même temps dans une autre intention qui lui était venue tout à coup dans l'esprit.

Après avoir retrouvé son chemin, non sans peine, il se dirigea vers le vieux collège et du côté où se trouvait le grand porche, c'est-à-dire vers la seule partie de l'édifice fréquentée par les étudiants.

La loge du gardien, attenant au corps principal du bâtiment, était située en dedans et à l'entrée de la grille. À l'extérieur se trouvait un petit cloître, et Redlaw savait que de là il pouvait, sans être aperçu, voir ce qui se passait dans la loge. La grille était fermée, mais il l'ouvrit aisément en passant sa main entre les barreaux ; il entra, et ferma doucement la grille ; puis il s'avança vers la fenêtre de la loge en faisant craquer sous ses pieds le tapis de neige étendu sur le sol.

La lueur du feu dont il avait parlé à l'enfant dans la soirée brillait à travers les vitres, et rayonnait sur la neige. Évitant avec soin le sillon tracé par cette clarté, Redlaw fit un détour, et, s'approchant du mur de la loge, il regarda par la croisée.

Il crut d'abord qu'il n'y avait personne, et que la rouge clarté de la flamme n'éclairait que les vieilles poutres du plafond et les noires murailles ; mais en regardant plus attentivement, il vit l'objet de ses recherches pelotonné sur lui-même et dormant à terre devant le feu. Il se dirigea rapidement vers la porte, l'ouvrit et entra.

Le petit monstre se trouvait dans une température si brûlante, qu'en se baissant pour le réveiller, le chimiste se grilla la figure. Aussitôt qu'il sentit qu'on le touchait, l'enfant, encore tout endormi, ramassa ses guenilles autour de son corps avec l'instinct de la fuite, et courut, ou plutôt se roula jusque dans un coin éloigné de la chambre, et s'y étant blotti, il tendit son pied en avant comme pour se défendre.

— Levez-vous ! dit le chimiste. Vous ne m'avez pas oublié ?

— Voulez-vous me laisser tranquille ! répliqua l'enfant. Cette maison est à la femme, et pas à vous.

Néanmoins, obéissant involontairement à la puissance exercée sur lui par le regard fixe du chimiste, il se dressa sur ses pieds.

— Qui donc a lavé vos pieds et pansé leurs blessures ? demanda le chimiste en montrant du doigt les bandages dont ils étaient couverts.

— La femme.

— Est-ce elle aussi qui a lavé votre visage ?

— Oui, c'est la femme.

Le chimiste adressa ces questions à l'enfant, afin d'attirer ses regards, et ce fut dans la même intention qu'il lui posa la main sur la tête, bien qu'il eût horreur de le toucher.

Ignorant ce que le chimiste lui voulait, l'enfant fixa sur lui ses yeux perçants, comme s'il eût jugé nécessaire pour sa défense de suivre tous les mouvements de Redlaw, qui fut à même de s'assurer en ce moment que nul changement ne s'opérait chez l'enfant.

— Où sont-ils ? demanda Redlaw.

— La femme est sortie.

— Je le sais. Mais où est le vieillard aux cheveux blancs ? où est son fils ?

— Le mari de la femme ? demanda l'enfant.

— Oui, le mari de la femme et le vieillard. Où sont-ils ?

— Sortis ; ils ont eu affaire quelque part ; on les a envoyé chercher bien vite, et ils m'ont dit de rester ici.

— Venez avec moi, dit le chimiste, et je vous donnerai de l'argent.

— Où voulez-vous me mener, et... combien me donnerez-vous ?

— Je vous donnerai plus de shillings que vous n'en avez jamais vu, et vous ramènerai bientôt. Savez-vous votre chemin pour retourner à l'endroit d'où vous venez ?

— Laissez-moi tranquille, répliqua l'enfant en se dégageant soudain des mains du chimiste. Je ne veux pas vous mener à cet endroit-là. Laissez-moi tranquille, sinon je vais vous jeter un tison à la tête !

En effet, il était déjà devant le foyer et tout prêt à en retirer des charbons ardents avec ses mains sauvages.

Ce que le chimiste avait éprouvé en observant l'influence de son pouvoir surnaturel sur les personnes avec lesquelles il se trouvait en contact, n'était pas, à beaucoup près, comparable à la froide et vague terreur qu'il ressentit en voyant ce petit monstre défier ce pouvoir. Il sentit son sang se glacer à la vue de cette chose insensible, impénétrable, sous la forme d'un enfant, avec son visage hideux de méchanceté tourné vers le sien, et sa faible main étendue vers le foyer pour y prendre des charbons.

— Écoutez, enfant ! dit le chimiste. Vous me conduirez où vous voudrez, pourvu que vous me conduisiez vers des gens très misérables ou très méchants. Je veux leur faire du bien et non du mal. Vous aurez de l'argent, comme je vous l'ai dit, et je vous ramènerai. Levez-vous ! venez vite !

À ces mots, le chimiste s'avance rapidement vers la porte, dans la crainte du retour de Milly.

— Me promettez-vous de me laisser marcher seul et de ne pas me toucher ? dit l'enfant en retirant lentement la main qui avait menacé le chimiste, et en commençant à se lever.

— Je vous le promets.

— De me laisser aller devant, derrière, comme il me plaira ?

— Je vous le promets.

— Eh bien ! donnez-moi d'abord de l'argent, et j'irai.

Redlaw mit quelques shillings, un par un, dans la main que l'enfant lui tendait. Le savoir de celui-ci n'allait pas jusqu'à pouvoir compter l'argent ; mais à chaque shilling qui lui était donné, il disait : *un,* et portait alternativement des regards pleins d'avarice, de la pièce d'argent à celui qui la donnait. Ne sachant où cacher les shillings, il les mit dans sa bouche.

Le chimiste écrivit avec son crayon sur une feuille de ses tablettes, que l'enfant était avec lui ; puis, déposant cette feuille sur la table, il fit signe au petit monstre de le suivre. Rassemblant ses guenilles, comme d'habitude, l'enfant obéit et s'avança tête et pieds nus dans la nuit d'hiver.

Préférant ne pas sortir par la grille, dans la crainte de rencontrer la personne qu'il évitait avec tant de soin, Redlaw traversa quelques-uns des passages dans lesquels l'enfant s'était perdu ; puis, passant par la partie du bâtiment où il habitait, il arriva près d'une petite porte dont il avait la clef.

En débouchant dans la rue, Redlaw s'arrêta pour demander à son guide, qui sur-le-champ s'éloigna de lui, s'il savait où ils étaient.

La créature sauvage regarda de tous côtés, et au bout de quelques instants, fit un signe de tête affirmatif, et indiqua du doigt le chemin qu'elle voulait prendre. Redlaw s'étant mis en marche aussitôt, l'enfant le suivit d'un air un peu moins défiant. Tout en marchant, il portait son argent, tantôt de sa main à sa bouche, tantôt de sa bouche à sa main, et le frottait furtivement sur ses haillons pour le faire reluire. Trois fois, durant le trajet, le chimiste et l'enfant se trouvèrent côte à côte, et trois fois ils s'arrêtèrent. Trois fois Redlaw regarda le visage de l'enfant et se sentit frémir.

La première fois, ce fut en traversant un ancien cimetière, où Redlaw fit une pause au milieu des tombes, mais sans que leur aspect lui inspirât une seule pensée tendre, salutaire ou consolante.

La seconde fois, la lune venait de se dégager de ses voiles opaques, et Redlaw, levant les yeux vers le ciel, vit l'astre dans sa gloire, environné d'innombrables étoiles dont il avait appris l'histoire et les noms ; mais il ne vit aucune des autres choses qu'il voyait naguère, et ne sentit rien de ce qu'il sentait autrefois, en contemplant la voûte céleste par une nuit splendidement illuminée.

La troisième fois, il s'arrêta pour écouter une musique plaintive, mais il entendit simplement une mélodie, rendue sensible pour lui par le mécanisme régulier des instruments et des oreilles, sans que cette mélodie réveillât en son cœur aucun écho du passé, aucun pressentiment de l'avenir, aussi impuissante sur lui que le bruit de l'eau qui coulait l'année précédente, ou le souffle du vent de l'an passé.

À chacune de ces trois fois, il vit avec horreur que, malgré la vaste distance intellectuelle qui le séparait de l'enfant, et leur dissemblance sous tous les rapports physiques, l'expression du visage de l'enfant était l'expression de son propre visage.

Ils s'acheminèrent pendant quelque temps, tantôt à travers des lieux remplis d'une telle foule, que souvent le chimiste regardait par-dessus son épaule, de peur d'avoir perdu son guide, qu'il retrouvait presque toujours, cependant, de l'autre côté, dans son ombre ; tantôt dans des lieux si déserts, qu'il aurait pu compter les pas courts, rapides et nus de l'enfant marchant derrière lui. Enfin, ils arrivèrent à un groupe de maisons en ruine.

L'enfant toucha le chimiste et s'arrêta.

— Là dedans ! dit-il en désignant une maison dont quelques fenêtres étaient éclairées, et à la porte de laquelle on voyait une pâle lanterne portant cette inscription : *Logement pour les voyageurs.*

Redlaw regarda tout autour de lui ; depuis les maisons jusqu'au terrain aride sur lequel s'élevaient ces maisons prêtes à tomber en ruine, qui se faisaient remarquer par l'absence de clôtures, de lumières, non moins que par le fossé boueux qui leur servait de bordure ; depuis ce fossé jusqu'à la ligne d'arches décroissantes faisant partie de quelque viaduc ou pont voisin, et diminuant graduellement, si bien que l'avant-dernière avait à peine les dimensions d'un chenil ; depuis ce viaduc jusqu'à l'enfant qui se tenait à ses côtés, grelottant de froid et sautant sur un pied, tandis qu'il plaquait l'autre sur sa jambe pour le réchauffer, ce qui ne l'empêchait pas de fixer les yeux sur tout ce qui l'environnait avec cette même et terrible similitude d'expression si visible sur son visage, que Redlaw recula en tressaillant.

— Là dedans ! répéta l'enfant en désignant une seconde fois la maison. Entrez, je vous attendrai.

— Me laissera-t-on entrer ? demanda Redlaw.

— Dites que vous êtes médecin, répondit l'enfant avec un signe affirmatif. Il y a beaucoup de malades par ici.

Tout en se dirigeant vers la porte de la maison, Redlaw retourna la tête et vit l'enfant qui se traînait en rampant sous la dernière arche du pont, comme eût fait un rat.

Redlaw n'avait nulle pitié pour cette créature, mais il en avait peur, et lorsqu'il la vit regarder de son côté, du fond de la retraite où elle était blottie, il courut vers la maison comme pour y chercher un abri.

— Cette maison du moins, se dit-il en faisant un pénible effort pour se rappeler quelque souvenir plus distinct, cette maison du moins est hantée par la souffrance, par les chagrins, et en y apportant l'oubli des choses, on ne peut y faire aucun mal.

À ces mots, il poussa la porte qui céda facilement, et il entra.

Il y avait une femme assise sur l'escalier ; elle tenait sa tête penchée sur ses mains et ses genoux. Comme il était difficile de passer sans marcher sur elle, et qu'elle ne se dérangea pas à l'approche du chimiste, celui-ci s'arrêta et lui toucha l'épaule. La femme leva les yeux et lui laissa voir un visage extrêmement jeune, mais dont la fraîcheur avait disparu, comme si l'hiver farouche eût tué en elle le printemps.

Sans faire grande attention à l'étranger, elle se serra contre la muraille pour le laisser passer.

— Qui êtes-vous ? lui demanda Redlaw en s'arrêtant et en posant sa main sur la rampe brisée de l'escalier.

— Qui croyez-vous que je sois ? répondit-elle en levant les yeux sur le chimiste.

Il contempla ce temple ruiné de Dieu, depuis si peu de temps édifié, et dévasté si promptement ; et quelque chose qui n'était pas de la compassion, car les ressorts à l'aide desquels fonctionne une compassion vraie pour de telles misères, étaient brisés dans son cœur, mais quelque chose se rapprochant plus de ce sentiment que tout ce qui s'était récemment produit dans la nuit qui se faisait peu à peu dans son esprit, donna à ses paroles un faible accent d'intérêt.

— Je viens ici, dit-il, pour y apporter quelque soulagement, si je le puis. Souffrez-vous de quelque injustice ?

Elle fronça les sourcils et le regarda en riant ; mais ce rire se termina par un soupir chevrotant ; elle laissa retomber sa tête sur ses genoux et cacha ses doigts dans ses cheveux.

— Souffrez-vous de quelque injustice ? lui demanda-t-il pour la seconde fois. À quoi pensez-vous ?

— Je pense à ma vie, dit-elle en le regardant à la dérobée.

À la vue de la pauvre créature à ses pieds affaissée, Redlaw eut l'idée qu'elle était comme tant d'autres, et qu'il voyait en elle le type de mille infortunes semblables.

— Que font vos parents ? lui demanda-t-il.

— Autrefois, j'avais une famille qui prenait soin de moi. Je demeurais chez mon père, qui était jardinier, bien loin d'ici, à la campagne.

— Est-il mort ?

— Il est mort pour moi. Toutes ces choses sont mortes pour moi. Vous, un monsieur, vous ne comprenez pas cela !

Elle se prit à rire en le regardant.

— Avant la mort de toutes ces choses, reprit Redlaw d'un ton brusque, aviez-vous déjà souffert ? N'aviez-vous aucun souvenir d'avoir été victime de mauvais traitements et de quelque injustice ? Ne vous arrive-t-il pas bien souvent d'être péniblement poursuivie par ce souvenir ?

Il restait en elle si peu de traces de la femme, qu'en la voyant tout à coup pleurer, Redlaw demeura stupéfait. Mais sa stupéfaction et surtout son trouble augmentèrent, lorsqu'il reconnut que ce souvenir réveillé en elle semblait y faire renaître, en même temps, un premier symptôme de sentiments humains et de sensibilité.

Redlaw recula d'un pas, et en faisant ce mouvement, il remarqua sur les bras, sur le visage et le sein de cette jeune femme, des traces noires et des cicatrices.

— Quelle main barbare vous a si cruellement frappée ? demanda-t-il.

— Ma main, ma propre main, répondit-elle aussitôt.

— C'est impossible !

— Je vous le jure. *Il* ne m'a pas touchée. Je me suis ainsi blessée dans un accès de colère, et me suis jetée à l'endroit où je suis. Il n'était pas près de moi. Il n'a jamais porté la main sur moi !

À l'expression déterminée qui se peignit sur la pâle figure de la jeune femme, tandis qu'elle soutenait ce mensonge, Redlaw fut frappé de remords et se fit un crime d'avoir abordé cette infortunée, car il avait reconnu que la mémoire laissait à ce pauvre cœur une dernière lueur de bons sentiments.

— Souffrance et chagrins, murmura-t-il en détournant les yeux. Telles sont les racines de tous les souvenirs qui la rattachent au passé ! Au nom du ciel, éloignons-nous !

Dans la crainte de revoir cette femme, de la toucher et de briser le dernier fil qui la retenait à la miséricorde céleste, Redlaw, s'enveloppant dans son manteau, monta l'escalier d'un pas rapide.

En face de lui, sur le palier, était une porte entrouverte, au seuil de laquelle parut un homme qui tenait une chandelle à la main. Mais en apercevant le chimiste, il fit un pas en arrière, et tout à coup, d'une voix tremblante d'émotion, il prononça le nom de Redlaw.

Surpris d'être reconnu dans cette maison, Redlaw s'arrêta en cherchant à se rappeler les traits blêmes et bouleversés de cet homme. Il n'eut pas le temps de se livrer à de longues réflexions, car, avec un redoublement de surprise, il vit le vieux Philip sortir de la chambre et venir le prendre par la main.

— Monsieur Redlaw, dit le vieillard, je vous reconnais bien là, je vous reconnais bien là, monsieur ! Vous avez appris ce qui se passe, et vous êtes venu pour nous offrir vos services. Hélas ! il est trop tard !

En proie à la plus vive anxiété, Redlaw se laissa conduire dans la chambre. Il vit un homme couché sur un lit de sangle, au chevet duquel se tenait William Swidger.

— Trop tard !... murmura le vieillard en attachant sur le chimiste des regards désolés, et des larmes coulèrent sur ses joues.

— C'est ce que je dis, père, répliqua William à voix basse. C'est exactement comme cela. Tout ce que nous pouvons faire est de nous tenir tranquilles tandis qu'il sommeille. Vous avez raison, père.

Redlaw s'approcha du lit et considéra le malade étendu sur le matelas. C'était un homme jeune encore, mais pour qui le soleil ne devait probablement plus briller. Les vices avaient si profondément stigmatisé son visage, que, comparativement, celui du vieillard paraissait jeune et beau.

— Quel est cet homme ? demanda le chimiste.

— C'est mon fils George, monsieur Redlaw, répondit le vieillard en se tordant les mains. Mon fils George, qui, plus que tous ses frères, faisait l'orgueil de sa mère !

Redlaw contempla tour à tour le vieillard qui venait de poser sa tête blanche sur le lit, et l'homme qui l'avait reconnu le premier. Cet homme était resté à l'écart, dans le coin le plus reculé de la chambre. Il semblait avoir à peu près l'âge du chimiste, et bien que celui-ci ne le reconnût pas, il considéra d'un œil inquiet, et en passant la main sur son front, la chétive contenance et la taille voûtée de cet homme qui, à ce moment, se dirigeait vers la porte.

— William, dit le chimiste à voix basse et avec un accent lugubre, quelle est cette personne ?

— Dame ! monsieur, répondit M. William, c'est ce que je me dis moi-même. Comment un homme peut-il boire, jouer et faire toutes sortes de choses semblables, pour se laisser comme cela tomber en ruine jusqu'à ce qu'il ne puisse tomber plus bas !

— Il joue, dites-vous ? demanda le chimiste en considérant de nouveau l'étranger avec la même anxiété.

— Oui, monsieur, à ce que l'on m'a dit, répliqua William Swidger. Il sait un peu de médecine, à ce qu'il paraît, et comme il a été à Londres avec mon malheureux frère que vous voyez là (M. William passa la manche de son habit sur ses yeux), et comme il loge ici à la nuit... oui, monsieur, comme vous voyez, il vient quelquefois de drôles d'individus dans cette maison... Il est venu pour nous aider et donner ses soins à mon frère. Quel triste spectacle, monsieur ! mais c'est comme cela. Il y a là de quoi tuer mon père !

À ces mots, Redlaw leva les yeux, et se rappelant où il était, se souvenant aussi du pouvoir magique qu'il apportait avec lui, pouvoir que sa surprise semblait avoir paralysé, il s'éloigna précipitamment à quelques pas du lit, et se demanda s'il devait s'enfuir sur-le-champ de la maison ou bien y rester.

Cédant à une sorte d'insinuation méchante qui semblait être inhérente à sa condition actuelle, il se décida à rester.

— N'était-ce pas hier, se dit-il, que j'ai reconnu dans les souvenirs de ce vieillard une suite non interrompue de chagrins, de souffrances ? Quoi ! j'ai reconnu hier que les souvenirs de ce vieillard étaient un tissu de chagrins, de douleurs ; et aujourd'hui j'aurais peur de déraciner ces souvenirs et d'user de ma puissance ? Les souvenirs de ce moribond sont-ils si précieux que je doive avoir peur d'exercer sur lui mon pouvoir ? Non ! je reste ici.

En dépit de ces réflexions, Redlaw ne sentit diminuer ni son trouble ni ses craintes. Enveloppé dans son manteau noir, et tournant le dos au lit, il prêta l'oreille aux paroles du vieillard et de son fils, comme s'il eût senti que sa présence en cette maison y attirait le malheur.

— Père, murmura le malade qui sembla sortir de sa léthargie.

— Mon garçon, mon fils George ! répondit le vieux Philip.

— Père ! vous disiez tout à l'heure que j'étais autrefois le favori de ma mère. Le souvenir de ce temps est bien cruel à cette heure !

— Non, non, non, répondit le vieillard, ne dites pas que ce souvenir est cruel. Il ne l'est pas pour moi, mon fils.

— Oh ! père, il vous brise le cœur.

Les larmes du vieillard tombaient sur la main du moribond.

— Vous dites vrai, reprit Philip, ce souvenir me brise le cœur ; mais il est profitable. Oh ! pensez à ce temps-là ; pensez-y comme je le fais, et votre cœur deviendra bien meilleur. Où est mon fils William ? William, mon garçon, votre mère l'a aimé jusqu'à la fin, et avant de rendre le dernier soupir, elle a prononcé ces paroles : « Dites à George que je lui ai pardonné, que je l'ai béni, et que j'ai prié pour lui. » Ce furent ses dernières paroles. Je ne les ai jamais oubliées, et pourtant j'ai quatre-vingt-sept ans !

— Père, répliqua le malade, je suis mourant, je le sais ; je suis si bas qu'à peine j'ai la force de vous parler de ce qui pèse le plus sur mon cœur. N'y a-t-il plus d'espoir ?

— Il y a de l'espoir, répondit le vieillard, pour tous ceux dont le cœur est touché de repentir. Il y a de l'espoir... oh !

s'écria-t-il en croisant les mains et en levant les yeux au ciel ; hier encore j'ai remercié Dieu qui m'envoyait le souvenir du temps où ce malheureux fils était un enfant innocent. Mais quelle consolation pour moi de penser que Dieu lui-même, à cette heure, se souvient de mon fils !

Redlaw cacha son visage avec ses mains, et recula d'horreur, semblable à un assassin.

— Ah ! dit le malade d'une voix éteinte, depuis ce temps-là quelle horrible et détestable existence j'ai traînée !

— Mais il a été enfant, reprit le vieillard, il a partagé les jeux des enfants. Le soir, avant de s'aller coucher pour dormir du sommeil de l'innocence, il disait ses prières à genoux, près de sa pauvre mère. Je l'ai vu bien des fois ainsi ; bien des fois j'ai vu sa mère appuyer sa petite tête sur son sein et l'embrasser. Ce souvenir, si cruel pour elle et pour moi, depuis ses fautes, et depuis la ruine de toutes les espérances, de tous les projets que nous avions formés pour lui, ce souvenir lui laissait encore dans notre cœur une place que nulle autre chose au monde n'aurait pu lui donner. Ô mon Dieu ! père si supérieur en tendresse à tous les pères de la terre ! ô père, qui plus que tous les autres pères pleures les erreurs de tes enfants, ramène dans la bonne voie ce pauvre égaré ! Permets-lui d'implorer ton pardon, comme il a semblé si souvent implorer le nôtre !

Tandis que le vieillard levait vers le ciel ses tremblantes mains, le moribond pour qui il priait appuya sa tête contre la poitrine de son père, comme s'il était redevenu l'enfant dont le vieillard avait parlé.

Pendant le silence qui suivit, Redlaw trembla de tous ses membres. Il comprenait que son pouvoir allait s'appesantir sur ces hommes, et que l'heure fatale approchait.

— Je sens que je vais mourir... j'ai peine à respirer, dit le malade en s'appuyant sur un bras, et en avançant l'autre comme un aveugle qui cherche son chemin. Je me souviens d'avoir quelque chose à dire au sujet de l'homme qui était ici tout à l'heure. Père !... William !... attendez !... N'y a-t-il pas là quelque chose de noir ?... là !... ajouta-t-il en montrant le chimiste.

— Oui, dit le vieillard.

— Est-ce un homme ?

— C'est ce que je me dis, George, répliqua William en se penchant vers son frère d'un air affectueux ; c'est M. Redlaw.

— Il me semblait avoir rêvé de lui. Priez-le de s'approcher de mon lit.

Plus pâle que le moribond, M. Redlaw s'avança ; puis, obéissant à un geste de George, il s'assit sur le bord de la couche.

— J'ai été si cruellement affecté ce soir, monsieur, dit George en posant la main sur son cœur, avec un regard où se concentrait le profond désespoir de sa situation ; j'ai été si cruellement affecté par la vue de mon pauvre vieux père et par la pensée de tous les chagrins que j'ai causés, de tout le mal que j'ai fait, que...

Il s'arrêta tout à coup... Que se passait-il en lui ? Souffrait-il davantage... ou bien quelque pensée soudaine avait-elle surgi dans son esprit ? Après une pause, il reprit :

— Que j'essaierai de réparer ce qu'il dépend de moi de réparer, si je parviens à débrouiller les pensées qui tourbillonnent dans mon esprit... Il y avait un homme ici tout à l'heure... L'avez-vous vu ?

Redlaw ne put répondre une seule parole, car la voix expira sur ses lèvres, lorsqu'il vit le malade faire le geste fatal qu'il connaissait si bien à présent, c'est-à-dire lorsqu'il le vit porter la main à son front avec égarement.

Redlaw se contenta de répondre par un faible signe affirmatif :

— Cet homme est dénué de toute ressource, reprit le malade, et réduit à la dernière extrémité. Ne le perdez pas de vue ! Je sais qu'il a des pensées de suicide.

Le pouvoir fatal agissait déjà... Son empreinte était gravée sur les traits du malade, qui peu à peu changèrent, se contractèrent, s'assombrirent et perdirent leur expression de recueillement et de condition.

— Ne vous souvenez-vous pas ? continua-t-il. Ne le reconnaissez-vous pas ?

Il porta la main de son front sur ses yeux, puis il la posa sur l'épaule de Redlaw... brusquement... fatalement.

— Que Dieu vous damne ! s'écria-t-il en jetant autour de lui des regards irrités. Que m'avez-vous donc fait ? J'ai vécu sans peur et veux mourir sans peur ; que Dieu vous damne !

Cela dit, il s'enfonça dans son lit et boucha ses oreilles avec ses mains, comme s'il eût résolu de ne plus rien entendre et de mourir dans l'indifférence et dans l'endurcissement.

Redlaw se retira du lit comme s'il eût été frappé par un choc électrique... Et le vieillard qui venait de se rapprocher, se recula de même avec horreur.

— Où est mon fils William ? dit-il aussitôt. William, éloignons-nous d'ici. Retournons à la maison.

— À la maison, père ! répondit William. Voulez-vous donc abandonner votre propre fils ?

— Mon fils ! Où est-il ?

— Où ?... Là, sur ce lit !

— Ce n'est pas mon fils, dit le vieillard tremblant de colère. Je n'ai rien de commun avec de tels misérables. Je vois mes enfants avec plaisir ; ils s'empressent autour de moi et me prodiguent leurs soins ; ils me donnent à manger, à boire, et me sont fort utiles ; j'ai droit à leurs services ; j'ai quatre-vingt-sept ans !

— Vous êtes assez vieux pour ne pas avoir besoin de le devenir davantage, murmura William, qui, les mains dans ses poches, regarda son père d'un air irrespectueux. Je ne sais pas moi-même à quoi vous êtes bon... Nous aurions beaucoup plus de plaisir sans vous...

— *Mon* fils, monsieur Redlaw ! s'écria le vieillard. *Mon* fils ! il me parle de *mon* fils ! Qu'a-t-il jamais fait pour m'être agréable ? Je voudrais le savoir...

— Je voudrais bien savoir, de mon côté, ce que vous avez jamais fait pour m'être agréable, répliqua William d'un ton sec.

— Depuis bien des années, dit le vieillard, il ne m'était pas arrivé, à pareille époque, d'être dérangé de mon fauteuil, de mon feu, de m'exposer au froid, et cela pour assister à un spectacle si peu réjouissant. N'est-ce pas, William, il y a bien vingt ans que cela ne m'était arrivé ?

— Vous devriez plutôt dire quarante, répondit William. Tenez, monsieur, ajouta-t-il en s'adressant à Redlaw avec un ton d'impatience et d'irritation tout nouveau chez lui, lorsque je regarde mon père, je veux être fouetté si je vois autre chose en lui qu'un vieux calendrier d'années employées à manger, à boire, à se donner ses aises, encore, et toujours.

— J'ai quatre-vingt-sept ans, dit le vieillard en radotant avec une voix d'enfant, et je ne me rappelle pas m'être jamais dérangé en rien, ni pour rien... Ce n'est pas pour commencer maintenant, à propos de ce qu'il appelle *mon* fils. Il n'est pas *mon* fils... Ah ! j'ai eu un bon temps !... Je me rappelle qu'une fois... non, je ne me rappelle pas... je ne me rappelle pas... si... c'était quelque chose au sujet d'une partie de je ne sais quoi, avec un de mes amis... mais je ne sais plus qui c'était... Qui était-ce donc ?... probablement quelqu'un que j'aimais... Je ne me souviens plus de ce qu'il est devenu... Il est mort, sans doute... mais je ne sais pas, et, ma foi, ça m'est bien égal...

Puis, hochant la tête avec indolence, il mit les mains dans les poches de son gilet. Dans l'une d'elles il trouva des baies qu'il y avait mises probablement le soir précédent ; il les prit et les regarda.

— Ah ! des baies ! dit-il. Il est malheureux qu'elles ne soient pas bonnes à manger. Je me souviens que, n'étant pas plus haut que cela, quand j'allais me promener... voyons !... avec qui allais-je me promener ?... Avec ?... non... je ne me rappelle pas si je me suis jamais promené avec l'un plutôt qu'avec l'autre, et si quelqu'un faisait attention à moi, ou si moi je faisais attention à quelqu'un... Ah ! des baies !... c'est un bon temps que celui des baies... Je devrais en avoir ma part, et on devrait me servir et avoir bien soin de moi, car je suis un pauvre vieillard. J'ai quatre-vingt-sept ans ! J'ai quatre-vingt-sept ans !

L'air égaré, lamentable, avec lequel, en répétant ces paroles, il mettait les baies dans sa bouche et les crachait ; l'œil froid, indifférent avec lequel son plus jeune fils le regardait ; l'apathie profonde et l'endurcissement du fils aîné, tout cela échappa aux yeux de Redlaw, car il avait déjà quitté tout à coup la place où ses pieds semblaient avoir pris racine, et sortit de la maison en courant.

Son guide, rampant hors du trou dans lequel il s'était réfugié, vint au-devant de lui.

— Nous retournons vers la femme ? demanda-t-il.

— Oui, et dépêchons ! répondit Redlaw. Ne vous arrêtez pas en chemin.

Pendant quelques instants l'enfant marcha devant ; mais leur retour ressemblait plutôt à une fuite qu'à une marche ordinaire, et l'enfant aux pieds nus ne tarda pas à être distancé ; il eut même toutes les peines du monde à suivre les rapides enjambées du chimiste, qui, étroitement drapé dans son manteau, comme s'il eût craint que le seul contact de ses vêtements ne fût mortel, s'écartait brusquement de toutes les personnes qu'il rencontrait.

Il ne s'arrêta qu'à la porte par laquelle il était sorti du vieux bâtiment, et après avoir fait passer devant lui l'enfant, il referma cette porte et gagna rapidement sa chambre à travers les sombres corridors.

Voyant le chimiste fermer à clef la porte de la chambre, l'enfant courut se blottir derrière la table.

— Voyons ! ne me touchez pas ! s'écria-t-il. Ah !... vous m'avez conduit ici pour me reprendre mon argent !...

Redlaw jeta par terre quelques autres pièces de monnaie. L'enfant se précipita et se coucha sur cet argent comme pour le dérober aux regards du chimiste, dans la crainte que celui-ci ne fût tenté de le lui reprendre ; et ce ne fut qu'après avoir vu Redlaw s'asseoir et cacher son visage dans ses mains qu'il se décida à ramasser furtivement les pièces de monnaie. Cela fait, il rampa vers la cheminée, s'assit sur une chaise, et tira de dessous ses guenilles quelques débris d'aliments qu'il se mit à dévorer, tout en fixant tour à tour des yeux béants sur le feu et sur l'argent qu'il tenait dans une de ses mains.

« Voici donc, se dit le chimiste en considérant l'enfant avec un redoublement de répulsion et de crainte, voici donc le seul compagnon qui me reste sur la terre ! »

Il était plongé dans la contemplation de cette créature qui lui inspirait un si grand effroi, depuis une demi-heure, ou depuis des heures entières... car il ne se rendait pas compte du temps... lorsque le silence qui régnait dans la chambre fut rompu tout à coup par l'enfant, qui tressaillit, dressa les oreilles, et se mit à courir vers la porte.

— Voici la femme qui vient ! s'écria-t-il.

Redlaw se mit à la poursuite de l'enfant et le saisit. Au même moment il entendit frapper à la porte.

— Voulez-vous me laisser ? dit l'enfant. Je veux voir la femme.

— Pas encore, répliqua Redlaw. Restez ici. Personne, à cette heure, ne doit sortir de cette chambre ou y entrer.

Puis, s'approchant de la porte :

— Qui est là ? demanda-t-il.

— C'est moi, monsieur, cria Milly. Laissez-moi entrer, je vous prie, monsieur !

— Non, pour rien au monde ! répondit Redlaw.

— Monsieur Redlaw, ouvrez-moi, de grâce.

— Que me voulez-vous ? demanda-t-il en retenant l'enfant.

— Le malade que vous êtes allé voir est au plus mal, et tous mes efforts n'ont pu le tirer de son endurcissement. Le père de William est tombé subitement en enfance. William lui-même n'est plus reconnaissable. Il n'a pas eu la force de supporter un pareil coup, et il est si différent de lui-même, que je ne puis plus le comprendre... Oh ! je vous en conjure, monsieur Redlaw, conseillez-moi, secourez-moi !

— Non ! non ! non !

— Monsieur Redlaw, mon cher monsieur, George a parlé de l'homme que vous avez vu dans sa chambre... il craint que cet homme ne commette un suicide.

— Il ferait mieux de se tuer que de s'approcher de moi.

— Dans son délire, George dit que vous connaissez cet homme... qu'il était autrefois votre ami... qu'il est le père d'un de nos étudiants... et j'ai le pressentiment qu'il s'agit du jeune homme qui a été malade... que faut-il faire ?... Je vous en supplie, monsieur Redlaw, conseillez-moi, aidez-moi !

Le chimiste continuait de retenir l'enfant qui faisait des efforts désespérés pour s'échapper et ouvrir la porte à Milly.

— Fantômes ! esprits vengeurs des pensées impies, s'écria-t-il en jetant autour de lui des regards pleins d'angoisses, ayez pitié de moi !... Laissez sortir mon esprit de ses ténèbres ; laissez rayonner sur ma misère les pensées de contrition qui y sont ensevelies ! J'ai depuis longtemps enseigné que, dans le merveilleux édifice du monde matériel, chaque chose est indispensable, et que nul atome ne peut disparaître sans opérer un vide dans le grand univers... Je sais à cette heure qu'il en est de même du bien et du mal, du malheur et de l'affliction dans la mémoire des hommes !... Ayez pitié de moi ! délivrez-moi !

Mais la seule voix de Milly lui répondit :

— Secourez-moi ! secourez-moi !

Et l'enfant fit de nouveaux efforts pour parvenir jusqu'à la jeune femme.

— Ombre de moi-même ! Esprit de mes plus sombres heures ! s'écria Redlaw d'une voix éperdue, revenez et poursuivez-moi nuit et jour ; ou reprenez votre don... ou, s'il faut qu'il me reste, dépouillez-moi du terrible pouvoir de le transmettre à mes semblables !... Défaites ce que vous avez fait ! Je resterai maudit, mais rendez du moins la paix à ceux que j'ai voués à la malédiction. Vous en êtes témoin, j'ai épargné cette femme depuis le commencement, et plutôt que de la laisser s'approcher de moi, je resterai reclus ici jusqu'à mon dernier soupir, sans d'autres mains pour me servir que celles de cet enfant, qui est à l'abri de mon pouvoir... Sombres esprits, ayez pitié de moi !...

Mais la seule voix de Milly lui répondit, criant avec une énergie croissante :

— Par pitié !... ouvrez-moi ! secourez-moi !

III. LE DON CONTRAIRE

Le ciel était encore chargé de ténèbres épaisses.

De la plaine, du sommet des collines, du pont des navires solitaires voguant sur les flots, on entrevoyait cependant, au brumeux et lointain horizon, une ligne basse qui promettait de se changer bientôt en lumière ; mais cette promesse était encore vague et douteuse, et la lune luttait opiniâtrement avec les nuages de la nuit.

Les ombres amoncelées sur l'esprit de Redlaw se succédaient épaisses et rapides, et obscurcissaient sa lumière, comme les nuages de la nuit suspendus entre la lune et la terre voilaient la naissante clarté du jour. Irrégulières et incertaines comme celles des nuages, elles étendaient leur voile sur les révélations imparfaites qui voulaient se faire jour dans son âme ; et, de même que dans les nuages de la nuit, si la lumière apparaissait un instant à son esprit troublé, c'était pour s'évanouir aussitôt et rendre ses ténèbres plus profondes encore.

Au dehors, un silence lugubre et solennel planait sur le vieil édifice, dont les angles et les piliers projetaient sur le blanc tapis de neige des formes noires et mystérieuses qui paraissaient et disparaissaient, selon que les clartés de la lune étaient plus ou moins voilées.

Au dedans, la lampe expirante laissait la chambre dans une obscurité presque complète ; un effrayant silence avait succédé aux supplications de Milly ; nul bruit ne se faisait entendre, si ce n'est de temps en temps un craquement sourd dans les cendres blanchies du foyer, comme si le feu eût exhalé son dernier souffle. L'enfant, couché par terre devant la cheminée, dormait d'un profond sommeil. Semblable à un homme changé en pierre, le chimiste était assis dans son fauteuil qu'il n'avait plus quitté depuis que la voix de Milly avait cessé de se faire entendre à la porte de la chambre.

En ce moment, les chants de Noël qu'il avait entendus précédemment recommencèrent. D'abord, il prêta l'oreille à leurs accords, comme il l'avait fait dans le cimetière ; mais un instant après, ces accords arrivant jusqu'à lui, sur un mode affaibli, doux et mélancolique, il se leva en tendant les bras comme à l'approche d'un ami... Avait-il donc oublié qu'il ne pouvait presser dans ses mains maudites la main d'un ami, sans lui transmettre son pouvoir fatal ? En même temps sa physionomie devint plus calme et plus naturelle ; un léger tremblement s'empara de ses membres ; enfin, ses yeux se remplirent de larmes, et il les couvrit de ses mains en penchant la tête sur sa poitrine.

Le souvenir de ses chagrins, de ses souffrances ne lui était pas revenu ; il savait qu'il ne lui était pas rendu et il n'avait même pas le moindre espoir de le recouvrer jamais. Mais il éprouva tout à coup un tressaillement intérieur, et il lui sembla que, comme autrefois, il se sentait ému par le sens caché de la musique qu'il entendait au loin. Cet éclair de sensibilité ne dût-il servir qu'à lui faire comprendre la valeur de ce qu'il avait perdu, il en remercia le ciel avec une fervente gratitude.

Lorsque les derniers accords vinrent mourir à son oreille, il releva la tête pour écouter encore leurs vibrations expirantes.

À côté de l'enfant endormi, le fantôme se tenait debout, immobile et muet, les yeux fixés sur le chimiste.

Bien que sinistre, comme il l'avait toujours été, son aspect n'était plus si farouche, si impitoyable... du moins Redlaw le pensa-t-il ou l'espéra-t-il, en le considérant avec attention. Le fantôme n'était pas seul et dans sa main spectrale il tenait une autre main.

À qui appartenait cette main ? et la forme qui se dressait à côté du fantôme était-elle la forme de Milly, ou seulement son ombre et son image ? La tête avait l'attitude habituelle à la jeune femme ; elle était doucement penchée, et les yeux, semblant exprimer la compassion, étaient baissés sur l'enfant endormi. Une clarté radieuse illuminait le visage de cette autre forme, mais ne s'étendait pas sur le fantôme, qui, malgré cette lumière si rapprochée, était, comme toujours, incolore et sombre.

— Spectre, s'écria le chimiste que ce spectacle avait plongé dans un trouble nouveau, je ne me suis montré ni redoutable ni inflexible pour elle... Oh ! ne la conduisez pas ici ; épargnez-moi cette douleur.

— Ce n'est qu'une ombre, dit le fantôme ; et quand paraîtront les premières lueurs du jour, allez chercher la réalité dont l'image est présente à vos yeux.

— Y suis-je condamné par mon inexorable destinée ? s'écria le chimiste.

— Oui, répondit le fantôme.

— Suis-je condamné à détruire son repos, la bonté de son âme, et à faire d'elle ce que je suis moi-même et ce que j'ai fait des autres ?

— J'ai dit : allez la chercher, répliqua le fantôme. Je n'ai pas dit autre chose.

— Oh ! répondez-moi, s'écria Redlaw, saisissant l'espérance qu'il crut entrevoir dans ces dernières paroles ; puis-je défaire ce que j'ai fait ?

— Non.

— Je ne demande rien pour moi, dit Redlaw. Ce que j'ai abandonné, je l'ai abandonné de ma propre volonté, et je l'ai justement perdu. Mais ne puis-je donc plus rien en faveur de ceux à qui j'ai transmis le don fatal qu'ils n'ont jamais souhaité ; de ceux qui, à leur insu, ont été victimes d'une malédiction imprévue, à laquelle il leur était impossible de se soustraire ?

— Vous ne pouvez rien, répondit le fantôme.

— Si je n'ai pas ce pouvoir, un autre le pourra-t-il exercer ?

Immobile comme une statue, le fantôme conserva pendant quelques instants son immobilité ; puis, tournant soudain la tête, il regarda l'ombre qui se tenait à ses côtés.

— Ah ! s'écria Redlaw, qui n'avait cessé de contempler l'ombre, aurait-elle ce pouvoir ?...

Le fantôme abandonna la main qu'il avait tenue jusqu'à ce moment, et fit signe à l'ombre de se retirer. Aussitôt l'ombre commença à s'éloigner ou plutôt à s'évanouir.

— Arrêtez, s'écria le chimiste avec une anxiété qu'il ne savait comment exprimer. Un instant encore, par pitié !... J'ai senti qu'un changement s'opérait en moi, tout à l'heure, en entendant ces chants de Noël... Dites-moi, si elle n'a rien à redouter de moi... Ah ! répondez-moi !... Puis-je m'approcher d'elle sans crainte ?... Laissez-la me donner quelque signe d'espoir !

Le fantôme, à son tour, jeta les yeux sur l'ombre ; mais il ne répondit pas.

— Répondez au moins à cette question, reprit le chimiste. Saura-t-elle désormais qu'il est en son pouvoir de réparer le mal que j'ai fait ?

— Elle ne le saura pas, répondit le fantôme.

— Possède-t-elle ce pouvoir sans qu'elle en ait conscience ?

— Allez la chercher, répondit le fantôme.

À ces mots, l'ombre disparut entièrement.

Une fois encore, ils se trouvèrent face à face, l'homme et le spectre, se regardant l'un l'autre avec la même fixité terrifiante qu'au moment où le don fatal avait été accordé.

Entre eux, et aux pieds du fantôme, l'enfant demeurait couché, toujours plongé dans un profond sommeil.

— Terrible instructeur, dit le chimiste en se prosternant devant le fantôme, dans une attitude suppliante, terrible instructeur, par qui j'ai été renié, mais par qui je suis visité de nouveau, et dont l'aspect, moins impitoyable à cette heure, me laisse entrevoir une lueur d'espérance, je vous obéirai désormais aveuglément, me contentant de prier pour que le cri poussé par moi vers le ciel dans les angoisses de mon âme soit entendu, car nulle puissance humaine ne peut réparer le mal que j'ai fait... Mais un seul être...

— Vous voulez parler de la créature qui gît à mes pieds ? interrompit le fantôme en montrant du doigt l'enfant endormi.

— Oui, répondit le chimiste, et vous savez ce que j'allais vous demander... Pourquoi, lui seul, cet enfant s'est-il soustrait à mon influence, et pourquoi ai-je découvert dans ses pensées une analogie terrible avec les miennes ?

— Cela, dit le fantôme en désignant l'enfant, est la suprême expression, la personnification la plus complète d'une créature humaine, entièrement privée de toute espèce de souvenirs de la nature de ceux auxquels vous avez renoncé. Aucun souvenir de chagrins, de souffrances, ne pénètre dans cette misérable créature, parce que, depuis sa naissance, elle a été abandonnée à une condition pire que celle des animaux, et qu'elle n'a conscience d'aucun sentiment humain, d'aucun contraste qui puisse réveiller dans son cœur insensible l'ombre même d'un pareil souvenir. Le cœur de cet être abandonné est un désert aride, comme le cœur de l'homme déshérité des souvenirs auxquels vous avez renoncé... Malheur à un pareil homme !... Malheur, mille fois malheur au peuple chez lequel se trouveront en grand nombre des monstres semblables au monstre qui dort à mes pieds !...

Redlaw tressaillit d'épouvante en entendant ces paroles.

— Il n'est pas un de ces monstres, continua le fantôme, pas un seul qui ne sème une moisson que l'espèce humaine doit fatalement récolter. De chaque germe de mal que recèle cette créature, un champ de ruines a poussé qui sera moissonné, et dont les semences seront de nouveau répandues en mille endroits du monde, jusqu'à ce que ses diverses régions soient assez infectées de méchanceté pour appeler les eaux d'un nouveau déluge. Le meurtre commis en plein jour dans les rues des cités, et restant impuni, serait moins criminel dans son accomplissement toléré qu'un spectacle tel que celui-ci.

Le fantôme semblait considérer l'enfant endormi. Redlaw le regardait aussi avec une plus vive émotion... Alors le fantôme ajouta :

— Il n'y a pas un père à côté duquel passent ces créatures dans leurs courses errantes de nuit ou de jour ; il n'y a pas une mère parmi toutes les mères aimantes de ce monde ; il n'y a pas un être humain sorti de l'enfance, qui ne soit, plus ou moins, responsable de cette énormité... Il n'y a pas, sur terre, une nation sur laquelle cette énormité n'attirerait la malédiction divine. Il n'y a pas de religion sur terre qui ne serait avilie par elle ; il n'y a pas un peuple qui ne serait déshonoré par elle.

Le chimiste joignit les mains, et l'expression de sa physionomie offrit un mélange de compassion et d'effroi, tandis que ses regards erraient de l'enfant endormi au fantôme qui montrait du doigt ce dernier étendu à ses pieds.

— Contemplez, vous dis-je, continua le spectre, le type parfait de ce que vous avez souhaité d'être. Votre influence est impuissante ici, parce que, du cœur de cet enfant, il n'y a rien à bannir. Ses pensées ont été en harmonie avec les vôtres, parce que vous étiez descendu jusqu'à son ignoble niveau. Cet enfant est le produit de l'indifférence des hommes... vous êtes, vous, le produit de la présomption humaine. Les généreux desseins de la Providence ont été, dans l'un et l'autre cas, anéantis, et, bien que vous soyez partis, vous et cet enfant, des deux pôles du monde immatériel, vous avez fini par vous rencontrer.

Le chimiste s'agenouilla à côté de l'enfant, et, mû par le même sentiment de pitié qu'il éprouvait pour lui-même à cette heure, il sembla veiller sur le sommeil de cet être misérable, qui déjà ne lui inspirait plus ni horreur ni indifférence.

Cependant, la ligne lointaine de l'horizon s'éclaircit ; les ténèbres se dissipèrent. Peu à peu, le soleil se leva rouge et glorieux, les cheminées et les pignons du vieil édifice se dessinèrent sur un fond lumineux dans le clair azur du ciel, et les vapeurs de la cité furent métamorphosées en nuages d'or. Le cadran solaire, dans son coin sombre où le vent s'engouffrait d'habitude avec une constance contraire à sa nature, se dégagea de la fine enveloppe de neige que la nuit avait jetée sur sa vieille face engourdie, et regarda les petites guirlandes blanches s'élargissant graduellement autour de lui.

Les Tetterby étaient levés et commençaient leur tâche de chaque jour. M. Tetterby enleva les contrevents de la boutique, et, volet par volet, révéla les trésors de la devanture aux yeux de la population des bâtiments de Jérusalem ; mais ces yeux n'étaient que trop à l'épreuve de semblables séductions. Adolphe était parti depuis si longtemps qu'il devait être à peu près à moitié chemin du *Journal du matin.* Cinq petits Tetterby, avec leurs dix yeux ronds, fort enflammés par l'effet du savon et de la friction, étaient en proie aux tortures d'une froide ablution dans l'arrière cuisine, sous la présidence de mistress Tetterby.

Johnny, qui avait été contraint à faire sa toilette avec la plus grande hâte, parce que Moloch s'était montré singulièrement exigeant, ce qui, du reste, lui arrivait toujours, Johnny se traîna clopin-clopant jusqu'à la porte de la boutique avec son fardeau, plus difficilement encore que d'habitude, le poids de Moloch se trouvant fort augmenté par une complication de préparatifs contre le froid, composés de tricots de laine, et formant une complète armure avec cotte de mailles, morion et guêtres bleues.

Une des singularités de ce baby consistait à être toujours en train de faire des dents, soit qu'elles ne poussassent jamais, soit qu'après être venues, elles s'en retournassent, ce qu'on n'a jamais pu savoir. S'il avait eu toutes les dents que Mme Tetterby lui avait déjà trouvées par anticipation, il y aurait eu de quoi en composer une très belle enseigne de chirurgien-dentiste.

On se servait de toute sorte d'objets pour frotter les gencives de Moloch qui, de plus, portait constamment un anneau d'ivoire, assez large pour représenter le rosaire d'une jeune nonne, toujours pendillant à sa ceinture qui se trouvait juste au-dessous du menton.

Des manches de couteau, des pommes de parapluie, des têtes de cannes choisies dans l'assortiment de la boutique, les doigts de la famille en général, mais ceux de Johnny en particulier, des râpes à muscade, des croûtes de pain, des boutons de porte, et les froides boules qui surmontent les pincettes, tels étaient les instruments appliqués le plus ordinairement au soulagement de ce baby. On ne saurait calculer la somme d'électricité qu'on dégageait de lui dans le cours d'une semaine. Mistress Tetterby disait néanmoins, mistress Tetterby disait toujours : « C'est la fin de la dentition, et la petite sera bientôt guérie », ce qui n'empêchait pas le travail laborieux de se prolonger, et le baby de crier.

Depuis quelques heures, le caractère des petits Tetterby avait déplorablement changé. M. et mistress Tetterby eux-mêmes n'étaient pas moins changés que leurs petits. C'était ordinairement une petite race exempte d'égoïsme, de méchanceté, d'entêtement, toujours prête à partager la plus chétive pitance, d'un cœur satisfait ; généreuse lors même que les temps étaient durs, ce qui n'arrivait que trop souvent, et joyeuse à l'excès quand elle avait un tout petit morceau de viande. Mais à cette heure, ces intéressantes créatures se battaient, non seulement pour le savon et l'eau, mais aussi pour le déjeuner qui n'était encore qu'en perspective. La main de chaque petit Tetterby frappait les autres petits Tetterby, et la main de Johnny lui-même, du patient, du souffre-douleur, du dévoué Johnny, se leva sur le baby ! oui, sur le baby !

Mistress Tetterby qui, par hasard, allait en ce moment vers la porte de la boutique, vit Johnny chercher vicieusement un côté faible, vulnérable dans l'armure de Moloch, et pincer cette idole adorée. Rapide comme l'éclair, mistress Tetterby traîna Johnny par le collet jusque dans la chambre, et le remboursa avec d'énormes intérêts.

— Horrible brute ! petit assassin ! s'écria mistress Tetterby, comment avez-vous eu le cœur de faire cela ?

— Aussi pourquoi ne veut-elle pas finir de faire ses dents, au lieu de m'embêter comme ça ? récrimina Johnny d'une voix audacieusement rebelle. Je voudrais bien vous voir à ma place !

— À votre place, monsieur ? répliqua mistress Tetterby en lui enlevant le piteux fardeau.

— Oui, à ma place, répéta Johnny. Eh bien ! à ma place, vous vous feriez soldat. Moi aussi je vais me faire soldat. Il n'y a pas de babies dans l'armée.

M. Tetterby, qui venait d'arriver sur ces entrefaites, se frotta le menton d'un air rêveur, au lieu de châtier le rebelle, et sembla plutôt frappé de cette façon d'envisager la vie militaire.

— Moi aussi, je voudrais être soldat, si vous donnez raison à Johnny, s'écria mistress Tetterby, en se tournant vers son mari, car je n'ai pas un moment de repos ici. Je suis une esclave... une esclave de Virginie.

Cette expression aggravante fut sans doute suggérée à mistress Tetterby par quelque vague souvenir de leur excursion peu profitable dans le commerce du tabac.

— Depuis un bout de l'année jusqu'à l'autre, continua mistress Tetterby, je n'ai pas le moindre amusement, pas le plus petit plaisir ! Ah ! que le Bon Dieu le bénisse !... Eh bien ! qu'est-ce qui lui prend encore ? ajouta-t-elle en secouant le *baby* avec une violence peu conforme à une aussi pieuse invocation.

En dépit de ces rudes secousses, mistress Tetterby n'ayant pu découvrir ce qu'avait le baby, le jeta dans un berceau ; puis elle prit un siège, se croisa les bras et se mit à balancer vigoureusement le berceau avec son pied.

— Pourquoi restez-vous là à rien faire ? dit mistress Tetterby à son mari. Pourquoi ne travaillez-vous pas ?

— Parce que je n'ai pas le cœur au travail, répliqua M. Tetterby.

— C'est exactement comme moi, reprit mistress Tetterby.

— Du diable si j'ai la moindre envie de travailler ! ajouta M. Tetterby.

En cet instant, le dialogue fut interrompu par Johnny et ses cinq frères cadets qui, en préparant la table pour le déjeuner, s'étaient pris de querelle à propos de la possession temporaire du pain, et s'administraient réciproquement les taloches les plus consciencieuses, tandis que le plus petit de tous, évitant avec une sagacité précoce de se jeter au cœur de la mêlée, courait autour des combattants et s'attaquait à leurs jambes.

M. et mistress Tetterby se précipitèrent avec une grande ardeur au centre du combat, comme si ce terrain eût été le seul sur lequel ils se pussent mettre d'accord ; et, après avoir fait autour d'eux une exécution terrible qui contrastait d'une façon extrêmement frappante avec leur mansuétude habituelle, ils reprirent leurs positions respectives.

— Pourquoi ne lisez-vous pas votre journal, au lieu de rester à rien faire ? dit mistress Tetterby.

— Qu'est-ce qu'il y a à lire dans un journal, je vous le demande ? répliqua M. Tetterby d'un air excessivement bourru.

— Ce qu'il y a à lire, monsieur ? les affaires de police...

— Quel intérêt cela peut-il avoir pour moi ! répondit M. Tetterby. Peu m'importe ce que les autres font, et ce qu'on leur a fait.

— Les suicides ? suggéra mistress Tetterby.

— Cela ne me regarde pas, repartit son mari.

— Les naissances, les décès et les mariages. Cela vous est indifférent aussi ? demanda mistress Tetterby.

— Quand bien même toutes les naissances seraient une bonne fois terminées dès aujourd'hui ; quand bien même les décès devraient tous commencer dès demain, je ne vois pas en quoi cela me pourrait intéresser, tant que je ne penserai pas que mon tour approche... Quant aux mariages, ajouta le petit homme d'un air railleur, je les connais par expérience, et là-dessus, Dieu merci ! j'en sais assez long.

À en juger par son air peu satisfait et son geste expressif, mistress Tetterby fut de l'avis de son mari ; néanmoins, elle fit de l'opposition pour le seul plaisir de se quereller avec lui.

— Oh ! vous êtes un homme bien *conséquent,* dit mistress Tetterby. Un homme *conséquent,* en vérité, avec votre paravent fait de vos propres mains, et uniquement composé de petits fragments de journaux que vous vous amusez à lire aux enfants pendant des heures entières !

— Dites que *je m'amusais* à lire, s'il vous plaît, répliqua M. Tetterby. Vous ne m'y reprendrez plus... je vous prie de le croire... Je ne suis pas si bête à présent, Dieu merci !...

— Bah ! pas si bête ! vraiment ! dit mistress Tetterby. Et... en êtes-vous devenu meilleur ?

Cette question révélait un certain trouble dans le cœur de mistress Tetterby. Son mari se mit à ruminer d'un air découragé, puis passa et repassa la main sur son front.

— Meilleur ! murmura mistress Tetterby. Je ne sache pas que l'un de nous soit meilleur, ou plus heureux... Ah ! vous croyez en être devenu meilleur ?

M. Tetterby alla droit au paravent, et promena son doigt dessus, jusqu'à ce qu'il eût trouvé certain paragraphe dont il était en quête.

— Voici ce qui était ordinairement goûté par la famille, si j'ai bonne mémoire, dit M. Tetterby d'un ton morne et stupide. Voici qui les faisait ordinairement pleurer et les rendait sages, lorsqu'il s'élevait entre eux le moindre débat... Oui, ceci les attendrissait autant que l'histoire du rouge-gorge dans le bois. "*Cas d'horrible détresse :* Hier un petit homme, tenant un baby dans ses bras, et entouré d'une demi-douzaine d'enfants déguenillés, tous évidemment affamés, comparut devant le digne magistrat et fit le récit suivant..." Au fait ! ajouta M. Tetterby en discontinuant de lire : en quoi cela peut-il nous intéresser ?

— Comme il a l'air vieux et laid, dit mistress Tetterby en considérant son mari. Je n'ai jamais vu pareil changement chez un homme. Ah ! mon Dieu ! mon Dieu ! quel sacrifice !

— De quel sacrifice parlez-vous ? demanda brutalement le mari.

Mistress Tetterby hocha la tête, et, au lieu de répondre, elle souleva une véritable tempête autour du baby, tant furent violentes les secousses qu'elle imprima soudainement au berceau.

— Si vous voulez dire que votre mariage a été un sacrifice, ma bonne femme... dit le mari.

— Justement, repartit la femme.

— Eh bien ! moi, poursuivit M. Tetterby d'un ton non moins aigre, non moins bourru, je veux dire qu'il y a deux manières d'envisager cette affaire ; je veux dire que *c'est moi qui ai été le sacrifice,* et je souhaiterais que le sacrifice n'eût pas été accepté.

— Je le souhaiterais aussi de tout mon cœur et de toute mon âme, Tetterby, je vous assure, dit la femme.

— Je ne sais pas, en vérité, murmura le mari, ce que j'ai vu de si beau en elle ; si jamais il y a eu quelque chose de beau... En tout cas, il n'en reste rien à présent. C'est ce que je disais hier soir, au coin du feu, après le souper. Elle est énorme, elle se fait vieille ; enfin, il n'y a pas de comparaison entre elle et la plupart des autres femmes.

— Il a l'air épais et commun, murmura mistress Tetterby ; il est petit, il commence à se voûter et sa tête se dégarnit d'une façon désolante.

— Il faut que j'aie été quasi-fou, lorsque je l'ai prise, grommela M. Tetterby.

— En vérité, j'étais folle ; autrement je ne pourrais m'expliquer mon choix, dit sentencieusement mistress Tetterby.

Ce fut dans cette disposition d'esprit qu'ils se mirent à table pour déjeuner. Les petits Tetterby n'étaient pas habitués à considérer ce repas au point de vue d'une occupation sédentaire ; ils s'y livraient au contraire, en dansant ou en trottant, si bien qu'elle ressemblait à quelque solennité chez les sauvages. Tantôt ils brandissaient leurs tartines de beurre, en poussant des cris aigus ; tantôt, s'élançant hors de la chambre, ils allaient faire un temps de course dans la rue, puis revenaient à la maison, et s'exerçaient à sauter à pieds joints les degrés de la porte.

Dans la circonstance actuelle, les petits Tetterby eurent la fantaisie de se disputer avec acharnement le pot au lait coupé d'eau placé sur la table pour le commun usage, et leur ambitieuse rivalité avait soulevé de si violentes colères, que le seul fait de cette lutte déplorable constituait un véritable outrage à la mémoire du docteur Watts. M. Tetterby ayant pris le parti de mettre à la porte tous les acteurs de ce drame, le silence enfin se rétablit ; encore fut-il troublé quelques instants après par Johnny qui, rentré subrepticement dans la chambre, s'empara du pot au lait, dans lequel il se mit à souffler comme un ventriloque, avec une précipitation indécente et rapace.

— Ces enfants finiront par me faire mourir de chagrin ! s'écria mistress Tetterby, après avoir banni le coupable. Et je désire que ce soit le plus promptement possible.

— Les pauvres gens comme nous ne devraient pas avoir d'enfants du tout, dit M. Tetterby, ils ne nous donnent aucune satisfaction.

En ce moment il tenait à la main la tasse que mistress Tetterby avait grossièrement poussée vers lui, et mistress Tetterby portait la sienne à ses lèvres, lorsqu'ils s'arrêtèrent tous deux, comme s'ils eussent été foudroyés.

— Mère ! cria Johnny qui entra dans la chambre en courant, père ! voici mistress William qui descend la rue pour venir ici.

Et si jamais, depuis que le monde existe, un petit garçon prit un *baby* dans son berceau avec les précautions habituelles à une vieille nourrice, et l'apaisa, le caressa tendrement, et l'emporta joyeusement d'un pied mal assuré...

Johnny fut ce petit garçon-là ; et Moloch fut ce baby, lorsque tous deux ils sortirent de la chambre, l'un portant l'autre.

M. Tetterby posa sa tasse sur la table ; mistress Tetterby posa la sienne.... Tetterby se frotta le front... ; mistress Tetterby frotta le sien... Le visage de M. Tetterby commença à s'épanouir et à rayonner... celui de mistress Tetterby commença à s'épanouir et à rayonner de même.

— Dieu me pardonne ! dit mentalement M. Tetterby, à quels mauvais sentiments j'ai donné cours ! que s'est-il donc passé d'extraordinaire en moi ?

— Comment ai-je pu le maltraiter encore après tout ce que j'ai dit et ressenti hier soir ! murmura mistress Tetterby en sanglotant et en portant son tablier à ses yeux.

— Je suis une brute ! s'écria M. Tetterby, et je me demande s'il y a encore quelque bon sentiment en moi !... Sophie ! ma petite femme !...

— Dolphus, mon ami !... répondit mistress Tetterby.

— J'ai... j'ai été dans une situation d'esprit dont le souvenir m'accable, Sophie !

— Oh ! ce n'est rien en comparaison de mes injustices, Dolf, répliqua mistress Tetterby en laissant éclater un violent désespoir.

— Ma Sophie !... calmez-vous. Je ne me pardonnerai jamais ma conduite... Je dois avoir presque brisé votre cœur, je le sais...

— Non, Dolf, non. C'était moi ! moi ! répondit mistress Tetterby d'une voix entrecoupée de sanglots.

— Ma petite femme !... allons ! ne pleurez pas !... Vos nobles sentiments m'accablent de remords... Sophie !... ma chère !... si vous saviez ce que je pensais !... Je vous en ai dit beaucoup ; eh bien ! je ne vous ai pas tout dit. Ah ! ma petite femme ! si vous saviez ce que je pensais !...

— Oh ! non, Dolf !... non, mon ami !

— Sophie, continua M. Tetterby, je veux tout vous révéler. Ma conscience ne me laissera pas en repos tant que je n'aurai point parlé. Ma petite femme...

— Mistress William n'est plus qu'à deux pas d'ici ! cria Johnny en se montrant à la porte.

— Ma petite femme, balbutia M. Tetterby en se cramponnant à deux mains au dossier de sa chaise, je me demandais comment j'avais pu vous aimer jamais. J'oubliais les précieux enfants que vous m'avez donnés, et je pensais que votre taille n'était pas aussi mince que je l'aurais pu désirer... Je... je ne me souvenais plus, continua-t-il avec un accent de profond repentir, des ennuis auxquels vous avez été exposée pour m'avoir épousé, quand peut-être vous en ussiez été presque exempte avec un autre mari, meilleur et plus heureux que moi (et ce mari-là n'eût pas été bien difficile à trouver) ! Ce n'est pas tout, et je vous accusais d'avoir un peu vieilli, pendant les dures années que vous m'avez rendues moins lourdes à supporter. Vous ne pouvez croire que de telles pensées me soient venues, n'est-ce pas, ma petite femme ? Moi-même je ne puis croire...

Tout en riant et en pleurant avec une sorte de frénésie, mistress Tetterby prit et garda dans ses mains la tête de son mari.

— Oh ! Dolf ! s'écria-t-elle, je suis bien heureuse d'apprendre que vous ayez eu de semblables pensées. Oh ! oui, bien heureuse ! car j'ai pensé, moi, que vous aviez une figure commune, Dolf ; et c'est la vérité, mon ami, mais peu m'importe que vous ayez la figure la plus commune du monde à mes yeux, pourvu que mes yeux soient fermés par vos mains... J'ai pensé que vous étiez petit, et c'est la vérité ; mais, précisément à cause de cela, je ferai beaucoup de cas de vous, et je ferai de vous plus de cas encore parce que j'aime mon mari. J'ai pensé que votre dos commençait à se voûter ;

il se voûte en effet, mais vous vous appuierez sur moi, et je vous soutiendrai de mon mieux. J'ai pensé que vous aviez l'air commun, quand j'aurais dû vous trouver l'air d'un bon père de famille, et celui-là est le plus pur et le meilleur de tous... Oh ! Dolf ! que Dieu bénisse notre foyer et nous le rende de plus en plus cher !

— Hurrah ! Voici mistress William ! cria Johnny.

Elle entra en effet, escortée de tous les enfants qui l'embrassèrent l'un après l'autre, puis embrassèrent le baby, ainsi que leur père et leur mère. Enfin, n'ayant plus personne à embrasser, ils s'embrassèrent entre eux en dansant et en sautant d'un air triomphant autour de mistress William.

M. et mistress Tetterby ne firent pas un accueil moins chaleureux à la jeune femme, vers laquelle ils se sentaient irrésistiblement attirés, ainsi que les enfants ; ils s'élancèrent à sa rencontre, lui baisèrent les mains, ne sachant comment lui témoigner suffisamment leur allégresse et leur enthousiasme. Elle était pour eux le bon génie du foyer domestique, le génie du bien, de la tendresse et de tous les sentiments généreux.

— Vous êtes donc tous bien joyeux de me voir par cette belle matinée de Noël ? dit Milly en joignant les mains avec une expression de douce surprise. Oh ! que je suis heureuse !

Et les cris de joie des enfants, et les baisers, et les sauts, et les danses de recommencer de plus belle, autour de la jeune femme.

— Quelles délicieuses larmes vous me faites répandre, dit-elle ! comment ai-je mérité tous ces témoignages d'estime et d'affection ?... Qu'ai-je donc fait pour être si tendrement aimée ?...

— Qui donc ne vous aimerait pas ? cria M. Tetterby.

— Qui donc ne vous aimerait pas ? cria mistress Tetterby.

— Qui donc ne vous aimerait pas ? répétèrent tous les enfants en chœur d'allégresse. Puis ils se groupèrent autour d'elle, collant leurs visages roses contre ses vêtements, sans pouvoir se lasser de les baiser et de les toucher avec la même idolâtrie qu'ils avaient pour sa personne.

— Jamais je ne me suis sentie plus émue, dit mistress William en essuyant ses yeux, et la voix me manque pour vous dire ce qui m'amène près de vous... Figurez-vous que, dès le lever du soleil, M. Redlaw est venu me trouver, et, me témoignant autant de tendresse que si j'eusse été sa fille chérie, il m'a suppliée d'aller voir avec lui le frère de William, le pauvre George, qui est bien malade. Nous partîmes ensemble, et tout le long du chemin M. Redlaw se montra pour moi si bon, si affectueux, il parut avoir en moi tant de confiance et d'espoir, que je ne pus m'empêcher de pleurer de plaisir. En arrivant à la maison, nous rencontrâmes sur le seuil de la porte une femme (quelqu'un, je le crains, l'avait cruellement battue) qui me prit la main et me bénit à mon passage.

— Elle a eu raison ! dit M. Tetterby.

Mistress Tetterby et tous les enfants répétèrent à l'unisson :

— Elle a eu raison !

— Mais ce n'est pas tout, reprit Milly. Nous montons l'escalier, et nous entrons dans la chambre. Aussitôt le malade, qui, depuis de longues heures, était opiniâtrement resté silencieux et immobile, se lève sur son séant ; puis, fondant en larmes et me tendant les bras, il s'écrie qu'il a mené bien longtemps une vie coupable, mais qu'il est sincèrement repentant et qu'il déplore son passé, dont la détestable image se présente à ses yeux trop longtemps couverts d'un nuage épais. Il me conjure de demander à son pauvre vieux père son pardon, sa bénédiction, et de dire une prière au chevet du lit. En me voyant prier, M. Redlaw s'unit à moi avec une telle ferveur, et remercia le ciel et moi-même d'une voix si touchante, que mon cœur fut débordé par l'émotion, et que j'allais éclater en sanglots, si le malade ne m'eût rappelée à moi-même en me suppliant de m'asseoir près de lui. Lorsque je fus assise, il prit ma main entre ses mains et s'assoupit peu à peu. Alors seulement, je retirai ma main, qui fut aussitôt remplacée par celle de M. Redlaw, pour que le malade ne s'aperçût pas de mon départ, car j'avais hâte de venir vous voir... Ô mon Dieu ! mon Dieu ! ajouta la jeune femme en sanglotant, que je suis heureuse ! que je suis heureuse !...

Tandis qu'elle parlait, Redlaw était entré dans la chambre, et après s'être un instant arrêté pour contempler le groupe au centre duquel était Milly, il avait monté silencieusement l'escalier. En ce moment, le jeune étudiant passa rapidement près de Redlaw, descendit dans la chambre et courut se précipiter aux genoux de Milly.

— Ô vous, la meilleure et la plus aimable des créatures, s'écria-t-il en saisissant la main de la jeune femme, pardonnez-moi ma cruelle ingratitude !

— Encore quelqu'un qui m'aime !... C'est à en mourir de bonheur ! dit Milly avec une adorable naïveté.

L'accent plein d'innocence et de simplicité avec lequel elle prononça ces mots, tandis qu'elle posait les mains sur ses yeux humides d'attendrissement, était on ne peut plus touchant.

— Je n'étais plus moi-même, continua l'étudiant. J'ignore la cause du désordre qui avait envahi mon cœur et mon esprit... Peut-être était-ce ma maladie... Enfin, j'étais fou ; mais je ne le suis plus, et à mesure que je parle, je me sens renaître entièrement à la vie... Je viens d'entendre les enfants prononcer votre nom ; et à ce seul nom, le nuage qui couvrait mon esprit s'est aussitôt dissipé. Oh ! ne pleurez pas !... chère Milly ; si vous pouviez lire dans mon cœur... si seulement vous saviez de quelle affection, de quelle gratitude profonde il est pénétré pour vous, non, vous ne voudriez plus pleurer, car vos larmes me rappellent mon odieuse conduite à votre égard.

— Non, non, dit Milly, mes larmes ne vous accusent pas, car ce sont des larmes de joie, et je me demande comment vous avez pu songer seulement à me prier de vous pardonner pour si peu, quand vous me rendez au contraire si heureuse !

— Vous reviendrez, n'est-ce pas, et vous finirez mes petits rideaux ? dit l'étudiant.

— Non, répliqua Milly en essuyant ses larmes, et en hochant la tête ; désormais, vous ne vous soucierez guère de mon ouvrage.

— Est-ce me pardonner que de me parler ainsi ?

Milly tira le jeune homme à l'écart, et lui dit tout bas à l'oreille :

— Il est arrivé des nouvelles de chez vous, monsieur Edmund.

— Des nouvelles ?... Que voulez-vous dire ?

— Oui des nouvelles... Soit que le silence que vous avez gardé pendant votre maladie ait inspiré de l'inquiétude, soit qu'on ait eu quelque soupçon de la vérité, en observant l'altération de votre écriture dans les lettres que vous avez écrites dès les premiers jours de votre convalescence... toujours est-il que... Mais, vous sentez-vous la force de supporter toute espèce de nouvelles, pourvu qu'elles ne soient pas trop mauvaises ?

— Oui, parlez.

— Eh bien, quelqu'un est arrivé ! répondit Milly.

— Est-ce ma mère ? demanda l'étudiant, en jetant involontairement les yeux sur Redlaw, qui venait de descendre l'escalier.

— Chut ! fit Milly. Non, ce n'est pas votre mère.

— Ce ne peut être une autre personne.

— En vérité ? répliqua Milly. En êtes-vous bien sûr ?

— Ce n'est pas...

Milly l'interrompit brusquement en lui mettant la main sur la bouche.

— Si... c'est *elle !* dit Milly. Cette jeune dame... Elle ressemble bien à la miniature que j'ai vue chez vous, monsieur Edmund ; mais elle est beaucoup plus jolie... Cette jeune dame, ne pouvant plus longtemps supporter l'incertitude où vous la laissiez, a pris le parti de venir elle-même chercher de vos nouvelles, et elle est arrivée, hier au soir, accompagnée d'une petite servante. Comme vos lettres étaient toujours datées du collège, c'est là qu'elle est allée vous demander, et je l'ai vue, ce matin, avant la visite de M. Redlaw... *Elle* aussi, monsieur Edmund, ajouta Milly, elle aussi a de l'affection pour moi... Que je suis heureuse ! Encore une personne qui m'aime !

— Ce matin, dites-vous ?... Où est-elle en ce moment ? demanda l'étudiant.

— En ce moment, répondit Milly en approchant ses lèvres de l'oreille du jeune homme, en ce moment, elle est dans ma petite chambre de la loge, où elle vous attend.

Edmund pressa la main de Milly et s'élança pour sortir, mais elle le retint.

— M. Redlaw est bien changé, dit-elle, et il m'a avoué, ce matin, que sa mémoire était très affaiblie... Ayez beaucoup de ménagements pour lui, monsieur Edmund ; il en a besoin, de la part de nous tous.

Le jeune homme lui assura, par un regard, qu'il tiendrait compte de la recommandation, et, comme en sortant de la chambre il passa devant le chimiste, il s'empressa de le saluer avec le plus profond respect.

Redlaw rendit le salut courtoisement, humblement même, et suivit des yeux l'étudiant. Puis il appuya son front sur ses mains en paraissant chercher dans son esprit quelque souvenir perdu... Mais ce souvenir ne se retrouvait plus.

Grâce à l'influence de la musique, et depuis la réapparition du fantôme, le changement durable qui s'était opéré chez Redlaw lui permit de comprendre à cette heure toute l'étendue de sa perte et de déplorer sa propre condition, en la comparant à la condition naturelle des personnes qui l'entouraient.

Frappé de ce contraste, il parvint à réveiller en son cœur les sentiments de sympathie que, naguère, il éprouvait pour ses semblables. En même temps, il ressentit une impression adoucie de son infortune, comme il arrive aux vieillards dont les facultés intellectuelles sont affaiblies sans les condamner cependant, pour surcroît de malheur, à l'insensibilité et au complet oubli de leurs infirmités.

Redlaw sentit que, tandis qu'il réparait peu à peu, par l'intermédiaire de Milly, le mal qu'il avait fait, et à mesure qu'il entrait en communion de plus en plus intime avec elle, une révolution s'opérait en lui. Ce sentiment, et l'affection que lui inspirait la jeune femme, lui firent comprendre qu'il était sous sa dépendance absolue, et qu'elle seule pouvait lui servir de soutien dans son affliction. Mais nulle autre espérance n'avait lui dans son âme.

Milly le tira de ses réflexions en lui proposant d'aller rejoindre le vieillard William. Avec le plus grand empressement, Redlaw prit le bras de Milly et l'accompagna... À cette heure, l'homme supérieur par son expérience, le savant capable de pénétrer les secrets les plus cachés de la nature, témoignait une si grande déférence pour cette jeune femme à l'intelligence naïve, à l'esprit inculte, que leurs positions semblaient être interverties... On eût dit que c'était elle qui possédait la science et lui qui ne savait rien du tout.

Au moment où il se disposait à sortir de la maison avec Milly, il vit les enfants se presser autour d'elle et la couvrir de caresses... Il entendit leurs rires éclatants et leurs voix joyeuses... il contempla les radieuses figures formant autour de lui comme une guirlande de fleurs... il fut témoin des marques d'affection si cordialement prodiguées à Milly par les parents... il respira avec bonheur l'air de leur pauvre demeure, où la paix était revenue... Il pensa au souffle mortel qu'il y avait répandu, et qui aurait pu y exercer des ravages, sans l'intervention de Milly... Était-il donc surprenant que Redlaw lui témoignât une déférence si grande, et qu'il se serrât contre le cœur de la douce créature ?

En entrant dans la loge, ils aperçurent le vieillard assis dans son fauteuil, au coin de la cheminée, les yeux fixés sur le plancher, tandis que William, adossé contre le mur, à l'autre coin du foyer, regardait attentivement son père.

Lorsque Milly se montra sur le seuil de la porte, tous deux tressaillirent et tournèrent aussitôt vers elle des visages illuminés par la joie.

— Ô mon Dieu ! mon Dieu ! les voilà aussi contents que tous les autres de me revoir ! s'écria Milly, qui s'arrêta court et battit des mains dans son transport de joie. Oui, en voici encore deux !

Contents de la revoir ! Oh ! ce mot rendait bien faiblement ce qu'ils éprouvaient !... Elle se précipita dans les bras de son mari tout grands ouverts pour la recevoir, et il eût trouvé bien doux de la garder ainsi, la tête appuyée sur son épaule, durant toute cette courte journée d'hiver ; mais le vieillard ne pouvait se passer de Milly. Lui aussi ouvrit ses bras pour la recevoir, et, à son tour, il la pressa sur son cœur.

— Eh bien ! qu'est donc devenue ma douce Minette pendant tout ce temps ? dit le vieillard. Elle a fait une bien longue absence, et je m'aperçois qu'il m'est impossible de me passer d'elle. Je... où est mon fils William ? Il me semble que je sors d'un rêve, William.

— C'est ce que je me dis, père, répondit William. Moi aussi j'ai fait, je crois, une sorte de vilain rêve... Comment allez-vous, père ?... Allez-vous passablement ?

— Je me sens brave et gaillard, mon garçon, répliqua le vieillard.

Et il y avait véritablement plaisir à voir M. William donnant des poignées de main à son père, le frappant affectueusement sur le dos, et enfin lui prodiguant mille caresses, comme s'il n'eût su qu'inventer pour lui témoigner sa tendresse et sa sollicitude.

— Quel homme étonnant vous êtes, mon père !... Comment allez-vous, père ?... Vous sentez-vous réellement en bonnes dispositions, hein ? dit William en donnant au vieillard une nouvelle poignée de main, une autre tape amicale sur le dos, et en lui prodiguant de nouvelles caresses.

— Je ne me suis jamais senti plus fort et plus dispos de ma vie, mon garçon.

— Quel homme étonnant vous êtes, père ! Mais, c'est exactement comme cela, dit William avec enthousiasme. Quand je pense à toutes les épreuves que mon père a traversées, à toutes les chances, à tous les chagrins qu'il a supportés durant le cours de sa longue carrière... Quand je pense aux nombreuses années entassées sur sa tête blanchie... il me semble que je ne saurais jamais faire assez pour honorer le vieux *gentleman,* et rendre sa vieillesse heureuse. Comment allez-vous, père ? Vous sentez-vous réellement bien, hein ?

Et M. William ne se serait point lassé de réitérer ses questions, de donner à son père des poignées de main, des tapes amicales sur le dos, et de lui prodiguer ses caresses, si le vieillard ne s'était aperçu de la présence du chimiste qu'il n'avait pas encore remarqué.

— Je vous demande pardon, monsieur Redlaw, dit Philip, mais je ne vous savais pas ici... autrement, je ne me serais pas mis si fort à mon aise... Cela me rappelle, monsieur Redlaw, que je vous ai vu dans cette même loge, par une belle matinée de Noël, au temps où vous étiez vous-même un simple étudiant, mais si studieux, que, même pendant les fêtes de Noël, c'était à peine si vous quittiez notre bibliothèque... Ha ! ha !... je suis assez heureux pour me souvenir de ce temps-là... et je me le rappelle à merveille, je vous l'assure, bien que j'aie quatre-vingt-sept ans... Vous souvenez-vous de ma pauvre femme, monsieur Redlaw ?

— Oui, répondit le chimiste.

— Oh ! reprit le vieillard, c'était une chère créature ! Je me rappelle que, certain jour de Noël, vous vîntes ici, dans la matinée, avec une jeune dame ; je vous demande pardon, monsieur Redlaw, mais je crois que c'était une sœur à laquelle vous étiez bien tendrement attaché ?

Redlaw regarda le vieillard en hochant la tête.

— Oui, j'avais une sœur, répondit-il d'un air distrait.

Il s'arrêta court... Ses souvenirs n'allaient pas plus loin.

— Par une belle matinée de Noël, poursuivit le vieillard, vous vîntes avec elle ici... Tout à coup, la neige commença à tomber, et ma femme engagea la jeune dame à venir s'asseoir près du feu qui flamboyait toujours à Noël, dans ce qui était autrefois notre grande salle de banquets... J'étais là, et je me rappelle que, tandis que j'attisais la flamme pour réchauffer les petits pieds de la jeune dame, celle-ci lut à haute voix l'inscription qui se trouve au-dessus du portrait : « *Seigneur, conservez-moi la mémoire !* » La jeune dame et ma femme se mirent à causer, à propos de cette inscription... et j'éprouve un sentiment étrange en songeant à cette heure, à ce qu'elles dirent toutes deux... Toutes deux, en apparence, si éloignées de la mort... Elles dirent que c'était une bonne prière, et qu'elles ne manqueraient pas de la réciter avec ferveur pour ceux qu'elles aimaient le mieux, si Dieu les retirait de bonne heure de ce monde... « Pour mon frère », dit la jeune femme ; « Pour mon mari, dit ma pauvre femme ; Seigneur, conservez-lui la mémoire, et faites qu'il ne m'oublie pas ! »

Des larmes plus amères que toutes celles qu'il avait répandues en sa vie inondèrent le visage de Redlaw.

Mais Philip, entièrement absorbé par son récit, ne s'était pas encore aperçu de l'effet que ses paroles avaient produit sur Redlaw : il n'avait pas non plus remarqué l'anxiété de Milly, qui s'était vivement efforcée par des signes, de lui faire comprendre qu'il devait s'arrêter.

Enfin, remarquant les pleurs de l'un et les signes de l'autre, il cessa de parler.

— Philip ! dit le chimiste en posant la main sur l'épaule du vieillard, je suis un homme sur qui la main de la Providence s'est appesantie lourdement... Vous me parlez, mon ami, de choses que je ne puis me rappeler, car ma mémoire s'en est allée...

— Ciel miséricordieux ! s'écria le vieillard.

— J'ai perdu le souvenir de mes souffrances, de mes chagrins et du mal qui m'a été fait, dit le chimiste ; et en perdant ce souvenir, j'ai perdu tout ce que l'homme aime à se rappeler !

À voir le vieux Philip ému de compassion pour Redlaw, rouler près de lui son grand fauteuil en l'invitant à s'y asseoir... à contempler sur la physionomie du vieillard l'expression de sa profonde sympathie pour la grande infortune de Redlaw... on eût appris, à un certain degré, combien de tels souvenirs sont précieux dans la vieillesse.

En ce moment, l'enfant qui, la veille, avait servi de guide au chimiste, entra dans la loge et se précipita vers Milly.

— L'homme est là, à côté, dit-il, je n'ai pas besoin de lui.

— Quel homme ? que veut-il dire ? demanda William.

— Chut ! fit Milly.

Obéissant comme d'habitude au moindre signe de la jeune femme, William et son père sortirent discrètement de la chambre sans attirer l'attention de Redlaw, qui appela près de lui l'enfant.

— J'aime mieux la femme, répondit ce dernier en s'attachant aux vêtements de Milly.

— Vous avez raison, dit Redlaw avec son sourire plein de mélancolie. Mais n'ayez point peur de vous approcher de moi... Je suis maintenant animé des meilleures dispositions, et pour vous plus que pour personne au monde, pauvre enfant.

Celui-ci se tint à l'écart pendant quelques instants encore ; mais cédant aux instances de la jeune femme, il consentit enfin à s'approcher de Redlaw, et même à s'asseoir à ses pieds.

Redlaw mit une main sur l'épaule de l'enfant, en jetant sur lui des regards de tendre compassion, il tendit son autre main à Milly, qui la saisit aussitôt.

— Monsieur Redlaw, dit-elle après un moment de silence, puis-je vous parler ?

— Oui, répondit-il en fixant les yeux sur elle. Votre voix et la musique sont mêmes choses pour moi.

— Puis-je vous demander quelque chose ?

— Ce qu'il vous plaira.

— Vous rappelez-vous ce que je vous ai dit hier soir, lorsque je suis allée frapper à votre porte ? Je vous ai parlé d'un de vos amis qui était sur le point de commettre un suicide.

— Oui, je crois m'en souvenir, répliqua le chimiste avec une certaine hésitation.

— Comprenez-vous cela ?

Redlaw passa sa main sur les cheveux de l'enfant, et regarda la jeune femme d'un air distrait.

— J'ai fini par retrouver la personne en question, continua Milly de sa voix douce et claire. Je suis retournée dans la maison où vous avez vu le malade, et, grâce à Dieu, j'y ai rencontré cette personne... Heureusement je suis arrivée à temps... Quelques instants de plus, il eût été trop tard...

Redlaw cessa de caresser l'enfant et serra la main de Milly, qui répondit à cette pression par une étreinte non moins éloquente que son regard.

— L'ami dont je vous parle, ajouta-t-elle, est le père de M. Edmund, ce jeune homme que nous venons de quitter. Son véritable nom est Langford. Vous rappelez-vous ce nom ?

— Je me le rappelle.

— Et l'homme ?

— Non... A-t-il jamais eu des torts envers moi ?

— Oui.

— Oh !... Alors il n'y a plus d'espoir... il n'y a plus d'espoir !...

À ces mots, Redlaw hocha tristement la tête et pressa de nouveau la main de la jeune femme, comme pour faire un muet appel à sa commisération.

— Je ne suis pas allée chez M. Edmund hier soir, reprit Milly. Voulez-vous m'écouter avec autant d'attention que si vous n'aviez rien oublié ?

— J'écoute attentivement chacune de vos paroles.

— Je ne suis pas retournée chez M. Edmund, d'abord parce que je ne savais pas encore que votre ancien ami fût le père de ce jeune homme, et puis, parce que je redoutais pour celui-ci, dans l'état de faiblesse où il se trouve par suite de sa maladie, l'effet d'une semblable nouvelle. Je ne la lui ai pas encore apprise, mais c'est par un autre motif... Votre ancien ami est depuis longtemps séparé de sa femme... et cette séparation date presque des premières années de son fils. Je tiens ces détails de votre ami lui-même. Oui, il a abandonné ce qu'il devait aimer le plus au monde... Depuis cette époque, il est peu à peu tombé si bas que...

S'interrompant brusquement, Milly sortit de la loge en courant, mais pour y rentrer un moment après, accompagnée de l'individu dont l'aspect misérable avait attiré l'attention de Redlaw, la veille au soir.

— Vous me connaissez ? demanda le chimiste.

— Je serais heureux... et cette expression ne m'est pas habituelle, répondit le nouveau venu, je serais heureux de pouvoir répondre que je ne vous connais pas.

Redlaw considéra cet homme si honteusement déchu, si dégradé, en s'efforçant, mais en vain, de deviner les rapports qui pouvaient exister entre eux deux, et sans doute il aurait longtemps poursuivi ses réflexions, si Milly n'eût détourné son attention et ses regards, en reprenant la position qu'elle occupait près de lui avant de sortir de la loge.

— Voyez dans quelle condition misérable il est tombé ! dit tout bas la jeune femme en étendant son bras vers le nouveau venu, sans cesser de regarder le chimiste. Si vous pouviez vous souvenir de tout ce qui a rapport à cet homme, ne seriez-vous pas ému de compassion à la vue d'un ancien ami réduit à une pareille extrémité ?

— Cette pensée, répondit le chimiste, exciterait ma compassion... je l'espère... je le crois.

Cependant ses regards, un instant fixés sur l'homme qui se tenait debout près de la porte, se reportèrent précipitamment sur Milly qu'il contempla dans une sorte d'extase, comme s'il cherchait à puiser quelque renseignement dans chaque note de sa voix, dans chaque rayonnement de ses yeux.

— Je n'ai pas d'instruction, et vous en avez beaucoup, dit Milly ; je n'ai pas l'habitude de réfléchir, tandis que vous réfléchissez toujours... Mais voulez-vous me permettre de vous dire pourquoi il me semble profitable de se souvenir du mal qui nous a été fait ?

— Oui.

— C'est pour que nous le puissions pardonner.

— Dieu puissant ! s'écria le chimiste en levant les yeux au ciel, grâce ! grâce ! car je vois bien que j'ai rejeté un de vos dons les plus précieux !

— Et si la mémoire vous est rendue, ajouta Milly, comme nous l'espérons et le demandons au ciel, ne serez-vous pas bien heureux de vous rappeler en même temps le mal qui vous a été fait, et le pardon que vous en avez accordé ?

Comme précédemment, les regards du chimiste se tournèrent un instant vers l'homme qui se tenait debout à la porte ; mais ils se concentrèrent de nouveau sur le visage de la jeune femme, et il lui sembla qu'un rayon de plus vive clarté, se détachant de ce radieux visage, se reflétait dans son esprit.

Milly continua :

— Il ne peut retourner sous le toit qu'il a déserté... Il ne songe même pas à y retourner... Il sait qu'il n'apporterait que la honte et de nouveaux chagrins à ceux qu'il a si cruellement traités... Il sait que la meilleure réparation qu'il leur puisse accorder, c'est de les éviter... Eh bien ! une petite somme d'argent prudemment employée le mettrait à même de partir pour quelque contrée lointaine où il lui serait loisible de vivre honnêtement et de réparer dans les limites de ses forces tout le mal qu'il a fait... Ce serait assurément le plus grand service qu'on pût rendre à son fils et à la malheureuse femme qui l'a épousé... Et pour lui, perdu de réputation, d'esprit et de corps, ce serait le salut, peut-être !...

Redlaw prit entre ses mains la tête de la jeune femme et la couvrit de baisers ; puis, il dit d'une voix émue :

— Cela sera fait ; mais je voudrais que ce fût fait par vous, en secret et sans nul retard... Dites aussi à cet homme que je lui pardonnerais de bon cœur si j'étais assez heureux pour me souvenir de ses torts envers moi.

Milly tourna son radieux visage du côté de l'homme déchu pour lui faire comprendre que sa médiation avait été favorablement accueillie. Celui-ci fit un pas en avant, et, sans lever les yeux, adressa ces paroles à Redlaw :

— Vous êtes si généreux... comme vous l'avez été toute votre vie..., que vous vous efforcez de bannir de votre esprit toute idée de ressentiment, à la vue du spectacle qui s'offre à vos yeux... Quant à moi, Redlaw, je ne chercherai point à oublier... Croyez-moi, si vous pouvez me croire encore.

Le chimiste supplia Milly, par un geste, de se rapprocher de lui plus près encore, et sembla chercher dans ses yeux l'explication des paroles qu'il entendait.

— Je suis un trop grand coupable, continua l'homme, pour essayer d'atténuer mes torts, et le souvenir de mon passé est trop profondément gravé dans mon esprit pour que j'ose implorer mon pardon... Tout ce que je puis vous dire, c'est que, depuis le jour où j'ai commencé à me dégrader en trahissant votre confiance, je ne me suis plus arrêté dans la mauvaise voie...

Redlaw tourna vers l'homme des regards attristés. On eût dit qu'il commençait à reconnaître celui qui lui parlait.

— J'aurais été peut-être un autre homme, et ma vie eût été bien différente si j'avais évité ce premier pas si fatal... Je dis peut-être... car je ne cherche pas à me disculper... Votre sœur vit tranquille et plus heureuse qu'elle n'eût vécu avec moi, lors même que je serais resté tel que vous me croyiez... tel que je me supposais moi-même autrefois.

Redlaw fit un geste soudain, comme pour mettre un terme à ce récit, mais l'homme continua :

— Je parle comme si je sortais de la tombe... J'aurais en effet creusé ma propre tombe, la nuit dernière, sans l'appui tutélaire de l'ange qui se tient à vos côtés.

— Lui aussi ! lui aussi, il m'aime, murmura Milly d'une voix pleine de larmes.

L'homme ajouta :

— Je n'aurais pas eu le courage de me présenter devant vous hier... non, pour rien au monde... mais, aujourd'hui, le souvenir de ce qui s'est passé entre nous deux est si cruellement poignant, et se présente à mon esprit... je ne sais pourquoi... sous des couleurs si saisissantes que j'ai osé, grâce aux exhortations de cette jeune femme, venir près de vous pour recevoir vos bienfaits, vous remercier et vous conjurer, Redlaw, d'être pour moi, à votre dernière heure, aussi compatissant dans vos pensées que vous l'êtes dans vos actions.

Il se tourna du côté de la porte, mais il s'arrêta encore un moment avant de sortir.

— Mon fils, je l'espère, partagera l'affection que vous avez pour sa mère, et s'en montrera digne... Hélas ! je ne le reverrai plus, à moins que ma vie ne soit longue encore, et que je n'aie le temps de racheter mon passé !

Avant de sortir, il leva, pour la première fois, les yeux sur Redlaw qui, le regardant fixement, lui tendit machinalement la main... L'homme accourut aussitôt... effleura cette main avec ses deux mains, puis, courbant la tête sur sa poitrine, il sortit lentement.

Milly le conduisit silencieusement jusqu'à la grille, et le chimiste se laissa tomber sur le fauteuil en se couvrant le visage de ses mains. Quelques instants après, Milly rentra dans la loge avec son beau-père et son mari, qui, tous deux, témoignaient un vif intérêt pour la situation de Redlaw. En voyant l'attitude qu'il avait prise depuis quelques instants, Milly s'avança sans bruit près de lui, tout en faisant signe à William et au vieux Philip de garder le silence. Elle alla s'agenouiller près du fauteuil et se mit à habiller l'enfant avec de chauds vêtements.

— C'est exactement comme cela... et c'est ce que je dis toujours, père ! s'écria William dans son admiration pour sa femme. Il y a dans le cœur de mistress William des sentiments maternels qui doivent avoir et qui auront leurs cours.

— Oui, oui, répondit le vieillard, vous avez raison... mon fils William a raison.

— Il est assurément fort heureux pour nous, chère Milly, dit tendrement M. William, que nous n'ayons pas d'enfants à nous appartenant ; et cependant, je regrette parfois que vous n'en ayez pas un à aimer, à chérir. Quelles brillantes espérances nous avions bâties sur l'avenir de celui que nous avons perdu, ou plutôt qui n'a jamais vécu !... Depuis ce temps, Milly, vous êtes devenue calme comme une sainte.

— Le souvenir de cet enfant me rend bien heureuse, cher William, répondit-elle. J'y pense tous les jours.

— Oh ! je le craignais !

— Ne dites pas que vous craigniez ce souvenir, car il est bien consolant pour moi... Il me dit tant de choses !... l'innocent enfant qui n'a pas vécu sur terre est un ange pour moi, William.

— Et vous, répliqua affectueusement M. William, vous êtes un ange pour mon père et pour moi... Voilà ce que je sais.

— Quand je pense, dit Milly, à toutes les espérances que nous avions conçues pour son avenir ; quand je me rappelle combien de fois je me suis représenté la petite figure souriante de cet enfant qui n'a reposé qu'un seul jour sur mon sein, et ses deux yeux levés vers les miens... il me semble que j'en éprouve une sympathie plus grande pour toutes les honnêtes espérances qui ont été déçues... Lorsque je vois un bel enfant dans les bras d'une mère idolâtre, je me surprends à l'aimer en songeant que mon enfant aurait pu ressembler à celui-là, et qu'il aurait pu faire battre mon cœur d'orgueil et de joie.

Redlaw leva les yeux et regarda Milly.

— Il me semble, continua-t-elle, que ce souvenir est sans cesse présent à mon esprit, et qu'il me guide dans toutes les circonstances de la vie. Mon petit enfant plaide pour les pauvres enfants abandonnés, comme s'il était vivant et comme s'il avait une voix pour me parler, une voix familière à mon oreille. Ou bien encore si j'entends parler d'un jeune homme infirme ou coupable de grandes fautes, je me dis que mon fils aurait pu tomber dans une semblable condition, et que Dieu me l'a enlevé dans sa miséricorde... Les cheveux blancs comme ceux de votre père me font de même penser à mon enfant, car je me dis que lui aussi aurait pu devenir vieux, longtemps, bien longtemps après mon départ et le vôtre, et que sa vieillesse aurait eu besoin du respect et de l'amour de personnes plus jeunes que lui.

Milly passa son bras sous celui de son mari et appuya sa tête sur son épaule. Sa voix douce et calme était plus douce encore et plus calme que d'habitude ; elle continua ainsi :

— Les enfants m'aiment tant que, parfois, je me suis imaginé... jugez de ma folie, William ! qu'ils ont un moyen, je ne sais lequel, de ressentir de l'affection pour mon petit enfant, pour moi-même, et de comprendre pourquoi leur tendresse m'est précieuse. Oui, depuis la mort de mon fils, mon caractère a toujours été égal et paisible, William, et je me suis sentie plus heureuse sous bien des rapports... Ainsi, mon ami, quelques jours seulement après la mort de ce cher petit être, tandis que j'étais souffrante et en proie à un chagrin bien naturel, une pensée m'est venue qui m'a donné du bonheur, c'est que, si j'essayais de mener une vie pure, je rencontrerais dans le ciel une radieuse créature qui me donnerait le nom de mère.

Redlaw tomba à genoux en poussant un grand cri.

— Ô mon Dieu ! dit-il, toi qui, par les enseignements du divin amour, m'as fait la grâce de me rendre cette mémoire qui était la mémoire du Christ sur la croix, et celle de tous les hommes qui sont morts pour sa cause, reçois l'hommage de ma gratitude, et bénis cette jeune femme !

À ces mots il pressa sur son cœur la douce Milly, qui, fondant en larmes et riant tour à tour, s'écria :

— Il est revenu à lui-même !... Lui aussi, il m'aime !... Encore quelqu'un qui m'aime !... Oh ! que je suis heureuse !

Sur ces entrefaites, entra l'étudiant, tenant par la main une charmante jeune fille qui le suivait d'un pas craintif. Et Redlaw, bien différent de ce qu'il avait été la veille, voyant en lui et dans la compagne de son choix l'ombre adoucie d'une époque mémorable de sa propre existence, courut à leur rencontre et les serra dans ses bras en les suppliant de devenir ses enfants.

Semblable à la colombe qui, longtemps enfermée dans sa prison solitaire, s'envole vers le feuillage pour y chercher le repos et des compagnes, l'âme de Redlaw, rendue à la liberté, s'élançait vers la jeunesse et la vie.

Et comme l'époque de Noël est, de toutes les autres époques de l'année, celle où nous devons particulièrement songer à secourir, à consoler, à soulager tous ceux qui souffrent autour de nous, et à faire tout le bien qu'il est en notre pouvoir de faire, Redlaw étendit la main sur la tête du petit garçon ; puis prenant mentalement à témoin *Celui* qui, dans son temps, étendait la main sur les petits enfants, en reniant, dans la majesté de son esprit prophétique, quiconque les éloignait de lui, il fit vœu de protéger et d'instruire cet enfant.

Puis, il tendit joyeusement la main à Philip, en disant que ce jour devait être célébré par un repas de Noël dans *« ce qui était anciennement la grande salle des banquets »*, et qu'il fallait y convier, en aussi grand nombre que cela se pourrait faire en si peu de temps, les membres de la famille des Swidger, lesquels, au dire de William, étaient si nombreux qu'en se tenant par la main, ils auraient pu former un cercle autour de l'Angleterre.

Le repas eut en effet lieu ce jour-là même ; et il s'y trouva un si grand nombre de Swidger, grands et petits, qu'en essayant d'en faire le compte exact, on s'exposerait à créer, dans les esprits défiants, des doutes sur la véracité de cette histoire.

C'est pourquoi cet essai ne sera point tenté. Toujours est-il que les Swidger se trouvèrent là par douzaines, par vingtaines, et pour eux tous, il y eut bon espoir et bonnes nouvelles au sujet de George, que son père, son frère, ainsi que Milly, avaient revu dans la journée.

Parmi les convives, figuraient aussi les Tetterby, y compris le jeune Adolphe, qui arriva dans son cache-nez omnicolore, juste à temps pour le bœuf.

Quant à Johnny et au baby, ils arrivèrent naturellement trop tard, et se présentèrent tout d'un côté, l'un exténué de fatigue, l'autre dans un état de crise attribué à la pousse des molaires ; mais cela lui était habituel et n'avait rien d'alarmant.

Ce fut une chose triste à voir que l'enfant sans nom, sans famille, suivant d'un œil attentif les autres enfants occupés de leurs jeux, ne sachant comment causer ou jouer avec eux, en un mot, demeurant plus étranger aux manières de l'enfance qu'un chien malappris.

Ce fut aussi une chose triste à voir, bien que dans un autre ordre d'idées, que l'instinct avec lequel les plus jeunes de ces enfants sentaient que le petit garçon ne leur ressemblait point ; et pourtant, ils s'approchaient de lui timidement, lui disant de douces paroles et lui faisant de petits présents pour qu'il ne s'ennuyât point. Mais il resta près de Milly, qu'il commençait à aimer, et comme tous les enfants avaient une grande affection pour elle, ils furent tout joyeux à la vue du petit garçon qui lui témoignait une véritable tendresse, et qui, étroitement rapproché d'elle, debout derrière sa chaise, jetait sur eux des regards furtifs.

Tout cela fut remarqué par le chimiste, qui était assis entre l'étudiant et sa fiancée, et par Philip, et par tout le monde enfin.

Quelques personnes ont dit depuis que toute cette histoire était un simple caprice de son imagination... D'autres ont affirmé qu'il l'avait lue dans le feu, durant une nuit d'hiver, peu de temps après l'heure du crépuscule... D'autres n'ont voulu voir, dans le fantôme, autre chose que la représentation de ses sombres pensées, et dans Milly, pas autre chose que la personnification des vertus de Redlaw.

Quant à *moi,* je ne dis rien.

... Excepté ceci : que tandis qu'ils étaient réunis dans l'antique salle, sans autre lumière que celle d'un grand feu (le dîner ayant eu lieu de bonne heure), les ombres s'échapèrent de nouveau de leurs retraites et vinrent danser dans la salle, montrant aux enfants des formes et des figures merveilleuses sur les murs, et changeant graduellement les objets réels et familiers en objets étranges et magiques.

Mais il y avait surtout une chose vers laquelle les regards de Redlaw, ceux de Milly et de son mari, ceux du vieillard, de l'étudiant et de sa fiancée, étaient fréquemment tournés, sans que les ombres parvinssent à l'obscurcir ou à l'altérer. Éclairée par la lueur du feu, qui lui donnait un air de gravité plus que jamais imposante, et se détachant de l'obscure boiserie comme un visage vivant, la figure sereine du portrait, avec la barbe et la fraise, dans son encadrement de vert feuillage de houx, baissait les yeux sur les convives, lorsque ceux-ci levaient les yeux pour les regarder. Et au-dessous du portrait, il y avait ces mots, clairs et distincts, comme si une voix les eût prononcés :

Seigneur, conservez-moi la mémoire !

Contes de Noël, *1843.*

TABLE DES MATIÈRES

Jean Lorrain
La Marjolaine (1896) 7
Hans Christian Andersen
Le Dernier Rêve du vieux chêne (1858) 15
Jean Lorrain
La Princesse sous verre (1895) 25
Anatole Le Braz
Noël de Chouans (1897) 45
G. Lenôtre
Le Petit Noël de quatre sans-culottes (1910) 67
Hans Christian Andersen
Le Livre de l'infirme (1872) 79
G. Lenôtre
La Carrière de monsieur Colleret (1910) 95
Anatole France
La Messe des ombres (1890) 107
Anatole Le Braz
La Noël de Jean Rumengol (1897) 115
Arthur Conan Doyle
Sherlock Holmes et le mystère de l'escarboucle bleue (1892) 143
Charles Dickens
Les Carillons (1843) 173
Charles Dickens
L'homme hanté (1843) 295

Éditions du Rocher
28, rue Comte-Félix-Gastaldi
Monaco

Imprimé en France par la Société Nouvelle Firmin-Didot
Dépôt légal : octobre 1995
CNE section commerce et industrie Monaco : 19023
N° d'impression : 32413